Dario Castagno

Sommer in der Toskana

Eine italienische Liebe

Aus dem Englischen von
Kristina Lake-Zapp

Piper München Zürich

Mehr über unsere Autoren und Bücher:
www.piper.de

MIX
Papier aus verantwortungsvollen Quellen
FSC® C014496

Deutsche Erstausgabe
Mai 2013

Die deutsche Ausgabe wurde vermittelt von der Literaturagentur erzähl: perspektive, München (www.erzaehlperspektive.de) in Zusammenarbeit mit der Ekstensa Literary Agency, Posen, Polen (www.ekstensa.com).
Titel der englischen Originalausgabe:
»Too Much Tuscan Wine. In Vino Veritas. A True Story«, Betti Editrice, Siena 2012

Umschlaggestaltung und -motiv: Hauptmann & Kompanie Werbeagentur, Zürich, unter Verwendung eines Fotos von Getty Images / Photolibrary / Walter Bibikow
Zeichnung Seite 6: © Monica Minucci / Dario Castagno
Foto Seite 383: © Luca Betti / Dario Castagno
Satz: Satz für Satz. Barbara Reischmann, Leutkirch
Gesetzt aus der Aldus
Papier: Munken Print von Arctic Paper Munkedals AB, Schweden
Druck und Bindung: GGP Media GmbH, Pößneck
Printed in Germany ISBN 978-3-492-30230-2

Wein sorgt dafür, dass man sich so fühlt,
wie man sich ohne Wein fühlen sollte

Gewidmet MIA LANE
31. Dezember 1966 – 24. April 2007

Mia Lane – Mimì –,
wie ich sie in Erinnerung habe

1.
Das Angebot
Samstag, 11. November, sieben Uhr

Ich werde buchstäblich von der Natur geweckt, denn ich lasse mich jeden Morgen von der Sonne aus dem Schlaf holen, die hinter den östlichen Hügeln der Chianti-Region aufgeht. Ihre unnachgiebigen Strahlen dringen durch mein Schlafzimmerfenster zu mir herüber, und ich erlaube ihnen, für ein paar wenige luxuriöse Momente über mein Gesicht zu streichen. Dann öffne ich langsam die Augen und sehe, wie das Licht nach und nach von dem gesamten Raum Besitz ergreift. Die plötzliche Helligkeit wärmt die eidottergelbe Farbe, mit der ich die Wände kürzlich gestrichen habe, und bringt das kühle Grün der Birkenfeigen in ihren Terrakottatöpfen am Fußende meines Messingbetts zum Leuchten.

Schon seit Jahren lasse ich nachts die Fensterläden offen; meiner Meinung nach ist es unverzeihlich, das spektakuläre Schauspiel auszusperren, das uns die Natur Tag für Tag bietet. Zugegeben, jeden Morgen den Sonnenaufgang zu betrachten ist ein bisschen so, als würde man sich jeden Tag das gleiche Theaterstück anschauen.

Der entscheidende Unterschied ist allerdings, dass das Schauspiel, das ich genieße, stark variiert, je nachdem wie warm es draußen ist, wie hoch die Luftfeuchtigkeit ist, wie die Wolken stehen und so weiter und so fort – eine schier unendliche Anzahl an kaum wahrnehmbaren äußeren Faktoren, die dafür sorgt, dass dieses Naturereignis nie so ist wie am Tag zuvor. Während also jeder neue Sonnenaufgang auf den ersten Blick wirkt wie eine Wiederholung, ist er doch in Wahrheit nie vorhersehbar, und – lassen Sie mich ein für die heutige Gesellschaft ungewöhnliches Detail hinzufügen – er verlangt nichts dafür.

Verschlafen steige ich aus dem Bett und trete ans Fenster. Trotz der frischen Morgenluft lehne ich mich hinaus, um den Blick auf das vor mir liegende Tal besser genießen zu können. Wie immer liegt es unter einer dicken Nebeldecke, die sich auflösen wird, sobald die Kraft der Sonne zunimmt. Bis dahin durchstoßen nur die höchsten Spitzen der uralten Türme, die überall in der Landschaft verstreut sind, die Nebelwogen; mit ein bisschen Phantasie könnte man meinen, eine außergewöhnlich hohe Flut habe das gesamte Tal überschwemmt. Vor einigen Millionen Jahren, als die Wellen des Tyrrhenischen Meeres ebendiese Hügel umflossen, muss diese Gegend genauso ausgesehen haben. Ich gebe mich gern dieser Vorstellung hin, während ich zwischen dem Schlaf und der süßen Lethargie des Erwachens schwanke.

Auf diese ruhige, wohltuende Art und Weise beginnt der Morgen für mich fast immer.

Heute dagegen …

Als ich meinen Kopf aus dem Fenster strecke, fühlt er sich so schwer an, als wäre er aus Beton, als würde er gleich von meinem Hals abbrechen und zu Boden fallen: Er hämmert, pocht, jedes Vogeltschilpen hallt wie Donner in meinen Ohren wider. Meine Augen schaffen es nicht, sich auf einen Punkt auszurichten; sie füllen sich mit Tränen, als läge Senfgas in der frischen Luft. Meine Lippen kräuseln sich, so trocken ist mein Mund; ich schmecke immer noch die Säure des Weins, den ich vergangene Nacht in so gewaltigen Mengen bei einem Treffen der *nobile contrada del bruco* im nahe gelegenen Siena getrunken habe – in meinem geliebten Stadtteil der Raupe.

Ich versuche, mich an Details zu erinnern. Wie für gewöhnlich bei solchen Treffen der Fall, bin ich nach Beendigung der Tagesordnung und den abschließenden Worten des *rettore* noch ein wenig dageblieben, um etwas zu plaudern und mit meinen Raupen-Kumpeln ein paar *gottini* (Schnäpse) zu kippen. Wie üblich unterbrachen wir die Trinkerei immer wieder, um Lieder und Hymnen auf den Ruhm unserer *contrada* anzustimmen – Ruhm, der hier im Hauptquartier der Raupe nahezu greifbar war in Form von Standarten, Bannern und Fotos der siegreichen Pferde und Reiter der vergangenen Palios – jener seit dem Mittelalter bestehenden Pferderennen, bei denen die Tiere ungesattelt geritten werden. Zweimal im Jahr, jeweils im Juli und im August, ist der Palio der Höhepunkt auf dem Veranstaltungskalender von Siena. Und so huldigten wir unserem kulturellen Erbe bis spät in die Nacht.

Und was war dann passiert? Ich erinnere mich, dass mir auf dem Weg zu meinem Auto klar wurde, dass ich leicht schwankte – was zweifelsohne der reichlichen Menge an Wein und Schnaps geschuldet war, die durch meine Adern floss. Daher beschloss ich, für den Heimweg eine Strecke zu wählen, auf der garantiert keine Alkoholkontrollen stattfanden. Sie war zwar etwas länger, hatte jedoch den entscheidenden Vorteil, dass sie über derart entlegene Straßen führte, dass die Möglichkeit, unterwegs einem Streifenwagen zu begegnen, so gut wie ausgeschlossen war. Leider war der Haken an der Route der, dass sie an Albertos *osteria* vorbeiführte – aus deren Fenster gedämpftes Licht durch die halb geschlossenen Rollläden sickerte. Es war eine Weile her, dass ich Alberto gesehen hatte, deshalb hielt ich es für unhöflich, nicht wenigstens kurz anzuhalten und Hallo zu sagen. Kurzentschlossen fuhr ich rechts ran und stellte den Wagen auf dem kleinen Parkplatz vor dem Restaurant ab.

Alberto, fällt mir wieder ein, war gerade mit dem Aufräumen fertig, seine Angestellten waren bereits nach Hause gefahren, sämtliche Stühle außer einem standen für die Nacht auf den Tischen. Alberto selbst saß allein auf dem verbliebenen Stuhl, rauchte eine Zigarre und schenkte sich ein Glas Morellino di Scansano aus einer Flasche ein, die er gerade eben geöffnet hatte. Sobald ich mich unter dem halb herabgelassenen Metallrollo hindurchgezwängt hatte – mit zurückgelegtem Kopf und nach hinten gebeugtem Rücken, als würde ich Limbo tanzen –, lud er mich ein, ihm Gesellschaft zu leisten, und holte mir ein Glas, das er bis zum Rand füllte.

Während wir tranken, sprachen wir über den neuen amerikanischen Center, den das Basketballteam von Siena für die kommende Saison eingekauft hatte. Dieser, darin waren wir uns einig, würde gewiss zu einem sprunghaft ansteigenden Erfolg des Teams führen. Als wir sämtliche Verteidigungstaktiken und -strategien erschöpfend abgehandelt hatten, wandten wir uns gewichtigeren Themen und einer zweiten Flasche Wein zu, und bei der dritten lösten wir eifrig das Problem der globalen Erwärmung, retteten die Dritte Welt vor dem Verhungern und schmiedeten brillante Pläne, den mörderischen Konflikten, die den Mittleren Osten in Atem hielten, ein Ende zu setzen.

Als ich endlich zu Hause ankam und meinen Kopf aufs Kissen legte, verkündete mir die blaue Digitalanzeige meines Weckers, dass es 3 Uhr 47 war.

Nun, da mir all das wieder einfällt, kommt mir mein dröhnender Kopfschmerz durchaus gerechtfertigt vor, genau wie mein pelziger Gaumen und mein Atem, der – so nehme ich zumindest an – stinkt, als hätte ich eine verfaulte, an Ruhr verendete Ratte verschlungen.

Zur Strafe lege ich mir meinen schweren Wollponcho, den ich in Guatemala gekauft habe, wie ein Büßergewand um. Seit meiner Rückkehr hat er unbeachtet an der Pappelholzgarderobe gehangen – bis jetzt. Lustlos schleppe ich mich in das kleine Büro neben dem Schlafzimmer, um meine E-Mails zu checken – nach der Erfüllung dieser Pflicht, so schwöre ich mir, werde ich ins Bett zurückkehren und hoffen, dass Morpheus, der griechische Gott des Schlafs, mich ins Reich der Träume zurückholen wird.

Ich stelle den Computer und das 56K-Modem an. Mit meinen blutunterlaufenen Augen – »den Augen eines Seemanns«, wie wir in Italien sagen – starre ich auf den Monitor, der langsam zweihundertvierundzwanzig neue Nachrichten lädt. Angesichts dieser Menge sinkt mir der Mut.

Mit ein paar Schwierigkeiten (meine tauben Finger wollen mir einfach nicht gehorchen) gelingt es mir, die Spams herauszufiltern. Als Erstes lösche ich sämtliche Mails, in denen man mir günstig Viagra und andere Potenzmittel anbietet. Anschließend fliegen die Links zu Websites raus, auf denen ich mir Fotos von einer nackten Paris Hilton oder Victoria Beckham ansehen kann. Danach beseitige ich sämtliche Benachrichtigungen über Lotteriegewinne, die mir letzte Nacht vermeintlich zuteilwurden, dazu zwei dringende Anfragen angeblicher Angehöriger angeblicher Monarchen angeblicher afrikanischer Staaten, die mir angeblich Millionen von Dollars bieten, wenn sie im Gegenzug dafür meine Bank-Geheimzahlen und freien Zugriff auf mein Konto erhalten.

Mir ist klar, dass jeder, der Zeit online verbringt, diesen täglichen Müll empfängt, doch sollte dies wirklich das Ergebnis einer Recherche von Marketingexperten sein, die die Gewohnheiten meiner Internetnutzung studiert und ihre Werbemails direkt auf mich zugeschnitten haben, müsste ich ein dauerhaft impotenter Sexbesessener von unvergleichlicher Naivität sein. (Während ich Ersteres entschieden zurückweise, ist an Letzterem, das muss ich zugeben, etwas dran.)

Nachdem ich den ganzen Mist in den Papierkorb verbannt habe, bleiben neun Mails übrig, sechs davon stammen von Fans, die meine vorherigen Bücher gelesen haben. Solche Nachrichten sind immer willkommen. Wie gewöhnlich bitten die Verfasser um Tipps für ihre bevorstehenden Reisen in die

Toskana und fragen hoffnungsvoll an, ob sie mich während ihres Aufenthalts kennenlernen dürften.

Eine weitere E-Mail wirkt auf den ersten Blick wie ein solcher Fanbrief, doch dann stellt sich heraus, dass genau das Gegenteil der Fall ist. Die Mail stammt von einer Frau, die voller Vorfreude auf eine Reise in die Toskana mein erstes Buch gelesen hat und es für »völligen Müll« und mich für einen »anmaßenden Scheißkerl« hält. Es ist also nachvollziehbar, dass sie mich nicht um ein Treffen bittet.

Dann ist da noch eine Nachricht von einer alten Freundin aus New Jersey, die eine Lieferung meines extra nativen Olivenöls als Weihnachtsgeschenk für eine Freundin benötigt.

Endlich komme ich zur letzten – doch wie sich herausstellen wird, noch lange nicht allerletzten – E-Mail, die mir eine Literaturagentin aus Amerika geschickt hat. Neugierig öffne ich die Mail und fange an zu lesen:

Von: Mia Lane
An: Dario Castagno
Betreff: Ein Angebot

Lieber Mr. Castagno,
buongiorno! Ich bin beauftragt, Ihnen im Namen eines bekannten Verlegers aus Los Angeles zu schreiben, der an einer professionellen Zusammenarbeit mit Ihnen interessiert ist. Der Verlag plant, eine Buchreihe über die Spitzenweine dieser Welt herauszubringen. Wir konnten bereits etliche Autoren, die in den namhaftesten Weinanbaugebieten leben, für dieses Projekt gewinnen. Da ich den Stil und den Inhalt ihrer beiden Bücher über die Chianti-Region kenne und schätze, bin ich überzeugt, dass Sie dafür genau der Richtige wären. Sollten Sie an dem Angebot interessiert sein,

geben Sie mir doch bitte Bescheid, damit ich Ihnen die näheren Details erläutern kann.
Ich freue mich auf Ihre Antwort und verbleibe
mit besten Grüßen
Mia Lane

Ein Buch über Wein? Das könnte ein äußerst interessantes Projekt sein. Doch ... wo sollte ich beginnen? Nicht mit der Geschichte – zu schwer; auch nicht mit einem Versuch, die Eigenschaften zu beschreiben, die ein guter Wein mit sich bringen muss – zu hochtrabend. Zahlen und Fakten zu Konsum und Export? Zu trocken. Aber wenn nicht das, was dann? Bei einem derart beständigen, komplexen und kulturell gewichtigen Thema wie diesem ist es fast unmöglich, eine angemessene Einleitung zu finden. Schon gar nicht mit einem Kater.

Ich beschließe, mir später Gedanken darüber zu machen, wenn ich mich ein wenig erholt hätte. *Irgendetwas* wird mir schon einfallen, da bin ich mir sicher. Unterdessen fahre ich den Computer herunter, ziehe mir den Poncho von den Schultern und kehre in die einschläfernde Wärme meiner Bettdecke zurück.

2.
Auf der Jagd nach der Erinnerung

Ich werde wieder wach, später am Vormittag; das Gefühl der Übelkeit ist nahezu gänzlich verschwunden. Sogar ein leichtes Mittagessen kann ich genießen. Während ich das Geschirr abspüle, verspüre ich plötzlich das Bedürfnis nach einer langen Tour durch den Wald, um mich gänzlich zu regenerieren.

Schnell schlüpfe ich in meine Laufschuhe, eine kurze Hose und ein Shirt und stürme begeistert zur Tür hinaus. Es ist ein herrlicher, frischer Herbsttag, der zu Aktivitäten im Freien einlädt. Für mich ist laufen nicht nur ein Weg, meinen Körper zu entgiften, sondern gleichzeitig eine einzigartige Gelegenheit, meinen Kopf von Müll zu befreien. Es ist nicht ungewöhnlich, dass mich, während ich allein durch die Landschaft jogge, unerwartete Inspirationsschübe heimsuchen – Ideen, Überlegungen, die ich später zu Papier bringe, in Gesellschaft eines anständigen roten Tafelweins, entweder auf meiner Terrasse oder, in der kälteren Jahreszeit, vor dem knisternden Kamin.

Heute muss ich während des Laufens über das Angebot der amerikanischen Agentin nachdenken. Ich kann es kaum abwarten; die körperliche Anstrengung wird mir helfen, mein Bewusstsein zu klären und herauszufinden, ob ich bereit – und in der Lage – bin, den Wunsch des Verlegers zu erfüllen.

Ich drehe den Zündschlüssel meines alten Fiat, und sobald der Motor zum Leben erwacht, stelle ich das Radio auf den toskanischen Klassiksender ein, Radio Toscana Classica, gerade rechtzeitig, um eine Übertragung von *Qual occhio al mondo* aus Puccinis *Tosca* zu hören, gesungen von der unsterblichen Maria Callas und dem großartigen Tenor Giuseppe

Di Stefano. Minuten später, das Duett hat seinen Höhepunkt erreicht, parke ich den Wagen an einer holprigen, unbefestigten Straße in der Nähe eines alten, verlassenen Dorfes.

Hier, bei diesem verwunschenen Nest, dessen letzte Einwohner vor etwa zehn Jahren verstorben sind und das mit der Zeit mehr und mehr verfällt, laufe ich oft los. Der Verfall erstreckt sich auf eine Reihe bröckeliger Häuser, die den Ortskern bilden. Sie stehen um einen großen Platz mit einem alten Backsteinbrunnen in der Mitte. Auf einer Seite befindet sich eine kleine, namenlose Kapelle, unter deren undichten Dachziegeln eine Taubenkolonie Einzug gehalten hat. Ihr unablässiges Geflatter durchdringt hallend die Stille.

Ich springe über eine rostige Kette, von der ein BETRETEN-VERBOTEN-Schild hängt, das, so habe ich vor langer Zeit beschlossen, für mich nicht gilt. Hier beginnt mein üblicher Weg. Er führt mich durch ein unbestelltes Feld, an dessen Rändern zwei heruntergekommene Scheunen voller landwirtschaftlicher Geräte und schlammverkrusteter Traktoren stehen und vom trostlosen Niedergang sprechen.

Schließlich tauche ich in einen dunklen Eichenwald ein. Die Luft wird dick und klamm, und der weiche, feuchte Untergrund rechts und links von mir ist mit Flechten und Pilzen bedeckt. Ich hinterlasse meine Fußspuren inmitten zahlreicher anderer – Hufabdrücke von Rehen, Hirschen und Wildschweinen. Gelegentlich stoße ich auf einen eleganten, schwarz-weiß-gestreiften Stachel, der einmal einem der hier heimischen Stachelschweine gehörte.

Es gelingt mir, eine gleichmäßige Geschwindigkeit beizubehalten, während ich mich weiter in meinen Kopf zurückziehe und in meinen Erinnerungen grabe, um mir ins Gedächtnis zu rufen, dass der Wein schon während meiner Kindheit eine stete Hauptrolle gespielt hatte – selbst als ich noch in England lebte, auf dieser kalten nördlichen Insel, auf der es kaum Wein oder gar eine Weinkultur gibt.

Mein Vater hatte Önologie studiert, wurde Weinhändler und machte es sich zur Lebensaufgabe, den Briten die alten Traditionen des edlen bacchantischen Nektars nahezubringen. Im Laufe zweier Jahrzehnte importierte er Millionen Kisten italienischen Weins, die er in sämtlichen Ecken des Vereinigten Königreiches vertrieb.

Bei meiner Geburt, die in einer Klinik in Wimbledon stattfand, wurde ich, da bin ich mir ganz sicher, mit einem begeisterten *brindisi* begrüßt. Mein Vater muss sehr stolz gewesen sein, dass sowohl mein Einstand als auch der meines Bruders (mittlerweile selbst ein angesehener Önologe) mit historischen Ernten für einen der größten italienischen Weine zusammenfiel, der in seiner Heimatgegend, dem Piemont, hergestellt wird: den Barolo.

Ich laufe weiter mit gleichmäßigen Schritten den Weg entlang, nehme den intensiven Pilzgeruch sich zersetzender Blätter in mir auf; dann wird die dichte Vegetation plötzlich licht, und ich finde mich unter einem ungetrübten blauen Himmel wieder. Wie durch Zauberei wird die Luft trocken und kühl, und die Sonne ergießt sich ungehindert über das Dach eines prächtigen Kolonialhauses, das traurigerweise verlassen und somit dem Verfall anheimgegeben ist. Eine seiner ehemaligen Wände ist von einem krummen, alten Feigenbaum überwuchert, der während der Erntezeit immer noch reife, saftige Früchte im Überfluss liefert. Ich habe dieses altehrwürdige Gebäude offiziell zum Haus meiner Träume ernannt; leider steht es nicht zum Verkauf. Doch sollte es der Besitzer eines Tages auf dem Immobilienmarkt anbieten, würde ich mein Bestes tun, seine Preisvorstellungen zu erfüllen.

Ich versuche, einen regelmäßigen Atemrhythmus beizubehalten, atme durch die Nase ein und durch den Mund aus; und in der Zwischenzeit ordne ich die fernen Erinnerungen an meine Kindheit, versuche ich, mir meine allerersten Erfahrungen mit Wein zu vergegenwärtigen.

Meine Mutter stammt aus der Toskana, der einzigen Region in Italien, die sich hinsichtlich der Weinproduktion mit dem Piemont messen kann. Aus der Ehe zwischen einem Piemonteser und einer Toskanerin mussten folgerichtig kleine Weinliebhaber hervorgehen. Deshalb ist es auch kaum verwunderlich, dass unter den ersten Worten, die ich lernte, obwohl ich meine ersten Lebensjahre in England verbrachte, die Namen der bedeutendsten Rebsorten waren, die in der Heimat meiner Eltern wachsen: Sangiovese und Nebbiolo.

Langsam verspüre ich die ersten Anflüge von Müdigkeit; meine Schweißdrüsen arbeiten auf Hochtouren, mein Shirt wird feucht, nasse Flecken bilden sich unter den Armen. Trotzdem behalte ich meine Geschwindigkeit bei, ein Auge auf den Boden unter mir gerichtet, für den Fall, dass ich unvermutet auf eine der giftigen Vipern stoße, die um diese Jahreszeit gern zusammengerollt in der Sonne liegen. Von Natur aus scheu, halten sie sich in den heißen Sommermonaten versteckt, doch wenn die Temperaturen zurückgehen und sie selbst langsam und benommen werden, ist es nicht ungewöhnlich, über eine von ihnen zu stolpern, die die letzten Strahlen lebensspendenden Sonnenlichts aufsaugt, bevor sie in die Winterstarre verfällt.

Der schmale Weg geht jetzt abrupt in einen steilen Abhang über, bis er sich in eine Art Geröllawine verwandelt, die am Fuß des Tals endet, ganz in der Nähe eines kleinen Sees. Ein großer Fischreiher, gestört durch meine Anwesenheit, flattert auf, wobei er mit seinen Flügelspitzen die Wasseroberfläche peitscht. Heute sind keine Wildschweine zu sehen, obwohl das hier eine der Stellen ist, an denen man manchmal auf eine ganze Herde stößt, die hier ihren Durst stillt – furchterregende Biester, denen ich für gewöhnlich völlig gleichgültig bin, meist heben sie kaum ihre struppigen Köpfe.

Ich tauche wieder in den Wald ein und folge einem schmalen Bachlauf, der während der Sommermonate komplett austrocknet. Allmählich steigt der Weg an. Er führt zu einem dritten verlassenen Bauernhof, dessen Eingang nicht mehr auszumachen ist: Die Tür wurde von der gefräßigen Natur verschluckt.

Dieses Gebäude ist nicht so ansprechend wie die klassischen Kolonialhäuser des Chianti-Gebiets, weil die typischen Steinwände von den letzten Besitzern, die in den 1970ern hier lebten, mit einer Schicht fader weißer Farbe versehen wurden. Offenbar hatten sie versucht, jede Spur ihres bäuerlichen Erbes zu übertünchen.

Wenn ich als Kind meinen Vater zu seinem Auslieferungslager im Norden Londons begleitete, hatte ich großen Spaß daran, über den riesigen Hof zu streifen. Ich war an den Paletten hinaufgeklettert, auf denen Tausende von Weinkisten aus allen Teilen der italienischen Halbinsel gestapelt waren. Im Nu waren mir die Namen der italienischen Weine und ihrer Hersteller vertraut, und während meine Freunde Fußballkarten tauschten, vergnügte ich mich damit, die Weinetiketten von den Lieferanten der Italvini GmbH zu sammeln und in ein spezielles Album zu kleben.

Jetzt habe ich die Strecke zur Hälfte hinter mir; ich erkenne schon den vernachlässigten Olivenhain, der das Bauernhaus umgibt. Die Bäume gehören dringend geschnitten. An der Grenze des Anwesens stehen Brombeer- und Besenginsterbüsche, in denen ganze Fasanenfamilien leben, die nun, als ich auf sie zulaufe, entsetzt und mit heiserem Protestgeschrei auseinanderstieben.

Ein Stück weiter passiere ich eine heruntergekommene, nicht mehr benutzte Scheune, in der bis vor gar nicht langer Zeit Truthähne gehalten wurden. Der Weg führt weiter hügelan. Mein Atem geht stoßweise, und ich muss vor Anstrengung die Zähne zusammenbeißen. Nachdem ich den Olivenhain umrundet habe, geht es in ein Wäldchen aus Kastanien und Pappeln. Hier wird mir der Weg von einer rostigen Metallkette versperrt – über die ich leider nicht mehr wie früher mit einem lässigen Sprung hinwegsetzen kann. Ich muss anhalten und ein Bein nach dem anderen hinüberschwingen.

Während meiner frühen Kindheit in London hatte ich meine Tage damit verbracht, all die Dinge zu tun, die ein typisches englisches Kind tut. Ich ernährte mich überwiegend von Fischstäbchen mit Kartoffelbrei, nur sonntags wurde ich zum Italiener, und meine ganze Familie fand vorübergehend zu ihren Wurzeln zurück. Nach der Messe wurden die Fischstäbchen durch frische *pasta* ersetzt, die *mamma* vorbereitet hatte, und mein *papà* öffnete eine Flasche Rotwein. Mein Bruder und ich durften ein halbes Glas davon trinken, das mit Wasser aufgefüllt wurde.

Nun bin ich auf einem breiteren Feldweg, der nur für Geländefahrzeuge passierbar ist. Er führt zurück zu dem Dörfchen, von dem aus ich aufgebrochen bin. Ich komme an einem vierten Bauernhaus vorbei, dieses thront auf einem Hügel und ist somit heftigen Winden ausgesetzt; sein Holzgebälk hat nachgegeben, das Dach ist eingestürzt. Wenn man nahe genug davorsteht, kann man auf einer der Außenwände eine Marmorplatte mit einer Gravur erkennen, die ein Bündel Ruten zeigt, die sogenannten *fasces*. Es handelt sich um ein Liktorenbündel, das Symbol der Faschisten, die hier zweifellos irgendwann in den Dreißigern ansässig waren.

Der Besitz ist von einem gepflegten Weinberg mit Sangiovese-Rebstöcken umgeben; jetzt, im Oktober, hängen daran die Trauben, die einen süßlichen Moschusduft in die Herbstluft verströmen. Ich umkreise die Ruine, anschließend sind es nur noch ein paar Kilometer bis zum Ziel – aber diese sind die anstrengendsten.

Während der Osterferien reiste meine Familie für gewöhnlich nach Italien, um unsere Verwandten zu besuchen. Zuerst hielten wir immer in der Stadt Alba im Piemont, der Heimat meiner Großeltern väterlicherseits; dann fuhren wir weiter in die Toskana zu meiner anderen *nonna,* die bereits Witwe wurde, als meine Mutter noch ein Teenager war.

Meine *nonni* aus dem Piemont waren vom alten Schlag. Als einfache Bauern sprachen sie den einheimischen Dialekt, sodass ich Schwierigkeiten hatte, sie zu verstehen. *Nonna* Clelia hatte schneeweiße Haut und himmelblaue Augen, war äußerst schlicht gekleidet und brachte ganze Tage damit zu, köstliche hausgemachte *pasta* zuzubereiten, *agnolotti* und *taglierini,* die sie der Familie servierte, wenn sich diese am Ostersonntag vollzählig um den langen Holztisch versammelte. Sie mischte ihre Weine nie, was sie mit einem alten Sprichwort in ihrem Dialekt rechtfertigte: *Bianc e nei fa ballà pè trei,* was so viel bedeutet wie: Rot und weiß lassen dich für drei tanzen.

Nonno Bino war ein Mann mit unbeugsamer Haltung und stolzem Gebaren, der oft einen eleganten grauen Filzhut auf seinem fast kahlen Kopf trug. Seine Wangen waren hohl, an seinen Handgelenken traten die Adern hervor, die wie Flüsse über seine knochigen, schwieligen Hände mäanderten. Trotz unserer Schwierigkeiten, miteinander zu kommunzieren, war ich gern in seiner Gesellschaft, und ich erinnere mich gut an die Zeit, als ich ihn in seinem uralten mausgrauen Fiat 600 begleitete, um Obst und Käse auf den Märkten der umliegenden Dörfer zu kaufen. Er war ein sehr geachteter Mann, der ab und an von Leuten aufgehalten wurde, die ihm herzliche, mitunter sogar aufgeregte Grußworte zuriefen und mit denen er ein paar Worte wechselte – stets in seinem Dialekt. Er litt unter größeren gesundheitlichen Problemen, weshalb er stark hinkte, doch er war außergewöhnlich kräftig und lebendig und sagte nie Nein zu einem Glas *vin bun* (gutem Wein, in seinem Dialekt). Er war zu jung gewesen, um im Ersten Weltkrieg zu kämpfen, und schon ein bisschen zu alt, um für den Zweiten einberufen zu werden. Ohnehin steht zu bezweifeln, dass er einen guten Soldaten abgegeben hätte – sich Autoritäten unterzuordnen war nie seine Stärke gewesen. Nachdem die Straße, in der er wohnte, zur Einbahnstraße erklärt worden war, hatte er das Schild beispielsweise störrisch ignoriert und war weiterhin in beide Richtungen gefahren, ganz wie es ihm passte. Mein Lebtag werde ich den intensiven Geschmack des Barolo, Barbaresco, Barbera und all der anderen großartigen Weine aus dem Piemont mit den stolzen, alten Gesichtern meiner *nonni* in Verbindung bringen.

Der Weg hügelaufwärts erreicht die maximale Steigung, und meine angespannten Muskeln verhärten sich während des Mordsanstiegs. Die Straße ist an beiden Seiten von alten Kalksteinmauern begrenzt, die, da sie nicht mehr instand gesetzt werden, bei jedem Regenguss mehr Steine verlieren und ihrem Verfall entgegenbröckeln. In den Ritzen zwischen den Steinen lebt eine Vielzahl hellgrüner Eidechsen, Insekten und kleiner Skorpione. Heute sind keine zu sehen, aber ich schaue auch nicht genau hin – mein Herz rast, als ich endlich die Hügelkuppe erreiche.

Oben angekommen, atme ich tief ein und gönne mir einen Moment Pause. Jetzt liegt eine weniger anspruchsvolle gerade Strecke vor mir, bevor ich das letzte Stück hügelabwärts laufe.

Nach dem Besuch im Piemont fuhren meine Eltern mit uns in die Toskana, das Land der Brunello-, Nobile- und Chianti-Weine – das Land meiner Großmutter. Ihr Mann, mein Großvater, war bei einem Flugzeugabsturz ums Leben gekommen, als er Oberst bei der italienischen Luftwaffe war. Er war außerdem ein berühmter Journalist gewesen, sodass sein Tod für nationale Schlagzeilen sorgte. Ich besitze immer noch die Zeitungsausschnitte, genau wie andere Erbstücke aus seiner Vergangenheit. Vor Kurzem habe ich entdeckt, dass ich nur seinen Namen in eine beliebige Internetsuchmaschine eingeben muss, und schon erscheint eine beeindruckende Anzahl von Artikeln über ihn.

Meine *nonna* – die sich wünschte, dass wir sie mit dem französischen *grand-maman* ansprachen – lebte allein mit ihren Erinnerungen an *grand-papa* in einem eleganten Haus, das einmal ein Hotel im Zentrum von Florenz gewesen war.

Uns erschien es weniger wie ein Zuhause, sondern eher wie eine Art Mausoleum, da sie in den Räumen unzählige alte Gegenstände (manch einer würde sie als Müll bezeichnen) aufbewahrte, die einst ihren sieben Brüdern und Schwestern gehört hatten, die alle bereits verstorben waren. Für mich und meinen Bruder war es der liebste Zeitvertreib, diese Räume zu erkunden, auf die Möbel zu klettern, manchmal auch Kisten zu durchforsten, in denen sich Fotos, Bücher und persönliche Andenken befanden, oder durch die kostbaren Briefmarken- und Münzsammlungen zu blättern. Obwohl meine *nonna* allein lebte, wirkte sie recht zufrieden, sogar heiter und gelassen. Sie war das Gegenteil meiner geschäftigen, fleißigen *nonni* aus dem Piemont; man merkte ihr die adelige Herkunft an. Oft trug sie äußerst farbenfrohe Kleider mit schönem Schmuck, und sie liebte es, uns zu verwöhnen. In ihrem Haus war der Wein nicht das Hauptgesprächsthema, dennoch stand bei den Mahlzeiten stets die traditionelle toskanische Strohflasche auf dem Tisch.

Jetzt bin ich gleich am Ende der Strecke angekommen, und ich ringe mich zu einem letzten Sprint zur Ziellinie durch. Alles in allem bin ich über zwölf Kilometer gelaufen, und wie gewöhnlich bin ich unterwegs keiner anderen Menschenseele begegnet.

Ich bleibe stehen und mache eine kurze Pause, wobei ich mich, den Nacken gebeugt, mit den Handflächen gegen die Mauer der Kapelle stütze, aus deren Ritzen winzige Kapernzweige wachsen. Ich versuche, wieder zu Atem zu kommen, dann lasse ich mich, immer noch japsend und schweißgebadet, auf den Fahrersitz meines Fiats plumpsen und kehre nach Hause zurück.

Wie immer lächle ich trotz meiner Erschöpfung – eine Angewohnheit, die ich angenommen habe, als ich eines Tages mit meinem alten Freund Fosco, der nun schon lange tot ist, auf der Terrasse einer Bar saß und Rotwein trank. Während ich aufmerksam seinen Perlen der Weisheit lauschte, lief ein Mann in Joggingkleidung an uns vorbei. Der alte Fosco gackerte verächtlich und bemerkte, er werde wohl nie verstehen, warum die Leute rannten; es scheine ihnen so gar keinen Spaß zu machen, zögen sie dabei doch stets ein so sauertöpfisches Gesicht. In dem Moment beschloss ich, ihm zu beweisen, dass er sich irrte. Seither trage ich beim Joggen jedes Mal ein breites Grinsen im Gesicht – was gar nicht so schwer ist.

Während der kurzen Fahrt wische ich mir mit einem alten Handtuch den Schweiß ab, dann lege ich es mir um den Nacken. Ich stelle Radio Siena ein; es läuft recht unterhaltsamer italienischer Hip-Hop.

Jetzt, da ich meinen Lauf beendet habe, versuche ich, mich auf meine frühen Erinnerungen an den edlen Rebensaft zu besinnen. Wie für die meisten Kinder war das erste Geschmackserlebnis nicht unbedingt positiv, die Konsistenz viel zu intensiv, zu komplex für meinen unerfahrenen Gaumen, und zwar in dem Maße, dass ich einen Augenblick fürchtete, der Schluck würde mir in der Kehle stecken bleiben. Dennoch nahm ich das Bukett wahr; ich mochte es, genau wie ich die schweren Gerüche der mostgetränkten Holzfässer, der modrigen Steinmauern der Weinkeller und der Pappkartonstapel im Lager meines Vaters mochte. In jenem Alter steckte ich gern meine Nase in die leeren Gläser, die die Erwachsenen auf dem Tisch stehen gelassen hatten.

Der Wendepunkt kam, als ich ein Teenager war. Zu der Zeit durchstreifte ich mit meinen Freunden die Hügel des Chianti; mit unseren Motorrollern machten wir uns auf die Suche nach verlassenen Gehöften. Um warm zu bleiben, kauften wir bei einem örtlichen Bauern namens Mecacci jede Menge

Wein. Seitdem heißt bei mir jeder Hauswein ohne Etikett Mecacci. Wir stürzten diesen Wein direkt aus der Flasche in uns hinein, gemäß des hiesigen Sprichworts *Chi beve al boccale beve quanto gli pare* (Wer direkt aus der Flasche trinkt, trinkt so viel er will), dann reichten wir die Flasche weiter und widmeten uns dem Fleisch und den Würstchen, die wir über den Kohlen in den Kaminen der verlassenen Bauernhäuser grillten.

Wie durch Zauberei waren unsere Geschmacksknospen nach einer Weile in der Lage, die verschiedenen Aromen zu unterscheiden und die subtilen Komplexitäten zu erkennen, und allmählich begriffen wir, dass der Wein, den wir für selbstverständlich erachteten, was die Qualität unseres Erwachsenenlebens anbelangte, eine maßgebliche Rolle spielen würde.

Wieder zu Hause, gehe ich unter die Dusche, anschließend beschließe ich, mir eine anständige Ration Mecacci einzuschenken. Ich hebe mein Glas und frage mich, auf wessen Wohl ich trinken soll, dann wird mir klar, dass ich schon den ganzen Morgen über genau das tue: In Gedanken trinke ich auf meine Eltern, meine *nonni*, meinen Bruder, auf Fosco und auf meine Jugendfreunde. Ich trinke auf ihr aller Wohl, nicht zum ersten Mal und gewiss nicht zum letzten.

3.

Begegnung an einem Hügel

Trotz meines langen Laufs verspüre ich den Drang, nach draußen zu gehen. Ich beschließe, zu Fuß zu meinem Büro zu marschieren und unterdessen weiter über das Angebot der amerikanischen Literaturagentin nachzudenken.

Spontan schnappe ich mir meinen Lederrucksack und stecke ein Notizheft, einen Stift, zwei Stück Würfelzucker und eine Flasche Mecacci ein. Anschließend gönne ich mir einen *gotto*, ein kleines Gläschen Wein für die Gesundheit, gemäß des Sprichworts: *Non ti mettere in cammino se la bocca non sa di vino* (Mach dich nicht auf den Weg, solange dein Mund nicht nach Wein schmeckt).

Die späten Herbsttage werden immer kürzer, aber die Sonne, wenn sie denn scheint, ist außergewöhnlich warm, sogar noch ein paar Stunden vor Sonnenuntergang. Während ich die nahe gelegenen Hügel hinaufsteige, eröffnen sich mir atemberaubende Ausblicke. Die Wärme des Tages hat den Nebel am Grund der Täler vollständig vertrieben und damit auch den frühmorgendlichen »Ozeaneffekt«; nun fällt es schwer, sich dieses traumhaften Naturphänomens zu erinnern.

Immer wenn ich in diese Schönheit eintauche, bemühe ich mich vergeblich, die bewegenden Gefühle, die die Landschaft der Chianti-Region in mir hervorruft, in Worte zu fassen. Nichts scheint ihr gerecht zu werden; mir geht die Seele auf, ich bin verzückt, begeistert, mein Geist wird beflügelt von einem schöpferischen Feuerwerk – doch allein das auszusprechen lässt sie zu einem Klischee verkommen.

Also lasse ich die Sprache hinter mir, zusammen mit anderen Unzulänglichkeiten der Zivilisation, und setze meinen Aufstieg fort, streife mit erhobenem Kopf und weit ausgebreiteten Armen durch die brachliegenden Felder, spreize die Finger, um die Spitzen des hoch aufragenden Grases zu streifen, das sich in der sanften Brise wiegt. Hinter mir zurück bleibt ein Pfad aus heruntergetretenem Gras, dem kein anderer Spaziergänger folgen wird, denn in wenigen Augenblicken werden sich die Halme wieder aufrichten und all meine Spuren tilgen, als wäre ich nie hier gewesen.

Ich statte dem nahe gelegenen Stall meinen obligatorischen Besuch ab und werde von den beiden schönen Pferden begrüßt, die zum Zaun getrottet kommen. Ich erwidere ihren Gruß, indem ich ihre Nasen streichle und jedem ein Zuckerstückchen gebe. Während sie es zermalmen, stelle ich fest, dass ich immer noch das Zirpen der Zikaden hören kann, auch ein paar bunte Schmetterlinge taumeln durch die Luft, was ungewöhnlich ist für diese Jahreszeit.

Auf dem halben Weg den Hügel hinauf fällt mir ein beeindruckendes, brandneues, voll ausgestattetes beigefarbenes Wohnmobil mit einem Mailänder Nummernschild ins Auge. Eine ziemlich laute Familie ist ausgestiegen und hat Besitz von einer staubigen Lichtung ergriffen, auf der nicht mehr als ein paar tapfere Grasbüschel überlebt haben.

Die Eltern sind schätzungsweise Anfang vierzig; sie entspannen sich unter einer großen Markise auf Holzliegestühlen mit gestreiftem Bezug, trinken deutsches Bier direkt aus der Flasche und rauchen Zigaretten. Offenbar sind sie schon eine Weile hier, wie man an den zahlreichen Zigarettenstummeln auf dem Boden erkennen kann. Ihre beiden übergewichtigen Teenager drücken sich in einiger Entfernung herum.

Da ich diese Leute nicht unbedingt stören möchte, gehe ich leise hinter dem Wohnmobil vorbei, damit sie mich erst gar nicht bemerken. Mehrere Meter weiter beschließe ich, einen Augenblick auf einem großen, flachen Gesteinsbrocken vor einem alten Baumstumpf zu verweilen und einmal mehr die majestätische Aussicht zu bewundern. Trotz der unzähligen Male, die ich schon hier gesessen habe, versäumt die Natur nie, mir eine neue, überraschende Facette zu enthüllen. Ich blinzele gegen die Sonne. Der sanfte Südwestwind trocknet den Schweiß auf meiner Haut, ich kratze ausgiebig meinen Zweitagebart. Um mich einer angenehmeren Tätigkeit zu widmen, ziehe ich die Flasche Mecacci aus meinem Rucksack, entkorke sie und trinke wie ein nuckelndes Kleinkind, womit ich das alte Bauernsprichwort bestärke: *Il vino è la poppa dei vecchi* (Die Weinflasche ist die Mutterbrust des alten Mannes).

Mit wenig Interesse lausche ich den Streitigkeiten der beiden Teenager, die so gar nichts gemeinsam zu haben scheinen. Als sie endlich mit ihrer Nörgelei aufhören, drehe ich mich zu ihnen um. Das Mädchen, ganz offensichtlich die Ältere der Geschwister, tunkt Pommes frites in eine blassrosafarbene Soße, die sie aus einer Aluminiumtube drückt. Ihr leuchtend kupferrotes Haar ist zu einem Pferdeschwanz gebunden, sie trägt ein blassblaues T-Shirt, das ihre Taille entblößt; in ihrem Bauchnabel steckt ein kleiner Ring. Ihr Bauch ist zu dick, um das Piercing erotisch wirken zu lassen, das Gummiband ihres metallisch-grünen Stringtangas ist über den tief sitzenden Bund ihrer Jeans gerutscht. Es ist die gleiche, die auch ihr Bruder trägt. Als ich ihn ansehe, stelle ich fest, dass auf seinem kindlichen Gesicht der erste, zögerliche Bartwuchs sprießt; ich kann mir gut vorstellen, wie er stundenlang vor dem Spiegel steht und ihn liebevoll mit einer Giletteklinge rasiert. Um nicht das ständige Gemecker seiner Schwester anhören zu müssen, hat er Ohrhörer eingesteckt und beschäftigt sich mit seinem Gameboy. Sein Gesicht ist völlig neutral – es zeigt sich nichts darauf, was ansatzweise mit einem erkennbaren menschlichen Ausdruck in Verbindung zu bringen wäre. Das ist merkwürdig, denn die Lautstärke seines iPods ist so hoch eingestellt, dass man meint, er müsse sich vor Qual krümmen; ich kann den wummernden, hypnotisierenden Rhythmus bis zu meinem Gesteinsbrocken hin hören. Auf einmal kann ich meinen Blick nicht mehr von diesen Leuten abwenden – vielleicht weil sie etwas so Trauriges, Sinnentleertes ausstrahlen. Sie scheinen auf tragische, hoffnungslose Weise in sich selbst gefangen, völlig unempfänglich für das prächtige Naturpanorama, das sie umgibt.

Meine Aufmerksamkeit richtet sich wieder auf die Eltern, die jetzt ins Wohnmobil gehen und den Fernseher einschalten. Das Flimmern des Bildschirms zieht einen Schwarm winziger Fliegen und andere Insekten an. Die Eltern sehen eine Quizshow, die offenbar immer wieder unterbrochen wird durch aufdringliche Werbung, präsentiert von einem äußerst populären Entertainer, der erst vor Kurzem zu einem positiven Vorbild unserer Zeit gewählt wurde. (Vielleicht hätte ich auch eine Stimme abgeben sollen.)

Der Vater kommt wieder heraus, um ans Handy zu gehen; sofort fängt er an, wild zu gestikulieren und immer wieder die Hände in den blauen Himmel zu werfen, den er gar nicht wahrzunehmen scheint. Er streitet, wobei er den Anrufer mit einem erstaunlich großen Repertoire an Schimpfwörtern beleidigt. Seine Frau – gertenschlank, attraktiv, die Sorte Frau, die nur die angesagtesten Restaurants besucht, obwohl sie so gut wie nichts isst – gesellt sich zu ihm, weil ihr eigenes Handy klingelt. Sie spricht so laut wie ihr Mann, ohne dabei die Zigarette aus dem Mund zu nehmen; sie macht sich nicht mal die Mühe, die Asche abzuklopfen.

Dieses Bild – eine Familie, körperlich betrachtet, vereint und dennoch jeder für sich, isoliert in seiner eigenen kleinen Welt – wird nun von der Tochter vervollständigt, die anfängt, mit ihrem Handy SMS zu verschicken. Ihre Finger bewegen sich so schnell auf der Tastatur wie die ihres Bruders auf dem Gameboy.

Ich hebe meine Flasche und nehme einen zweiten Schluck, diesmal richte ich meinen Blick auf die welligen Umrisse der Hügel am Horizont. Doch fast sofort lenkt mich ein kleiner gelber Marienkäfer ab, der mit großer Mühe über die Härchen auf meinem Unterarm krabbelt, was ein bisschen kitzelt. Ein Weilchen beobachte ich das kleine, gepunktete Geschöpf, das versucht, sich seinen Weg durch das zu bahnen, was ihm wie ein dichter Dschungel erscheinen muss, und schließlich döse ich ein, den Rücken gegen den alten, hohlen Baumstamm gelehnt, der während des Sommers einen Schwarm Honigbienen und ihren riesigen Bienenstock beherbergte.

Meine *pennichella* – mein Mittagsschläfchen – wird unterbrochen von einer heiseren Stimme mit ausgeprägtem Mailänder Akzent. Ich öffne die Augen und sehe mich der beeindruckenden Gestalt des Wohnmobilbesitzers gegenüber. Sein graues, offenes Hemd ist schweißdurchtränkt und gibt den Blick auf sein dichtes, lockiges tintenschwarzes Brusthaar frei. Er krempelt seine ausgebeulten Kakishorts auf, dann schlappt er in seinen blutroten Flip-Flops näher. Sein beißender Körpergeruch erreicht mich noch vor ihm.

»He, Kumpel«, sagt er, setzt seine teure Sonnenbrille ab und trocknet sich mit einem karierten Taschentuch die Schweißperlen auf der Stirn. »Ich muss meine E-Mails checken. Gibt es im Ort vielleicht ein Internetcafé?«

»Nein«, antworte ich und schüttele leicht den Kopf. Ich bin noch nicht ganz wach und ein wenig erschrocken über sein plötzliches Eindringen in meine Privatsphäre. »Aber wenn Sie möchten«, füge ich in dem Bemühen, freundlich zu sein, hinzu, »können Sie meinen Anschluss benutzen, ich wohne gleich dort unten.« Ich deute auf mein Haus in dem Tal unter uns.

»Mmm«, sag er mehr als zögernd. »Nein, danke, ich möchte Sie nicht stören.«

»Das tun Sie nicht. Wenn Sie möchten, können wir gleich losgehen.«

Er zögert noch immer, scheinbar denkt er über mein Angebot nach. Ich mache Anstalten aufzustehen, um ihn zu meinem Haus zu begleiten, doch zu meinem Erstaunen setzt er sich neben mich – nachdem er mit der Hand den Schmutz von dem Gesteinsbrocken gewischt hat.

»Das kann bis morgen warten«, erklärt er. Nichts ist so wichtig, dass es ihn zwingen könnte, sich unter die Einheimischen zu mischen, hat er offenbar beschlossen. Er reibt die Handflächen gegeneinander, um den Schmutz loszuwerden.

Wir sehen einander einen Augenblick in die Augen, keiner lässt den Blick des anderen los, als trügen wir ein stummes Duell aus. Dann schaut er zu Boden und fragt, ob es nicht langweilig sei, an diesem abgeschiedenen Fleckchen zu leben, so weit weg von der Stadt, der zivilisierten Welt. Es scheint ihm unbegreiflich, dass jemand hier glücklich sein kann. Ob ich es denn nicht vermisse, zum Beispiel ins Theater zu gehen?

Ich blicke auf die Hügel, während ich versuche, eine angemessene Antwort zu formulieren. Mit Ausnahme des Krippenspiels, das die Kinder hier jedes Jahr an Weihnachten aufführen, gibt es im Dorf in der Tat keine Theatervorführungen, geschweige denn ein Theater. Doch empfinde ich das als Defizit? Während ich weiter über seine Frage nachdenke, biete ich ihm instinktiv meine Flasche Wein an, was er mit angewidertem Gesichtsausdruck ablehnt. Am liebsten würde ich ihn fragen, ob ihm bewusst sei, *was* er da ablehnt. Die Alten nannten es *il sangue della terra* (das Blut der Erde), und der Schriftsteller, Drehbuchautor und Regisseur Mario Soldati hatte noch vor gar nicht so langer Zeit von *la poesia della terra* (der Poesie der Erde) gesprochen. Die pedantische Ausstrahlung, die Nachdrücklichkeit, mit der er darauf hinweist, wie weit er von seiner eigentlichen Umgebung entfernt ist, das arrogante Gebaren und der vornehme norditalienische Oberschichtakzent des Mannes rufen in mir eine Vielzahl von

Gefühlen hervor, und nicht alle davon sind positiv. Ich bin nicht bereit, mich in eine Debatte mit jemandem verwickeln zu lassen, der sich seine Meinung bereits gebildet hat, also beschränke ich mich darauf, seine blasse Haut, die weichen Wangen und seine stumpfen, erschöpften Augen zu betrachten, die einem gefrorenen Seehecht in der Fischtheke eines Supermarkts gleichen, und mir wird klar, dass wir nicht nur aus verschiedenen Welten stammen, sondern noch dazu grundverschiedene Männer sind.

Mehr aus Höflichkeit als aus Interesse frage ich ihn, was er hier mache. Stolz erklärt er, er sei mit seiner Familie von Mailand hierhergekommen, um die Hochzeit der Tochter seines Chefs zu feiern. Sein Chef hatte ein Schloss für die Feierlichkeiten gemietet, und er erzählt mir, wie verschwenderisch und spektakulär das Ganze gewesen war. Jetzt befand sich die Familie auf dem Weg zurück nach Mailand.

»Ehrlich gesagt, kann ich es kaum erwarten, wieder nach Hause zu kommen«, gibt er schaudernd zu. »Dieses weite Land ruft ein Gefühl der Panik in mir hervor. Ihr tut mir leid, dass ihr euer ganzes Leben in dieser gottverlassenen Gegend verbringen müsst, ohne je die Gelegenheit zu bekommen, etwas Konstruktives anzufangen, ohne Zugang zu all den Annehmlichkeiten und Privilegien der Stadt.«

Ich hole tief Luft und sage ihm, dass ich ihm zustimme, dass ich mir ernsthaft überlegen werde, nach Mailand zu ziehen. Schließlich ist es das, was er hören will; das, was ich ihm eigentlich sagen möchte, würde er ohnehin gleich abtun. Als ich aufstehe, um aufzubrechen, frage ich ihn, wie oft er ins Theater geht.

»Um genau zu sein, ist es schon Jahre her, dass wir das letzte Mal im Theater waren«, antwortet er und zündet sich eine weitere Zigarette an. Er nimmt einen Zug, dann schürzt er die Lippen und bläst den Rauch aus, immer noch immun gegenüber der fast schmerzlich schönen Landschaft um ihn herum. Da ich nichts mit diesem Tiefkühlfischfilet von Mann gemein habe, verabschiede ich mich mit einem knappen Gruß. Ich nehme einen letzten Schluck Mecacci, stecke die Flasche zurück in den Rucksack und setze meinen Weg zum Gipfel des Hügels fort, in Richtung meines Büros.

4.

Träumerei

Vermutlich ist es unvermeidlich, dass mir meine Zufallsbegegnung mit der unglücklichen Mailänder Familie noch eine ganze Weile nachhängt. Ich komme nicht über das blasse, verkrampfte Erscheinungsbild der vier hinweg, genauso wenig wie über die arrogante, starre Miene des Vaters. Was für ein Kontrast zu der erfrischenden Lebendigkeit der Natur um sie herum, einer Natur, die zu verlassen sie offenbar kaum erwarten können. Betrübt komme ich zu dem Schluss, dass sie wahrscheinlich den Inbegriff einer italienischen Familie im neuen Jahrtausend verkörpern.

Möglich, dass der Vater versucht hat, mich zu provozieren, als er behauptete, er empfinde Mitleid mit mir; nun, sollte das der Fall gewesen sein, so war er erfolgreich; tatsächlich hat er mich dazu gebracht, dass ich unsere grundverschiedenen Lebenswelten einander gegenüberstelle.

Ich denke darüber nach, wie glücklich ich mich schätzen kann, ein Schlafzimmer zu besitzen, dessen Fenster auf die grünen Hügel und Täler des Chianti blickt, eine Art lebendiges Gemälde von unschätzbarem Wert und unermesslicher Vielfalt, nicht reproduzierbar selbst von den talentiertesten Fälschern. Dann versuche ich, mir *seine* Wohngegend vorzustellen, ein neu erschlossenes Gebiet irgendwo an der Peripherie von Mailand, zusammengewürfelt ohne jedwede gestalterische Harmonie. Was sieht er, wenn er sein Fenster öffnet? Die langweilige, düstere Fassade eines weiteren Apartmentblocks, der dort in seiner granitenen Reizlosigkeit steht, unverrückbar, unveränderlich, gegen die Jahreszeiten gefeit.

Wahrscheinlich pflegt er wenig Kontakt zu seinen Nachbarn, kennt nicht mal die Leute, die ihm tagtäglich auf dem fensterlosen Gemeinschaftskorridor oder in dem klaustrophobisch beengten Aufzug begegnen. Ich wette, er kennt keinen einzigen der anderen Bewohner auf seiner Etage mit Namen.

Mein Dorf ist bestimmt nicht das Zentrum unentwegter Geschäftigkeit, aber wenigstens fühle ich mich hier nie allein; ich kann jederzeit auf die mittelalterliche *piazza* gehen und finde immer jemanden, mit dem ich ein freundliches Wort wechseln kann. Ich kann stundenlang in der Dorfkneipe, unter dem Akazienbaum oder an einem der anderen Orte sitzen, an dem sich die älteren Dorfbewohner üblicherweise versammeln, und mir Tausende von Geschichten über das Leben in der Gegenwart und in der Vergangenheit anhören, vorgetragen von authentischen Geschichtenerzählern mit klugen, edlen Seelen.

Ich fühle mich privilegiert, weil ich in der Lage bin, einfach so zum Spaß das zu tun, was ich heute Morgen getan habe: in meine Turnschuhe zu schlüpfen und durch die prächtigen, unverschmutzten Wälder zu laufen, die berauschenden Düfte der jeweiligen Jahreszeit einzuatmen und das Knistern der herabgefallenen Blätter unter meinen Füßen zu hören. Ich schrumpfe in mich zusammen, wenn ich mir ein Leben vorstelle, das mir keine Gelegenheit lässt, den Mund zu öffnen und mit unverseuchtem Regenwasser zu füllen oder die Blätter beiseitezuschieben und mir dabei die Arme mit Tau zu benetzen. In einer großen Stadt würde ich vom »Fortschritt« verpestete Luft einatmen und schmutzigen Regen auf mich niedergehen lassen müssen.

Wenn ich durch meine stillen Hügel laufe, kommt es nicht selten vor, dass mir eine Vielzahl an Wildtieren begegnet, die hier in aller Ruhe ihren alltäglichen Verrichtungen nachgehen. Für meinen Freund aus der Stadt ist der einzige Hinweis auf wild lebende Tiere der Taubenkot auf der Windschutzscheibe seines Autos. Wie muss es sein, niemals von den Strahlen des Sonnenlichts geweckt zu werden, die durch die Fensterläden dringen und einem übers Gesicht tanzen? Selbst wenn er ein Fenster hat, das nach Osten hinausgeht, wird er die Jalousien geschlossen lassen müssen, um den Verkehrslärm, das Getöse der Massen und eventuelle Einbrecher fernzuhalten. In einem solchen Leben ist ein Fenster eher eine Belastung als eine Annehmlichkeit; ich frage mich, warum die Menschen in der Stadt überhaupt Fenster haben?

Der Soundtrack meines eigenen Lebens ändert sich je nach Jahreszeit, angefangen bei der betäubenden Stille der winterlichen Schneefälle über das Zirpen der Zikaden im Sommer bis hin zu den Rufen der Schwalben, die auf der Jagd nach dicken, saftigen Insekten kopfüber vom Himmel stürzen. Abends schlafe ich zu dem regelmäßigen Klagen des Uhus ein, dem volltönenden Quaken der Frösche am Bach und dem lauten Konzert der Grillen. Wenn ich noch eine Weile wach liegen möchte, dann kann ich die Glühwürmchen beobachten, deren Blinken und Funkeln auf zauberhafte Weise die Nacht erfüllt. In den meisten Städten ist es gang und gäbe, sich nach Einbruch der Dunkelheit einzuschließen, hier dagegen kann man getrost die Schlüssel über Nacht in der Haustür stecken lassen.

Im Sommer verbringe ich meine freien Tage damit, in den kristallklaren Quellbecken zu schwimmen, in denen glänzende Fische und farbenfrohe Krebse ihren Lebensraum haben. Ich würde es mir zweimal überlegen, meine Hand in das verseuchte »Wasser« zu tauchen, das durch unsere Städte fließt.

Ich frage mich, ob mein Freund aus Mailand jemals angehalten hat, um die Herrlichkeit eines Regenbogens zu genießen, der nach einem heftigen Gewitter über den Hügeln schimmert.

Während der entsprechenden Saison gehe ich auf die Suche nach Pilzen, Maronen, Walderdbeeren und den Früchten des Erdbeerbaums. Mit meinem alten Freund Gosto und seiner Hündin Lalla suche ich nach Trüffeln, und dazu muss ich nicht einmal ins Auto steigen. Ich frage mich, was mein Freund in Mailand für seine Trüffeln bezahlt. Und ich frage mich, ob er jemals über ein frisch geerntetes Weizenfeld gelaufen ist, wilde Früchte in einem Leinensack gesammelt hat oder eine Magenverstimmung hatte, weil zu viele Trauben direkt von den Reben in seinen Mund wanderten ... Bestimmt hat er nie seine Lungen mit dem kräftigen Duft von Oliven gefüllt, die gerade eben in einer Steinmühle gepresst wurden, um aus ihnen das kostbare extra native Olivenöl zu gewinnen. Er wird nie nach einem einsamen Feldspaziergang mit verschiedenen Wildkräutern zurückkehren, um damit einen Salat anzumachen, wird nie einen Strauß Wildblumen pflücken, um ihn liebevoll seiner Frau zu überreichen. Das sind die simplen Handlungen und Gesten, die den Tag lebenswert machen, und sie sind, so denke ich, die eigentliche Essenz eines sinnvoll verbrachten Lebens.

Nun, da mir klar geworden ist, auf welch vielfältige Weise ich mich so offenkundig glücklich schätzen kann, beschließe ich, das zum Anlass für einen weiteren *brindisi* zu nehmen. Ich hebe die Flasche, trinke auf Gottes freie Natur um mich herum und nehme voller Liebe und Dankbarkeit einen großen Schluck.

5.

Im Büro

Einige Zeit später erreiche ich mein Ziel und nehme unter einer prachtvollen Eiche Platz, an deren Fuß der Gemeinderat einen bequemen Holztisch mit Bänken hat aufstellen lassen. Hierher komme ich für gewöhnlich, um zu schreiben oder mir Notizen zu machen, weshalb ich diesen Ort auch *il mio ufficio* getauft habe – mein Büro.

Nach meinen Grübeleien über die Mailänder Familie habe ich meine innere Ausgeglichenheit wiedergefunden und verspüre das dringende Bedürfnis, etwas zu Papier zu bringen; mein Kopf ist wieder klar, meine Gedanken sind frei und unbeschwert. Plötzlich kommt mir ein Zitat in den Sinn – ich glaube von Baudelaire: »Die Kunst des Schreibens gründet auf Unzufriedenheit.« Ich könnte nicht unterschiedlicherer Meinung sein.

Ich sitze auf der Seite des Tisches, die nach Süden blickt. Von hier aus sehe ich, wie die Hügel des üppigen Chianti-Gebiets, dicht bestanden mit prächtigen Eichen, plötzlich der trockenen, aber nichtsdestoweniger ausdrucksstarken Mondlandschaft der Crete Senesi weichen. An Tagen, die so klar sind wie dieser, ist es möglich, den Gipfel des Monte Amiata auszumachen, der an die Latium-Region im Süden der Toskana grenzt. Wenn ich den Blick nach Osten wende und nur ein paar Meter tiefer schweifen lasse, dann sehe ich mein geliebtes Dorf mit den Hügeln direkt dahinter und ein Stück weiter hinten den Apennin, der an eine andere, der Toskana benachbarte Region grenzt, die Emilia-Romagna.

Im Westen entdecke ich Siena, meine Stadt, und die frischen, jungen Wälder der sienesischen Montagnola, weiter in der Ferne die sogenannten Metallhügel, die sowohl an Minen als auch an Geysiren reich sind. Und an ganz besonders klaren Tagen kann man mit ein wenig Glück sogar die schneebedeckten Gipfel der Berge von Abetone erkennen.

Nach Norden hin wird mein Blick von dem gewaltigen Eichenstamm verstellt, der eine Vielzahl winziger Geschöpfe zu beherbergen scheint (die sich unglücklicherweise nach einem neuen Zuhause umzusehen scheinen, da sie ständig über mein Notizbuch, in mein Haar und auf meinen Rucksack krabbeln). Wenn ich aufstehe und um den Baum herumgehe, kann ich die mittelalterlichen Türme von San Gimignano sehen, die uralten, gewaltigen Mauern von Moteriggioni und in weiter Ferne – was weniger schön ist – die gelbe Smog-Wolke, die über Florenz hängt.

Mitunter habe ich den Eindruck, ich lebte in einem Märchen, in einem Traum, in den ich vor über dreißig Jahren gefallen bin und aus dem ich – anders als Dornröschen – hoffentlich niemals erwachen werde. In dem Moment, in dem das geschieht, wird meine Zeit auf dieser Erde zu Ende sein. Vielleicht bin ich deshalb Atheist; ich kann nicht glauben, dass es ein »schöneres Leben« geben soll als das Paradies, in dem ich zu Hause bin.

Doch genug der müßigen Gedanken, es ist Zeit für die Arbeit. Ich beuge mich über meinen Notizblock und überlege mir eine Antwort für Mia Lane.

Ich habe bereits zwei Bücher geschrieben, in denen ich detailliert mein Leben und meine Erfahrungen in der Chianti-Region schildere – was sowohl die glücklichen Tage meiner Jugend als auch meine Jahre als Reiseleiter beinhaltet, in denen ich eine Vielzahl von Persönlichkeiten durch diese schöne Landschaft und in die angrenzende Umgebung begleitet habe. Dennoch ist die Vorstellung, ein drittes literarisches Werk in Angriff zu nehmen, verlockend.

Mein erstes Buch, *Toskana forever. Ein Reiseleiter erzählt,* entstand aus einer Laune heraus. Ich wollte mir während eines langen Winters vor dem Kamin die Zeit vertreiben, inspiriert von einigen meiner eigenwilligeren Klienten. Man stelle sich meine Verblüffung vor, als es nicht nur verlegt, sondern eine Art Kultbuch wurde und mir eine Aufmerksamkeit einbrachte, die ich mir niemals hätte träumen lassen. Mein Leben veränderte sich dadurch radikal.

Das zweite Buch, *Ein Tag in der Toskana. Vom Abenteuer, ein Italiener zu sein,* war die logische Folge des ersten, doch es war weit sorgfältiger durchdacht und strukturiert als sein Vorgänger – was nicht zuletzt an dem ängstlichen Bewusstsein lag, dass ich jetzt eine ganze Armee von Lesern hatte, außerdem eine Literaturagentin und einen Verlag, dessen hohen Erwartungen ich mich stellen musste.

Die »richtigen« Schriftsteller, die kennenzulernen ich das Glück hatte (und zu denen ich mich niemals dazuzählen werde), haben mir oft gesagt, dass es in der Tat das dritte Buch ist, mit dem eine Karriere steht oder fällt. Wenn es ein Erfolg wird, dann hat man sich als Autor etabliert; wenn es dagegen von der Kritik zerrissen wird oder sich nicht verkauft, dann verschwindet man schnell wieder in der Versenkung, aus der erneut aufzusteigen ein Ding der Unmöglichkeit ist.

Des Weiteren muss ich an die Unmengen önologischer Fachliteratur denken, die die Regale füllen – erschöpfendes Material, zusammengetragen von Weinexperten und anderen Koryphäen. Mich mit ihnen vergleichen zu wollen oder gar mit ihnen in Wettbewerb zu treten wäre wohl eher beschämend.

Trotzdem … Wenn Mia Lane nach jemandem sucht, der weniger spezialisiert ist – nach dem Urteil und den Erfahrungen einer Person, deren tägliches Leben durch die Rebe eine beträchtliche Bereicherung erfährt –, das Ganze womöglich in einen groben historischen Kontext verpackt und mit persönlichen Betrachtungen sowie Sprichwörtern zum Thema angereichert, nun, dann fühle ich mich der Aufgabe definitiv gewachsen.

Außerdem, wie könnte ich ablehnen? Ich lebe an einem Ort, nach dem einer der berühmtesten Weine unseres Planeten benannt ist; mein Haus liegt an der Via del Grappolo – der Traubenstraße –, und meine direkten Nachbarn wohnen an der Weinstraße und an Durchgangsstraßen namens Chianti Classico und Gallo Nero. (Letzteres bedeutet »Der Schwarze Hahn« und steht für das Konsortium, das die Qualität unserer einheimischen Weine kontrolliert.) Außerdem ist unser Dorffest der Traubenernte gewidmet, und die nahezu einzige Einnahmequelle in der ganzen Region ist die Weinproduktion. Ich bin umgeben von berühmten Weingütern und einer Vielzahl kleiner Hersteller, die einem ganzen Dorf mit über dreihundert Seelen Arbeit bieten.

Dennoch überkommt mich ein Anflug des Zweifels; macht mich das alles wirklich zu einer Autorität auf diesem Gebiet? Nun, wenn ich jemandem begegnete, der in der Hopfenstraße zwischen Malz- und Fassbierstraße lebte, umringt von Brauereien, würde ich das, was er mir erzählte, auch für bare Münze nehmen.

Also beschließe ich, nach Hause zu marschieren und eine positive Antwort auf Mia Lanes E-Mail zu verfassen. Anschließend werde ich ins Dorf gehen und in der Bar den Anstoß zu meinem dritten Buch feiern. Hoffentlich finde ich gute Gesellschaft und – warum nicht? – ein paar Anregungen für mein neues Werk.

Ich möchte meine Flasche zu einem weiteren kurzen *brindisi* erheben – doch das geht nicht: Der Mecacci ist leer.

Also packe ich mein Notizheft ein und lege meinen Rucksack an, dann mache ich mich auf den Heimweg, wobei ich eine andere Strecke wähle, um nicht wieder auf die Familie mit dem Wohnmobil zu treffen.

6.
Aufgedrängt, aufgeschnappt

Meine Hoffnung, auf nette Leute zu stoßen, mit denen ich mein neues Projekt feiern kann, zerschlägt sich, als ich die Bar betrete. Der Raum ist praktisch leer, abgesehen von zwei Stammgästen. Einer von ihnen ist Giulio, ein zurückgezogen lebender Alter, der, auf seinen hölzernen Gehstock gestützt, Wein aus einem sehr großen Glas trinkt. Über ihn sagt man im Dorf schmunzelnd: »Je mehr Wein, desto mehr fällt er ein.« Als ich diesen Spruch das erste Mal hörte, war ich Giulio noch nicht begegnet, und ich stellte ihn mir vor wie eine der schillernden, grotesken Figuren des kolumbianischen Autors Gabriel García Márquez – und tatsächlich hätte der Alte gut und gern der Feder dieses Nobelpreisträgers entsprungen sein können.

Der andere Stammgast in der Bar ist Orazio (italienisch für Horatio), der mehr in meinem Alter ist und auf einem der hiesigen Weingüter arbeitet. Anders als Giulio ist Orazio extrem gesprächig, obwohl seine Gesellschaft weitaus angenehmer wäre, wenn er den Mund halten würde. Er ist das, was wir hier einen *brav'uomo* nennen, einen Mann, der sein Herz auf der Zunge trägt. Im Dorf ist er wegen seines unschuldigen, nahezu kindlichen Wesens beliebt. Wie viele andere ist er vor rund zehn Jahren auf der Suche nach einem Job aus einem kleinen, abgeschiedenen *paesiello* (Bauernkaff) tief unten auf der von Armut geplagten südlichen Halbinsel hierhergekommen. Orazio lebt allein und schuftet wie ein Maultier. Von der Statur her ist er klein, stämmig und gedrungen, mit kurzen, aber verblüffend muskulösen Armen. Sein Bauch hängt weit über seinen Hosenbund und ist so aufgebläht, dass er dem eines ertrunkenen Untieres gleicht, das man aus dem Amazonas gefischt hat. Mehr als einmal habe ich mich bei seinem Anblick gefragt, wie es ihm wohl gelingen mag, mit seinen stummeligen Armen zu seinem Penis hinabzulangen, wenn er pinkeln muss. (Vielleicht ist sein Penis außergewöhnlich lang und schlängelt sich seinen Armen entgegen.) Seine Hände sind gewaltig, die Finger sehen aus wie dicke Wildschweinwürste, und da er sich weigert, bei der Arbeit Handschuhe zu tragen, sind sie voller Flecken von Most und Wein, die seit nunmehr dreißig Jahren Tag für Tag tief in seine Poren eindringen.

Am faszinierendsten aber ist die merkwürdige Form seines Schädels, der fast aussieht wie der eines Neandertalers, größer und abgeflachter als der des Homo Sapiens, der diesen Planeten seit langer Zeit bevölkert. Seine Wangenknochen sind extrem ausgeprägt, die Augenbrauen buschig, die Stirn niedrig. Und als wäre das noch nicht genug, ragt eine breite, platte Nase zwischen seinen winzigen, tief liegenden schwarzen Augen empor. Der Großteil seines Gesichts ist von einem Bart bedeckt, der ihm fast bis zu den Augenhöhlen reicht und der so dicht wuchert, dass er ihn mehr als einmal täglich rasieren muss. Kurz gesagt: Orazio sieht auf verblüffende Art und Weise aus wie das berühmte Missing Link, die fehlende Übergangsform zwischen Mensch und Affe, nach dem die Anthropologen suchen, um die Lücke in der Evolutionstheorie zu schließen; der gute, alte Charles Darwin wäre sicher froh gewesen, ihn kennenzulernen.

Armer Orazio – sein animalisches Aussehen steht in einem solchen Kontrast zu seinem freundlichen Wesen. Zudem ist er mit einem weiteren Handicap geschlagen: Er hat Schwierigkeiten, einen zusammenhängenden Satz hervorzubringen, und braucht nicht gerade wenig Zeit, um selbst die simpelste Anekdote zum Besten zu geben. Beim Sprechen verhaspelt er sich, gerät ins Stottern, und in null Komma nichts geht sein eigentlicher Gedanke in einem Gewirr aus Gestammel und verlegenem Schweigen unter. Schlimmer noch: Wenn es ihm gelingt, seine Geschichte auszuspucken, so tut er das im wahrsten Sinne des Wortes. Er spuckt winzige Speichelgeschosse, gewürzt mit *ciaccino*, seinem Lieblingsimbiss, einem mit Mortadella gefüllten Fladenbrot – eine echte toskanische Spezialität.

Aus all diesen Gründen ist Orazio nicht unbedingt die brillante, geistreiche Gesellschaft, die ich heute suche, aber es ist zu spät. Er hat mich gesehen, jetzt kann ich mich nicht mehr aus der Bar schleichen. Ich bestelle ein Glas Chianti Classico Oliviera und nehme in einiger Entfernung Platz, vielleicht kommt er ja gar nicht zu mir. Doch leider springt er sofort auf und legt los: »Hast du gesehen … nein, ich meine, weißt du, wo er … mmm, weißt du, von wem ich spreche? … Ich meine Franceschino. Glaube ich … Nein, nein, ich meine den, der für – wie heißt er noch gleich? – arbeitet … Komm schon, du weißt doch, hilf mir, er wohnt in … in …« (Hier stockt er und verdreht die Augen zur Decke.) »Ooohhh … von wem reden wir gerade? … Du musst wissen … O ja, er lebt in der Nähe von diesem Lkw-Fahrer, der diese Frau geheiratet hat … Wie hieß sie noch gleich? … Wie? … Du hast noch nie von ihm gehört? Doch, das hast du! Ähm, die Frau … sie heißt … sie heißt … hilf mir … Die Ehefrau, das ist … Ja!« (Er schnippt mit den Fingern, wie um sich selbst anzufeuern, und beißt sich auf die Lippe.) »Ihr Vater war Sizilianer. Nein, aus Kalabrien, vielleicht auch … Kommt sie nicht aus Apulien? … Du kennst sie, da bin ich mir ganz sicher, sie hatte einen Unfall, da an dieser Straße, erinnerst du dich?«

An diesem Punkt weiß ich noch immer nicht, von wem die Rede ist, auch nicht, um wen sich Orazios eigentliche Geschichte dreht, um diese Frau oder um den Mann, mit dem sie verheiratet ist oder auch nicht. Doch es gibt keine Möglichkeit, Orazio zu bremsen, der bereits stockend fortfährt: »Nein … Moment mal … warte …« (Er reibt sich mit den Handflächen die Stirn, als wollte er sein Hirn ankurbeln.) »Die Straße, die die Stadt … Wie heißt sie doch gleich? … Sie ist ganz in der Nähe dieser anderen Stadt, deren Name mir gerade nicht einfällt …« (Es entsteht eine kurze Pause, in der er nach unten greift und seinen Hosenbund zurechtrückt.) »Nein, warte, das war gar nicht diese Straße, das war die andere … die, an der die beiden geilen Schwestern wohnen … Ja, ich bin mir sicher, du kennst wenigstens eine von ihnen persönlich, hab ich recht?« (Nun folgt eine größere Pause, in der er etwas aus seiner Nase pult.)

So geht es etwa zwanzig Minuten weiter, dabei möchte er mir lediglich erzählen, dass er gestern Abend in Radda beim Pizzaessen war. Gott weiß, wie lange es noch dauern würde, sollte er mir auch noch mitteilen wollen, für welche Pizza er sich entschieden hat. Aber das ist Orazio, man muss ihn eben nehmen, wie er ist.

Nach dem dritten Roten beschließe ich, das heute einmal nicht zu tun und aufzubrechen. Ich stelle das leere Weinglas auf den Holztresen und weiche auf dem Weg zur Tür den *ciaccino*-Bröckchen auf dem Fußboden aus. Erleichtert stelle ich fest, dass Orazio mir nicht hinaus auf die Straße folgt. Weil er nicht in der Lage ist, zwei Dinge gleichzeitig zu tun, in diesem Falle gehen und reden, würden mich die paar Schritte von der Bar zu seiner Wohnung am Dorfplatz vermutlich eine weitere halbe Stunde kosten.

Mittlerweile ist es Zeit zum Abendessen, und bislang hatte ich noch kein Glück mit meinem spontanen Fest. Ich überlege, nach Hause zurückzukehren und mir etwas zu kochen, dann fällt mir ein, dass der Kühlschrank leer ist – und ich weiß nicht, ob ich aus einer vertrockneten Zitrone und einem Glas Mayonnaise mit abgelaufenem Verfallsdatum eine Mahlzeit zaubern kann. Seitdem ich allein lebe, entfällt die Möglichkeit, mit einem gedeckten Tisch, einem knisternden Kaminfeuer und einer gefüllten Karaffe Wein von einer Freundin überrascht zu werden, die mich sehnsüchtig erwartet. Nun, es ist sinnlos, darüber zu sinnieren …

Ich komme am Dorfrestaurant vorbei, und mein Blick fällt auf einen einladenden Kamin und etwas, das aussieht wie saftige Steaks, die über der Glut gegrillt werden sollen.

Auf der Stelle beschließe ich, hier zu essen, und trete ein. Das wiederum ist ein Vorteil am Single-Leben: Da zu Hause niemand auf mich wartet, ist auch niemand enttäuscht, wenn ich später komme, außerdem muss ich – was noch schlimmer ist – zuvor niemanden um Erlaubnis fragen.

Der Wirt begrüßt mich, und ein Kellner führt mich zu meinem Tisch. Während ich es mir bequem mache, stelle ich fest, dass das Lokal noch leer ist, abgesehen von zwei älteren Frauen, die ein paar Tische entfernt sitzen und eifrig durch ihre Speisekarten blättern. Es bedarf nur eines einzigen Blickes, um sie als Amerikanerinnen auszumachen. Beide sind grellbunt gekleidet und scheinen ihr Make-up mit einer Maurerkelle aufgetragen zu haben. Die Dame mit dem auffälligeren Schmuck erinnert mich ein wenig an die Königinmutter; sie hat eine voluminöse Frisur mit grelllila Strähnchen, außerdem ein beeindruckend großes Hörgerät. Der Lautstärke nach zu urteilen, mit der ihre Freundin mit ihr sprechen muss, um sich verständlich zu machen, funktioniert es offenbar nicht hundertprozentig.

Ich bestelle eine Platte mit gemischten *crostini, pappa al pomodoro* (eine ziemlich dicke Scheibe Brot mit toskanischer Tomatensuppe), einen Salat und eins von den Steaks, die mich dazu verlockt haben, hier zu Abend zu essen. Dazu wähle ich einen Chianti Classico Dievole Novecento. Außerdem bitte ich den freundlichen Kellner aus Albanien um Stift und Papier, um mir ein paar Notizen zu machen, dann schiebe ich den Stuhl etwas nach hinten, strecke die Beine aus und lege den Kopf zurück, damit ich die prächtigen Kastanienholzbalken an der Decke der alten *taverna* bewundern kann. In dieser entspannten Haltung kehren meine Gedanken zu dem Projekt zurück, das ich soeben in Angriff genommen habe.

Unterdessen bringt der Kellner der Frau, die der Königinmutter ähnelt, eine Platte mit gegrilltem *radicchio.* Sie wirft einen Blick auf die kräftige blutrote Farbe und klatscht aufgeregt in die Hände. »Ah, *prosciutto Toscano*!«, ruft sie begeistert.

Der Kellner korrigiert sie, wobei er leicht die Stimme hebt (offenbar hat er bereits Erfahrung mit ihren Hörgeräten gemacht): »Nein, Madam, kein toskanischer Schinken, sondern *radicchio trevigiano.*«

Jetzt wird sie noch aufgeregter. »*Prosciutto* und *parmigiano,* wundervoll, das esse ich am liebsten!«

Ohne seine berufliche Souveränität einzubüßen, erklärt der Kellner in passablem Englisch, dass es sich bei dem Gericht in Wirklichkeit um eine rote Salatsorte handelt, eine Spezialität aus Treviso, einer Stadt in der Nähe von Venedig.

Die Königinmutter nickt lächelnd, und als er zu Ende gesprochen hat, ruft sie: »Wie schön – *prosciutto* aus Venedig!«

Glücklicherweise schreitet nun ihre Begleiterin ein, die mich an Jessica Lange erinnert und die offensichtlich an derartige Szenen gewöhnt ist. Sie bedankt sich höflich in annehmbarem Italienisch und erklärt, sie werde sich ihrer Freundin schon verständlich machen.

Ich schenke mir ein Glas Wein aus der Flasche ein, die der Kellner für mich geöffnet hat, getreu dem hiesigen Sprichwort: *Un bicchiere di vino prima della minestra e saluti il medico dalla finestra* (Ein Glas Wein vor der Suppe, und du kannst dem Doktor einen Gruß aus dem Fenster zurufen). Dann denke ich, wie oft es doch passiert – wie im Falle dieser beiden Damen, der Königinmutter und Jessica Lange –, dass ich Leute mit berühmten Persönlichkeiten vergleiche, und ich frage mich, ob das dem Wein zuzuschreiben ist, sozusagen als eine Art Begleiterscheinung oder Nebenwirkung.

Ich wende mich wieder dem Thema meines neuen Buches zu, und mir wird klar, dass hinter diesem Projekt jede Menge Arbeit steckt: Ich werde äußerst sorgfältig recherchieren, die lokalen Archive konsultieren und eine Reihe von Leuten befragen müssen, deren Fachkompetenz die Geschichte bereichern wird. Als Erstes schreibe ich ihre Namen auf, dann mache ich mir eine Notiz, hiesige Redensarten und Sprichwörter mit aufzunehmen, ähnlich dem, das ich gerade eben verwendet habe. Außerdem verfüge ich über einiges interessantes Material, das ich früher einmal über die Geschichte des Chianti-Weins und die innige Beziehung der Einheimischen zu dem bacchantischen Nektar erstellt habe. Ich muss nur den Ordner suchen und das Ganze ein wenig aufpolieren. In meinem Kopf nimmt das Vorhaben allmählich Form an.

In der Zwischenzeit hat sich die *taverna* langsam gefüllt. Abgesehen von den älteren Damen und mir selbst, sitzt nun ein junges Pärchen in der Ecke und tauscht verliebte Blicke und Worte, was in mir sowohl ein Gefühl der Zärtlichkeit als auch ein wenig Neid hervorruft. Meine Beziehungen zu Frauen scheinen stets desaströs zu enden, und zum gegenwärtigen Zeitpunkt fühle ich mich nicht stark genug, eine weitere Trennung auszuhalten. Was mir ein weiteres Sprichwort ins Gedächtnis ruft: *Quando il capello tira al bianchino, lascia la donna e tieni il buon vino* (Wenn dein Haar anfängt, weiß zu werden, lass die Finger von den Frauen und bleib beim Wein). Perfekt, was meine gegenwärtige Lebenssituation anbelangt.

Stolz, dass mir derart spontan fast verloren gegangene einheimische Sprichwörter und Redensarten einfallen, hebe ich mein Glas und trinke schamlos auf mein eigenes Wohl.

Augenblicke später trifft niemand anderes als die Gräfin ein, umringt von drei distinguierten Gentlemen um die siebzig – womit sie immer noch weit jünger sind als die Dame, die sie begleiten: Die Gräfin ist weit über neunzig. Ich springe auf, da ich mich verpflichtet fühle, an ihren Tisch zu treten und sie zu begrüßen. Sie ist eine außergewöhnliche Frau, die die Nazis gegen Ende des Zweiten Weltkriegs davon überzeugen konnte, ihr Dorf zu verschonen, als diese es bei ihrem Rückzug dem Erdboden gleichmachen wollten. Hier in der Gegend gilt sie daher als Heldin. Sie ist außerdem mit einer Art Alterslosigkeit gesegnet; ich würde jedem davon abraten, ihr Alter zu schätzen, so wenige Falten findet man in ihrem fein geschnittenen Gesicht, und auch ihre hochgewachsene Gestalt und ihre stolze Haltung täuschen über ihre Lebensjahre hinweg. Sie benötigt nicht einmal eine Lesebrille, und ihr Verstand ist nach wie vor messerscharf. Daher wundert es niemanden, dass sie täglich mit dem eigenen Wagen in die Stadt fährt.

Im Dorf heißt es, sie sei als junges Mädchen auf ihrem Pferd oben ohne durch die Wälder geritten wie eine moderne Lady Godiva, da sie glaubte, ihren Brüsten würde die reine Chianti-Luft guttun. Ob das stimmt, werde ich wohl nie erfahren (und möchte es auch gar nicht), doch wenn ihre Brüste so gut erhalten sind wie der Rest von ihr, kann ich allen jungen Mädchen nur raten, dem Beispiel der Gräfin zu folgen. Denken Sie nur, wie das den Tourismus ankurbeln würde!

Nachdem ich der Gräfin *buon appetito* gewünscht habe, kehre ich an meinen Tisch zurück, wo schon die Vorspeise auf mich wartet. Ich verschlinge sie gierig und bewundere dabei die Einrichtung der *taverna*, vor allem da ich weiß, dass sie noch vor ein paar Jahren ein staubiger, leer stehender Stall war. Das Restaurant besteht aus zwei Gasträumen, getrennt durch einen großen Steinbogen. Der größere, in dem ich sitze, hat eine Decke aus Holzbalken, während der andere mit einem typischen Sieneser Backsteingewölbe versehen ist. Die Steinwände sind gekonnt von einem geschickten Steinmetz hergerichtet worden, der Boden ist mit rustikalen und dennoch eleganten Terrakottafliesen belegt, und am Eingang wird man – wie mir aufgefallen ist – von dem einladenden offenen Kamin willkommen geheißen, auf dem Fleisch gebraten und Gemüse gegrillt wird.

Jetzt betritt eine Gruppe von drei jungen Mädchen das Lokal; ich erkenne sie wieder, sie gehören der *contrada* des Drachen in Siena an. Offenbar sind sie unzertrennlich; ich kann mich nicht erinnern, jemals eine von ihnen allein oder auch nur in anderer Gesellschaft gesehen zu haben. Sie setzen sich an den Tisch neben meinem und grüßen mich höflich mit einem gemeinsamen »*Ciao!*«. Wie die meisten Mädchen aus Siena sind sie sehr elegant gekleidet und ziemlich attraktiv in ihren seidig glänzenden modischen Kleidern, ganz anders als ich in meinen zerrissenen Jeans, dem abgetragenen, kragenlosen weißen Hemd und den Armeestiefeln. Heute Morgen habe ich mich nicht mal rasiert, und in Anbetracht meines ungepflegten Haars könnte man meinen, ich führte einen persönlichen Feldzug gegen die gesamte Friseurbranche. Mit den jungen Damen am Nebentisch wirke ich definitiv fehl am Platze.

Wenn man allein isst, lauscht man unvermeidlich den Gesprächen der anderen. So unauffällig wie möglich verfolge ich die Gespräche um mich herum, höre der Gräfin zu, die erklärt, warum der Irakkrieg ihrer Meinung nach zu einem Desaster geführt hat; der Königinmutter, die entgegen sämtlicher Bemühungen von Jessica Lange und dem albanischen Kellner überglücklich jedes neue Gericht als etwas preist, das es nicht ist; dem Geturtel des jungen Pärchens, das immer noch Händchen hält und sich beim flackernden Kerzenschein in die Augen sieht. Übertönt wird all das von dem mädchenhaften Geschnatter am Nebentisch; unaufhörlich und mitunter gleichzeitig drehen sich die Gespräche um verschiedene Themen, die seltsamerweise immer wieder in der ernsthaften

Analyse einer chronischen Dickdarmentzündung enden, die eine von den drei jungen Damen quält. So schwelgen sie zum Beispiel in Erinnerungen an ihren jüngsten Trip nach Thailand und unterhalten sich darüber, wie schwer es war, sich an das drückende Klima und das scharf gewürzte Essen zu gewöhnen – aber oh, die arme Lisa hatte den Großteil der Reise auf der Toilette verbringen müssen. Während ich meine *pappa* genieße, erinnern sich die Mädchen an ihren letzten Querfeldeinlauf und wie gut sie sich dabei geschlagen haben – außer Lisa, die Letzte wurde, weil sie mehrfach in den Büschen verschwinden musste. Wie clever, dass sie sich einen Vorrat an Toilettenpapier in die Socken gestopft hatte. Gerade als ich den Knochen meines Beefsteaks mit den Fingern hochnehme und die Fleischreste abknabbere, berichtet eine der jungen Frauen, dass sie für ein paar Monate nach London gehen wird, um dort an einem Projekt zu arbeiten, woraufhin Lisa mit einer Geschichte über eine Londonreise aufwartet, die sie als Kind mit ihren Eltern unternommen hat. Da sie die Sightseeing-Tour nicht mit einem Toilettenbesuch unterbrechen wollte, hatte sie versucht, so lange auszuhalten, bis sie wieder im Hotel wären – doch sie hatte sich überschätzt und sich in Golden Green auf den U-Bahnsitz entleert. Als ich schließlich um die Rechnung bitte und mich zum Aufbruch bereit mache, erleben die Damen im Geiste noch einmal den letzten Sieg, den die *contrada* des Drachen beim Palio errungen hat. Sämtliche Mitglieder waren Richtung Tribüne gezogen, um das Banner abzuholen. Unglücklicherweise war Lisa gezwungen, sich in die entgegengesetzte Richtung zu kämpfen, eine Hand auf den Magen gepresst, einen verkrampften Ausdruck im Gesicht.

An diesem Punkt kann ich mich nicht länger beherrschen und fange an zu lachen. Den Mädchen wird schlagartig bewusst, dass ich sämtliche von Lisas intestinalen Missgeschicken mit angehört habe. Sie werden knallrot und versuchen, die

Dinge herunterzuspielen. Lisa sagt sogar mit geistesgegenwärtigem Humor: »Da habe ich wohl eine beschissene Vorstellung abgegeben, oder?« Ich will schon hinzufügen: *Bevi bene e caca forte e non aver paura della morte* (was so viel bedeutet wie: Ordentliches Trinken und ein ordentlicher Schiss nehmen dem Tod den Biss), doch im letzten Augenblick denke ich, dass es wohl besser ist, das für mich zu behalten.

Ich gebe dem Kellner ein Trinkgeld, verabschiede mich vom Wirt und stelle fest, dass ich schon wieder leicht betrunken bin. Unter einem hell leuchtenden abnehmenden Mond, der einen bevorstehenden Wetterwechsel ankündigt, schwanke ich nach Hause. Die frische Luft hilft mir, mich von meinem benebelten Zustand zu erholen. Ich beschließe, dass es das Beste ist, in der *polisportiva* (Sportverein, hier Vereinsheim) einen Absacker zu nehmen.

Den Zettel, den mir der Kellner auf meine Bitte hin gebracht hat, nehme ich mit. Irgendwie ist es mir trotz all der Gespräche, die mich während des Abendessens abgelenkt haben, gelungen, mir ein paar Notizen zu machen – und eine Antwort an Mia Lane zu verfassen.

Von: Dario Castagno
An: Mia Lane
Betreff: Re: Ein Angebot

Liebe Ms. Lane,
herzliche Grüße aus dem Chianti in der Toskana!
Ich möchte Ihnen für Ihre E-Mail danken, die ich mit Interesse gelesen habe; ich gebe zu, ich fühle mich geschmeichelt, dass Sie an mich gedacht haben. Ich bin fasziniert von dem Projekt, das Sie mir im Namen des von Ihnen vertretenen Verlegers vorgeschlagen haben, und ich habe gründlich überlegt, ob ich Ihr Angebot annehmen soll.

Den ganzen Tag habe ich mich in meine geliebte Landschaft zurückgezogen, um darüber nachzudenken, ob es mir möglich sein wird, Ihre Erwartungen zu erfüllen. Ihren Worten habe ich entnommen, dass Sie sich einen kurzen historischen Abriss zum Chianti-Wein vorstellen, dazu vielleicht ein wenig Folklore und Legende. Wenn dem tatsächlich so ist, kann ich sicher einen Versuch wagen.

Ich werde Ihnen noch dieses Wochenende einen kurzen Essay schicken, den ich jüngst zum entsprechenden Thema verfasst habe, um Ihnen eine Vorstellung davon zu vermitteln, wie ich das Buch anzugehen gedenke.

Sollten Sie mehr an fachlicher Information interessiert sein, bezweifle ich, dass ich der richtige Mann für dieses Projekt bin, doch ich würde mich glücklich schätzen, Sie mit verschiedenen Önologen und Sommeliers bekannt machen zu dürfen, die, da bin ich mir sicher, von einer solchen Herausforderung begeistert wären.

In der Hoffnung auf eine einvernehmliche, angenehme Zusammenarbeit verbleibe ich mit wärmsten Grüßen

Dario Castagno

7.

Ärztliche Anweisungen

Der Hauptsitz der *polisportiva* befindet sich in einem Gebäude, das viele Jahre als Dorfschule gedient hat. Aufgrund der nach dem Krieg erfolgten Entvölkerung dieser Region und des später erfolgten Geburtenknicks als Sportlerheim nicht länger in Gebrauch, hat man es inzwischen in eine Art Geselligkeitsverein umgewandelt, in dem sich die Dorfältesten auf ein Gläschen und zum Kartenspielen treffen; außerdem halten die Städter dort ihre Versammlungen ab, um das Erntedankfest in der letzten Septemberwoche zu organisieren. Die Mitglieder wechseln sich hinter der Bar ab und verkaufen im störend grellen Neonlicht einige wenige preiswerte Erzeugnisse. Ich muss dort nicht hingehen, doch mein Wunsch nach einem Absacker und das Bedürfnis, mit jemand anderem als Orazio ein paar Worte zu wechseln, sind stärker.

Wieder ist Giulio unter den Gästen; auf seinen Gehstock gestützt, leert er eifrig ein weiteres großes Glas Wein. Wenn es stimmt, dass er immer mehr einfällt, je mehr er trinkt, wird er sich vermutlich noch vor Ende des Abends in Luft auflösen. Automatisch muss ich an die Geschichten denken, die ich über ihn gehört habe: Dieser winzige, gebeugte kleine Bursche soll einmal ein großer, kräftiger junger Mann mit dem Körper eines Herkules gewesen sein, voller unbändiger Energie. Dann starb seine Frau, und er fing an zu trinken – manche behaupten, ganze sechs Liter am Tag –, und langsam, aber unaufhaltsam fing er an zu schrumpfen. Als ich ins Dorf zog, habe ich versucht, ein paar Worte mit ihm zu wechseln, stellte jedoch schnell fest, dass er es vorzog, in seiner eigenen stummen Welt zu bleiben; deswegen schenke ich ihm jetzt, wenn ich ihm begegne, nur ein höfliches Lächeln und überlasse ihn seiner Einsamkeit.

Nun entdecke ich Dino, eine weitere Dorfpersönlichkeit und mit Sicherheit das größte Schwergewicht der Gegend. Er ist eingedöst und schnarcht wie eine Kettensäge mit der Stirn auf der Oberfläche eines abseits in einer dunklen Ecke stehenden Tisches. Es ist nur eine Frage der Zeit, dass seine zierliche Frau aufkreuzt, wie sie es jeden Abend tut. Sie flucht und stößt mit schriller Stimme eine Reihe von Verwünschungen aus, dann befiehlt sie ihm, seinen gewaltigen Wanst zur Tür hinaus und nach Hause zu wuchten, dort, wo er hingehöre. Ob er sich denn nicht schäme, in der Öffentlichkeit einzuschlafen?

Selbstverständlich hat sich der gesamte Trupp alter Männer um die Kartentische versammelt, die Gläser stehen auf dem grünen Samtbezug. Sie spielen die klassischen toskanischen Spiele wie *briscola* und *tresette;* wenn sie ein schlechtes Blatt haben, verwünschen sie die Madonna. Die Zuschauer warten nur darauf, dass einer von ihnen ein schlechtes Spiel abliefert, dann necken und verspotten sie ihn und erklären ihm lauthals, welche Karten er hätte ablegen müssen.

Wenn ich sie beobachte, fällt mir auf, wie erbarmungslos die Jahre verstreichen. Ich gedenke jener Spieler, die ich hier an ebendiesen Tischen habe sitzen sehen und die jetzt nicht länger unter uns sind; ihre Plätze haben die eingenommen, die damals im mittleren Alter waren. Sie zählen mittlerweile unbestreitbar zu den Alten und werden als Nächste gehen müssen. Einer von ihnen ist Guido, der hier vor ein paar Stunden von seinen Söhnen im Rollstuhl abgestellt wurde. Seit einiger Zeit ist sein früher so strahlendes Gesicht ausdruckslos und leer. Vor wenigen Jahren noch sprühte er vor Leben; er liebte es, mit dem Afrikafeldzug zu prahlen, der ihn zum Kriegshelden gemacht hatte. Es stimmt mich traurig, ihn so zu sehen, unbeweglich, mit langsam schwindender Aura; ich bin überzeugt, er kann es kaum erwarten, diese Welt zu verlassen, die nicht länger seine ist, in der er sich selbst nicht mehr erkennt. Unweigerlich frage ich mich, wann ich an der Reihe sein werde, hier, in der *polisportiva*, unter den Alten zu hocken.

Ich bin froh, als ich am Tresen auf den Dorf-*dottore* treffe, einen Mann in den besten Jahren mit dem unglaublichen Nachnamen Becchini (Leichenbestatter), der einen *gotto* kippt. Er lädt mich ein, mich zu ihm zu setzen.

»Trinken Sie?«, fragt er. Das erinnert mich sofort daran, dass ich vor ein paar Tagen bei ihm ein Blutbild habe machen lassen, wie ich es in regelmäßigen Abständen zu tun pflege. Ich verspüre einen Anflug von Panik, dass er mir nun das Ergebnis mitteilen wird – vermutlich habe ich viel zu viel Alkohol getrunken.

»Nur zweimal am Tag während der Mahlzeiten und dazwischen«, antworte ich, was ihn zum Lachen bringt. Es stellt sich heraus, dass er das Ergebnis noch gar nicht hat, er möchte mich einfach nur zu einem Glas einladen.

»Denken Sie an das, was Ambrose Bierce geschrieben hat«, sagt er. »›Der Abstinenzler: ein schwacher Mensch, der der Versuchung erliegt, sich selbst ein Vergnügen zu versagen.‹«

Dottor Becchini ist ein temperamentvoller Bursche und genau die Art Gesellschaft, nach der ich den ganzen Abend gesucht habe. Die meiste Zeit über ist er genau der Mediziner, den wir uns alle wünschen, denn er ist in der Lage, selbst die schlimmsten Situationen herunterzuspielen und sich ebenso als guter Freund zu zeigen wie als Arzt. Bei anderen, seltenen Gelegenheiten ist es dagegen besser, ihn zu meiden – wie damals, als er dringend zu einem Einheimischen gerufen wurde, dessen Mutter Brustschmerzen hatte. Es war spät am Abend, und Becchini hatte vor, in den Urlaub zu fliegen. Weil er seine berufliche Pflicht nicht vernachlässigen durfte, machte er sich widerwillig auf den Weg zu der alten Dame. Auf keinen Fall wollte er seinen Flug nach Kuba verpassen, also beschloss er, das Problem blitzschnell zu lösen. Ohne sie zu untersuchen oder der bedauernswerten Frau auch nur eine Frage zu stellen, diagnostizierte er eine äußerst seltene tödliche Krankheit und verkündete, dass ihr Dahinscheiden nur eine Frage von Stunden wäre. Anschließend stellte er einen Totenschein für sie aus und teilte den ungläubigen Angehörigen mit, sie müssten nur noch Todesdatum und -zeitpunkt eintragen. Glücklicherweise sind seitdem mehr als fünfzehn Jahre vergangen, und die auszufüllenden Lücken sind noch immer leer.

Dottor Becchini ist ein sehr kultivierter, sehr gebildeter Mann. Er kann zweifellos als Dorfintellektueller bezeichnet werden. Als ich gestehe, dass ich womöglich tatsächlich zu viel trinke und dass ich erwäge, damit aufzuhören, zündet er sich eine Zigarette an, kippt einen weiteren *gotto*, klopft mir liebevoll auf die Schulter und bricht in ein herzhaftes Lachen aus, wobei er seine nikotinfleckigen Zähne entblößt. »*Balle*«, ist seine Erwiderung – Unfug. »Wie Gotthold Ephraim Lessing sagte« – das ist jemand, von dem ich noch nie etwas gehört habe –, »›zu viel kann man wohl trinken, doch nie trinkt man genug.‹ Und denken Sie nur an Hemingway: ›Der Wein ist eines der höchsten Zeichen für die Zivilisation der Welt‹, hat er gesagt.«

Der *dottore* bestellt eine Runde *gottini* für alle und vertraut mir mit gesenkter Stimme an, dass er in seiner langen medizinischen Praxis noch nie erlebt habe, dass jemand an einer Überdosis *vino* gestorben sei. »Rufen Sie sich nur das alte Sprichwort ins Gedächtnis: *Se berrai vino rosso rinnoverai il tuo sangue* – Rotwein erneuert das Blut. Sie wollen doch nicht wirklich Abstinenzler werden, oder?« Er verwendet das italienische Wort *astemio* für Abstinenzler und verzieht das Gesicht, als er es ausspricht. »Das klingt irgendwie unschön, stimmt's? Wie eine verheerende Krankheit. Sehr ernst. Und mal ehrlich, wie kann man der köstlichsten Frucht des Landes abschwören?«

Er hebt den Zeigefinger und gibt ein weiteres Zitat zum Besten, diesmal, glaube ich, von dem deutschen Philosophen Arthur Schopenhauer: »›Wer nicht liebt Wein, Weiber und Gesang, der bleibt ein Narr sein Leben lang.‹«

Nach dieser beeindruckenden Reihe von Zitaten und Sprichwörtern wage ich nicht, ihm zu widersprechen, und so finde ich mich mit einem Becher voll köstlichem Rotwein in der Hand wieder, den ich auf das Wohl meines Freundes erhebe.

Dottor Becchini, so erfahre ich, wollte eigentlich gar nicht Arzt werden und hätte seine berufliche Karriere viel lieber dem Gebiet gewidmet, dem seine eigentliche Leidenschaft gilt: den Sprachen. Doch seine verwitwete Mutter, die aus sehr einfachen Verhältnissen stammte, zwang ihn dazu, Medizin zu studieren, hauptsächlich weil sie davon ausging, dass die *mamma* eines *dottore* stets voller Stolz durch die Stadt gehen könnte und von allen anderen Frauen beneidet würde. Dennoch hatte er seine erste große Liebe, die zu den Sprachen, nie aufgegeben und in seiner Freizeit eine Vielzahl von Fremdsprachen sprechen und lesen gelernt, darunter auch Russisch, Chinesisch und Arabisch.

Obwohl mir der Kopf vom Wein schwirrt, versuche ich, seiner Schilderung zu folgen – ein mühseliges Unterfangen, da er heute Abend extrem gesprächig ist. Er behauptet, das Italienische sei eine phantastische Sprache; wie bei den meisten romanischen Sprachen könne man die Bedeutung eines Wortes allein aus seinem Klang erschließen. Während er das näher erläutert, füllt er erst sein Glas nach und dann meins, wobei er mein »*No, grazie*« geflissentlich ignoriert.

Als Beispiel wählt er *il mare* (das Meer). »Schon wenn Sie das Wort sprechen, bekommen Sie eine Vorstellung von sanften, wellenförmigen Bewegungen, das Gefühl unermesslicher

Weite« – er wedelt mit den Händen vor meinen Augen herum und ahmt das Rollen der Wellen nach, sodass ich mich plötzlich seekrank fühle. Dann fährt er mit dem Wort *terremoto* (Erdbeben) fort, wobei er betont das doppelte r rollt. »Weckt das in Ihnen nicht die Vorstellung von etwas Verheerendem, das direkt unter Ihren Füßen lauert?« Damit drückt er seine Zigarette im Aschenbecher aus, steht auf und fängt an, die Hüften zu schwingen, wobei er so tut, als wäre er durch kräftige Erderschütterungen aus dem Gleichgewicht gebracht, obwohl es für mich eher so aussieht, als wage er ein nicht wirklich gelungenes Boogie-Woogie-Tänzchen.

Anschließend wendet er sich wieder seinem eigentlichen Thema, den Sprachen, zu und erklärt, dass Englisch seiner Meinung nach eine emotionslose Sprache ohne großen Sinn sei, perfekt für einen »Abstinenzler« – so neutral und unverfänglich und genau das Gegenteil des bedrohlichen, tödlichen Italienischen. Diese Sprachlektionen setzen sich fort, bis wir die Flasche Chianti Classico Riecine geleert haben, dann will er ein weiteres Glas für sich und eins für mich bestellen, damit ich ihm weiterhin Gesellschaft leiste (*Chi non beve in compagnia è un ladro o una spia* – Wer nicht in Gesellschaft trinkt, ist entweder ein Dieb oder ein Spion), doch diesmal akzeptiert er glücklicherweise mein »*No, grazie*« und lässt mich gehen. Als ich schon auf dem Weg zur Tür bin, ruft mir der *dottore* hinterher: »He, Dario! Wenn Sie den Wein wirklich für den Feind des Menschen halten, sollten Sie an das denken, was die Bibel sagt: ›Wer im Angesicht des Feindes flieht, ist ein Feigling.‹«

Dann stehe ich wieder draußen auf der stillen Straße. Seltsamerweise fühle ich mich trotz des ganzen Weins, den ich getrunken habe, nicht betrunken – wenn überhaupt, dann beschwipst. Ich bin müde und schwanke leicht, doch im Großen und Ganzen geht es mir gut, sehr gut sogar – was dem großartigen Wein unseres Landes zu verdanken ist.

Ich blicke nach oben und entdecke die Milchstraße am Nachthimmel, während ich gleichzeitig über Becchini nachdenke und darüber, was für merkwürdige Nachnamen viele Leute in Italien haben. Manche beziehen sich wie eine Prophezeiung auf die Arbeit, die jemand ausübt, andere, wie in Becchinis Fall, auf das genaue Gegenteil (zumindest hoffen wir das). Als ich als Kind nach Italien kam, bestand die Regierung aus Männern namens Piccoli (klein), Storti (korrupt) und Malfatti (schlecht gemacht). Der Verkehrsminister hieß Formica (Ameise), der Minister für Post und Telekommunikation Colombo (Taube) und der Innenminister Rognoni (Niere). Dann gab es da noch den Lebensmittelhändler namens Pomodoro (Tomate), den Fischhändler namens Fresco (frisch), einen Dekorateur namens Raffaello (wie der Maler Raphael) und zwei Maurer, Leonardo und Michelangelo; einen Orthopäden namens Maniscalco (Hufschmied); einen Anästhesisten, der unglücklicherweise La Morte (der Tod) hieß; einen Mitarbeiter des Vatikans namens Amen und einen Terroristen, der ironischerweise den Namen Pace (Frieden) trug.

Diese Erinnerungen begleiten mich bis zu meiner Türschwelle. Ich leere den Briefkasten, und es gelingt mir beim vierten Versuch, den Schlüssel ins Türschloss zu stecken. Drinnen blättere ich die Umschläge durch und finde die üblichen Rechnungen, doch auch drei Briefe aus den USA mit Schecks von Leuten, die die DVD-Dokumentation bestellt haben, die ich online vertreibe. Ich freue mich stets auf diese Briefe, nicht nur wegen des Inhalts, sondern weil ich die farbenfrohen, oft mit prächtigen Bildern versehenen Schecks mag, die in Amerika verbreitet sind. Sie unterscheiden sich grundlegend von unseren schlichten, auf denen der Name der Bank in grauen Buchstaben auf weißen Hintergrund gedruckt ist. Schecks aus Amerika dagegen scheinen die Persönlichkeit des Absenders widerzuspiegeln. Gespannt öffne ich die Umschläge und werde nicht enttäuscht; auf einem ist Wile

E. Coyote abgebildet, der dem Road Runner hinterherjagt, der nächste ist mit Dutzenden kleiner Chilischoten verziert, der dritte ist komplett rosa und der Hintergrund mit einer Zeichnung von zwei Pferden bedruckt, die über eine Ebene galoppieren.

Mein Haus wirkt trist, dunkel und nicht sehr anheimelnd; zum ersten Mal fühle ich mich seltsam unwohl hier. Es kommt mir zu groß vor für einen alleinstehenden Mann wie mich. Fehlt da nicht etwas? Vielleicht die Anwesenheit einer Frau? Um die unbequemen Gedanken zu verdrängen, zitiere ich laut W.C. Fields – Worte, die ich etwa so im Gedächtnis habe: »Eine Frau hat mich zum Trinker gemacht, und ich war nie so höflich, mich bei ihr zu bedanken.« Das bringt mich zum Lachen, was hilft, das zunehmende Unbehagen zu ignorieren. Dabei hatte ich gedacht, das hätte ich hinter mir ... Ich schaffe es, auf ein letztes Glas Wein zu verzichten und mich stattdessen die Treppe hinauf in mein Schlafzimmer im ersten Stock zu schleppen. Dort wähle ich ein Buch aus meiner Bibliothek, das interessantes Material für meine Chianti-Wein-Recherche liefern könnte. Minuten später liege ich unter der Bettdecke. In meinem Kopf dreht sich alles wie in einer Turbine; dann plötzlich zeigt der Wein, den ich wieder einmal zu reichlich genossen habe, seine lähmende Wirkung. Ich werde so todmüde, dass ich das Buch ungeöffnet liegen lasse, das Licht lösche und in null Komma nichts in tiefen Schlaf versinke.

8.

Der Aufstieg des Weines

Am nächsten Tag gelingt es mir, den Essay wiederzufinden, den ich vor einiger Zeit geschrieben habe und den ich Mia Lane schicken möchte:

> Die Tradition des Weinanbaus in der Chianti-Region hat prähistorische Wurzeln. Dank der Entdeckung fossiler Überbleibsel von *Vitis Ausanie,* dem Vorläufer der wilden Weinreben, wissen wir, dass sich diese bis ins Pliozän zurückverfolgen lassen, womit sie bedeutend älter sind als wir selbst. Es dürfte keine große Überraschung sein, dass die ersten Menschen, die sich hier in der Gegend niederließen, zufällig auf die Möglichkeit der Weinherstellung stießen. Erstaunlich ist allerdings, dass daraus mit der Zeit eine regelrechte Kunst entstand.
>
> Im neunten Jahrhundert vor Christus bestand die Bevölkerung in dieser Gegend überwiegend aus den geheimnisvollen, trinkfreudigen Etruskern, die vermutlich aus dem Mittleren Osten hierherkamen und dem wohlschmeckenden Rebsaft einen offiziellen Status verliehen. Zahlreiche farbenprächtige Malereien, die sie an den Wänden ihrer Grabstätten hinterließen und die sich auch auf den geschnitzten Grabbeigaben fanden, geben uns ein umfangreiches Zeugnis über ihre Verwendung von Wein in bürgerlichen und religiösen Ritualen. Sie verehrten offenbar einen Weingott und leerten zu Beginn und am Ende eines jeden Festgelages ihre Becher auf den Boden aus, um ihm ein Opfer zu

bringen, mitunter schütteten sie den Wein auch in eine Schale auf dem Altar.

Waren es diese Etrusker, die den Römern die Kunst der Weinherstellung vermachten? Die Antwort lautet mit ziemlicher Sicherheit ja. Dennoch wussten die Römer die Weine der Chianti-Region nicht so zu schätzen wie ihre Vorgänger. Sie zogen die vollmundigen Weine aus entfernteren, südlichen Gegenden wie Sizilien oder sogar Griechenland vor. Das erklärt teilweise die darauffolgende Entvölkerung der Chianti-Region in spätrömischer Zeit. Die Weinproduktion blieb in kleinem Umfang bestehen, wie Titus Livius' Schrift *Il Vino Nobile di Montepulciano* bezeugt; außerdem wurde erst vor Kurzem an der südöstlichen Grenze der Toskana ein historischer Weinkeller entdeckt, dessen Amphoren bis in römische Zeiten zurückdatieren – ein paar davon enthielten sogar noch Wein!

Den Mönchen des Mittelalters ist es zuzuschreiben, dass nach den Einfällen der Barbaren in dieses Land wieder mit dem Weinanbau begonnen wurde. Tatsächlich scheint ein Wein, den sie als Vermiglio bezeichneten – ein Wein mit dem »charakteristischen Bukett von Veilchen und Iris« –, ein Vorgänger unserer modernen Chianti-Weine zu sein.

Von da an, so viel ist belegt, findet der Wein im Alltagsleben zunehmende Bedeutung. Ein Dokument aus dem Jahre 793 bescheinigt die Übereignung eines Stück Lands zum Zwecke des Weinanbaus in der Nähe von Montepulciano, und es existiert ein 827 geschlossener Vertrag zwischen der Gemeinde von San Salvatore und einem gewissen Giovanni Aggiperga, in dem die Kirche zustimmt, ihm Land zu übertragen, auf dem er ein Haus für sich und seine Braut errichten kann. Im

Gegenzug verpflichtet sich Giovanni Aggiperga, fünf *congi* (ein *congio* entspricht genau 3,283 Litern) für ein Dorffest zu spenden.

Um das Jahr 1000 wurden immer mehr Genehmigungen für das Anlegen von Weingärten in der Toskana erteilt, und viele davon gehören zu den Gutshöfen im Chianti-Gebiet, wie ein Dokument von 1024 belegt, in dem es um den Erwerb von Grundbesitz in San Petri in Avenano geht, *terra laboratorea et una de vinea* – Land zum Beackern und Land für den Weinanbau. Aus den Jahren 1022, 1035 und 1039 liegen Dokumente vor, die sich auf Grundeigentum in der Chianti-Region beziehen, und zwar auf Grignano, La Torraccia und Corte Vecchia; andere von 1151 betreffen die Burgen von Terrazzano und Montegrossoli. Letztere wurde 1550 von Kaiser Karl V. zerstört und nicht wieder aufgebaut, hauptsächlich wegen ihrer Nähe zu einem unansehnlichen Steinbruch, der heutzutage zum Glück stillgelegt ist. Amüsant ist nicht nur, dass viele der in diesen rund tausend Jahre alten Genehmigungen erwähnten Örtlichkeiten immer noch existieren und dass dort immer noch Weinanbau betrieben wird, sondern dass sich einige davon nach wie vor im Besitz ein und derselben Familie befinden.

Es ist außerdem interessant zu wissen, dass der Wein keineswegs billig war. Im Gegenteil: 1265 kostete ein *congio* acht *denari*, eine Summe, von der man sich damals gut und gerne mindestens zwanzig Tage in einer teuren *pensione* leisten konnte.

Wegen seines Nährwerts war Wein ein unerlässlicher Bestandteil des täglichen Lebens (worüber ich ausführlich in meinen vorherigen Büchern berichte) – ein Wert, der überall bekannt war, weshalb man Wein oft bei Geschäftsabschlüssen reichte oder sogar den Frieden zwischen zwei gegnerischen Parteien damit festigte. Im Bürgerkrieg zwischen den Uberti und anderen berühmten Florentiner Familien führten endlose Verhandlungen schließlich zu einem Waffenstillstand; und, wie ein Historiker damals schrieb: »Anstelle von Blut floss Wein. Es war üblich unter den Städtern«, so schloss er, »sich zu bekämpfen; einen Tag führten sie Krieg gegeneinander, am nächsten konnte man sie bei Speisen und Wein zusammensitzen sehen, wo sie damit prahlten, wer von ihnen der Tapferste gewesen sei.«

Wir kommen jetzt zu einer Zeit, in der der Weinanbau förmlich explodierte. Weingärten verbreiteten sich in der gesamten Landschaft. Wenn man historische Stiche von Siena und Florenz betrachtet, kann man sehen, dass es nicht ungewöhnlich war, wenn Reben innerhalb der Stadtmauern angebaut wurden. Das erklärt, warum man dort so viele Straßen mit Namen wie »Weinstraße«, »Alte Weinstraße«, »Neue Weinstraße« findet – nicht zu vergessen: »San Jacopo inmitten der Reben«.

Offensichtlich brachte diese Blütezeit zahlreiche neue Berufe mit sich, und die Kunst der Weinherstellung wird unter den *arti maggiori*, den »höheren Künsten«, aufgelistet, mit denen die »edlen« Berufe gemeint sind. Im Jahr 1282 bildeten die einheimischen Weinbauern ein erstes Konsortium mit eigenem Wappen und allem Drum und Dran.

Die Notare, die vom Konsortium bestellt wurden, legten die Preise fest und dokumentierten Qualität und Farbe des Weins, außerdem die Daten, an denen die Weine auf den Markt gebracht wurden, »auf eine übersichtliche, verständliche Art und Weise«. Kaufleute mussten sich in eine Liste einschreiben und waren verpflichtet, eine bestimmte Anzahl von Behältnissen abzunehmen, dazu Messgläser und anderes Zubehör. Es wurde außerdem für unzulässig erklärt, Weinwirtschaften in der Nähe von Kirchen zu erbauen oder Wein an »Kriminelle, Räuber und anderes Geschmeiß« zu verkaufen. Hielt man sich nicht daran, wurde die *osteria* geschlossen – oder, schlimmer noch, bis auf die Grundmauern abgebrannt.

Im zwölften und dreizehnten Jahrhundert stößt man auf eine erstaunliche Menge an önologischen Dokumenten. Wein war derart hoch angesehen, dass Papst Bonifatius VIII. ihn als »das fünfte Element« bezeichnete, gleich nach Wasser, Erde, Luft und Feuer. Mittlerweile waren die *osterie* zu einem Treffpunkt nicht nur für ausgelassene junge Leute geworden, sondern auch für Literaten und andere einflussreiche Personen. Es bildeten sich leidenschaftliche Vereinigungen von Weinliebhabern, die nicht allein die einheimischen Sorten verkosteten, sondern auch Weine, die aus Korsika, Sardinien und Kreta importiert wurden. Trotzdem war es noch immer verboten, am Karfreitag Wein feilzubieten, und selbst an gewöhnlichen Freitagen war der Verkauf verpönt, so lange nicht die heiligen Schriften gelesen waren.

Damals dominierte Fleisch, verfeinert mit Gewürzen oder gesüßt mit Honig, die Mahlzeiten, zu denen oft Gemüse gereicht wurde. Brot war ganz offensichtlich das Grundnahrungsmittel, während die berühmten toskanischen Bohnen seltsamerweise noch unbekannt waren – genau wie Kartoffeln, Tomaten, Kaffee, Tee und Tabak. Wein war das mit Abstand am meisten konsumierte Getränk, zumal das Brunnenwasser in den Städten von grauenhafter Qualität war. Selbst das zarte Geschlecht sprach dem Wein lebhaft zu; in einem Dokument aus dem Jahr 1268 wird eine Gruppe von

Frauen beschrieben, die, während sie auf die Ankunft des Konradin von Schwaben warteten, »um Zeit totzuschlagen, einen halben *staio* leerten«. Ein halber *staio* entsprach etwa zehn Litern.

Ein Anstieg des Weinkonsums bedeutete natürlich auch einen Anstieg der Trunksucht, sodass neue Verhaltensregeln erlassen wurden, um exzessives Trinken zu unterbinden. 1289 schrieb ein gewisser Bono Giamboni: »Die Trinkerei ist laut des heiligen Augustinus eine abscheuliche Verschüttung der Vernunft ... ein Toben der Seele ... eine Genugtuung für den Dämon ... süßes Gift ... ein Verlust der Träume ... Die Trinkerei lähmt den Verstand ... macht einen krank, entlockt einem Geheimnisse und führt zu einer verderbten Sprache.«

Im Vergleich dazu wenden wir uns nun Gregorio di Montecatini zu (womöglich ein Vorfahre von Doktor Becchini), einem Arzt, der Folgendes behauptete: »Von allen Getränken ist der Wein das beste; er sorgt für gutes Blut, weil er dem Blut ähnliche Substanzen enthält. Er reinigt infiziertes Blut, stabilisiert die Körpertemperatur, tut der Seele wohl und beflügelt die Konversation.«

Ebenfalls interessant ist das Traktat eines Arztes aus Siena, der sich 1256 zum Weinconnaisseur erklärte und tatsächlich vor den negativen Auswirkungen von Wasser warnte. Ein weiteres außergewöhnliches Dokument, datiert auf April 1299, handelt von der Sabotage an einem Winzer namens Giovanni Boscoli aus Lucolena in der Chianti-Region. Der Richter befahl dem *piviere* (Schultheiß) von Gaville, allen Einwohnern von Lucolena die Summe von achtzehn *lire* zu bezahlen, da »in der Nacht vom 26. auf den 27. März jemand in den Keller eingebrochen war und den Inhalt des Weinfasses auf den Boden geschüttet hatte«. Weil kein

Schuldiger zu finden war, wurde der Schultheiß mit einem Bußgeld belegt, da er derjenige war, der für die Sicherheit der Stadt zu sorgen hatte. Und wenn es um verschütteten Wein ging, dann *musste* einfach jemand dafür bezahlen!

Lamberto Paronetto, ein Gelehrter, der sein gesamtes Leben dem Studium des Weines widmete und der zu den größten Önologen des vergangenen Jahrhunderts gezählt wird, errechnete, dass sich der Weinkonsum in Florenz binnen eines einzigen Jahres auf etwa zwanzig Millionen Liter (!) belief. Ich kann mir kaum die Gelage vorstellen, die in jenem Jahr dort abgehalten wurden (nein, vielleicht kann ich es doch). Erlauben Sie mir, mit der Frage zu schließen, ob man in Anbetracht der vorliegenden Zeugnisse tatsächlich noch guten Gewissens vom »finsteren Mittelalter« sprechen kann?

9.
Addio, Umberto

Als ich meinen Essay noch einmal gelesen habe, knurrt mein Magen, was kein Wunder ist: Die Sonne ist längst hinter dem Horizont verschwunden, draußen ist es dunkel geworden. Es ist Zeit zum Abendessen. Ich laufe die Treppe zum Wohnzimmer hinunter und denke darüber nach, wie schnell die Zeit verfliegt, wenn ich arbeite. Es ist ein gutes Gefühl.

Die Temperatur ist drastisch gefallen, also schichte ich Feuerholz im Kamin auf, das ich von dem Stapel nehme, den mir Checco vor ein paar Wochen geliefert hat. Während ich damit beschäftigt bin, das Feuer in Gang zu bringen, dämmert mir, wie froh ich sein kann, dass ich diese Abhandlung über den Weinanbau in der Toskana aus keinem anderen Grund als zu meinem persönlichen Vergnügen geschrieben habe. Die Stunden, die ich damit verbracht habe, alte Bücher zu wälzen und in den Archiven und öffentlichen Bibliotheken nach Dokumenten zu suchen, zahlen sich jetzt auf eine Weise aus, mit der ich niemals gerechnet hätte.

Als die Flammen eifrig knistern, gehe ich in die Küche, fülle einen Terrakottatopf mit Wasser, Reis und Gerste und setze ihn auf den Herd. Als das Ganze gekocht ist, schmecke ich es mit einem Tropfen extra nativem Olivenöl, einer Prise Chilipfeffer und geriebenem Parmesankäse ab. Dazu öffne ich eine Flasche Chianti Classico Castello d'Albola getreu dem weisen, alten Sprichwort *Il riso nasce nell'acqua e muore nel vino* (Reis wird im Wasser geboren und stirbt im Wein). Nachdem ich meinen Teller geleert habe, schneide ich ein paar Maronen ein, die ich vor einigen Tagen im Wald gesammelt und zum Einweichen in einen Behälter mit Wasser gelegt habe, anschließend lege ich sie direkt auf die glühenden Kohlen. Während sie rösten, wähle ich Musik aus – eine CD von Nick Drake mit dem Titel *Pink Moon* –, und während sie spielt, verspeise ich die Maronen eine nach der anderen, jeweils begleitet von einem Schluck Wein. Bald sind Teller und Flasche leer, und ich beschließe, dass es Zeit ist, schlafen zu gehen. Es liegen noch Maronen auf den Kohlen, aber ich bin satt.

Als ich im Bett meine Augen schließe, wird mir bewusst, dass ich den ganzen Tag über kein Wort gesprochen habe – nicht mal am Telefon. Langsam, aber sicher verwandele ich mich in einen Einsiedler. Mein einziger Kontakt zu anderen Menschen fand heute per E-Mail statt, aber zählt das? Nein, Augenblick mal, Orazio hat mich angerufen, aber ich habe kein Wort von dem verstanden, was er gesagt hat, außerdem kann man bei ihm nicht wirklich von zwischenmenschlichem Kontakt sprechen. Bei diesem hässlichen Gedanken muss ich kichern, und während mich der Schlaf überwältigt, sage ich mir, dass ich mein Leben trotz meiner Einsamkeit niemals tauschen möchte …

Mein sanfter Schlummer währt jedoch nicht lange. Ich werde von einem kräftigen Klopfen an meiner Haustür geweckt. Erschrocken springe ich aus dem Bett und spähe aus dem Fenster. Selbst in der Dunkelheit erkenne ich die schlaksige Gestalt von Michele, der unten vor dem Eingang wartet. Als ich das Fenster öffne, hebt er den Kopf und blickt, ohne etwas zu sagen, zu mir herauf. Meine Augen gewöhnen sich langsam an das dämmrige Licht, und ich sehe, dass sein langes kohlrabenschwarzes Haar nicht wie gewöhnlich zu einem Pferdeschwanz gebunden ist, sondern offen im Wind flattert. Er hebt eine Strohflasche hoch und stößt mit rauer Stimme nur ein einziges Wort hervor: »Öffne.«

Eilig schlüpfe ich in Hemd und Jeans und stürme die Treppe

hinunter ins Erdgeschoss. Als ich die Tür aufreiße, tritt er ohne ein Wort ein. Sofort erkenne ich, dass ihn etwas quält, doch noch bevor ich nachfragen kann, richtet er seinen traurigen, verstörten Blick auf mich und sagt mit zitternder Stimme: »Umberto ist tot.«

Umberto ist sein Vater – ein Mann, den er respektiert, doch den er wegen seiner schwierigen (wenngleich nicht feindseligen) Beziehung zu ihm niemals *papà* oder *babbo* genannt hat, zwei Koseworte, die die Toskaner üblicherweise für ihre Väter verwenden.

»Er ist heute Morgen plötzlich zusammengebrochen, ein Glas Wein in der Hand«, fährt er fort, während ich die Strohflasche öffne und zwei Gläser von der Walnussholzanrichte nehme.

»Das tut mir leid«, entgegne ich leise. Es ist eine banale Phrase, aber es ist alles, was ich hervorbringen kann. Seine Augen sind geschwollen und haben rote Ränder, und als wir uns spontan umarmen, fühle ich, wie meine eigenen Augen feucht werden und mir die erste Träne über die Wange läuft.

Ich bedeute ihm, auf dem Sofa Platz zu nehmen, dann werfe ich einen großen Scheit Olivenholz in den Kamin, damit die Glut wieder aufflammt. Wir sitzen zusammen und trinken, essen die restlichen Maronen und leeren die Zwei-Liter-Strohflasche; dann reden wir bis tief in die Nacht darüber, was für ein guter Mensch der arme Umberto war. Trotz meiner Trauer weiß ich es zu schätzen, dass Michele mich ausgewählt hat, heute Nacht gemeinsam mit ihm seines Vaters zu gedenken.

Der Montagmorgen kommt. Der Ostwind weht die Eichenblätter von den Zweigen und fegt sie über die Landschaft. Vor diesem kalten, trostlosen Hintergrund läuten die Kirchenglocken zu Umbertos Begräbnis. Im Dorf hat man als Zeichen des Respekts sämtliche Fensterläden geschlossen.

Ich habe meinen üblichen Jeans und dem weißen Hemd mit einem melancholisch schwarzen Jackett einen formellen Anstrich gegeben. Als die Leichenprozession an meinem Haus vorbeikommt, trete ich vor die Tür, richte meinen Kragen und schließe mich den anderen Trauernden an. Schweigend marschieren wir den steilen Weg hügelaufwärts, der zum Friedhof führt. Das ganze Dorf ist gekommen, um Umbertos Familie zu kondolieren und Umberto die letzte Ehre zu erweisen – Zeugnis dafür, wie beliebt er war. Viele Jahre hat er seinen Lebensunterhalt mit dem Verkauf von Wein verdient, und wie Michele erzählt hat, war er mit einem Glas in der Hand gestorben. Ich bin mir sicher, dass er sich – hätte er die Wahl gehabt – genau für diesen Abgang entschieden hätte.

Über unseren Köpfen brauen sich schwarze Wolken zusammen; trotzdem klettern die Dorfältesten weiter den steilen Hügel hinauf, fest entschlossen, sowohl dem drohenden Schlechtwetter als auch ihren eigenen gebrechlichen Körpern zu trotzen, um Umberto ein letztes Mal ihre Freundschaft zu bezeugen. Ich biete Clara, die Schwierigkeiten mit ihrem Gehstock hat, meinen Arm; sie ist ganz in Schwarz gekleidet, ihr Kopf mit einem großen Seidentuch bedeckt. In ihrer Trauer wirkt sie erhaben über die Zeit; sie könnte genauso gut direkt dem fünfzehnten Jahrhundert entsprungen sein.

Wir folgen Michele und seinen Brüdern, die mit stolzen, traurigen Gesichtern den Sarg tragen, und erreichen schließlich den kleinen Friedhof. Als wir durchs Tor schreiten, späht zaghaft die Sonne hinter den dunklen Wolken hervor, und plötzlich explodiert der Hügel förmlich und präsentiert uns eine Vielzahl überwältigender Herbstfarben: kräftige Rottöne, verschwenderisches Gold – ein himmlischer Gruß an den Verstorbenen.

Wir sehen zu, wie der Sarg von den hiesigen Gemeindemitarbeitern in der Erde versenkt wird, während Michele zur Seite tritt, um seiner Mutter, deren leise Schluchzer die Stille durchbrechen, tröstend den Arm um die Schultern zu legen. Am Ende der Begräbniszeremonie stellen sich viele Leute an, um Michele und seinen Brüdern die Hände zu schütteln und seine Mutter zu umarmen. Gedämpftes Gelächter ertönt, und ich stelle mir vor, dass manche von ihnen verweilen, um die eine oder andere viel zitierte Geschichte oder Anekdote über Umberto zum Besten zu geben und ihren Beileidsbekundungen dadurch die Schwere zu nehmen.

Aus dem Augenwinkel sehe ich Orazio gefährlich nahe kommen, und um zu vermeiden, dass ich in einen seiner endlosen Monologe hineingezogen werde, verschwinde ich auf einem anderen Weg durch die Felder nach Hause. Unterwegs sehe ich Eidechsen, die sich auf den Steinen sonnen und die letzten Strahlen der Novembersonne ausnutzen, die sämtliche Wolken vom Himmel vertrieben hat.

Zu Hause angekommen, hängt mir noch immer die Stimmung der Beerdigung nach. Ich schenke mir ein Glas Mecacci ein und trinke ein letztes Mal auf Umbertos Wohl, genau wie er es zu Lebzeiten getan hätte: Jeder Abschnitt seines Lebens in dieser von ihm so geliebten Gegend wurde mit einem passenden *brindisi* gewürdigt. Auf seltsame Weise habe ich das Gefühl, dass er mir eine Pflicht übertragen hat, die ich nicht ablehnen kann, und vielleicht hat das etwas mit der Arbeit an meinem neuen Buch zu tun. Während ich mein Glas leere, fällt mir ein weiteres einheimisches Sprichwort ein: *Il vino e le persone buone durano poco* – Wein und gute Menschen überdauern nicht lange.

10.

Von der Renaissance zur Moderne

Ironischerweise bezieht sich die allererste Verwendung der Bezeichnung »Chianti« 1398 auf einen Weißwein. Bei dem Dokument, in dem der Wein so benannt wird, handelt es sich um eine Quittung für den Erwerb von sechs Fässern für drei Florin (im Mittelalter zuerst in Florenz geprägte Goldmünzen), sechsundzwanzig Silbermünzen und acht Denar, gezahlt von einem gewissen Francesco di Marcho an Tino Riccio. Der sogenannte Chianti war ein zweitklassiger Wein, hergestellt in Valdarno, der etwa die Hälfte von den weit namhafteren Weinen aus anderen Gegenden der Toskana wert war und dem roten Vermiglio weit unterlegen, der ebenfalls in der Chianti-Region erzeugt wurde.

Noch im fünfzehnten und sechzehnten Jahrhundert stand die Bezeichnung »Vermiglio« für die Rotweine der Chianti-Gegend, erst im folgenden Jahrhundert wurden sowohl die Region als auch der Wein allgemein als Chianti bekannt. Während dieser Zeit wurde eine Liga gegründet, die die Qualität der Chianti-Weine sichern sollte; die Gemeinden Radda, Castellina und Gaiole gehörten dazu. Diese »Lega del Chianti« existiert noch heute.

Die Satzung der Liga von 1384 wurde mehrfach aktualisiert – 1413, 1418, 1429 und 1439. Die letzte Neuerung datiert auf 1444, und sie verbietet das Pflücken der Trauben vor dem 29. September (dem Namenstag des heiligen Michael).

Die Regeln sind extrem genau. Die Liga erklärt, dass ihr Ruf durch vorzeitige Ernten größten Schaden nehmen würde, da »die Weine dann nicht gut sein könnten und unverkäuflich«.

Die Anwendung dieser Regeln führte zu einem drastischen Anstieg der Qualität und des Ansehens der Chianti-Weine. Schon 1458 schrieb ein Mann namens Cristoforo Landino über »das Chianti-Tal, das so außergewöhnliche Weine hervorbringt«. Ich zitiere auch gerne den Herzog von Mailand, Ludovico il Moro, der erklärte, die Weine aus dieser Gegend besänftigten seinen Magen, und einen üppigen Vorrat bestellte.

Der Aufstieg der Medici in Florenz scheint ebenfalls enorm zu der zunehmenden Popularität des Chianti-Weins beigetragen zu haben. Nehmen Sie zum Beispiel den Besuch des Sieneser Papstes Pius II. beim Florentiner Gerichtshof während seiner Mantova-Reise 1459. Er wurde von Cosimo de Medici begrüßt, der einen prächtigen Empfang mit sechzigtausend Bürgern der Stadt organisiert hatte. Sechzig Knaben und achtzig Mädchen tanzten Ballett, während hundert Bediensteten der feiernden Menge aus Strohflaschen Chianti-Wein einschenkten.

Ein paar Jahre später, zur Hochzeit von Lorenzo dem Prächtigen, wurden die Gäste mit über hundert Fässern Vermiglio bewirtet. Lorenzo erklärte, der Wein lasse »die Beine schneller werden«, sodass sich »ein jeder beeile, ihn zu trinken«. Es finden sich außerdem Aussagen über einen Freund von Lorenzo, einen gewissen Bertoldo, der »es liebt, zu trinken und zum Klang der klirrenden Weingläser zu tanzen«. Laut seiner Trinkkumpanen soll Lorenzo einst gesagt haben: »Wenn es Gegner des Weines gibt, so ist der Wein ihr Hauptfeind, und sie werden getroffen werden vom göttlichen Zorn«, obwohl er zugibt, dass »der Wein den Geist verwirrt und den Gebrauch des Verstandes behindert«. Lorenzo war ein passionierter Liebhaber des bacchantischen Nektars und spendierte seinen Freunden enorme Mengen davon, die er persönlich für sie auswählte. Außerdem verfasste *Il Magnifico* folgende unsterbliche Verse:

Viva Bacco e Viva L'amore
Chi vuol esser lieto sia
Di domain non c'è certezza
Quant'è bella giovinezza
Che ci sfugge tuttavia

Lang lebe Bacchus, lang lebe die Liebe
Er, der glücklich sein möchte
Soll glücklich sein, denn es gibt
Keine Gewissheit für die Zukunft
Jugend ist wundervoll, wenngleich vergänglich

Die Maler der Renaissance, darunter Paolo Uccello, Benozzo Gozzoli und Domenico Ghirlandaio, stellten Stillleben dar, die den Wein voller Pathos in den Vordergrund rückten. Dichter, belesene Männer, die den Hof Lorenzo des Prächtigen besuchten, zollten dem Wein Tribut, lobpreisten seine Vorzüge und widmeten Bacchus Lieder und Gedichte. Ich kann sie hier nicht allesamt wiedergeben, doch folgender Auszug steht stellvertretend für alle: »... und es ist hauptsächlich der gute Wein, an den ich glaube, und ich denke, wer immer daran glaubt, sollte verschont bleiben.«

Eine amüsante, umstrittene Person jener Zeit war Pievano Arlotto, der, so ist es überliefert, eines Tages seinem Doktor einen Besuch abstattete. Als dieser davon in Kenntnis gesetzt wurde, dass sein Patient eine Flasche Wein am Tag trank, befahl er ihm sogleich, damit aufzuhören. Arlotto setzte abrupt seinen Hut auf und schritt zur Tür; der Arzt folgte ihm und wedelte mit der Rechnung, doch Arlotto weigerte sich zu bezahlen – denn was der Arzt verordnet habe, sei »keine Medizin«.

Dem Kardinal von Pavia gegenüber äußerte Arlotto einen Satz, der zu einer klassischen toskanischen Redensart wurde:

»In jeder Traube finden sich drei Kerne: einer für Gesundheit, einer für Frohsinn und einer für Trunkenheit.«

Eine weitere Anekdote schildert, wie Arlotto einst gemeinsam mit Freunden in einer *taverna* zu Abend aß. Als sie den Wein geleert hatten, zogen sie Strohhalme, um zu bestimmen, wer von ihnen in den Keller hinuntergehen und die große Ballonflasche nachfüllen musste. Arlotto verlor, und als er mit dem Wein zurückkehrte, sagte er: »Jetzt ziehen wir Lose, um festzustellen, wer in den Keller hinuntergehen und die Hähne wieder zudrehen muss, die ich offen gelassen habe.«

Arlotto starb nach zweiundneunzig – vermutlich glücklichen – Jahren.

Nach dem Tod von Lorenzo dem Prächtigen übernahm sein Sohn Piero die Macht, doch er erwies sich als untauglich, und schon bald wurden die Medici aus Florenz vertrieben, das unter dem Einmarsch der Franzosen unter Karl VIII. litt. Die Franzosen wussten den Vermiglio sehr zu schätzen; zu jener Zeit galt er als der weit beste Wein der ganzen Gegend. Bei der Rückkehr der Medici 1512 jubelten die Leute vor Begeisterung, und der Wein floss im Übermaß. 1515 wurden anlässlich eines Papstbesuches die Getränke kostenlos angeboten (wenngleich böse Zungen behaupten, dass alles andere dafür umso teurer war).

Kurzum, die Menschen waren es gewohnt, gut zu trinken, und sie sorgten dafür, dass der Wein in ordentlichen Behältnissen gelagert und gereicht wurde. In einem Schriftstück aus dem Jahre 1517 erinnert Francesco degli Albizi Filippo Ricasoli daran, dass der Wein stets »aufgefüllten, neuen Fässern« entnommen werden müsse. Als 1523 ein Mitglied der Familie Medici zum Papst gewählt wurde – aus Giulio, dem unehelich geborenen Sohn von Giuliano I. von Medici, wurde Clemens VII. –, wurde ein Springbrunnen vor dem Palazzo Medici errichtet, aus dem »zwei Weinfontänen in Fässer sprudelten, aus denen die Menschen ihre Flaschen und andere Behälter füllten«. Leider folgte eine Periode erbitterter Auseinandersetzungen; die Chianti-Region wurde geplündert, zahlreiche Schlösser und Dörfer von den Landsknechten zerstört.

Doch der Wein blieb und bleibt der größte Eroberer, und man findet viele, die in seine Dienste getreten sind. Zwei große Seefahrer, Amerigo Vespucci und Giovanni Verrazzano, lebten und stellten Wein im Chianti-Gebiet her, genau wie Leonardo da Vinci, der Weinanbau als Hobby betrieb und seine Mona Lisa allem Anschein nach in einer Villa in der Nähe von Greve in Chianti gemalt hat. »Die Entdeckung eines neuen Weins ist zunehmend bedeutender für die Menschheit als die Entdeckung eines neuen Sterns«, verkündete Da Vinci.

Natürlich war das ein goldenes Zeitalter für die bildenden Künste, und Maler vom Kaliber eines Antonio Bazzi (wegen seiner Vorliebe für minderjährige Knaben besser bekannt als *Il Sodoma*) stellten regelmäßig Szenarien dar, in denen der Wein gefeiert wird. Der große Albertinelli eröffnete sogar zwei *osterie*, eine davon nannte er *Il Pennello* (Der Pinsel). »Für gewöhnlich malte ich Fleisch und Wein«, schrieb er, »jetzt serviere ich beides, und jeder lobt mich für meinen guten Wein.« Michelangelo war bei ihm Stammgast; er war ein Weinkenner, der bei sich zu Hause immer mindestens zwei verschiedene Jahrgänge auf dem Tisch stehen hatte, einen davon bestellte er bei einem gewissen Lionardo di Buonnarroto. In einem Brief an Verwandte schrieb er: »Ich ziehe zwei Flaschen acht Hemden vor.« In einem anderen Brief beschwert er sich bei seinem Lieferanten Lionardo über die Qualität der letzten Lieferung: »Sollte der Wein gut gewesen sein, als Sie ihn mir geschickt haben, dann hat ihn der Auslieferer während des Transports ruiniert.«

1556 skulptierte Battista de Tadda die Säulen des Palazzo Vecchio mit Trauben. Caccini errichtete die Statue »Herbst« auf der Santa-Trinità-Brücke. Die Figur hält eine trichterförmige Traubenschütte, in der die kostbare Frucht transportiert wird. Im *Salone dei Cinquecento* im Palazzo Vecchio findet man ein Werk von Vasari, das die Chianti-Region abbildet, außerdem malte er einen jungen Bacchus; Cellini verewigte eine Szene von Bauern, die Trauben pflücken. Der große Astronom Galileo Galilei schrieb: *Altro il vino non è se non la luce del sole mescolata con l'umido della vite* (Wein ist nichts anderes als das Licht der Sonne, vermischt mit der Flüssigkeit der Trauben), was er später bündiger zusammenfasste: *Il vino è un composto di umore e di luce* (Wein ist die Synthese von Laune und Licht).

Zu diesem Zeitpunkt war Wein das Herzstück toskanischer Kultur und ein unverzichtbarer Bestandteil des alltäglichen Lebens für Bürger aus allen sozialen und kulturellen Schichten. Über die folgenden Jahrhunderte hinweg verbesserte sich das Produkt stetig und begann seinen triumphalen Eroberungszug weit über die Grenzen der Toskana hinaus.

Ich lese mir dieses Kapitel ein paarmal laut vor; es klingt gut. Doch vielleicht ist es klug, erst einmal auf das Urteil der amerikanischen Literaturagentin zu warten, bevor ich weiterschreibe. Wenn es ihr jedoch gefällt, so beschließe ich, werde ich es Umberto widmen, dessen Inspiration in nahezu jeder Zeile mitschwingt. Ich öffne eine Flasche Chianti Classico Castelvecchi und bringe einen *brindisi* auf ihn aus, bevor ich mich der üblichen, zum Ritual gewordenen Routine des Kaminanzündens und E-Mail-Abrufens zuwende.

Als ich beide Aufgaben erfüllt habe, muss ich das Abendessen vorbereiten. Ich schneide eine Zwiebel und etwas Sellerie klein und sautiere sie in einer Pfanne mit Olivenöl. Dann bedecke ich das Gemüse mit Tomatensoße und roter Paprika, füge eine Prise Salz und Pfeffer hinzu und lasse das Ganze ungefähr zwanzig Minuten köcheln. Anschließend gebe ich sämtliche Zutaten in eine Edelstahlkasserolle mit kochendem

Salzwasser, röste mehrere Scheiben altbackenes Brot und lege sie in eine Terrakottaschüssel. Als das Gebräu in der Edelstahlkasserolle die richtige Konsistenz und den richtigen Geschmack hat, schütte ich es in die Terrakottaschüssel, die ich auf die Glut im Kamin stelle. Ich schlage zwei Eier darauf, wobei ich achtgebe, das Eigelb unversehrt zu lassen, und streue geriebenen Parmesankäse darüber. Zehn Minuten später genieße ich mein *acqua cotta*, begleitet von dem exzellenten Chianti Classico Castelvecchi vor einem knisternden Kaminfeuer und lausche einer CD mit den besten Songs von Mia Martini. Mit vollem Magen ziehe ich glücklich und zufrieden meine Stiefel aus und lege mich auf die Couch; Minuten später bin ich eingeschlafen, ein weiches Kissen fest an mich gedrückt.

11.
Der letzte Truss
(Teil eins)

Es ist später Vormittag, und ich kehre gerade von meinem üblichen Lauf durch den Wald zurück. Als ich das Telefon im Wohnzimmer klingeln höre, beschleunige ich meinen Schritt.

Ich stürze hinein und schnappe mir keuchend den Hörer. Am anderen Ende höre ich Andreas freudiges Geplapper.

»*Ehilà*«, sagt er. »Was treibst du so?«

Ich wische mir mit dem Ärmel den Schweiß von der Stirn. »Bin gerade – vom Laufen zurückgekommen – im Wald«, stoße ich mühsam hervor.

»Ich hoffe, du läufst für mich noch ein paar extra Kilometer«, sagt er. »Ich habe gerade die Hundert-Kilo-Grenze überschritten.« Ich kann ihn beinahe vor mir sehen, wie er sich den Bauch tätschelt.

Andrea gelingt es seit jeher, mich zum Lachen zu bringen. Ich kann seinem Humor und seiner unbefangenen, vertrauten Art einfach nicht widerstehen, zumal er zu jeder Gelegenheit einen Scherz auf den Lippen hat. Vor Kurzem ist mir klar geworden, dass er sich Sorgen um mich macht; offenbar kann er nicht akzeptieren, dass ich mich immer mehr zurückziehe und die Mitglieder meiner alten Clique kaum noch anrufe. Er versteht das als negative Wandlung und versucht permanent, mich zu Abendessen oder auf Partys zu schleppen, und zwar derart unermüdlich, dass mir allmählich die glaubwürdigen Ausreden ausgehen, um mich davor zu drücken. Ich weiß seine Bemühungen zu schätzen, sind sie doch ein Beweis dafür, wie sehr er mich mag. Ich bin ihm auch dementsprechend dankbar, aber es ist gleichzeitig ein wenig nervend, weil ich mich wirklich wohl und unabhängig fühle, um nicht zu sagen äußerst zufrieden mit mir selbst. Es gibt keinen Grund, sich um mich zu sorgen.

»Soso, Andrea«, sage ich und greife das eigentliche Thema auf, »dann hast du also ein bisschen zugelegt?«

»Wie man's nimmt. Ich hatte zwar vor, sechs Kilo zuzunehmen, aber es sind nur vier daraus geworden, also habe ich im Grunde doch zwei weniger, oder?« Er brüllt vor Lachen, dann wird er wieder ernst. »Hör mal, alter Junge, ich habe für Dienstagabend einen Truss organisiert und für dich die erste Strecke vorgesehen.«

»Wie bitte?«, rufe ich aus. Ich muss mich setzen; plötzlich habe ich weiche Knie. »Auf keinen Fall, Andrea! Doch keinen Truss! Es sind fünf Jahre seit dem letzten vergangen, und das aus gutem Grund. Wir sind mittlerweile alle zu alt dafür!«

»Ich wusste, dass du begeistert sein würdest«, erwidert er und tut so, als hätte er mich missverstanden. »Leo macht wie immer auch mit.«

»Aber … Dienstag, hast du gesagt?« Ich schüttele ungläubig den Kopf. »*Heute* ist Dienstag.«

»Tja, da hast du wohl recht«, entgegnet er, als wäre ihm das bislang gar nicht bewusst gewesen. »Tut mir leid, dass das so plötzlich kommt, alter Junge. Nun, dann sehen wir uns heute Abend am üblichen Ort.« Und bevor ich noch ein Wort hervorbringen kann, hat er schon aufgelegt. Mir fällt die Kinnlade herunter.

Ich will schon seine Nummer wählen, doch ich bremse mich; ich weiß, dass er meinen Anruf ohnehin ignorieren würde.

So. Da hab ich's also. Ich habe einen weiteren Truss am Hals.

»Truss«. Allein das Wort lässt mich schaudern. Genau genommen, hat es gar nichts zu bedeuten. »Truss« ist einer von vielen Unsinnsbegriffen, die Andrea im Laufe der Jahre erfunden hat. Diesen aber verwendet er für ein ganz bestimmtes albernes Spiel, das wir in unserer Jugend zusammen mit Leo gespielt haben. Jeder von uns betritt die Altstadt von Siena durch ein anderes Tor und muss sich ins Zentrum vorarbeiten, wobei er in neun zuvor festgelegten Bars auf einer bestimmten Strecke ein Glas Rotwein trinken muss. Dann treffen wir uns in der Mitte, komplett blau, in einer Bar an der Piazza del Campo zu einem zehnten und letzten Glas; danach wechseln wir zum Feiern in die Enoteca I Terzi und stopfen uns mit einem gigantischen Abendessen voll.

Vor dem Truss geht Andrea meine Strecke ab, macht bei den Bars halt, in denen ich einkehren soll, und bezahlt meine Getränke im Voraus. Ich tue das Gleiche für Leo und Leo für Andrea. Als ich jünger war, hat das Spaß gemacht, aber ich bin nicht mehr jung und verspüre absolut nicht den Wunsch, mich heute Abend zu betrinken, bis ich sternhagelvoll bin. Trotzdem wäre es sehr schwierig und eine sehr unerfreuliche Angelegenheit, mich jetzt aus der Sache hinauszuwinden; also ergebe ich mich um unserer alten Freundschaft willen in mein Schicksal und bereite mich auf meine Teilnahme vor.

Ich gehe unter die Dusche, leere eine Flasche Mineralwasser, deren Etikett eine »leberreinigende Wirkung« verspricht, dann ziehe ich abgetragene Jeans, Armeestiefel und mein übliches weißes Hemd an. Es ist noch ein bisschen früh, also vertreibe ich mir die Zeit damit, ein erotisches Comic durchzublättern. Um sechs verlasse ich schließlich das Haus, starte den Motor meines schmutzigen alten Fiats und fahre in Richtung Siena – während ich im Stillen Andrea, Leo und den Truss verfluche.

Entsprechend den Spielregeln parke ich außerhalb des Stadttors, der bekannten Porta Pispini, und gehe Leos Strecke ab. In jeder der neun Bars, die er in Kürze besuchen wird, bezahle ich vorab sein Glas Wein. Überrascht stelle ich fest, dass sich manche der Barkeeper noch an mich und unser Spiel erinnern, obwohl fünf Jahre seit dem letzten Truss vergangen sind. Ein paar von ihnen kichern sogar, als ich das Geld über den Tresen schiebe, und machen Bemerkungen wie »Ihr werdet auch nie erwachsen«.

Nachdem ich Phase eins erfolgreich abgeschlossen habe, begebe ich mich an meinen eigenen Startpunkt an der Porta Ovile. Nur wenige Augenblicke, nachdem ich das prächtige mittelalterliche Stadttor durchquert habe, betrete ich die erste Bar. Der Wirt, Claudio, begrüßt mich mit einer Salve seines ansteckenden Gelächters und schüttelt ungläubig den Kopf. Obwohl mittlerweile einige Jahre verstrichen sind, erinnert er sich genau daran, was er zu tun hat: Er nimmt ein Glas vom Regal und füllt es bis zum Rand mit einem tiefroten Mecacci, dann stellt er es wortlos vor mich auf den Holztresen. Ich nehme die Herausforderung an, ergreife es und leere es in einem Zug. Am Anfang darf ich ruhig ein wenig draufgängerisch sein! Ich wische mir mit dem Ärmel die Lippen, nicke Claudio zu und mache auf dem Absatz kehrt. Schneller als man Amen sagen kann, stehe ich wieder auf der Straße. Als ich den steil nach oben führenden Weg zu meiner nächsten Anlaufstelle in Angriff nehme, ruft Claudio mir mit seinem volltönenden Bariton »Viel Glück!« hinterher, wofür ich ihm dankbar bin. Ich kann's sicher gebrauchen.

Oben auf der Via Vallerozzi, an der Grenze der *contrade* Wölfin und Stachelschwein, betrete ich Fabrizios *enoteca,* die für gewöhnlich voller Touristen ist. Der Barmann erwartet mich natürlich schon und hat mir in einem eleganten Kristallkelch einen hervorragenden Chianti Classico Badia a Coltibuono eingeschenkt. Ich verzichte auf das übliche Brimborium – den Wein im Glas kreisen zu lassen oder daran zu schnüffeln, was unter normalen Umständen angesichts dieses renommierten Weines und des edlen Glases auf jeden Fall angebracht gewesen wäre – und stürze stattdessen den Inhalt in einem einzigen gierigen Zug hinunter. Fabrizio, der damit beschäftigt ist, einer Gruppe von Kanadiern die richtige Lagerung und den Ausschank von Wein zu erklären, während sie einen Vino Nobile Vigna Asinone verkosten, hält inne und winkt mir zum Abschied freundlich zu. Als ich zur Tür gehe, spüre ich die Blicke der Kanadier in meinem Rücken, offenbar hat Fabrizio ihnen soeben enthüllt, dass ich der Autor des Buches bin, das er auf einem in der Nähe stehenden Regal ausgestellt hat. Ich frage mich, ob einer von ihnen mein Buch kaufen und mich einen Heuchler nennen wird, wenn er meine seitenlangen Abhandlungen über den Wert und die Bedeutung von Wein liest und sich daran erinnert, wie ich das Glas Vino Nobile gekippt habe, als wäre es Coca-Cola!

Jetzt befinde ich mich auf Sienas Hauptstraße, noch fühle ich mich ziemlich nüchtern. Um mich herum tummeln sich jede Menge Menschen jeglichen Alters – viele von ihnen bleiben beim Anblick eines bekannten Gesichts stehen, um ein Schwätzchen zu halten, was jedes Mal einen kleinen Verkehrsstau hervorruft. Es ist Schlussverkauf, und ich stelle fest, dass die Geschäfte voller verrückt gewordener Frauen sind, an deren Armen Einkaufstaschen mit den Namen berühmter italienischer Designer schwingen. Es dauert eine Weile, bis ich mich durch dieses menschliche Treibgut geschlängelt und die dritte Bar auf meiner Route erreicht habe, die in Wirklichkeit gar keine Bar ist, sondern ein kleines Café, das der schönen Clarissa gehört. Als ich eintrete, schenkt sie mir ihr strahlendes Lächeln. Ihre durchdringenden dunkelblauen Augen hellen sich auf, als sie sich über den Tresen beugt, um mich zu küssen.

»Du weißt, warum ich hier bin«, sage ich mit einem leichten Seufzen in der Stimme.

Sie lacht und schenkt mir einen Chianti Classico Meleto aus einer offenen Flasche ein, dann kehrt sie zur Espressomaschine zurück, um die Bestellungen der anderen Kunden fertig zu machen – überwiegend Angestellte von der Bank nebenan. Sie sind zu beneiden, dass sie ihre Kaffeepausen hier bei Clarissa machen dürfen, deren Café in der ganzen Stadt für seinen ausgezeichneten Kaffee bekannt ist.

Bevor ich gehe, fasst Clarissa mein Handgelenk und nimmt mir das Versprechen ab, meinen beiden verrückten Kumpeln, Andrea und Leo, herzliche Grüße auszurichten. Ich bin mir nicht sicher, ob ich das tun werde, aber ihr zuliebe nicke ich. Sekunden später laufe ich wieder über das alte Granitpflaster von Siena, wobei ich die frische Luft tief einatme, die mir hilft, mich aufrecht zu halten. Ich verspüre die ersten Anzeichen von Betrunkenheit, dabei habe ich erst die dritte Station hinter mir; ich bezweifle, dass ich diesen Truss aus eigener Kraft bewältigen kann.

Doch darüber darf ich mir jetzt keine Sorgen machen. Ich rufe die Strecke aus dem Gedächtnis ab, verlasse die Hauptstraße mit ihren Menschenmengen und biege in eine deutlich ruhigere Straße ein, die unter einem steinernen Torbogen hindurchführt. Hier fängt es an, schwierig zu werden, weil ich drei Bars in rascher Folge hinter mich bringen muss. Die erste nennt sich Planet Basket, was nahelegt, dass es sich um einen Treffpunkt für Freunde des hiesigen Basketballteams handelt. Es ist nett dort und gemütlich, an den Wänden hängen lauter Fotos von Spielern aus aller Welt, die an irgendeinem Punkt ihrer Karriere das Trikot von Siena getragen haben. Wenn das Team ein Spiel gewinnt, dann wird seine grün-weiße Fahne an dem Mast in der Wand am Eingang gehisst.

Drinnen treffe ich ein paar Stammgäste, und als ich erkläre, dass ich hier bin, weil ich mich mit Andrea und Leo auf einem Truss befinde, weiten sich ihre Augen, als wollten sie sagen: Das spielt ihr also *immer noch*? Ihre Verblüffung hilft mir, die Kraft zu finden, Glas Nummer vier herunterzustürzen, das mir ein junger Barkeeper reicht, der keine Ahnung hat, was er von mir halten soll.

Ich nehme ein bisschen wackelig auf einem Barhocker

Platz, und meine Freunde bieten lachend an, mir ein weiteres Glas zu spendieren, um auf meine Tapferkeit anzustoßen, doch ich lehne höflich ab. Hauptsächlich, weil es mit meiner Tapferkeit sonst schnell zu Ende sein könnte.

Jetzt spüre ich definitiv die Wirkung des Alkohols, der mich leicht euphorisch macht. Das wird mir klar, als ich Bar Nummer fünf betrete und anfange, ungezwungen mit einem älteren Paar zu plaudern, das ich gut kenne. Da ich mich im Stadtteil der Raupe, meiner *contrada,* befinde, ist es nicht ungewöhnlich, dass mir viele Gesichter bekannt sind. Ich verweile ein paar Minuten (was gegen die Spielregeln verstößt), um über die bevorstehende Wahl eines neuen *rettore* und *contrada capitano* zu sprechen. Als ich die Bar verlasse, stelle ich fest, dass ich es zur Hälfte geschafft habe.

Nicht schlecht, denke ich.

Dann frage ich mich: Mit wem habe ich eben eigentlich geredet? Aber ich kann mich nicht mehr erinnern.

Einen Block weiter betrete ich Fabios kleine Weinbar, die komplett leer ist; im Gegensatz dazu ist mein Glas, großzügig aus einer Strohflasche eingeschenkt, voll. Dem ernsten Gesicht des alten Barmanns – dessen glänzendes rabenschwarzes Haar mit etwas zurückgekämmt ist, das mir ganz nach einer üppigen Portion Frisiercreme aussieht – entnehme ich, dass etwas nicht stimmt. Ist er nervös, weil ich heute Abend sein einziger Kunde bin und ich nur auf ein einziges, bereits bezahltes Glas bleibe? Doch was immer sein Problem ist, heute ist nicht der Abend, um nachzufragen, also nutze ich sein Schweigen, mich schleunigst zurückzuziehen und die nächste Bar auf meiner Liste aufzusuchen.

Ich betrete die Via delle Vergini in der *contrada* der Giraffe und steige die Steinstufen zur Piazza Provenzano hinauf, die von der Chiesa di Santa Maria di Provenzano mit ihrer Madonna dominiert wird, zu deren Ehren der alljährliche Juli-Palio stattfindet. Unmittelbar nach dem Rennen machen sich die Mitglieder der siegreichen *contrada* dorthin auf, laut auf Lateinisch das Te Deum singend, während ihnen Freudentränen über die Wangen strömen. Vielleicht liegt es am Wein, aber plötzlich läuft mir ein Schauder über den Rücken, als ich mich daran erinnere, dass ich dieses Szenario unlängst selbst erlebt habe, als meine eigene *contrada,* die noble *contrada* der Raupe, eines Julinachmittags nach fünfzig endlos erscheinenden Jahren ohne Sieg diesen Triumphzug antrat.

Ich bleibe stehen, um die Kirchenfassade zu betrachten, und wie durch Zauberei wird die Stille durchbrochen: Aus der *contrada* der Eule hallt Trommelwirbel herüber. Instinktiv wende ich mich in diese Richtung und treffe auf Jugendliche, die sich zum militärischen Rhythmus eines Trommlers im Fahnenschwingen üben. Deshalb liebe ich Siena, denke ich; wo sonst findet man auf diesem Planeten Teenager, die so begierig darauf sind, die mittelalterlichen Künste zu erlernen?

Plötzlich dreht sich mir alles; der Wein zeigt seine Wirkung, mein Gang wird unsicher, ich habe Mühe, auf einer geraden Linie zu gehen. Erschöpft lehne ich mich gegen eine Wand, hole tief Luft und rede mir ein, dass alles gut wird, wenn ich nur einen Augenblick innehalte und mein Gleichgewicht wiederfinde. Ich muss nur noch die letzten vier Bars hinter mich bringen, dann ist es geschafft.

Ich sammle all meine Kräfte, setze, das Dröhnen der Trommel noch im Ohr, meinen Weg fort und kehre in einer schmuddeligen *osteria* auf mein nächstes Glas ein. Hier treffen sich die einheimischen Alkoholiker, von denen heute Abend viele hier sind. Mit roten Nasen und blutunterlaufenen Augen beugen sie sich über die schiefen Holztische; manche spielen Karten, manche verfluchen murmelnd Gott und die Welt. Ich schaudere bei dem Gedanken, dass ich hier vielleicht gar nicht so fehl am Platze bin – dass ich womöglich auch als Stammgast dieser Kaschemme ende, wenn ich mein Leben so weiterführe. Schnell stürze ich den drittklassigen

Wein hinunter, der mir in einem grellroten Glas gereicht wird, dann ziehe ich mich hastig zurück. Trotz einiger plötzlicher und ziemlich ernster Probleme mit der grundlegenden Art der Fortbewegung, gelingt es mir, die Hauptstraße wiederzufinden, doch nun fühle ich mich in dieser Menschenmenge vollends fehl am Platze. Ich habe Schwierigkeiten, Gesichter zu erkennen – sie kommen mir verzerrt vor, unscharf –, während mir die Bauwerke um mich herum auf den Kopf zu stürzen drohen.

Ich kämpfe mich vorwärts und betrete die achte Bar. Hier treffen sich die *figli di papà* (reiche Papasöhnchen) zum Aperitif. Heute Abend sind viele da. Sie verspeisen winzige Scheibchen Brot mit Kaviar oder Trüffelsoße und brüsten sich mit dem neuesten Porsche-Modell, während sie ihre teuren Anzüge und die angesagtesten Haarschnitte präsentieren, die dicke Rolex am Handgelenk. Die Bar ist rappelvoll, und ich habe Schwierigkeiten, mir einen Weg durch all diese arroganten, verwöhnten Kinder zum Tresen zu bahnen. Als ich es endlich geschafft habe, hat der Barmann – dessen Gesicht so aufgeschlossen wirkt wie das eines zum Grillen in Alufolie gewickelten Zackenbarschs – keine Ahnung, wovon ich spreche. »Sie möchten ein Glas Wein, ohne dafür zu bezahlen?«, fragt er mich und starrt mich mit seinen dumpfen Fischaugen an. Da ich einige Mühe habe, einen zusammenhängenden Satz hervorzubringen, verläuft unser Gespräch bald schon im Nichts. Ich habe zunehmend das Gefühl, dass mein persönlicher Truss heute Abend hier enden wird, doch plötzlich kommt mir ein zweiter Barkeeper zu Hilfe, der dem Zackenbarsch erklärt, dass der glatzköpfige, fette Mann, der vorhin da war, meinen Wein bezahlt habe. »Erinnerst du dich nicht?«, fragt er. »Der, der ein ganzes Tablett mit Mayonnaiseschnittchen verschlungen hat!«

Der Zackenbarsch entfernt sich, um mir mein Glas Wein zu holen, aber vielleicht wäre es besser gewesen, er hätte es nicht getan. In meinem Kopf dreht sich alles wie ein Kreisel, und ich kann nicht länger aufrecht gehen wie ein normales menschliches Wesen. Nachdem ich den Wein in einem Zug getrunken habe – in drei schnellen Schlucken, als würde der Alkohol weniger Wirkung zeigen, wenn ich mein Glas hastig leerte! –, muss ich all meine in über dreißig Jahren gesammelte Erfahrung zusammennehmen, um halbwegs gerade zur Toilette zu gehen. Es ist wie surfen, nur tosen die Wellen, die mich umzuwerfen drohen, in mir selbst. Trotz meiner Bemühungen schwanke ich leicht und stoße zwei gut gekleidete Gören an, die bei meiner Berührung zurückschrecken. Der eine schreit: »Verpiss dich!«, der andere: »Leute wie du sind hier nicht willkommen!« Meine Erwiderung beschränkt sich auf eine gemurmelte Entschuldigung, wobei ich sorgfältig jegliche Diskussion über mein Recht, hier zu sein, vermeide – zumal ich kaum in der Lage bin, ein vernünftiges Argument hervorzubringen, schon gar nicht in Anbetracht des natürlichen Dranges, den ich verspüre …

Nachdem ich mich entleert habe, trete ich ans Waschbecken, um mir die Hände zu waschen, und werfe einen Blick auf mein Spiegelbild. Jetzt ist es an mir, zurückzuschrecken, und zwar vor schierem Entsetzen. Meine Haut ist von einem blassen Gelb mit einem Stich ins Grüne. Meine Augen sind rot und geschwollen. Ich knöpfe meinen Kragen auf, kremple die Ärmel hoch und halte den Kopf komplett unter den laufenden Hahn, wobei ich sorgfältig darauf achte, nicht einen Tropfen Wasser zu verschlucken, denn auch das widerspricht den Regeln des Truss'. Dann blicke ich mich erneut an – mit tropfendem, verfilztem Haar wie ein halb ertrunkener Hund – und schwöre mir feierlich: »Nie wieder, alter Junge!« Ich überlege sogar, den Truss abzubrechen und einfach schnurstracks nach Hause zurückzukehren, doch mein Stolz siegt, und ich wappne mich für meinen Besuch in der neunten Bar, die kurz vor dem Hauptzugang zur Piazza del Campo liegt.

Wieder einmal taumele ich auf die Straße hinaus und setze meinen Weg langsam – um nicht zu sagen im Schneckentempo – fort, wobei ich mich mit einer Hand an den alten Mauern abstütze, um nicht einzuknicken wie ein Klappstuhl. Ich komme am Casino dei Nobile vorbei, das in vergangenen Zeiten einmal ein exklusiver Klub war. Dort wenden zahlreiche lokale Heilige drohend die Köpfe in Richtung der ewigen Rivalin, der Stadt Florenz, als könnten sie so deren habgierige Bürger davon abhalten, in Siena einzufallen. Als ich zu ihnen aufsehe, habe ich den Eindruck, dass sie gar nicht nach Florenz schauen, sondern vielmehr ihre heiligen Augen von *mir* abwenden – von der Jammergestalt, zu der ich mich gemacht habe. Der heilige Ansano scheint besonders abgestoßen von meinem Zustand zu sein. Ich senke beschämt den Kopf und schleiche mich in Danilos Bar, die in Wirklichkeit eine kleine Take-away-Pizzeria ist. Der wunderbare Duft der heißen Pizza wirft mich fast um; liebend gern hätte ich ein Stück gegessen, aber leider würde auch das gegen die Regeln verstoßen.

Danilo wirkt besorgt angesichts meines Erscheinungsbildes und fragt mich, ob es mir gut geht. Ich halte die Daumen hoch. Er wirkt nicht unbedingt überzeugt, aber er sagt nichts weiter – stattdessen reicht er mir einen Umschlag. Plötzlich spüre ich, wie meine Nackenhärchen kribbelnd Alarm geben. Ein Umschlag? Warum sollte hier jemand für mich einen Umschlag hinterlegen? Das kann doch nichts Gutes bedeuten …

Ich taste nach meiner Brille, und nach mehreren verstohlenen Versuchen, bei denen ich fast zu Boden gehe, gelingt es mir, sie hervorzuholen und auf die Nase zu schieben. Als ich den Umschlag aufreiße und ihm einen beschriebenen Bogen Papier entnehme, erkenne ich zwar Andreas ausladende Schrift, aber es gelingt mir nicht mehr, den Sinn seiner Worte zu erfassen. Verlegen reiche ich den Bogen Danilo und bitte ihn, mir Andreas Brief vorzulesen.

Er wirft mir einen weiteren besorgten Blick zu, dann fängt er an: »Dario! Leo und ich haben beschlossen, die Herausforderung ein wenig zu erhöhen, deshalb wird Danilo dir einen Grappa einschenken, den du mit einem einzigen Schluck trinken musst. Wenn du das geschafft hast, treffen wir uns in der üblichen Bar zum großen Finale! Gratulation, alter Junge, du hast es geschafft. Andrea.«

Allein bei dem Gedanken an Grappa hätte ich mich am liebsten auf diese köstlichen Pizzas erbrochen. Selbst zu meinen besten Zeiten habe ich den beißenden Geruch dieses Schnapses gehasst, den strengen Geschmack auf der Zunge, den Nachgeschmack, der so hartnäckig am Gaumen haftet und dem selbst mit Zahnpasta oder Mundwasser nicht beizukommen ist. Und dann sind da noch die Nachwirkungen, die zu schrecklich sind, um darüber nachzudenken …

Doch jetzt gibt es kein Entkommen. Danilo hat mir ein Schnapsglas über den Tresen zugeschoben, gefüllt mit der klaren Flüssigkeit, die mir den Todesstoß versetzen wird, und steht nun bereit, um mitzuverfolgen, wie ich diese hinunterstürze. Ich bekreuzige mich (in umgekehrter Richtung) und kippe mir das Zeug direkt in die Kehle.

Sofort merke ich, wie mir der Alkohol durch die Adern fließt und direkt ins Hirn schießt. Trotzdem verspüre ich einen leichten Schauder der Erleichterung. Es stimmt, ich bin komplett blau, aber irgendwie habe ich es geschafft. Ich habe einen weiteren Truss überstanden.

Als ich die Pizzeria verlasse, hält mir Danilo die Tür auf und betont noch einmal, dass er sich Sorgen um mich mache; ich versuche, wieder die Daumen in die Höhe zu recken, doch stattdessen richtet sich mein Zeigefinger auf, was genau das Gegenteil von dem bedeutet, was ich eigentlich sagen will. Doch tatsächlich hat mich der Gedanke, den *campo* zu erreichen, irgendwie beflügelt. Ich habe kein Problem, den Haupteingang zu dem Platz zu finden, und eile zielstrebig darauf zu – nur um Sekunden später festzustellen, dass ich gar nicht auf der großartigen *Piazza del Campo* gelandet bin, sondern in einem Geschäft, das Damenunterwäsche verkauft. In diesem Augenblick wird mir klar, dass ich komplett verloren bin. Um die Dinge noch schlimmer zu machen, kommt eine äußerst elegante Verkäuferin, die unwiderstehlich nach Pfirsich duftet, auf mich zu und fragt, ob sie mir helfen könne.

Erschrocken ob der Vorstellung, dieser strahlenden Schönheit meinen Zustand gestehen zu müssen, ergreife ich das Erstbeste, was sich in meiner Reichweite befindet, gebe es ihr und stoße mit einiger Mühe hervor: »Ich, ähm, das nehme ich.« Ein paar Minuten später und um einige Euro ärmer, stehe ich wieder auf der Straße, einen Stringtanga im Dschungelmuster in der Hosentasche und mit einem nagenden Gefühl der Übelkeit im Bauch. Jetzt sehe ich auch den Eingang zum *campo*, direkt neben der Tür des Dessousladens; ich habe mein Ziel also nur um Haaresbreite verfehlt.

Ich stolpere die Stufen hinunter – die, da bin ich mir absolut sicher, über Nacht steiler geworden sind – und werde umtost von einer Kakophonie von Stimmen; alle Leute, so kommt es mir vor, scheinen »*Ciao*, Dario! *Ciao*, Dario!« zu rufen. Der Platz selbst scheint zu pulsieren wie ein menschliches Herz, das sich mit jedem Schlag ausdehnt und wieder zusammenzieht. Mein Magen ist in Aufruhr, und mein Atem kommt einer chemischen Waffe gleich. Dann entdecke ich Andrea und Leo in der Bar Il Palio. Wundersamerweise sind die beiden taufrisch und stopfen sich mit den zu den Getränken gereichten Chips und Nüssen voll. Als sie mich auf der Schwelle erblicken, blass wie ein Geist und zittrig wie eine flackernde Kerze, deuten sie beide auf mich und kippen vor Lachen fast um. Andrea brüllt mit weit aufgerissenem Mund und gibt den Blick frei auf die zerkaute Masse von Nüssen und Chips, die er noch nicht geschluckt hat. Leo dagegen krümmt sich zusammen und schlägt mit der Handfläche auf sein rechtes Bein.

Als sie sich wieder eingekriegt haben, kommen sie mir zu Hilfe, haken sich rechts und links von mir ein und schleifen mich zum Tresen.

»Warum kommst du so spät?«, fragt Leo. »Wir haben uns langsam Sorgen gemacht.« Sein Ton klingt munter – schalkhaft –, als würde er es genießen, sich über mich lustig zu machen.

»Du stinkst, als wärst du in ein Weinfass gefallen«, fügt Andrea hinzu.

»*Meglio puzzar di vino che d'acqua santa* – Es ist besser, nach Wein zu riechen als nach Weihwasser«, stammele ich, stolz darauf, dass ich mich trotz des Zustands, in dem ich mich befinde, an ein derart passendes altes Sprichwort erinnere. Doch mein Stolz wird gemindert durch die Scham, ihre Hilfe zu benötigen; wie kommt es, dass es mir so viel schlechter geht als ihnen? Wir sind doch alle im selben Alter …

»Bereit für ein letztes Glas, alter Junge?«, fragt Andrea grinsend und gibt der Bedienung ein Zeichen.

Der Tradition entsprechend, ist der letzte Wein ein moussierender Brut Cà del Bosco, der in einer Flöte gereicht wird. Wir erheben unsere Gläser und stoßen an.

»Auf den letzten Truss?«, schlägt Leo vor, dann schluckt er den erlesenen Wein, als dürste ihn tatsächlich danach.

Als ich das sehe, ergreift ein entsetzlicher Verdacht Besitz von meinem benebelten Gehirn. Behindert durch meine verschliffene Aussprache und meinen komanahen Zustand, platze ich heraus: »He, wiekommtsdaschihrnochnüchternseid?«

»Aber, aber«, sagt Andrea, als würde er ein jammerndes Kind besänftigen. Dann wendet er sich an Leo und sagt: »Tja, genau genommen sollten wir auf *Darios* letzten Truss trinken. Kaum zu glauben, dass er mit vierzig Jahren noch bereit zu solchen Dummheiten ist!«

»Da hast du recht«, bestätigt Leo schelmisch.

Voller Entsetzen dämmert mir, was passiert ist, und genau diese Erkenntnis muss sich auf meinem Gesicht gespiegelt haben.

»Komm schon, Dario«, sagt Leo in hochtrabendem Ton, »Andrea und ich sind verheiratet und haben Kinder. Du kannst doch nicht wirklich angenommen haben, dass wir noch den Nerv für dieses alberne, infantile Spielchen haben.« Er schüttelt den Kopf und fügt ein *Ts, ts, ts* hinzu, dann richtet er umständlich seinen Pferdeschwanz.

Erfasst von plötzlichem Zorn, rufe ich aus: »*Mischtkerle!*« und stürze mich auf meine sogenannten Freunde. Leider verfehle ich die zwei mit großem Abstand, was dazu führt, dass ich mich mit dem Gesicht nach unten auf den Terrakottafliesen wiederfinde.

Andrea und Leo bücken sich beide und fassen mir unter die Arme, um mich wieder auf die Füße zu stellen. Unglücklicherweise sind wir nicht allein in der Bar, und es versammelt sich ein kleines Grüppchen, um die erbärmliche Szene mitzuverfolgen. Jetzt ist es an Andrea, einzuschreiten. »Wie traurig, dass sich ein gefeierter Autor in der Öffentlichkeit derart beschämend aufführt.«

Eine attraktive Amerikanerin mittleren Alters, deren Frisur an eine neumodische Version von Doris Days Pagenkopf erinnert, schnappt seine Bemerkung auf, tritt vor und fragt, ob sie richtig gehört habe. »Das ist Dario Castagno? Der die Bücher über sein Leben in der Chianti-Region geschrieben hat?«

Andrea bejaht in seinem blumigen Englisch: »*Si,* Madam, der allzu betrunkene Autor.«

Die Frau ist sichtlich beeindruckt. Eilig drückt sie ihre aufgebauschte Frisur in Form, angelt schneller als der Blitz einen Lippenstift aus ihrer Prada-Handtasche und zieht ihre tiefroten Lippen nach. Dann kommt sie mit offenen Armen auf mich zu, und ich breche in Panik aus. Ich weiß nicht, was sie von mir will; ich weiß nur, was ich nicht von ihr will. Der einzige mögliche Schachzug ist, sie anzuhauchen – und eine giftige Fahne aus Wein, Grappa und Prosecco, vermischt mit Magensäften, auszustoßen. Doch auch das hält sie nicht auf; sie fasst meine Schulter, reicht Andrea dreist ihre Kamera und bittet ihn, ein Foto von uns beiden zu machen. Ich umarme sie und flüstere ihr ins Ohr: »Ischliebedisch.«

Um mir weitere Schmach zu ersparen, schleifen mich Leo und Andrea aus der Bar und aus der Reichweite dieser Doris Day des einundzwanzigsten Jahrhunderts. Die Menge, der mein Zustand nicht entgeht, teilt sich, um uns Platz zu machen, entweder aus Mitleid oder voller Abscheu.

Während sie mich in Richtung *enoteca* zerren, fragt Leo: »Hast du den unschuldigen Streich genossen, den wir dir gespielt haben?«

»*Scheischkerle*«, knurre ich.

»Komm schon, alter Junge«, drängt mich Andrea. »Das Abendessen geht auf uns.«

Wie immer ist die Enoteca I Terzi gesteckt voll mit Angehörigen der sogenannten *Siena bene:* Bankdirektoren, hiesigen Verwaltungsbeamten, Fachkräften und reichen Touristen. Dienstags ist das Menü festgelegt: Es gibt Fisch, Austern, Hummer und allerlei exquisite mediterrane Krustentiere. Meine Begleiter laden mich buchstäblich am Tisch ab, dann bestellt mir Andrea einen dreifachen Espresso und für sich selbst einen Teller Mayonnaise, um seinen Fisch darin zu ertränken.

Während der Espresso langsam meine fünf Sinne wiederherstellt, gestehen Leo und Andrea, dass sie ursprünglich tatsächlich vorhatten, den Truss mitzumachen. Erst im letzten Augenblick hätten sie beschlossen, mir einen Streich zu spielen. »Weil du deine engsten Freunde sonst völlig vergessen hättest, alter Junge«, erklärt Leo. »Das war unsere kleine Rache.«

Als ich das höre, muss ich fast lächeln. Sie haben ja recht, es ist in der Tat ein ziemlich lustiger Streich gewesen, außerdem haben mir die beiden ein ganz schön schlechtes Gewissen gemacht. Ich kann ihnen nicht länger böse sein, auch wenn diesmal ich das Opfer war. Während wir zusammensitzen, essen und lachen, begreife ich langsam, wie wichtig echte Freundschaft ist, wie sehr ich meine besten Freunde vermisst habe, ohne es überhaupt zu merken, und wie sehr ich sie verletzt haben muss. Ich habe meine Strafe verdient, habe sie nahezu herausgefordert. Jetzt muss ich ihnen dabei zusehen, wie sie eine Flasche Prosecco nach der anderen in sich hineinschütten, während ich San Pellegrino trinken muss.

Leo nickt in Richtung meiner Wasserflasche und fragt: »Behauptest du nicht immer, dass Wasser Rost verursacht, und außerdem würden die Fische hineinpinkeln?«

Ich versuche, seinen Spott zu ignorieren, und nehme einen kräftigen Schluck, aber Andrea greift Leos Worte auf: »Erinnert ihr euch an meinen *nonno*? Er sagte immer: ›Denjenigen, die keinen Wein trinken, möge Gott das Wasser wegnehmen‹, oder: ›Nach Wasser ist man nicht beschwingt, es ist der Wein, nach dem man singt‹ – wisst ihr noch?«

»Ich erinnere mich daran«, räume ich ein. »Doch wenn ich mich nicht irre, hat dein kürzlich verstorbener *nonno* Lottieri außerdem einmal gesagt: ›*L'acqua rovina i ponti il vino la testa* – Wasser ruiniert Brücken, Wein ruiniert den Verstand.‹«

Leo kichert. »Weißt du noch, Andrea, als dein *nonno* mich als Teenager dabei erwischt hat, wie ich Wein mit Wasser gemischt habe? Er war erschüttert. ›*Quelle che mescola l'acqua con il vino merita bere il mare a capo chino* – Wer Wasser mit Wein mischt, verdient es, auf dem Kopf stehend Meerwasser zu trinken‹, hat er zu mir gesagt.«

Wir bleiben in dieser Stimmung, schwelgen in Erinnerungen, tauschen lokale Sprichwörter aus und brüllen vor Lachen, bis uns Incarnato, der Besitzer der Enoteca I Terzi, der anscheinend einen Teil unserer Unterhaltung mitverfolgt hat, leicht irritiert über den Tumult, den wir verursachen, die Rechnung reicht, begleitet von einer weiteren bekannten Redensart: *Dove puo'il vino non puo'il silenzio* (Wo Wein fließt, kann keine Ruhe herrschen), was uns nur noch mehr zum Lachen bringt, doch seine Nachricht kommt an.

Es ist Zeit zum Aufbruch. Ich überzeuge meine Freunde, dass es mir nach dem Essen und dem Kaffee gut geht, und bitte sie, sich keine Sorgen zu machen. Außerdem verspreche ich ihnen, die Anti-Alkoholkontrollen-Strecke zu nehmen und *nicht* bei Alberto haltzumachen.

Und damit trennen sich unsere Wege. Ich kehre mit dem Gefühl, dass jemand einen Schienennagel direkt in meinen Schädel getrieben hat, zu meinem verrosteten Fiat zurück und ziehe, gegen den Kopfschmerz ankämpfend, meinen Autoschlüssel aus der Tasche. Plötzlich fällt mein Blick auf etwas Lilafarbenes, das ich fast vergessen hatte, doch jetzt fällt mir ein, dass es meiner lieben Freundin Viviana gehört. Es ist der Schlüssel zu ihrer Wohnung in Siena, den sie mir vor Jahren mit der Anweisung gegeben hat, ihn zu benutzen, wann immer ich in der Stadt in Schwierigkeiten gerate. Ich habe ihr Angebot bereits ein paarmal wahrgenommen, seit langer Zeit jedoch nicht mehr.

Warum soll ich nicht jetzt davon Gebrauch machen?, überlege ich. In meinem Zustand sollte ich wohl besser nicht mehr Auto fahren.

Schon befinde ich mich wieder auf der Hauptstraße, die voll ist von Jugendlichen, die sich zum Rendezvous treffen und sehnsuchtsvolle Blicke und süße Worte austauschen. Ich muss die Piazza del Campo – auf der gerade eine Parade der *contrada* des Waldes (*selva*) stattfindet, die immer noch ihren Sieg beim August-Palio feiert – in die entgegengesetzte Richtung überqueren; und nachdem ich mir endlich einen Weg durch die ausgelassene Menge gebahnt habe, finde ich mich auf der Treppe zu Vivianas mittelalterlichem Wohnhaus wieder. Ich frage mich, was sie wohl so macht. Ich habe keine Ahnung, aber ich bin mir sicher, dass sie sich freut, mich nach all den Jahren wiederzusehen.

Ich betrete das Gebäude, steige die drei eindrucksvollen Treppen hinauf und stecke behutsam den Schlüssel ins Schloss. Ich will keinen Lärm machen für den Fall, dass Viviana schon schläft. Es gelingt mir, mich zu erinnern, dass das Schlafzimmer gleich das erste auf der rechten Seite ist. Leise drücke ich die Tür auf, taste mich zum Bett, dann ziehe ich meine Stiefel aus und schlüpfe unter die Bettdecke. Sofort spüre ich die Wärme eines weiblichen Körpers und schlinge impulsiv den Arm darum, wie ich es früher so oft getan habe.

Sobald ich ihre weiche Haut berühre, zerreißt ein Schrei die nächtliche Stille, der das Hämmern in meinem Schädel ins Unermessliche steigert. Auf dem Nachttisch explodiert gleißendes Licht, und ehe ich weiß, wie's mir geschieht, werde ich mit einem kräftigen Schlag auf mein rechtes Auge außer Gefecht gesetzt.

12.

Der letzte Truss

(Teil zwei)

Um fünf Uhr morgens komme ich endlich zu Hause an. Ich habe eine gefährliche Fahrt hinter mir, auf der ich mehrere Male nur knapp dem Graben entkommen bin, weil ich auf einem Auge nichts sehen kann und deshalb keine Tiefenwahrnehmung habe. Ich komme mir vor wie ein Idiot. Am liebsten wäre ich einfach zusammengebrochen und hätte geweint, doch mir fehlt die Kraft für derlei Gefühle; alles, was ich noch zustande bringe, sind ein paar Flüche auf Andrea, Leo und mich selbst, dann falle ich völlig erschöpft aufs Bett.

Den Rest der Nacht – oder vielmehr des Vormittags – verbringe ich damit, mich auf meiner Matratze hin und her zu wälzen, während mir fünf Worte unablässig in den Ohren widerhallen: *Dario, du hast ein Problem … Dario, du hast ein Problem … Dario, du hast ein Problem …*

Ich ignoriere das Telefon, das mit einigen Unterbrechungen im Wohnzimmer klingelt – und die Abstände exakt so abpasst, dass ich jedes Mal hochschrecke, wenn ich gerade dabei bin, in den Tiefschlaf zu gleiten. Ich könnte aufstehen und den Hörer danebenlegen, aber ich bin zu müde, um mich zu bewegen, also muss ich die Qual des ständigen Klingelns ertragen.

Als mich das Telefon wieder einmal aus dem Schlaf reißt, werfe ich einen Blick auf die Uhr und stelle fest, dass es 12 Uhr 18 ist. Ich beschließe, dass es allmählich Zeit wird aufzustehen und das Gespräch entgegenzunehmen. Mich aus dem Bett hochzurappeln ist eine gigantische Herausforderung; ich spüre, wie mein Gesicht vor Schmerz zuckt, genau wie meine Glieder, die sich dreimal so schwer anfühlen wie sonst und sich weigern, den Kommandos meines benebelten Gehirns zu gehorchen.

Ich taumele die Treppe hinunter und gehe zum Telefon hinüber, dann hebe ich den Hörer einen Augenblick zu spät ab; es ertönt nur noch der Wählton. Sehnsuchtsvoll blicke ich zur Treppe – die Versuchung ist groß, wieder hinaufzugehen und mich in die schützende Obhut meiner Bettdecke zu begeben –, doch stattdessen zwinge ich mich, das Badezimmer aufzusuchen. Meine Sicht ist verschwommen, mein Mund trocken wie das Tal des Todes, und es ist wirklich nicht verwunderlich, dass ich diese ausgedörrte, graue, zusammengekrümmte Gestalt, die mich aus dem Spiegel angähnt, nicht erkenne.

Das kann doch nicht ich sein, denke ich, zerre an meinen Wangen und betrachte mein Zahnfleisch, als suchte ich nach einem Beweis dafür, dass das nicht ich bin.

Mein rechtes Auge ist blau – oder vielmehr malvenfarben –, und es ist völlig zugeschwollen. Ich versuche erst gar nicht, es zu öffnen; es wäre ohnehin hoffnungslos. Meine Unterlippe ist so dick, dass sie an einen Fahrradschlauch erinnert, daran baumelt eine Kruste aus getrocknetem Blut wie eine Liane im Dschungel. Um es kurz zu sagen: Ich sehe wirklich schockierend aus. Ich drehe die Dusche auf und halte meinen Kopf unter das kalte Wasser, bis mein Haar pitschnass ist und ich nach Luft schnappe. Sofort fühle ich mich wacher, wenngleich nicht glücklicher, am Leben zu sein. Als ich anschließend meine Wunden vorsichtig mit einem Handtuch abtupfe, versuche ich, mir in Erinnerung zu rufen, was gestern Nacht alles vorgefallen ist. Nach und nach fügen sich die Teile zusammen wie ein Puzzlespiel.

Als Erstes kommt mir der Truss in den Sinn, Pub für Pub, dann mein Treffen mit Andrea und Leo und die Erkenntnis, dass sie mich zum Narren gehalten haben … die schrecklich peinliche Vorstellung, die ich an unserem Treffpunkt geliefert habe … mein Bemühen, während des Essens wieder nüchtern zu werden ... und schließlich die ach so kluge Entscheidung, die Nacht bei Viviana zu verbringen, was in Verwirrung, Geschrei und nicht zuletzt mit einem Hieb aufs Auge endete.

Und dann? Ich versuche, die Einzelheiten aus den dumpfigen Tiefen meiner verschwommenen Erinnerung heraufzubeschwören. Ich meine, mich an eine Reihe von kräftigen Schlägen ins Gesicht zu erinnern, die mich zurück zu Bewusstsein holten. Als ich mein funktionierendes Auge öffnete, sah ich ein verzerrtes Gesicht über mir in der Luft schweben, das mir bekannt vorkam – das des alten *maresciallo* von den *carabinieri,* Iuzzolino. Ich versuchte, ihn zu grüßen, doch er hörte nicht auf, mich zu ohrfeigen; als er merkte, dass ich wieder bei Bewusstsein war, verstärkte er seine Schläge sogar noch. Dann packte er mich vorne am Hemd und schüttelte mich, wobei er mich mit seinen blutunterlaufenen Augen voller Abscheu musterte und wieder und wieder knurrte: »Dario, du hast ein Problem.« Eine große Ader trat auf seiner Stirn hervor und zeigte an, dass er vor Wut kochte.

Er war in Begleitung von zwei jüngeren *carabinieri,* fällt mir jetzt ein, von denen einer eifrig in ein Handy sprach, während der andere auf einen Notizblock kritzelte, was ein junges, schluchzendes Mädchen, das mir den Rücken zugewandt hatte, zu Protokoll gab. Soweit ich sehen konnte, war sie außergewöhnlich durchtrainiert, trug einen Igelhaarschnitt, Shorts mit Tarndruck und ein ärmelloses T-Shirt, das ihren beeindruckend muskulösen Körper betonte. Ihr Nacken war mit einem geflügelten grünen Drachen tätowiert.

Als Iuzzolinos erster Untergebener sein Telefongespräch beendet hatte, kam er zu uns und murmelte etwas, was den alten *maresciallo* (Stabsfeldwebel) die Hände von meinem Hemd nehmen ließ. Ich fiel auf die Matratze zurück; mein Herz hämmerte, als hätte ich gerade einen zweifachen Marathon gelaufen.

Dann durfte ich gehen. In meinem Kopf drehte sich immer

noch alles, aber es gelang mir, meine Stiefel anzuziehen und zur Tür zu stolpern, wo ich feststellte, dass sich zum zweiten Mal innerhalb von wenigen Stunden meinetwegen eine Menschenmenge versammelt hatte. Das Treppenhaus war voller Leute aus den anderen Wohnungen, die in Schlafanzügen und Morgenmänteln herausgekommen waren, als sie die Frau schreien und kurz darauf die Sirenen der *carabinieri* hörten. Als ich nun aus der Tür trat, machten sie einen Schritt zurück und betrachteten mich mit einer Mischung aus Ekel, Furcht und Abscheu, was wirklich das Mindeste war, mit dem ich angesichts meiner geplatzten Lippe, dem blauen Auge und meinem blutüberströmten Hemd zu rechnen hatte. Ich fühlte mich wie in einem Western – und leider nicht wie der Kerl mit dem weißen Hut. Nein, ich fühlte mich wie der Geächtete, der vom Sheriff aus der Stadt gejagt wird.

Während ich mich vorsichtig die Stufen hinuntertastete, ertönte von oben auf dem Treppenabsatz Iuzzolinos donnernde Stimme: »Hör zu, Dario! Nächste Woche gehe ich nach dreißig Jahren Dienst in den Ruhestand, und in der ganzen langen Zeit hast du mir nichts als Kummer bereitet! Das ist das letzte Mal, dass du mir so auf die Eier gehst, sonst packe ich dich bei deinen, klar?«

Und das war, Gott sei Dank, das vorläufige Ende.

Jetzt, da ich den ganzen grauenhaften Verlauf der Nacht rekonstruiert habe, beschließe ich, dass es vermutlich das Beste ist, es heute langsam angehen zu lassen – im Haus zu bleiben und mich zu erholen und weiteren Problemen aus dem Weg zu gehen. Ich mache mir eine Tasse *orzo* (Malzkaffee) und strecke mich auf dem Sofa aus, doch gleich darauf muss ich wieder aufstehen, um mir etwas kalte Milch zu holen, die ich in den Kaffee schütte – ich ertrage die heiße Flüssigkeit nicht an meiner aufgeplatzten Lippe.

Gerade als der *orzo* eine angenehme Temperatur hat und ich den ersten Schluck nehme, stört mich wieder das Telefon.

»*Pronto*«, krächze ich mit leiser, heiserer Stimme in den Hörer.

Und plötzlich prasselt eine ganze Salve zorniger Worte auf mich nieder. »Dario!«, schreit eine erboste Viviana. »Ich möchte mich bei dir für eine wirklich denkwürdige Nacht bedanken! Die *carabinieri* haben mich aus dem Tiefschlaf gerissen, um mir zu erzählen, jemand sei in meine Wohnung eingebrochen, die im Augenblick von meiner Cousine genutzt wird. Ihr Geschrei habe das ganze Haus aufgeweckt und die gesamte Polizeitruppe mit Blinklicht und Sirene herbeigeholt. Dann haben sie mir mitgeteilt, der Einbrecher seist *du*. Was, zum Teufel, hast du dir dabei gedacht? Bist du verrückt geworden?«

»Viviana«, versuche ich, sie zu unterbrechen, »hör mir zu! Ich kann dir das erklären!«

Endlich beruhigt sie sich ein wenig und lenkt ein: »Na schön. Erklär's mir. Aber deine Erklärung muss schon verdammt gut sein.«

»Es ist ganz einfach«, fange ich an und versuche, die Geschichte so kurz und unverfänglich wie möglich zu erzählen. »Zunächst einmal: Ich bin nicht in deine Wohnung *eingebrochen*. Ich hatte gerade mehr schlecht als recht einen Truss mit Andrea und Leo überlebt und hatte das Gefühl, nicht mehr nach Hause fahren zu können; deshalb beschloss ich, von deinem Angebot Gebrauch zu machen, im Notfall den Schlüssel zu deiner Wohnung zu benutzen ...«

»*Wie bitte?*«, fällt sie mir ins Wort. »Dario, es ist *acht Jahre* her, dass du das letzte Mal bei mir warst. Ich habe dich die letzten zwei Jahre nicht mal *gesehen*. Wie, zum Teufel, kommst du darauf, du könntest einfach so bei mir hereinschneien, als hätte ich es dir erst gestern angeboten? Was hast du dir nur dabei gedacht? Vorausgesetzt, du denkst überhaupt noch, was ich langsam bezweifle!«

Ich versuche, weitere Erklärungen abzugeben, aber ich komme nicht zu Wort. »Mein Gott«, fährt sie fort, »wenn ich mir vorstelle, ich hätte letzte Nacht zu Hause im Bett gelegen – ich hätte mit Sicherheit einen tödlichen Herzinfarkt erlitten! Trotzdem wünschte ich, du hättest mir und nicht meiner kleinen Cousine diesen entsetzlichen Schrecken eingejagt. Die Arme, sie ist in Siena, um an einem Kickbox-Wettkampf teilzunehmen. Deshalb habe ich ihr meine Wohnung angeboten – ich arbeite momentan in Rom. Ich wollte ihr einen Gefallen tun, schließlich konnte ich nicht ahnen, dass dieses nette, bedauernswerte Mädchen einem Trunkenbold wie dir in die Quere kommen würde. Sie ist erst siebzehn!«

Ich unternehme weitere Anläufe, eine Erklärung dazwischenzubringen, doch sie hört nicht auf, mich zu beschimpfen, und am Ende beschließe ich, dass es besser ist, wenn sie ihren Zorn hinausschreit.

»Du brauchst dich gar nicht zu entschuldigen, ich verzeihe dir sowieso nicht. Das arme Mädchen dachte, ein *Sexbesessener* wollte über sie herfallen!« Sie betont das Wort »Sexbesessener« auf die gleiche Art und Weise, wie sie »acht Jahre« betont hat – indem sie jede einzelne Silbe in die Länge zieht. »Auch der Umstand, dass du gerade einen Truss hinter dich gebracht hattest, ist keine Entschuldigung«, fügt sie, kein bisschen besänftigt, hinzu. »Mein Gott, seid ihr nicht inzwischen ein bisschen zu alt für ein so kindisches Benehmen? Wenigstens bist du Single, ich will mir gar nicht ausmalen, was Leos und Andreas Frauen Tag für Tag durchmachen müssen. Ihr seid wirklich hoffnungslose Fälle und offenbar noch lange nicht erwachsen.«

Jetzt habe ich eine Chance; sie hat ihre geballte Wut auf mich abgewälzt und geht nun zu Seitenhieben auf Leo und Andrea über. Diese kurze Galgenfrist nutze ich zu meinem Vorteil und reiße das Gespräch an mich.

»Hör mal, Viviana«, werfe ich dazwischen, »vielleicht hast du recht, was Leo, Andrea und mich anbelangt. Aber du bauschst diesen Zwischenfall viel zu sehr auf. Es tut mir leid, dass ich deine Cousine erschreckt habe, aber sie ist wohl kaum das hilflose kleine Mädchen, als das du sie darstellst. Soweit ich erkennen konnte, hat sie die Statur von Mike Tyson. Und was ihre vermeintliche Hilflosigkeit anbelangt: Sie hat mir eine geschwollene Lippe verpasst, die so dick ist wie eine Bowlingkugel, nicht zu erwähnen das blaue Auge in der Größe von Pamela Andersons Brust.«

Ich werde vom Wählton unterbrochen, Viviana hat aufgelegt.

Einen Augenblick starre ich wie ein Idiot das Telefon an, unfähig zu fassen, dass sie mich tatsächlich derart abserviert hat. Dann lege ich den Hörer vorsichtig zurück auf die Gabel, setze mich auf und denke über die ganze Situation nach. Wenn Iuzzolino und Viviana recht haben, werde ich womöglich tatsächlich niemals erwachsen. Ich habe es versucht, das schon, aber immer wieder kommt etwas dazwischen, das mich zurück in alte Verhaltensmuster reißt. Ich bin ein Opfer des Schicksals. Im Grunde kann ich mich dem genauso gut fügen.

Und so versinke ich in schlechter Laune und verbringe den Rest des Tages damit, mich selbst zu bemitleiden. Doch die jüngste Flut von Überraschungen reißt noch nicht ab. Gerade als ich mich wieder aufs Sofa gefläzt habe und einen Vollkornkeks in meinen *orzo* tunke, höre ich ein zaghaftes Klopfen an der Haustür. Als ich öffne, steht Andrea vor mir, der sehr adrett aussieht in seinem teuren grauen Armani-Anzug und mit der eleganten Lederaktentasche. Sein verwirrter Gesichtsausdruck steht allerdings in starkem Kontrast zu seinem geschniegelten Äußeren, genau wie seine blassgrüne Haut. Er sagt nichts, sondern schiebt mich zur Seite und drängt sich ins Haus. Drinnen lässt er seine Aktentasche fallen, dann strebt er schnurstracks auf meine Küche zu. Ich folge ihm und finde ihn zusammengekrümmt über dem Spülbecken, wo er ein Taschentuch aus seiner Hosentasche zieht und es unter dem

Wasserhahn nass macht. Anschließend geht er ins Wohnzimmer, schlüpft aus seinen Cesare-Paciotti-Schuhen, legt Jackett und Krawatte ab und sinkt auf die Couch, das nasse Taschentuch vorsichtig gegen die Stirn gedrückt.

»Guten Tag, Andrea«, begrüße ich ihn. »Komm doch rein.«

Er sieht mich nicht mal an, sondern bleibt ein paar Minuten stumm liegen und schnappt nach Luft; ich setze mich ihm gegenüber, entschlossen, so lange zu warten, bis er seine Geschichte erzählt.

Endlich ist er so weit. »Alter Junge«, sagt er mit so schwacher Stimme, dass ich ihn kaum verstehen kann, »bevor du mir erzählst, was mit deinem Gesicht passiert ist, berichte ich dir kurz, was ich getan habe, nachdem wir uns gestern Nacht verabschiedet hatten. Ich war auf dem Weg zu meinem Wagen, als mir plötzlich klar wurde, was für eine Schande es doch wäre, die ganzen schon bezahlten Getränke einfach so zu verschwenden. Also, dachte ich, warum kehre ich nicht auf ein paar Gläschen ein? Immerhin waren sie ja für mich.«

Ich nicke. »Es ist schön zu wissen, dass Leo sein Geld nicht umsonst ausgegeben hat.«

»Er hat keine einzige *lira* umsonst ausgegeben«, bestätigt er und stöhnt. »Ich weiß nicht, was über mich gekommen ist, aber ich habe jedes einzelne Glas geleert.« Entsetzt reiße ich mein unverletztes Auge auf, während er fortfährt: »Ganz richtig, ich habe einen Truss ganz für mich allein durchgezogen.«

Ich unterdrücke ein Lachen und lasse ihn weiterreden. »Wie du dir vorstellen kannst, bin ich heute Morgen mit Wahnsinnskopfschmerzen zur Arbeit gegangen; die ganze Zeit hat mein Magen rebelliert. Unglücklicherweise hat mich mein Chef zu sich ins Büro bestellt und darauf bestanden, dass ich einen grauenhaften Walnusslikör aus seiner eigenen Herstellung probiere; er ist so stolz auf das Zeug, dass ich unmöglich ablehnen konnte, ohne ihn zu kränken. Nun, ich habe ein einziges Gläschen getrunken, und kaum hatte er gefragt, was ich davon halte, habe ich mich auf seinen brandneuen Kirschholztisch erbrochen.«

Ich fange an zu lachen, wobei meine geplatzte Lippe um ein Haar erneut aufreißt.

»O ja, ich kann mir vorstellen, dass das eine süße Genugtuung für dich ist«, sagt er bitter. »Doch wie dem auch sei: Mein Chef hat mir für heute Nachmittag freigegeben – weniger aus Mitleid, vermute ich, sondern damit ich ihm nicht mehr unter die Augen komme. Ich hoffe, du hast nichts dagegen, wenn ich hier ein Nickerchen mache und versuche, mich ein wenig zu erholen, bevor ich nach Hause fahre.« Er wischt sich mit dem Taschentuch über die Brauen und sagt: »Aber erst einmal möchte ich wissen, warum du so entstellt aussiehst.«

Also erzähle ich ihm von meinem eigenen Missgeschick, inklusive der Abreibung, die mir ein siebzehnjähriges Mädchen verpasst hat, und meiner darauffolgenden Begegnung mit Iuzzolino. Als ich geendet habe, blicken wir uns einen Moment lang schweigend an, dann brechen wir in hilfloses Gelächter aus, das uns beide schüttelt. Schließlich stehe ich auf, damit Andrea schlafen kann, schließe die Vorhänge für ihn und verlasse den Raum. Dann gehe ich ins Arbeitszimmer und überprüfe meinen Posteingang.

Unter den vielen E-Mails ist eine, auf die ich gehofft hatte.

Von: Mia Lane
An: Dario Castagno
Betreff: Re: Ein Angebot

Lieber Signor Castagno,
vielen Dank für Ihre umgehende Antwort. Ich war freudig überrascht, so schnell mit Material versorgt zu werden. Ich habe Ihre Abhandlung am Wochenende gelesen und fand sie extrem gut geschrieben und sehr

informativ. Es war interessant, etwas über die jahrhundertealte Geschichte und Tradition des Chianti-Weins zu erfahren – Sie müssen jede Menge recherchiert haben, um all diese Daten und Anekdoten zusammenzutragen. Leider muss ich Ihnen jedoch mitteilen, dass das eben nicht der Art von Buch entspricht, das sich der Verleger vorstellt. Ich habe Ihre vorherigen Werke gelesen und besonderen Gefallen daran gefunden, wie Sie den ganz eigenen Charakter des Landes einfangen, seiner Menschen und seines Weins. Wir stellen uns etwas sehr Ähnliches vor – etwas, das in die gleiche Richtung geht, mehr unmittelbare persönliche Erlebnisse. Ganz besonders interessieren uns mit leichter Hand geschriebene, amüsante Geschichten, vielleicht über Gelegenheiten, bei denen Sie Ihrer Liebe zum Wein allzu zügellos nachgegeben haben, oder die ein oder andere unterhaltsame Situation, in die Sie verwickelt waren und in der der Wein eine Rolle spielte.

Ich entschuldige mich für das Missverständnis und dafür, Ihnen kostbare Zeit gestohlen zu haben; ganz offensichtlich hätte ich mich konkreter ausdrücken müssen, doch ich hoffe, wir können trotzdem auf weitere Zusammenarbeit hoffen.

Mit besten Grüßen

Mia Lane

Mit meinem funktionierenden Auge und weit aufgerissenem Mund starre ich ungläubig auf den Bildschirm. Sie bitten mich keineswegs um eine wissenschaftliche Abhandlung über die Weinkultur in der Chianti-Region, sondern – so vorsichtig sie es auch formulieren – um eine Auflistung meiner Besäufnisse und darauf folgenden Kater.

»Kleinigkeit«, sage ich laut, schlagartig hellwach und voller Enthusiasmus. Material dafür habe ich reichlich; erlebe ich nicht gerade in diesem Moment das Ende eines solchen Kapitels, zusammen mit einem der tragenden Charaktere, der ein Stockwerk unter mir laut genug schnarcht, um die Fensterscheiben zum Klirren zu bringen?

Ich grinse, als mir klar wird, dass ich bereits sturzbesoffen war, als Mia Lane diese Nachricht verfasste, und mich gerade Iuzzolino in Vivianas Wohnung gegenübersah. Ich wünschte, ich hätte das vorher gewusst, dann hätte ich dem alten Mistkerl nämlich sagen können: »Hör mal, ich recherchiere gerade für mein neues Buch.«

In der Tat habe ich sehr viel Zeit meines Lebens damit verbracht, mich auf dieses Buch vorzubereiten. Ich muss nur in den Tiefen meines Gedächtnisses nach den unterhaltsamsten Geschichten graben. Natürlich ist es möglich, dass meine Erinnerung an diese Ereignisse angesichts der Umstände ein wenig verschwommen ist, aber darüber mache ich mir Gedanken, wenn es konkret wird.

Unterdessen beschließe ich, einen kompletten Bericht über das zu verfassen, was ich frisch in Erinnerung habe, und verspüre den plötzlichen Impuls, auf diesen neuen Anfang ein Glas Rotwein zu erheben – einen Impuls, den ich lieber schnell unterdrücke. Stattdessen lege ich eine CD ein – eine von Lucio Battistis *Best-of*-Samplern, *Una Donna per Amico* (den ich Viviana zu Ehren gewählt habe) – und beginne damit, eine Schilderung meines letzten, verhängnisvollen Truss' zu Papier zu bringen.

13.

Der letzte Truss

(Ende)

Als ich aufhöre zu schreiben, ist bereits die Sonne untergegangen. Andrea ist jetzt wach. Er sitzt auf der Couch und trinkt in kleinen Schlucken eine Tasse heißen Malventee. Dazu zermalmt er ein Stück schimmeliges Toastbrot, das er irgendwo in einer dunklen Ecke meiner Speisekammer entdeckt hat. Darauf hat er den letzten Rest von der abgelaufenen Mayonnaise gedrückt, doch das ist halb so wild: Nach dem gestrigen Truss steht fest, dass ihn nichts umbringen kann, egal, was er sich einverleibt.

Wir verbringen die nächste Stunde damit, darüber zu reden, wie wir beide uns im Laufe der Jahre verändert haben; anders als bei mir erfolgte der größte Wandel bei Andrea nicht von innen heraus, sondern durch seine Frau. Sie hält ihn an der sehr kurzen Leine, setzt ihn auf strenge Diät und zählt für ihn die Kalorien. »Sie verbietet mir sogar Mayonnaise«, stöhnt er und versucht eifrig, auch noch die letzten Tropfen aus der uralten Tube herauszudrücken. Angesichts der Uhrzeit und seines offensichtlichen Verlangens nach einer anständigen Mahlzeit, lade ich ihn ein, zum Abendessen zu bleiben, doch er lehnt seufzend ab. »Meine Schwiegermutter kommt vorbei«, erklärt er, »und offen gestanden ist es leichter für mich, jetzt nach Hause zu fahren, als später mit meiner Frau streiten zu müssen.« Plötzlich erscheint mir mein Single-Dasein gar nicht so übel.

Ich bringe Andrea zur Tür, wo er seine Aktentasche vom Boden aufhebt, sein Jackett anzieht und sich seine Krawatte umbindet. Er will sich gerade von mir verabschieden, als sein

Handy klingelt. Nachdem er es aus der Tasche gezogen und einen Blick auf die Anruferkennung geworfen hat, sagt er: »Es ist Leo.« In seiner Stimme schwingt Erleichterung mit, offenbar hat er angenommen, es wäre seine Frau. Er nimmt den Anruf entgegen und sagt: »*Ehilà*, Leo! Was gibt's? … Nein, ich bin nicht zu Hause, ich bin bei Dario. Warum?« Während er zuhört, legt sich seine Stirn in Falten, und er wirft mir einen besorgten Blick zu. »Du sagst, du steckst in Schwierigkeiten?«

Plötzlich stellt er seine Aktentasche wieder ab und kehrt zurück zu meiner Couch. Einen Augenblick hört er weiter zu, dann fängt er an zu lachen. »Nun«, ruft er, »dann sind wir ja schon drei!«

Auf der Stelle wird mir klar, was passiert ist: Auch Leo hatte sich die Chance auf einen Truss nicht entgehen lassen. Ich setze mich Andrea gegenüber und warte darauf, von ihm zu erfahren, was unserem Freund zugestoßen ist. Andrea schlägt sich voller Verblüffung vor die Stirn.

»Du sagst, du bist auf einer Bank vor der Porta Romana ohnmächtig geworden? Ich fasse es nicht! Und Iuzzolino höchstpersönlich hat dich um fünf Uhr morgens geweckt? Oh, er hat dich gefragt, ob du an einem Truss teilgenommen hast? Nein, er ist kein Hellseher, er hatte bloß schon einen Zusammenstoß mit Dario.« Ich höre Leos Gelächter aus dem Handy dringen. »Er wird dir später alles berichten«, fährt Andrea fort, »jetzt erzähl du erst mal deine Geschichte zu Ende.« Er hört weiter zu, nickt, dann legt er den Kopf zurück, lacht und sagt: »Aber sicher doch, kein Problem, bis gleich.« Er klappt sein Handy zusammen und sieht mich grinsend an.

»Und?«, frage ich, ungeduldig vor Neugier.

»Seine Frau hat ihn mit einem Baseballschläger aus dem Haus gejagt, und jetzt hat sie die Schlösser austauschen lassen und lässt ihn nicht mehr rein.«

Ich schüttele den Kopf. Vielleicht hat Viviana recht: Wir werden wirklich nicht erwachsen.

»Er ist übrigens auf dem Weg hierher.« Andrea zieht das Handy wieder hervor und wählt eine Nummer. »Ich denke, ich bleibe doch zum Abendessen … Hallo, Liebling? Ich bin's. Ich habe eine unerfreuliche Nachricht …«

Nachdem er seine Frau mit der banalsten Ausrede abgefertigt hat, die man sich nur vorstellen kann (er müsse wegen eines schwierigen Kunden länger arbeiten), fährt er los, um ein paar Steaks, Würstchen und Rippchen zu kaufen, während ich zu Hause bleibe und das Feuer im Kamin anzünde. Anschließend setze ich mich in die wärmende Nähe der knisternden Flammen und mache mich daran, mein verletztes Auge und meine aufgeplatzte Lippe mit dem besten Heilmittel zu verarzten, das man sich nur vorstellen kann: dem Inhalt eines Fünf-Liter-Kruges Mecacci.

Jetzt geht das schon wieder los, denke ich, als ich mir das zweite Glas einschenke, und dann fällt mir ein absolut treffendes hiesiges Sprichwort ein: *Per fare un amico basta un bicchiere, per mantenerlo non basta una botte* (Um einen Freund zu gewinnen, braucht man nicht mehr als ein Glas, um eine Freundschaft zu erhalten, braucht man mehr als ein Fass).

Andrea kehrt mit einer Tasche voll Fleisch (und einer Familientube Mayonnaise) zurück, und ein paar Minuten später hören wir Leos Roller näher kommen (er hat nie einen Wagen besessen). Wir treten ans Fenster, gerade noch rechtzeitig, um zu sehen, wie er seinen Helm absetzt und seinen Pferdeschwanz schüttelt. Er sieht ein wenig mitgenommen aus, doch ein paar Gläser Rotwein werden reichen, um ihn wieder auf Vordermann zu bringen.

Der Abend endet damit, dass wir vor dem Kamin auf dem Fußboden sitzen, das gegrillte Fleisch direkt aus den Händen essen, wobei wir mit offenem Mund kauen, laute, zufriedene

Rülpser ausstoßen und uns die fettigen Lippen an den Unterarmen abwischen. Das Ganze ist befriedigend primitiv. Natürlich dreht sich unser Gespräch hauptsächlich um den Truss und die unzähligen Komplikationen, in die wir verwickelt wurden – Iuzzolino, mein blaues Auge, Vivianas kickboxende Cousine –, und das führt dazu, dass uns weiterer Schabernack einfällt, den wir in der Vergangenheit getrieben haben. Unser brüllendes Gelächter wird unterbrochen, als Andreas Handy klingelt – es ist Leos Frau, die sich jetzt Sorgen um ihn macht und versucht, ihn aufzuspüren. Andrea versichert ihr, dass Leo gesund und munter ist. Die Ausschweifungen der letzten Nacht täten ihm leid und er würde bald nach Hause kommen.

Als wir den Krug geleert haben, kehrt ein Augenblick der Versuchung ein – doch nachdem wir einander in die Augen geblickt haben, beschließen wir, dass es keine gute Idee wäre, ihn noch einmal zu füllen; am besten, wir belassen es dabei und gehen schlafen.

Bei der Verabschiedung umarmen wir uns alle drei ungestüm, und als ich die Tür hinter den beiden schließe, stelle ich fest, dass unser katastrophaler letzter Truss doch noch ein unerwartet glückliches Ende genommen hat. Ich selbst bin so zufrieden, dass ich Lust habe, mich direkt mit den angenehmen Klängen von Tim Buckley als Schlafmusik im Hintergrund auf die Couch zu legen. Und genau das tue ich auch.

14.
Unterwegs

Am folgenden Morgen fühle ich mich entschieden besser; der feste Schlaf hat die üblen Nachwirkungen des Truss' gedämpft. Leider kann er die körperlichen Blessuren nicht mindern, die mir noch einige Tage zu schaffen machen werden. Trotzdem bin ich besser gelaunt, als es mir zusteht; der Himmel um neun Uhr morgens ist klar, draußen ist es frisch und freundlich. Ich bin in der perfekten Verfassung, mich hinzusetzen und zu schreiben, doch ich beschließe, zunächst Mia Lanes Antwort abzuwarten; ich möchte nicht mit dem Kopf durch die Wand rennen, sondern lieber ihr Okay abwarten.

In meinem Posteingang ist keine Nachricht von ihr, doch eigentlich hatte ich das auch nicht erwartet; es ist gerade mal zweiundzwanzig Stunden her, dass ich ihr zuletzt geschrieben habe. Aber wenn ich schon hier vor dem Bildschirm sitze, kann ich mich genauso gut um die sonstige Korrespondenz kümmern. Gegen elf mache ich den Computer aus und setze mich gemütlich auf die Terrasse, bade im warmen Sonnenschein und lese in dem unterhaltenden Buch eines talentierten jungen Autors aus Bologna namens Gianluca Morozzi.

Plötzlich fällt ein einzelner Sonnenstrahl auf mein Bianchi-Rennrad, das ich vor ein paar Tagen hier in der Absicht abgestellt habe, es für die kommenden Wintermonate einzumotten. Ich blicke auf meinen getreuen Kumpanen, mit dem ich über die Jahre Zehntausende Kilometer zurückgelegt und sogar, mit unbedeutendem Erfolg, an mehreren hiesigen Amateurrennen teilgenommen habe. Der gelbe Rahmen glänzt im hellen Sonnenlicht, und es kommt mir fast so vor, als wäre das

Fahrrad zum Leben erwacht und flehte mich an, vor der langen Winterpause eine letzte Tour zu unternehmen.

»Warum nicht?«, sage ich laut. Das Wetter ist für diese Jahreszeit ungewöhnlich mild, und eine flotte Radtour würde helfen, die letzten leidigen Auswirkungen des Truss' zu vertreiben.

Ich ziehe Jeans und Hemd aus und springe in meine Radsportklamotten, öle die Kette, pumpe Luft in die Reifen und überlege mir unterdessen meine Route. Ich werde auf den Monteluco hinaufradeln, direkt dorthin, wo der RAI-TV-Antennenverstärker in den Himmel aufragt – ein Orientierungspunkt, der selbst über die weite Entfernung von meinem Haus aus zu sehen ist, zumal der Monteluco zu den höchsten Erhebungen in der Chianti-Region zählt.

Wegen der ständigen Steigungen und des Gefälles ist es kein leichtes Unterfangen, durch diese Hügel zu fahren. Wenigstens ein Minimum an Training ist notwendig, um das permanente, mitunter schwindelerregende Auf und Ab zu bewältigen, das schon eine kurze Strecke zu einer extremen Anstrengung macht. Da mein Dorf auf einem dieser steilen Hügel liegt, ist es während der ersten Kilometer nicht nötig, in die Pedale zu treten; die Schwerkraft erledigt die Arbeit für mich. Ich achte vor allem darauf, nicht zu bremsen, wenn meine Reifen über die glitschigen Blätter der Eichen und Kastanien rollen. Das Risiko, auszurutschen, ist hoch – ein Risiko, das heute noch größer ist, weil ich wegen meines geschwollenen linken Auges noch immer keine Tiefenwahrnehmung habe.

Ich komme an einem alten Kloster vorbei, das in einen riesigen Olivenhain eingebettet ist, der sich heute im Besitz der hier ansässigen Universität befindet. Mehrere Bauern sind damit beschäftigt, alles für die bevorstehende Ernte vorzubereiten: Sie stellen Leitern auf und umgeben die Bäume mit großen Netzen, um die Früchte aufzufangen. Eine leichte Brise streicht durch die Zweige und bringt die vielfarbigen

Blätter zum Rascheln, deren Schattierung von grün zu grau und einem silbernen Schimmer auf der Rückseite reicht. Bald werde ich meine eigenen Oliven pflücken, um das köstliche extra native Olivenöl daraus zu pressen, das ich überwiegend an Freunde und andere Kunden in Übersee verkaufe.

Trotz der Tatsache, dass ich voll angezogen bin und die Sonne warm scheint, verspüre ich ein leichtes Frösteln, als ich die Talebene erreiche und in den dünnen Nebel eintauche, der diese einhüllt. Minuten später bin ich auf der Hauptstraße, der *strada regionale 222*, auch *Via Chiantigiana* genannt, die von Siena nach Florenz führt; von hier an geht es bergauf, und ich bin gezwungen, in die Pedale zu treten, eine Kraftanstrengung, die mich aufwärmen wird. Ich wechsele in einen höheren Gang, stehe auf und stemme mich mit meinem ganzen Gewicht in die Pedale; bald schon falle ich in einen gleichmäßigen Rhythmus. Nach etwa sechzehn Kilometern führt die Straße wieder bergab, und ich erreiche den tiefsten Punkt auf der gesamten Strecke. Dann überquere ich eine neue Brücke über die Arbia, die anstelle der 1993 bei der Flut weggespülten errichtet wurde, und wende mich in Richtung Montaperti (wo die Armee von Siena, wie meine treuen Leser wissen werden, den Florentinern am 4. September 1260 in einer vernichtenden Schlacht den Garaus machte). Zum zweiten Mal windet sich die Straße bergauf, und wieder muss ich mich über den Lenker lehnen und mit vollem Gewicht in die Pedale treten. Bald schon dröhnt mir mein Herzschlag in den Ohren, Schweißperlen bilden sich auf meiner Stirn, um die ich, im Stil der Red Hot Chili Peppers, ein Bandana geschlungen habe.

Ich radele an einem beeindruckenden Anwesen aus dem siebzehnten Jahrhundert vorbei und erblicke durch die schmiedeeisernen Tore flüchtig einen Erdbeerbaum, der eine unglaubliche Menge an reifen Früchten trägt, außerdem einen üppig beladenen Kaki. Es hat mich schon immer fasziniert, dass dieser Baum im Spätherbst seine Blätter abwirft, seine saftigen orangefarbenen Früchte dagegen nicht, was ihm ein bizarres Aussehen verleiht – er erinnert an eine moderne Kunstinstallation mit Plastikbällen anstelle von Früchten.

Ein paar Kilometer weiter verlasse ich die Chianti-Region und durchquere eine weitaus unfruchtbarere Landschaft. Ich komme an mehreren Farmen vorbei, die Araberpferde für Rennen züchten. Heute galoppieren einige dieser großartigen Geschöpfe unbeschwert über ihre Weide und rufen in mir das Gefühl von schwindelerregender Freiheit hervor.

Jetzt wird der Hügel noch steiler, und ich erreiche meine Lieblingsreihe von Haarnadelkehren und Korkenzieherkurven; dann führt die Straße abwechselnd auf und ab, was mir das Gefühl gibt, auf einer Achterbahn zu sein. Um nicht an Geschwindigkeit zu verlieren, muss ich mich ständig in rascher Folge durch die Gänge schalten. Trotzdem gelingt es mir, die schöne Landschaft mit ihren alten Bauernhäusern, die kreuz und quer in den Hügeln verstreut liegen, in mich aufzunehmen. Die meisten dieser Gehöfte sind mittlerweile als Ferienhäuser vermietet, weshalb die Läden bis zur nächsten Saison geschlossen bleiben werden. Die, die noch immer von Einheimischen bewohnt werden, sind leicht an den dünnen braunen Rauchfahnen zu erkennen, die steil aus den Schornsteinen in den weiten blauen Himmel steigen.

In scharfem Tempo fahre ich durch Castelnuovo Berardenga, eine kleine Stadt, die ich aus dem seltsamen Grund heraus liebe, dass sie bislang noch nicht von den Touristen entdeckt wurde; dann fahre ich weiter nach San Gusmè, ein winziges Dörfchen, an dessen Eingang man von einer kuriosen Terrakottastatue begrüßt wird, die einen gebückten Mann namens Luca Cava beim Verrichten seines Geschäfts zeigt. Dieser unansehnlichen Gestalt widmen die Einwohner jedes Jahr lachend ihr Dorffest Anfang September. (Und aus welchem Grund? Wenn man Luca Cava ganz schnell spricht, klingt es wie *lui cacava* – er kackt.)

Jetzt, da ich zurück im Chianti bin, sind die Weinberge wieder allgegenwärtig, doch zu dieser Jahreszeit sind sie alles andere als reizvoll. Sobald die Ernte vorbei ist, verfärben sich die Blätter der Weinreben wunderschön braungelb oder blutrot, doch nach wenigen Wochen fallen sie ab, und nur die nackten Reben bleiben stehen; ihre kahlen, in Reih und Glied ausgerichteten Zweige erinnern an einen trostlosen Militärfriedhof.

Ich fahre weiter Richtung Monteluco, wieder führt die Straße steil nach oben, diesmal erreicht sie ihre maximale Steigung. Das einzige Geräusch ist das Bimmeln der Glocken an den Hälsen der Schafe, die faul auf einer nahe gelegenen Weide grasen, bewacht von einem prächtigen Exemplar des Toskanischen Hütehundes, eines *pastore maremmano.* Jedes Mal, wenn ich an diese Stelle komme und an dem Schild vorbeifahre, das auf die zwanzigprozentige Steigung hinweist, überlege ich aufzugeben, und jedes Mal frage ich mich, weshalb ich meinen Körper solchen Strapazen aussetze. Wenn ich dann hechelnd und keuchend die Hälfte der Strecke hinter mich gebracht habe, schwöre ich mir stets, mit dem Trinken und dem Rauchen aufzuhören. Bald schon schießt mein Puls in unermessliche Höhen, der Sauerstoffmangel verzerrt meine Wahrnehmung – erst vor Kurzem, als ich diese Fahrt bei brütender Hochsommerhitze auf mich genommen habe, hatte ich aufgrund der Belastung seltsame Visionen: Ich war mir sicher, den heiligen Petrus und den heiligen Paulus vor mir zu sehen, die mich anspornten. Erst als ich näher kam, stellte ich fest, dass die beiden Gestalten, die ich für die biblischen Heiligen gehalten hatte, in Wirklichkeit zwei freundliche Schäfer waren, die anfeuernd mit ihren Hirtenstäben winkten.

Ich strample weiter bergan, sehr langsam jetzt, und versuche, meine Kraft einzuteilen. Ich spüre, wie sich meine Muskeln anspannen, meine Waden sind derart verkrampft, dass ich einen Muskelriss riskiere, wenn ich nicht vorsichtig bin.

Falls ich jetzt stehen bleibe, schaffe ich es später unmöglich, noch einmal aufzusteigen und weiterzufahren.

Ich brauche weitere vierzig Minuten, um an die Spitze des Hügels zu gelangen, mein Rad schwankt rhythmisch hin und her, mein Kopf ist tief über den Lenker gebeugt. Schweiß rinnt mir übers Gesicht, durchdringt das klatschnasse Bandana, kitzelt mich in den Augen und läuft mir bis in den geöffneten Mund. Unweigerlich muss ich schlucken, und ich habe den Eindruck, dass mein Schweiß leicht nach Chianti-Wein schmeckt, was mich nicht überraschen sollte angesichts der Mengen, die ich davon in den letzten Tagen in mich hineingeschüttet habe.

Ich bin so darauf konzentriert, den Hügel zu bewältigen, dass ich die wunderschöne Landschaft ignoriere, die sich um mich herum erstreckt – dabei bietet sich mir ein schier endloser Blick über drei der zehn Provinzen der Toskana. Endlich erreiche ich den Gipfel, und als ich an der großen Fernsehantenne vorbeiradele, gelingt es mir, den Kopf zu heben und wieder zu Atem zu gelangen, dann mache ich mich bereit für die lange Fahrt bergab, die mich an der Bauernschaft Castagnoli, an Castello di Meleto vorbei und durch Radda in Chianti hindurchführt; anschließend geht es durch Castellina in Chianti, bevor ich mich an die letzte Steigung hinauf in mein eigenes Dorf mache.

Ich fühle mich völlig erschöpft, aber zufrieden. Ein Blick auf den kleinen Kilometerzähler verrät mir, dass ich hundertvierzig Kilometer bei einer Durchschnittsgeschwindigkeit von fünfundzwanzig Stundenkilometern zurückgelegt habe. Angesichts meines Alters und meiner Kondition erfüllt mich das mit Stolz. Nach einer langen Dusche öffne ich zur Belohnung für meine so erfolgreiche Strampelei eine Flasche Chianti Classico Aiola 2003. Ich proste mir selbst zu und nehme den ersten, rubinroten Schluck, der sogar noch besser schmeckt, weil ich ihn mir verdient habe!

15.
Wiedersehen mit Elio

In meiner Abwesenheit ist endlich eine E-Mail von Mia Lane eingetroffen.

Von: Mia Lane
An: Dario Castagno
Betreff: Der Truss

Lieber Mr. Castagno,
ich habe Ihre Kapitel über den Truss gelesen und mich beim Lesen köstlich amüsiert. Die ganze Situation ist urkomisch, und ich habe so laut auflachen müssen, dass ich meine Tigerkatze aufgescheucht habe, die sich gern auf meinem Schoß zusammenrollt, wenn ich arbeite. Ich finde es einfach unglaublich, dass dieses Missgeschick erst gestern passiert ist; vielleicht hatte das Schicksal seine Hand im Spiel, denn das sind genau die Geschichten, nach denen wir suchen. Ich gebe zu, nachdem ich Ihre vorherigen Bücher gelesen hatte, bin ich davon ausgegangen, dass Charaktere wie Andrea und Leo leicht übertrieben, wenn nicht gar frei erfunden wären, doch jetzt haben Sie mich davon überzeugt, dass sie echt sind. Ich bin mir sicher, dass Sie jede Menge ähnlich verrückter Geschichten auf Lager haben, und ich kann es kaum erwarten, die anderen Menschen aus Ihrem Leben »kennenzulernen«. Iuzzolino, der alte *carabinieri*-Unteroffizier, hat offensichtlich so manches Mal Ihren Weg gekreuzt,

wie dem Ton Ihres hier dargestellten Aufeinandertreffens zu entnehmen ist. Ich freue mich sehr auf weiteres Material.

In der Hoffnung, dass Sie sich bald von Ihren Verletzungen erholen, verbleibe ich mit besten Grüßen

Mia Lane

Von: Dario Castagno
An: Mia Lane
Betreff: Re: Der Truss
Anhang: Der Truss, Teil drei

Liebe Mia,
ciao! Entschuldigen Sie, wenn ich diesmal einen weniger förmlichen Ton anschlage, doch ich bin mir sicher, wir werden uns jetzt häufiger austauschen, und so erscheint es mir praktischer für uns beide. Bitte lassen Sie das »Signore Castagno« beiseite und nennen Sie mich einfach Dario. Ich freue mich, dass Ihnen mein tragikomisches Truss-Erlebnis gefallen hat. Zumindest weiß ich jetzt, dass mein Blut nicht vergeblich geflossen ist! Ich muss zugeben, es war weitaus befriedigender, das Ganze zu Papier zu bringen, als es zu erleben. Wenn wir das in einem Buch veröffentlichen, lösen wir womöglich eine »Truss-Manie« in den Staaten aus, was denken Sie? Vielleicht müssen wir Andrea eine Lizenzgebühr zahlen, schließlich hat er sowohl das Spiel als auch den Namen dafür erfunden. Eine Flasche Wein sollte reichen. Ich hänge ein weiteres Kapitel über den Verlauf dieses Abenteuers an, weil sich erst gestern Abend eine Art Nachspiel ereignet hat. Ich hoffe, Sie amüsieren sich; ich halte es für das perfekte Ende der Geschichte.

Mittlerweile schwillt mein Auge langsam ab, ich

kann es sogar schon ein wenig öffnen, obwohl meine Sicht nach wie vor verschwommen ist. Die geplatzte Lippe sieht auch nicht mehr ganz so schlimm aus, eher so, als hätte ich mir Silikon spritzen lassen.

Morgen werde ich mit der Arbeit an ein paar neuen Kapiteln beginnen, in denen auch Andrea, Leo und – warum nicht? – der gute alte Iuzzi höchstpersönlich wieder vorkommen werden. Wenn man an einige der einheimischen Originale denkt, die in meinen vorherigen Büchern auftauchen, so ist es sicher interessant, dass ich gerade heute, während einer Radtour durch meine Hügel, einem alten Freund wiederbegegnet bin.

Ich hatte meine übliche Strecke schon halb hinter mich gebracht und angehalten, um an einer Süßwasserquelle in der Nähe von Castello Brolio etwas zu trinken. Ich blieb nicht lange allein; ein älterer Mann hielt mit seinem Jeep an, stieg aus und nahm mehrere Plastikbehälter aus dem Kofferraum, um sie mit dem kalten, klaren Wasser zu füllen. Ich erkannte ihn an seinen großen Schritten und seinem Körper, der aussieht wie eine umgedrehte Birne. Das erste Mal bin ich Elio begegnet, als ich vor vielen Jahren Feuerwehrmann in Siena war. Er war mein Chef, um genau zu sein, und wurde für mich bald zum Vorbild – einem *maestro* des Lebens. Obwohl mehr als zwanzig Jahre verstrichen sind, seit ich ihn zuletzt gesehen habe, und obwohl ich Radfahrerkluft und ein Bandana trug und außerdem ein entstellendes blaues Auge hatte, erkannte er mich sofort. Er drückte mich mit aller Kraft, hob mich tatsächlich vom Boden hoch, und dann gab er mir einen dicken Kuss, wobei er mit seinem kratzigen Bart über meine Wange schabte wie ein Tischler mit Sandpapier über ein Stück Holz.

Der alte Elio ist ein bizarrer Charakter, dessen Nachname, Scrambi (italienisch für »seltsam«), genau zu ihm passt. Er ist unglaublich vital, hat die Kraft von zehn Ackergäulen. Wann immer ich an einen alten toskanischen Bauern denke, kommt mir Elios Gesicht in den Sinn. Auch nach all den Jahren ist er äußerlich nahezu unverändert – abgesehen von seinem dünnen struppigen Haar, das nicht länger pechschwarz, sondern mattgrau ist. Ansonsten ist alles genauso geblieben, wie ich es im Gedächtnis hatte: sein freundliches Lächeln, seine kleinen schwarzen Augen, das vorspringende Kinn. Sein gewaltiger Kopf sitzt direkt auf seinen Schlüsselbeinen, als wäre sein Hals nicht in der Lage, das Gewicht zu tragen, und direkt in seinen Rumpf gesackt. Seine breiten Schultern erinnern an die eines Olympiaschwimmers, seine mächtigen Bizepse sind wie aus Eisen, was in der Tat typisch für die Familie Strambi ist.

Vom Becken an abwärts dagegen ist er seltsam unproportioniert. Seine Beine sind lang und dürr und würden besser zu einem Balletttänzer passen als zu einem Bauern aus der Chianti-Region. Wenn ich ihn so ansehe, habe ich den Eindruck, dass Mutter Natur bei der Fertigung womöglich einen Fehler gemacht hat und dass irgendwo auf diesem Planeten jemand mit einem langen Hals, gertenschlanken Armen und einem eher schmächtigen Rumpf mit Beinen wie Mammutbäume herumläuft.

Selbst Elios Stimme ist unverkennbar. Sein Kehlkopf erzeugt leise, aber schrille Laute, die den Eindruck erwecken, er spreche mit einer Fistelstimme. Meine Kollegen von der Feuerwache und ich lachten oft laut, wenn er seine Befehle bellte, und scherzten, er könne sich problemlos den Bee Gees anschließen.

Er hat keinerlei Gespür für die Jahreszeiten, war von jeher vollkommen gleichgültig gegenüber dem Wetter. Im kältesten Winter trägt er genau wie während des übrigen Jahres ärmellose Hemden, im Sommer bestellt er stundenlang steinigen Boden unter der brennenden Sonne, ohne einen Hitzschlag zu kriegen. Er bewältigt meisterhaft sämtliche nur denkbaren Aufgaben, sowohl rein körperliche als auch solche, die sehr viel Fingerspitzengefühl erfordern. Wenn er Holz hacken oder riesige Felsbrocken schleppen muss, dann tut er es, ohne mit der Wimper zu zucken: Er kann schmieden, und genauso sind seine klobigen Finger in der Lage, feine Strohkörbe zu flechten und erstaunliche Aquarelle zu malen. Er räuchert seine eigenen Salamis und Schinken, die, soweit ich mich erinnere, absolut köstlich schmecken, stellt eigenen Rotwein her und *vin santo*, einen süßen Dessertwein, die so unverfälscht sind wie er selbst. Er trinkt beides zu jeder Tageszeit in rauen Mengen und isst dazu immer wieder eine kleine Zwischenmahlzeit.

Mut ist eine weitere seiner Tugenden. Ich erinnere mich noch sehr lebhaft daran, wie er zu meiner Zeit als Feuerwehrmann in eine brennende Küche rannte, die schwere Butangasflasche, die Feuer gefangen hatte, packte, als wäre sie nicht mehr als ein Bündel Zweige, sie auf den Schultern drei Treppen hinuntertrug und draußen in einen Graben schleuderte, wo sie Sekunden später explodierte.

Er heiratete eine winzig kleine Frau, die er vergötterte, und ein Freund, der in der Wohnung unter den beiden wohnte, schwor, dass Elio und sie einander Nacht für Nacht so leidenschaftlich liebten, dass sein Kronleuchter hin und her schwang, während die Deckenbalken knarzten und ächzten. Das hörte erst auf, wenn Elio im Augenblick höchster Lust mit seinem ausgeprägten toskanischen Akzent ausrief: »*Che toro tu hai trovato!* – Was hast du nur für einen Stier gefunden!« Einmal hörte ich eine Geschichte über ihn, in der es hieß, er habe eine Wand zu einem Zimmer eingerissen, das an seinen Weinkeller angrenzte. Jeder Schlag seines Vorschlaghammers brachte ihn näher ans Ziel, und als schließlich der süßliche Modergeruch des Weinkellers zu ihm herüberwehte, schlug er zu wie ein Verrückter – wie ein Hai, der Blut riecht. Als die Mauer endlich vor ihm zusammenbrach, sprang er über die Trümmer und schoss auf das Weinfass zu. Zur Belohnung drehte er den Hahn auf und hielt den Mund darunter, als würde er Wasser aus der Quelle trinken, an der ich ihn jetzt wiedertraf.

Elio bestand darauf, dass ich ihm auf einen Bissen Gesellschaft leistete, bevor ich meine Fahrradtour fortsetzte. Er zog einen Laib Brot aus seinem Strohkorb (einer von seinen selbst gemachten), schnitt ein Stück ab und belegte es mit zwei Scheiben Schinken (wieder aus seiner eigenen Produktion), dann reichte er es mir. Anschließend bot er mir einen Schluck Wein an (aus eigener Herstellung), den ich höflich ablehnte, weil ich noch ein gutes Stück meiner Strecke vor mir hatte, also stand er auf und brachte die Flasche zurück zu seinem Jeep (eine japanische Marke, doch mit der entsprechenden Ausstattung …). Im letzten Moment drehte er sich um und sagte: »*Chi beve per mangiare, mangia per vivere.*« (Wer zum Essen trinkt, isst, um zu leben.) Also änderte ich meine Meinung, und er setzte sich wieder zu mir und schenkte mir ein Glas ein. Als ich den Wein mit etwas Quellwasser verdünnen wollte, erinnerte er mich daran, dass *il primo bicchiere deve essere pretto, il secondo non annaquato, il terzo senz'acqua, il quarto come il primo ed il quinto solo vino* (Das erste Glas muss rein sein, das zweite nicht verwässert, das dritte ohne Wasser, das vierte genau wie das erste, und im fünften darf nur Wein sein).

Ich leistete ihm eine halbe Stunde Gesellschaft und plauderte mit ihm über die alten Zeiten, bevor ich mich mit einem letzten *brindisi* verabschiedete. Als ich mein Glas (das fünfte, um genau zu sein), geleert hatte, fügte er hinzu: »*L'amico è come il vino fatto ora che il tempo inacidisce o migliora.*« (Ein Freund ist wie ein ganz junger Wein, der mit der Zeit entweder besser wird oder aber sauer.) Wir versprachen, uns wieder einmal zusammenzusetzen, und er umarmte mich und stellte mir als Abschiedsgeschenk eine Flasche von seinem selbst produzierten Wein in den Flaschenhalter an meinem Fahrrad.

Wie Sie sehen, Mia, ist die Chianti-Region auch aus diesem Grund schön: Man kann einen ganzen Tag verbringen, ohne einer Menschenseele zu begegnen, und dann trifft man plötzlich aus heiterem Himmel ein Original wie Elio, ein Geschöpf, geprägt von diesen Hügeln, einen einfachen, authentischen Mann, dieser Erde entsprungen und voller Geschichten. Er gehört zu der Kategorie von Menschen, die wegen ihrer Großherzigkeit immer da sind, wenn man sie braucht, zählt zu den Letzten einer langen Reihe von *Chiantigiani*, eines vom Aussterben bedrohten Völkchens – ein romantischer Überlebender einer längst vergangenen Zeit.

Wie versprochen, werde ich Ihnen morgen ein Kapitel schicken. Gerade habe ich eine Flasche Rotwein geleert, weshalb es jetzt für mich an der Zeit ist, ins Bett zu gehen.

Gute Nacht, Mia
Dario

16.
Andreas Geburt

Am folgenden Morgen stehe ich früh auf, und nachdem ich meine übliche Tasse *orzo* getrunken habe, packe ich meinen Laptop in meinen Matchbeutel und gehe hügelaufwärts zu meinem Büro unter freiem Himmel. Ich habe fest vor, mein Wort zu halten und Mia Lane das gestern versprochene Kapitel tatsächlich zu schicken. Ich setze mich an den Tisch unter der großen Eiche und denke an die vielen Gelegenheiten, bei denen ich mit Andrea und Leo in – sagen wir mal – »heikle« Situationen geraten bin. Es scheint, als würde unsere Nähe zueinander eine ungewöhnliche chemische Reaktion hervorrufen, die häufig zu Chaos führt.

Ihrer letzten E-Mail nach zu urteilen, ist Mia von Andrea äußerst angetan. Er ist aber auch ein einzigartiger Charakter, ein großzügiger Mann mit einem ganz besonderen Witz und einem teuflischen Sinn für Streiche und Scherze; kurz gesagt: Er ist ein echter Freund und Kamerad, wie ich ihn jedem anderen wünsche. Ich habe bereits in einem früheren Buch beschrieben, wie ich ihn kennengelernt habe; da sich dieses neue Buch jedoch mit meinen besonders denkwürdigen Erfahrungen im Umgang mit Wein befasst, wird Andrea sicher eine größere Rolle darin spielen – da er häufig unmittelbar beteiligt war. Warum sollte ich also nicht die Gelegenheit beim Schopfe packen und das Geheimnis seiner wahren Identität lüften?

Wir alle nennen ihn Andrea Giubbolini, doch viele Jahre kannte ich ihn unter dem Namen Luca Resti. Um dieses Paradoxon zu erklären, muss ich fünfzehn Jahre zurückgehen.

Es war Anfang der 1990er-Jahre, und Luca machte eine extrem schwierige Zeit durch. Seine Arbeit in der Versicherungsabteilung der hiesigen Bank deprimierte ihn, und die Zukunft erschien ihm öde und freudlos. Also beschloss er, alles aufzugeben und nach Costa Rica zu ziehen. Warum Costa Rica? Er konnte es auch nicht wirklich sagen, und es kam uns merkwürdig vor, dass er plötzlich so besessen von dieser Idee war, vor allem weil er Italien nie zuvor verlassen hatte. Doch er war fest entschlossen, dort zu leben und am Strand eine Bar zu eröffnen.

Luca war der einzige Abkömmling einer wohlsituierten Familie, bei der er mit sechsundzwanzig Jahren immer noch lebte – was für einen alleinstehenden Mann in Italien nicht ungewöhnlich ist. Seine Eltern hatten ihn stets verwöhnt und verhätschelt, und schon im Teenageralter verfügte er über sagenhafte Freiheiten. Unlängst hatten seine Eltern jedoch seine Privilegien beschnitten und ihm sogar ein strenges Ausgehverbot auferlegt, alles um ihn dazu zu zwingen, seinen Job ernster zu nehmen; er schien darin nicht besonders erfolgreich zu sein, und das beunruhigte sie. Sie wollten, dass er eine beständige Karriere und eine solide Altersversorgung vorweisen konnte. Außerdem hatte sein Vater einen Ruf zu verlieren, da er ihm diese Stelle besorgt hatte, indem er seine Beziehungen zu sämtlichen Bankdirektoren ausspielte, bis einer von ihnen endlich angebissen hatte.

Doch Luca wusste die Bemühungen seines Vaters nicht zu schätzen und fürchtete, ein gelangweilter Durchschnittsitaliener mit einem vorprogrammierten Leben zu werden, der den Rest seiner Tage damit verbringen würde, sich in Anzug und Krawatte zu schmeißen und an strenge Terminpläne zu halten.

Costa Rica, so hatte er beschlossen, wäre seine Rettung. Jeden Abend suchte er die Bars in der Umgebung auf und quatschte seinen Freunden über diese große Wende in seinem Leben die Ohren voll, während er eine wahrhaft sittenwidrige

Menge Wein in sich hineinschüttete, bis ihn die Sperrstunde zwang, aufzustehen und nach Hause zu gehen. Zwangsläufig kam er am nächsten Morgen zu spät zur Arbeit, mit rot geränderten Augen, unrasiert, zerzaust und wie eine Destillerie riechend, und verbrachte den Tag so produktiv wie die Topfpflanze vor der Tür zu seinem Büro.

Seltsamerweise gelang es Luca, seine Schwäche für Wein trotz seines immensen Konsums vor seinen Eltern zu verbergen. In ihrer Gegenwart trank er niemals auch nur ein einziges Glas, nicht einmal an den Wochenenden, an Feiertagen oder zu festlichen Anlässen. Doch je konkreter seine Costa-Rica-Pläne Gestalt annahmen, desto unvorsichtiger wurde er. Er taumelte nach Hause, stand am nächsten Morgen missmutig und graugesichtig auf und schluckte erst mal eine Handvoll Kopfschmerztabletten.

Seine Eltern waren nicht dumm. Sie mochten mich, und ich erwiderte ihre Zuneigung, geschmeichelt von ihrer Anerkennung – Luca hatte mir mehrfach anvertraut, wie sehr sie es bewunderten, dass ich als Zwanzigjähriger schon allein wohnte, mir eine eigene Karriere aufgebaut und somit meine Unabhängigkeit errungen hatte, als wäre das so außergewöhnlich.

Jetzt fand ich mich in der unangenehmen Situation wieder, um Rat wegen ihres Sohnes ersucht zu werden: Ob ich in letzter Zeit etwas Merkwürdiges an Lucas Verhalten bemerkt hätte, wollten sie von mir wissen. Ich verneinte, denn im Grunde benahm sich Luca nicht seltsamer als sonst.

Eines Tages ging ich ans Telefon und hörte die Stimme seines Vaters, schrill vor Sorge, aus dem Hörer dringen. Er erzählte mir, er sei um drei Uhr morgens von Geräuschen im Treppenhaus aufgeweckt worden, und als er aufgestanden sei, um nachzusehen, habe er seinen Sohn erblickt, der versuchte, seinen Schlüssel in die Tür der Nachbarwohnung zu stecken, wobei er ärgerlich vor sich hin murmelte und sein Schicksal verfluchte. Als der Vater die Wohnungstür öffnete und seinen Namen rief, drehte Luca sich um und grinste ihn dümmlich an, nuschelte eine unverständliche Entschuldigung und schlurfte schnell an ihm vorbei. Jetzt machte sich Signor Resti ernsthafte Sorgen.

Ich war mir nicht sicher, was ich erwidern sollte, also versicherte ich ihm, dass Luca lediglich eine schwierige Phase durchmache, die mit dem Streben nach mehr Unabhängigkeit einhergehe und die bestimmt bald überstanden sei, doch in Wirklichkeit fing auch ich an, mir Sorgen zu machen.

Luca und ich hatten einen gemeinsamen Freund, Massimiliano, der zum Militärdienst einberufen worden war. Er organsierte mitten in der Woche eine Abschiedsparty in einer Diskothek, die er zu diesem Anlass gemietet hatte, und lud sowohl Luca als auch mich dazu ein. Luca sagte zu, doch dann machte er den Fehler, endlich seinen Eltern von seinen Auswanderungsplänen nach Costa Rica zu erzählen, was diese so aufregte, dass sie ihm verboten, zu der Party zu gehen.

Ich beschloss, meinen Einfluss auf sie geltend zu machen, da ich wusste, dass sie verständnisvolle, aufgeschlossene Leute waren, die sich lediglich Sorgen um ihren einzigen Sohn machten. Ich hatte keine Probleme, sie davon zu überzeugen, dass er bei mir in guten Händen sei; ich versprach, ihn abzuholen, ein Auge auf ihn zu halten und ihn um Mitternacht zurückzubringen, nüchtern und in der Verfassung, am nächsten Tag zur Arbeit zu gehen. Ich vertraute ihnen außerdem an, dass ich nicht wirklich an Lucas Costa-Rica-Pläne glaubte; davon zu reden sei lediglich seine Art, Dampf abzulassen.

Und so kam die Nacht, in der ich meinen Freund zu der Party abholte. Jedes Mal, wenn ich ihn zu Hause besuchte, hatte ich den Eindruck, ein Wachsfigurenkabinett zu betreten, denn alle, die hier lebten, sahen aus wie irgendwelche Filmpersönlichkeiten. Sein Vater, ein großer Mann, der mich an den Schauspieler Ernest Borgnine erinnerte, begrüßte mich mit einem breiten, freundlichen Lächeln an der Tür; er schüttelte mir kräftig die Hand, als wolle er unsere mündliche Abmachung besiegeln. Er führte mich in die Küche, wo ich das älteste Mitglied der Familie Resti begrüßte. Die Großmutter war das Ebenbild einer italienischen Nachkriegsschauspielerin namens Tina Pica, doch leider war sie nicht nur taub, sondern litt zudem sowohl unter Alzheimer als auch an akuter Flatulenz. Sie saß neben dem Ofen und ließ ein fast unhörbares Zischen ertönen, das zum Glück so gut wie geruchlos war. Wie immer verwechselte sie mich mit jemandem aus ihrer Jugend und fragte mich, ob ich schon das Getreide geerntet hätte und wenn ja, ob ich dann ihre ältere Schwester aufs Dorffest zum *liscio*-Tanzen ausführen würde. Lucas Mutter, die Jane Fonda sehr ähnlich sah (obwohl sie eine Spur fülliger war), war damit beschäftigt, das Abendessen zu kochen; sie begrüßte mich mit einem Zwinkern und einem Kuss auf die Wange. Sie und ihr Mann waren äußerst herzlich und gastfreundlich; Lucas Vater reichte mir ein Glas *vin santo* und schenkte sich selbst eins ein; es war ein köstlicher Wein, den er gemeinsam mit seinen Verwandten in einem kleinen Weingarten in der Nähe von Montepulciano anbaute. »Wir verlassen uns auf dich, Dario«, sagte er und nippte an seinem Wein, »wirf ein Auge auf Luca und bring ihn zu einer angemessenen Uhrzeit nach Hause, *nüchtern*, damit er morgen zur Arbeit gehen kann.« Wieder gab ich ihm mein Wort.

Wenige Augenblicke später erschien Luca; wie immer hatte er mich warten lassen, weil er noch sorgfältig seine alberne Stirnlocke mit Frisiercreme auf seinem kahl werdenden Schädel hatte drapieren müssen. Um 19 Uhr 30 saßen wir in meinem ramponierten Citroën CX, den ich damals fuhr, die Rolling Stones dröhnten aus den Lautsprechern, und als ich gerade die Auffahrt zur Autobahn nehmen wollte, fasste mich Luca am Arm und rief: »Halt!« Ich trat auf die Bremse, überzeugt davon, dass etwas nicht stimmte, dabei hatte er bloß eine der fahrbaren Verkaufsbuden entdeckt, die köstliche *panini* mit Kutteln verkauften.

»*Lampredotto?*«, schlug er vor, und ich nickte. Diese toskanische Spezialität hatte schon immer zu unseren Leidenschaften gezählt, eine Delikatesse, die in letzter Zeit eine Seltenheit geworden ist. Sie besteht aus dem Labmagen eines Rindes, der in Gemüsebrühe gekocht und, mit Salz und Pfeffer gewürzt, in einem runden Brötchen angeboten wird.

Das einzige Getränk, das zu *lampredotto* passt, ist Rotwein, also bestellten wir uns jeder ein Glas. Luca drückte – was typisch für ihn ist – auf jeden Bissen einen dicken Klecks Mayonnaise aus einer Aluminiumtube, die er für derartige Notfälle stets bei sich führte. Ein *panino* machte uns nur den Mund wässrig auf ein zweites, ein zweites auf ein drittes, und natürlich mussten wir die Brötchen mit ebenso vielen Gläsern Wein hinunterspülen. Wir aßen und tranken, an den Tresen des Verkaufswagens gelehnt, und machten uns wegen des ohrenbetäubenden Lärms der vorbeirauschenden Fahrzeuge, ganz zu schweigen von dem grauenhaften Ächzen des Generators, gar nicht erst die Mühe, uns zu unterhalten.

Um einundzwanzig Uhr parkte ich meinen Citroën schließlich auf dem staubigen Parkplatz vor dem schmutzigen grauen Plattenbau, den man in eine Diskothek umgewandelt hatte. Der Anzahl der Autos nach zu urteilen, würde es ziemlich voll sein. Luca wirkte entspannt und glücklich, und alles schien unter Kontrolle. Am Eingang wurden unsere Einladungen vom Türsteher kontrolliert, der die typische Türsteheruniform trug: ärmelloses Militärshirt mit Tarndruck und dazu passende Hose, dunkle Sonnenbrille, Bürstenschnitt und den unverkennbaren Stöpsel im Ohr. Er hatte einen ungemein intelligenten Gesichtsausdruck, ähnlich wie ein gekochter Tintenfisch. Seine Muskeln waren unnatürlich groß, sehr wahrscheinlich die Früchte jahrelanger illegaler Testosteroneinnahme, und so dick, dass er sich nicht mehr auf natürliche

Weise bewegen konnte; es gelang ihm kaum, seinen gewaltigen Nacken zur Seite zu wenden – wollte er sich umsehen, musste er die Hüften drehen. Selbst wenn er reglos dastand, schien er jeden Augenblick zu platzen.

Unsere Einladungen wurden akzeptiert, wir betraten die Disco und wurden sofort von einer Horde zappelnder junger Leute auf der Tanzfläche verschluckt, die nah an der Bühne auf und ab sprangen. Alle schienen sich beim Pogo-Tanzen zu amüsieren und drängten einander mit freundlichen Stößen und Schubsern zur Seite, während sie gleichzeitig bedeutungsvolle Blicke mit den Mädchen tauschten – als dienten all diese übermütigen Rempeleien nur dazu, ihre Aufmerksamkeit zu erregen.

Massimiliano kam zu uns, um uns zu begrüßen, und bedankte sich, dass wir gekommen waren. Seine langen blonden Locken, die ihm sonst bis auf die Schultern hingen, hatte er bereits abrasiert; ich hätte ihn mit seinem neuen militärischen Look fast nicht erkannt. Es war, als stehe er vor Freude unter Strom, obwohl er am nächsten Tag zu einem langen Aufenthalt in irgendeiner tristen Baracke im Libanon aufbrechen musste. Ganz offensichtlich wollte er seinen letzten Abend in Freiheit so intensiv wie möglich genießen.

Wir beschlossen, an der Bar einen *brindisi* auf seine Abreise zu trinken, und drängten uns durch die Menge schwitzender junger Leute, die sich wild im Takt der Musik verrenkten. Die kam von den Rumble Fish, einer miserablen Band aus der Gegend, die die Begeisterung des Publikums befeuerte, indem sie mit ungebremster Leidenschaft spielte, ohne zwischen den einzelnen Stücken eine Pause einzulegen.

Als uns die Menge an der gegenüberliegenden Seite des Raumes wieder ausgespuckt hatte, konzentrierten wir uns aufs Trinken. Wie gewöhnlich beschränkte ich mich auf Rotwein, während Luca sich unter eine Gruppe junger Leute mischte, die ein Tequila-Bum-Bum-Wetttrinken (Tequila mit

Sekt, man schlägt das Glas kurz auf den Tisch, damit der Sekt schön schäumt, dann stürzt man den Inhalt in einem Zug hinunter) veranstalteten. Sofort erinnerte ich mich an mein Versprechen, das ich Lucas Vater gegeben hatte. Ich entschuldigte mich, überließ Massimiliano der Obhut mehrerer frisch eingetroffener Gäste und fasste Luca am Arm. Ich schüttelte ihn, dann sagte ich im Ton eines großen Bruders: »Komm schon, alter Junge, hör auf zu trinken, du weißt doch, wohin das führt. Stell das Glas auf den Tresen und lass uns tanzen gehen.« Dann machte ich ihm klar, dass ich mich nicht von ihm »verarschen« lassen würde. Er sah mir direkt in die Augen und versicherte mir, dass alles in Ordnung sei, er würde zu mir kommen, sobald er sein Gespräch mit einem Versicherungskollegen beendet hätte, dem er zufällig gerade begegnet sei.

Ich tanzte gute zwanzig Minuten allein, bevor mir auffiel, dass Luca immer noch nicht da war, und eher verärgert als besorgt kehrte ich zurück an die Bar – wo ich ihn einen Tequila Bum Bum nach dem anderen kippen sah, als wäre das Zeug Mineralwasser aus einer Bergquelle.

Diesmal müsste ich schroffer sein, dachte ich, nahm ihm das Glas aus der Hand und drohte, ihn nach Hause zu schleifen. Und dann geschah es: Luca schnappte sich das Glas und teilte mir mit benebeltem Blick mit, dass ich kein Recht hätte, ihn zu belästigen. Er starrte mich mit dem finstersten Gesichtsausdruck an, den ich je an ihm gesehen hatte, und verkündete: »Du hast mich offensichtlich mit jemandem verwechselt. Ich habe keine Ahnung, wer du bist, mein Freund!«

»Was, zum Teufel, redest du da, Luca?«, protestierte ich. »Bist du jetzt komplett durchgedreht?«

Er schüttelte bedächtig den Kopf und sagte: »Ich kenne keinen Luca. Mein Name ist Andrea, Andrea Giubbolini.« Damit kippte er einen weiteren Tequila, wandte sich wieder den Leuten auf der anderen Seite des Tresens zu und sagte: »Ich bin ein erwachsener Mann, und ich bin auf dem Sprung nach Costa Rica! Hebt eure Gläser und trinkt auf das Sonnenparadies!« Dann schnappte er sich ein fremdes Weinglas und schüttete sich den Inhalt in den Rachen, noch bevor der Besitzer wusste, wie ihm geschah. Jetzt machte ich mir echte Sorgen.

Ich verlor die Geduld und zwang ihn auf die Tanzfläche, während die Band auf der Bühne eine italienische Version von Duran Durans *Planet Earth* zum Besten gab.

Das Stroboskoplicht traf mich voll ins Gesicht, und ich war einen Augenblick geblendet; als ich blinzelte, um wieder etwas sehen zu können, war Luca verschwunden – in der Menge untergetaucht. Ich suchte sofort nach ihm, obwohl ich wusste, dass das keine leichte Aufgabe war – die berühmte Nadel im Heuhaufen. Immerhin, so dachte ich mit einem grimmigen Lachen, suchte ich nach Luca *und* nach Andrea, was meine Chancen eventuell verdoppelte.

In der Menge traf ich auf Leo und fragte ihn, ob er zufällig unseren gemeinsamen Freund gesehen habe. »Das habe ich«, bejahte er tatsächlich, »aber es war etwas seltsam. Ich rief: ›*Ciao,* Luca!‹ und klopfte ihm auf den Rücken, doch er drehte sich nur zu mir um und sagte: ›Tut mir leid, alter Junge, du musst mich mit jemandem verwechseln‹, dann hat er mich sprachlos stehen lassen.«

Jetzt war ich höchst alarmiert. Ich erklärte Leo die Situation, erzählte ihm von dem Versprechen, das ich Lucas Vater gegeben und wie Luca mich ausgetrickst hatte, dann bat ich ihn, mir beim Suchen zu helfen. Gemeinsam hielten wir Ausschau nach Luca, doch dann wurde unsere Suche von ein paar Freunden unterbrochen, die gerade eintrafen und uns einluden, gemeinsam mit ihnen auf Massimilianos Wohl zu trinken, was wir natürlich nicht ablehnen konnten.

Als es uns endlich gelang, uns loszureißen, waren wir so eifrig darauf bedacht, unsere Suche fortzusetzen, dass wir mit zwei bekifften Teenagern zusammenstießen, die nur auf einen

Grund warteten, eine Keilerei anzufangen. Irgendwie gelang es uns, die beiden zu beschwichtigen und weiterzusuchen. Wir suchten überall, auf der Toilette, in dunklen Ecken, drängten uns durch das Gewühl aus schweißüberströmten jungen Menschen. Jeder, mit dem wir sprachen, schien Luca irgendwo gesehen und ihn dann aus den Augen verloren zu haben. Als ich feststellte, dass es schon nach eins war, wurde ich allmählich panisch. Doch was sollte ich tun? Mein Schützling war nirgends zu finden.

Niedergeschlagen trennte ich mich von Leo und ging zum Parkplatz, einen Song der Skiantos im Kopf, sozusagen als Soundtrack für meine Niederlage. Ich fühlte die gewaltige Last der Verantwortung auf meinen Schultern, als ich Luca entdeckte, eine Magnumflasche Prosecco in der Hand. Er stritt lautstark mit … seinem Vater! Fast wäre ich vor Schreck tot umgefallen.

Das Blut gefror mir in den Adern, mein Mund wurde trocken. Luca war in unverzeihlichem, stockbetrunkenem Zustand, spuckte seinen Vater an und fuchtelte mit der Flasche vor ihm herum, während er versuchte, ihn davon zu überzeugen »den Falschen erwischt« zu haben, er wäre Andrea Giubbolini, nicht Luca Resti, und er sei auf dem Sprung nach Costa Rica. Sein Vater ließ sich nicht beirren, stieß ihn gegen die Motorhaube seines Wagens, riss ihm die Magnumflasche aus der Hand und schleuderte sie ins Gebüsch, dann hob er die Faust. Ohne zu zögern, stürzte ich mich zwischen die beiden und versuchte, den Hieb abzufangen. Ich wurde mit einem Treffer zwischen die Augen belohnt, der mich regelrecht durch die Luft fliegen ließ. Lucas Vater schäumte vor Wut; er befahl mir, mich von seinem Sohn fernzuhalten, dann packte er Luca am Ohr, öffnete die Autotür und versetzte ihm einen Tritt in den Hintern, der ihn geradewegs auf den Rücksitz beförderte. Selbst als er die Tür hinter ihm zuschlug, protestierte Luca noch, er hätte den Falschen erwischt. Ich hörte das Dröhnen des Motors, und während ich mich noch auf die Füße rappelte, sah ich die Rücklichter in der Nacht verschwinden.

Um die Sache noch schlimmer zu machen, war inzwischen der gekochte Tintenfisch von Türsteher aufgekreuzt und hatte die Polizei gerufen, die kurz darauf eintraf, während ich mir noch den Parkplatzstaub aus dem Gesicht wischte. Der junge *maresciallo* Iuzzolino tauchte vor mir auf, nahm seine Schnabelkappe ab, kratzte sich am Kopf und sagte: »Dario, diesmal werde ich dir dein elendes Leben ruinieren.«

Ich erinnere nicht mehr, wie ich ihn davon abgehalten habe, doch ich erinnere sehr wohl, dass Luca auch nach Massimilianos Abschiedsparty darauf beharrte, nicht Luca Resti zu sein, und zwar mit einer solchen Hartnäckigkeit, dass irgendwann selbst seine bedauernswerten, überforderten Eltern mit einem Achselzucken aufgaben und ihn Andrea Giubbolini sein ließen … und das ist er bis heute.

Ich hatte meine Aufgabe, an jenem Abend auf ihn aufzupassen, nicht gut erfüllt, weshalb mir das schlechte Gewissen zu schaffen machte. Nichtsdestotrotz verpuffte seine Besessenheit von Costa Rica bald darauf, und ein paar Tage später rief mich sein Vater an, um sich zu entschuldigen und mich zum Abendessen mit der Familie einzuladen. Bis heute kommen wir gut miteinander aus und rufen uns ab und an, immer noch lachend, jenen verrückten Abend in Erinnerung.

Tina Pica lebt übrigens immer noch; sie ist mittlerweile hundertvier, und ihre Kehrseite ist genauso geschwätzig wie eh und je.

Und Andrea hat die Grenzen Italiens noch immer nicht überschritten.

Nachdem ich meinen Bericht über die »Geburt« von Andrea beendet und an Mia geschickt habe, fahre ich den Computer herunter und verspüre einen plötzlichen Heißhunger auf *lampredotto* – mit grüner Soße, Salz und Pfeffer –, doch weil ich weiß, dass ich die Zutaten dafür nicht zu Hause habe, werde ich mich wohl mit etwas anderem behelfen müssen. Schnell suche ich meine Sachen zusammen und mache mich auf den Heimweg.

Nach einem Blick in die Speisekammer entscheide ich mich für eine weniger begeisternde Dose *canellini*. Ich sautiere kurz ein Salbeiblatt aus meinem Vorgarten in ein wenig goldgelbem Olivenöl, dann schütte ich die weißen Bohnen in die heiße Pfanne.

Minuten später habe ich die *canellini* komplett verschlungen und jeden einzelnen Tropfen Olivenöl mit einer Scheibe altbackenem Brot aufgesaugt. Ich öffne das Fenster, setze mich mit baumelnden Beinen auf die Fensterbank, den Rücken zum Zimmer, und trinke einen Chianti Classico San Felice. Während ich die flackernden Lichter des Dorfes San Marcellino auf der anderen Seite des Tals betrachte, leere ich nach und nach die ganze Flasche. Anschließend schwinge ich meine Beine wieder nach drinnen, hole mir eine Kurzgeschichtensammlung von Niccolò Ammaniti und lege eine *Best-of*-CD des späten Rino Gaetano auf. Und dann mache ich es mir zum Lesen und Träumen gemütlich.

17.
Das Tennis-Experiment

Ich öffne die Augen und bleibe noch eine Weile reglos liegen, um durchs Fenster in den Himmel zu schauen – und den sich langsam auflösenden, milchig weißen Kondensstreifen eines Fliegers zu betrachten, der vor ein paar Minuten auf dem Flughafen Florenz-Peretola gestartet ist. Die Maschine selbst ist auch noch zu sehen, obwohl sie schnell immer kleiner wird. Träge frage ich mich, was die Passagiere wohl denken, wenn sie aus einer so stattlichen Höhe auf die sanft gewellten Hügel des Chianti hinabblicken. Ich muss lächeln, als mir klar wird, dass wir vielleicht gerade Blicke austauschen.

Als das Flugzeug schließlich aus meiner Sichtweite verschwindet, stehe ich auf und beginne mit der täglichen Routine – als Erstes werfe ich einen Blick in meine E-Mails, um festzustellen, ob Bestellungen für mein Olivenöl eingegangen sind oder Anfragen für eine Tour. Und tatsächlich. Ich beantworte eine E-Mail nach der anderen und will mich schon ausloggen, als eine kurze Nachricht von Mia Lane eintrifft. Hier ist es kurz vor acht – dann ist es in L.A. dreiundzwanzig Uhr.

Von: Mia Lane
An: Dario Castagno
Betreff: Andrea/Luca

Ciao, Dario,
ich habe soeben die wahre Geschichte von Andrea/ Luca gelesen und denke, sie eignet sich hervorragend für das Buch. Ich bin fast geplatzt vor Lachen! Doch

erlauben Sie mir die Frage: Was ist eigentlich los mit Ihnen? Sie wirken so weltmännisch und kultiviert, doch scheinen Sie auch ein Händchen dafür zu haben, sich immer wieder in Schwierigkeiten zu bringen. In den vergangenen beiden Tagen haben Sie mir zwei Geschichten geschickt, die einander vom Thema her sehr ähneln, obwohl die geschilderten Ereignisse mehr als zwanzig Jahre auseinanderliegen. Dieselben Freunde, derselbe Polizist – und noch ein blaues Auge! Ist das so etwas wie ein Muster in Ihrem Leben? Ich ertappe mich dabei, dass ich fast darauf hoffe. Um genau zu sein: Ich fordere Sie auf, mir eine weitere Geschichte zu schicken, in der dieses Vierergespann erneut auftaucht. Und sich natürlich wieder völlig danebenbenimmt.

Herzlich
Mia

Ich freue mich über diesen regen E-Mail-Austausch. Die Nachrichten haben inzwischen etwas Unterhaltsames, sind amüsant. Ich bin ziemlich angetan von dieser Frau, über die ich rein gar nichts weiß – nur dass sie Literaturagentin ist und einen Namen trägt, der der einer amerikanischen Comicfigur sein könnte. Unweigerlich muss ich an meine eigene Agentin denken, die es bestimmt nicht gutheißen würde, dass ich Material an eine unbekannte Frau schicke, ohne zuvor irgendeine Vereinbarung getroffen zu haben. Sie hätte jedes Recht, wütend zu sein und mich einen blutigen Anfänger zu schimpfen. Andererseits gehört diese Mit-dem-Kopf-durch-die-Wand-Mentalität seit jeher zu meinem Charakter; ich bin sehr instinktgeleitet, gutgläubig und tendiere im Allgemeinen dazu, den Leuten zu vertrauen – wofür ich schon mehr als einmal einen hohen Preis bezahlt habe. Auf dem Weg zu meinem Freiluftbüro unter der Eiche schüttele ich diesen Gedanken ab; an meiner Bank angekommen, stelle ich fest, dass es zu kalt geworden ist, um sich hinzusetzen und zu schreiben – der November hat endlich beschlossen, ein November zu sein –, also mache ich kehrt und beschließe, Mia von meiner »Zweigstelle« zu Hause aus zu antworten.

An: Mia Lane
Von: Dario Castagno
Betreff: Ihre Aufforderung

Cara Mia,
buongiorno! Sie zwingen mich, mir klarzumachen, wie viele seltsame Zwischenfälle es in meinem Leben schon gegeben hat – und nicht nur das, sondern auch, wie sehr sie einander ähneln. Sie sind fast wie das Leitmotiv in Ravels *Bolero*, ein Orchesterstück, das ich liebe und das ich in diesem Augenblick höre. Dennoch möchte ich Ihrer Aufforderung nachkommen, und hier ist meine Antwort – ein Bericht über eine Begebenheit, die sich vor vielen Jahren zugetragen hat:

Seit einigen Monaten pflegten Andrea und ich eine schreckliche neue Angewohnheit: Wir trafen uns allabendlich in einer schäbigen Kaschemme, einer heruntergekommenen *osteria* in einer dunklen, feuchten Gasse. Hier verplemperten wir unsere gesamte freie Zeit damit, äußerst schlechten Wein in Gesellschaft armseliger, übel beleumdeter Alkoholiker in uns hineinzuschütten, die nach kaltem, altem Schweiß rochen und deren fauliger Atem so erbärmlich stank, dass die Abwasserkanäle von Kalkutta dagegen dufteten wie Lavendelfelder. Dichter, beißender Qualm von braunen Zigaretten hing unter der niedrigen Decke, durchdrungen vom grellen Neonlicht aus einer schmutzigen Röhre, an der die Überreste Dutzender gerösteter Fliegen klebten. Ich bin mir sicher, dass viele dieser sterblichen Überreste bis in die Sechziger zurückreichten, falls sie nicht noch älter waren. Der üble Gestank nach Fäkalien waberte aus der fensterlosen Männertoilette mit der einsamen Kloschüssel herüber, die aussah wie eine Insel in einem Ozean aus Urin.

Mit Sicherheit spielte ein gewisser Masochismus eine Rolle dabei, dass wir einen solchen Ort aufsuchten, und vermutlich hätten wir exzellente psychologische Studienobjekte abgegeben, zumal uns die alten Kerle um uns herum, mit denen wir so gar nichts gemein hatten, nichts als wahre Verachtung entgegenbrachten. Jedes Mal, wenn wir ihre Spelunke betraten, schleuderten sie uns mörderische Blicke entgegen. Die einzige Person, die sich unseretwegen nahezu ein Bein ausriss, war der Barmann, doch das auch nur, weil wir zu den wenigen Kunden gehörten, die ihre Rechnung bezahlten, ohne um Nachlass zu betteln – oder, schlimmer noch, in seinem Schuldenbuch landeten, das er stets verstohlen unter dem Tresen aufbewahrte.

Um die lasterhaften Mengen an Wein und Grappa auszugleichen, die durch unsere Kehlen flossen, ernährten wir uns von den teuflischsten Salamis mit dem höchstmöglichen Cholesteringehalt. Wir stopften uns voll mit *soppressata, buristo* und anderen fetttriefenden Würsten – und natürlich machte Andrea das Ganze noch schlimmer, indem er sich dazu Mayonnaise direkt in den Mund drückte, aus der Tube, die er stets in seiner Brusttasche bei sich trug. Diese herzschädigenden Mahlzeiten nahmen wir an dem fettigen Resopaltresen zu uns, während wir den Gesprächen über vergangene Palios lauschten, die oftmals in blasphemische Verwünschungen oder Gewaltandrohungen unter den Stammgästen ausarteten, denen es in ihrem langen Leben gelungen war, sehr viel zu trinken und sehr wenig zu arbeiten (wenn überhaupt). Zur Sperrstunde schloss der Barmann die Läden, dann widmete er sich der schwierigen Aufgabe, die betrunkene Meute aus der Bar zu treiben. Oft musste er sie buchstäblich auf die Straße setzen, und mehr als einmal war er gezwungen, die Polizei zu rufen, weil viele sich weigerten zu gehen, bevor er nicht eine letzte Runde ausgeschenkt hatte (die natürlich nie die letzte blieb), und mit den Fäusten unaufhörlich auf die wackeligen Holztische schlugen.

Nachdem wir mehrere Monate lang eifrig diese deprimierende *osteria* aufgesucht hatten, bestellte Andrea einen *gottino*, sah mich an und strich seine alberne Stirnlocke glatt, wie er es immer tat, wenn er etwas Wichtiges zu verkünden hatte. In entschiedenem Ton – doch mit weniger überzeugender Aussprache, weil sein Mund mit einem Brei aus zerkauter *soppressata*, Mayonnaise und Wein vollgestopft war – merkte er an, dass wir vielleicht ein wenig über die Stränge geschlagen hätten und uns ernsthaft überlegen sollten, unsere Gepflogenheiten zu ändern.

Dann zog er seinen Hosenbund hoch, damit seine Wampe nicht ganz so aufdringlich über die Gürtelschnalle hing, und schlug vor, am nächsten Tag zum Tennisspielen zu gehen, anstatt uns an diesem furchtbaren Ort zu treffen.

Überrascht über diesen Vorschlag, erwiderte ich, es sei keine schlechte Idee, unsere ausschweifende Lebensweise zu überdenken, doch was das Tennisspielen anbelange, so habe ich noch nie einen Schläger in der Hand gehalten und auch nicht die Absicht, es jemals zu tun; es kam mir so langweilig vor und war für meinen Geschmack viel zu abgehoben. Doch Andrea zeigte sich erstaunlich hartnäckig und bestürmte mich mit einer Reihe schonungsloser Argumente – die er sich mit Sicherheit vorher zurechtgelegt hatte –, einschließlich der Tatsache, dass ich in Wimbledon geboren war (als würde allein das ausreichen, mich zu einem guten Spieler zu machen), bis ich am Ende einwilligte, einen Versuch zu wagen.

Wir brachen früher auf als üblich, spendierten all den ruchlosen alten Wracks eine Runde, und Andrea erklärte diese Geste damit, dass er groß verkündete, wir beide würden unser Leben ändern und hätten die *osteria* an diesem Abend daher zum letzten Mal besucht. Sobald er zu Ende gesprochen hatte, erhob sich Applaus in der finstersten Ecke der Spelunke, und einer der abstoßendsten Säufer stand auf, hob sein Glas und feixte triumphierend: »*Endlich* bewegt ihr zwei eure erbärmlichen Ärsche hier raus«, dann grinste er zufrieden, wobei er eine lückenhafte Reihe schiefer, nikotinfleckiger Zähne entblößte. Und damit verließen wir diesen Ort – für immer.

Andrea machte gleich für den nächsten Tag um siebzehn Uhr einen Termin beim Virtus-Tennisklub aus und bot mir großzügigerweise an, mir einen Schläger zu leihen. Ich war immer noch ein wenig skeptisch, also reichte er mir einen Umschlag, der das Ergebnis seines aktuellen Bluttests enthielt. Verblüfft las ich, wie alarmierend hoch seine Cholesterin- und Leberwerte waren, und seine plötzliche Begeisterung dafür, sein Leben zu ändern, fing an, Sinn zu machen.

Am folgenden Tag nach der Arbeit trafen wir uns wie verabredet beim Tennisverein, wo wir unser neues Leben beginnen wollten. Ich fand Andrea in der Umkleide. Er trug ein lächerlich abgetragenes Siebzigerjahre-Outfit von Lacoste, das ihm mehrere Größen zu klein war und seinen Bauch aussehen ließ, als wäre er im neunten Monat mit Zwillingen schwanger. Außerdem hatte er seine Stirnlocke mit einem elastischen Stirnband fixiert, die nun an eine Maus in der Falle erinnerte. Doch zumindest trug er Tenniskleidung, ich dagegen hatte das Erstbeste gegriffen, das ich im Kleiderschrank gefunden hatte: ein schwarzes, zerrissenes T-Shirt mit der roten Rolling-Stones-Zunge vorne drauf, dazu Fußballshorts und ein Paar All-Stars-Leinenturnschuhe voller Löcher. Mein Aufzug rief erheitertes Geflüster bei den Klubmitgliedern in der Umkleidekabine hervor, die allesamt, so stellte ich fest, extrem teure Ensembles von Sergio Tacchini trugen, in denen sie wirkten wie einem Waschmittelwerbespot mit dem Slogan »Wäscht so weiß, weißer geht's nicht« entsprungen. Andrea reichte mir einen sehr schweren Holzschläger, der so alt war, dass ich vorschlug, ihn nach dem Spiel dem hiesigen archäologischen Museum zu vermachen. Dann versuchten wir, ein paar Bälle zu wechseln. Andrea hatte in der Vergangenheit gespielt, und es stellte sich heraus, dass er keinerlei Schwierigkeiten hatte, den Ball übers Netz zu schicken, während ich mich als total verkrampfter Anfänger erwies. Die paar Male, die ich nicht komplett danebenschlug, zeigte ich ein besonderes Talent dafür, den Ball auf den angrenzenden Platz zu befördern, was das Spiel der makellos gekleideten Snobs störte, die mir eisige, herablassende Blicke zuwarfen.

Doch auch Andreas frühere Praxis half nicht angesichts seiner gegenwärtigen körperlichen Beschränkungen, sein Fett forderte ähnlichen Tribut wie meine Fehlschläge. Nach nur einer halben Stunde waren wir schweißgebadet und beschlossen keuchend und japsend, es für diesmal gut sein zu lassen.

Unter der Dusche schlug Andrea vor, anschließend einen grünen Salat und ein Mineralwasser im Klubhaus zu bestellen. Ich war einverstanden, doch während wir uns anzogen, änderte er seine Meinung und wollte lieber auf eine Pizza und eine Orangenlimo in Biancas Pizzeria gehen. Auch damit war ich einverstanden. Dann, während er noch damit beschäftigt war, seine Stirnlocke mit frischer Frisiercreme zu attackieren, bekam er Lust auf eine Bohnensuppe in der *taverna*. Wieder stimmte ich zu. All das Gerede über Essen hatte mich hungrig gemacht, daher schlug ich auf dem Weg zum Wagen vor, dem guten alten Fosco einen Besuch abzustatten.

Andrea nickte eifrig. »Fosco weiß, wie man ein anständiges Steak grillt«, sagte er beinahe ehrfürchtig. »Und vielleicht … trinken wir ein Glas Wein dazu? Nur ein einziges? Was kann ein Glas Rotwein schon schaden?« Ich konnte mir nicht vorstellen, was für einen Schaden ein Glas Rotwein anrichten könnte, und so saß ich Minuten später in Andreas VW und fuhr durch die einsamen Chianti-Hügel Richtung Pinetina di Fosco. Voller Stolz auf unseren neuen sportlichen Lebensstil, nahmen wir uns vor, den Abend frühzeitig zu beenden und uns am folgenden Tag erneut zum Tennisspielen zu treffen.

Andrea hielt in einem Kiefernwäldchen an, das Fosco mit an Besessenheit grenzender Akribie pflegte und in dem er ein kleines Lokal betrieb – nur in den warmen Monaten, zum Zeitvertreib; er musste damit nicht seinen Lebensunterhalt bestreiten, da er vermögend war und eine ordentliche Pension bezog. Die Pinetina di Fosco bestand aus vier Holztischen, einer Grillstelle und einer Art Feldküche. Wir waren froh, an jenem Abend die einzigen Gäste zu sein. Als Fosco uns ankommen sah, begrüßte er uns mit offenen Armen und einem strahlenden Lächeln. Unser guter alter Freund Fosco sah so gesund und kernig aus wie immer; er küsste uns auf die Wangen und lud uns ein, Platz zu nehmen, dann kehrte er mit einer Zwei-Liter-Flasche Wein zurück.

»He, Jungs, den müsst ihr probieren!«, rief er stolz, während er unsere Gläser füllte. »Ein Freund von mir hat einen kleinen Weingarten in der Nähe von San Marcellino, und er stellt diesen Wein nur für mich her. Er schmeckt *fantastico*!«

Andrea führte den Kelch an die Lippen, nahm einen Schluck und ließ ihn einen Augenblick im Mund kreisen, bevor er ihn schluckte. »Grandios«, verkündete er dann, gab ein schmatzendes Geräusch von sich und hob anerkennend das Glas. Sein Urteil war leicht übertrieben, aber er machte Fosco damit eine Freude.

Wir klärten unseren Freund darüber auf, dass wir unser altes, degeneriertes Leben aufgegeben hätten und uns neuerdings voller Begeisterung dem Tennisspielen widmeten, weshalb wir nur ein Steak und einen grünen Salat bestellen und uns auf ein Glas Rotwein beschränken wollten. Fosco senkte den Kopf, starrte uns an, als hätten wir ihm soeben mitgeteilt, eine Geschlechtsumwandlung vornehmen zu lassen, dann wandte er den Blick gen Himmel, als wende er sich direkt an den Allmächtigen, und stieß hervor: *»Dio mi guardi da chi non beve vino!«* (Gott bewahre mich vor denen, die keinen Wein trinken!) Dann zuckte er die Achseln, erinnerte uns an die alte Bauernweisheit *Il vino di casa non imbriaca* (Hauswein macht nicht betrunken) und füllte unsere Gläser bis zum Rand, unser betontes *»No, grazie!«* komplett ignorierend.

Anschließend schlug er vor, uns eine Platte Sardellen zu bringen, während wir auf die Steaks warteten.

Andrea dachte nur einen winzigen Augenblick nach, dann nickte er zustimmend – was konnten ein paar Sardellen schon schaden? –, und Fosco fügte hinzu, er habe auch frische *soppressata* da, ob wir davon etwas wollten? Andrea warf mir einen verstohlenen Blick zu, als wolle er mich um Erlaubnis fragen.

Ich nickte begeistert und bestellte zu seiner sichtlichen Freude: »Zwei Scheiben *soppressata*, und was mich anbelangt, so hat mir das nie geschadet.«

Mit einem durchtriebenen Lächeln machte sich Fosco daran, unsere Bestellung vorzubereiten. Währenddessen unterhielt er uns, indem er einen Achterreim sang, eine traditionelle Form dichterischer Improvisation: Wir gaben ihm ein Thema, und er lieferte uns umgehend einen Stegreifvers. Je absonderlicher das Thema war, desto umwerfender waren seine Reime.

Später, nachdem wir bereits ein ganzes Tablett voller *crostini* und *bruschette* verdrückt hatten, verschlangen wir jeder einen Teller *tagliatelle* mit Hasenragout, *ribollita* (»um die Kohlehydrate aufzufüllen, die wir beim Tennisspielen verbraucht haben«, lautete Andreas Rechtfertigung) und eine gemischte Grillplatte mit Steaks, Schweineschnitzeln und Würstchen (»Proteine sind grundlegend, um Muskelzerrungen vorzubeugen«). Das Ganze spülten wir mit Unmengen von Rotwein hinunter (»für den Kreislauf und die Blutgefäße«).

Fosco trug aus dem Gedächtnis mehrere *canti* aus Dantes *Inferno* vor; während wir zuhörten, leerten wir die dritte Flasche Wein von Foscos Freund aus dem kleinen Weingarten in der Nähe von San Marcellino, ein Wein, der uns nun in der Tat *fantastico* erschien, und zwar so sehr, dass wir noch eine vierte Flasche öffneten, nachdem wir Fosco applaudiert hatten.

(Schließlich mussten wir doch mit etwas auf ihn anstoßen können!) Mittlerweile funkelten die Sterne am Himmel und sorgten für eine angemessene Atmosphäre an diesem herrlichen, unbeschwerten Abend. Fosco verschwand einen Augenblick, dann kehrte er mit einem Tablett voller *dolci* (Süßspeisen) zurück, die seine Frau gemacht hatte, (»Zucker ist unerlässlich für den Energiehaushalt, nicht wahr?«) und einer Auswahl Dessertweine (»einen *vin santo* zur Belohnung, weil wir heute so sportlich waren«).

Gerade als wir beschlossen, langsam, aber sicher aufzubrechen, hörten wir hinter der Biegung eine Vespa näher kommen und vor der Pinetina di Fosco anhalten. Eine Gestalt löste sich aus der Dunkelheit, und als sie näher kam, erkannte ich … Ja! Es war Leo! Ich unterbrach Andrea, der mit dem Rücken zur Tür stand und ernsthaft über Topspins, Stoppbälle und die Rückhand palaverte, die wir zwei am nächsten Tag unbedingt verbessern müssten. Andrea drehte sich um, erblickte Leo und stieß einen lauten Willkommensruf aus.

Wir hatten Leo eine ganze Weile nicht gesehen, weil dieser auf einer langen Reise nach Indien gewesen war. Sofort rief Andrea nach Fosco und bestellte eine fünfte Flasche vom *vino fantastico* seines Freundes mit dem kleinen Weingarten in der Nähe von San Marcellino. Wir klopften uns freundschaftlich auf den Rücken und lauschten während der nächsten Stunde gebannt Leos detailliertem Bericht über seine Abenteuer in Asien, bis Fosco, der in einiger Distanz stumm verharrt hatte, uns höflich unterbrach und bemerkte, er habe auf keinen Fall die Absicht, uns gegen unseren Willen nach Hause zu schicken, doch es sei jetzt drei Uhr morgens und seine Frau mache sich bestimmt langsam Sorgen.

Wir begnügten uns mit einem letzten *brindisi,* dann

wünschten wir uns müde, glücklich und randvoll mit Essen und Wein eine gute Nacht (wenngleich ein »Guten Morgen« angemessener gewesen wäre). Fosco schloss hinter uns ab, und Leo sprang auf seine Vespa und fuhr in die entgegengesetzte Richtung davon.

Wir kehrten auf einer Kiesstraße nach Hause zurück, sprachen über Leo und beneideten ihn um seine Erlebnisse in Indien. Andrea legte eine AC/DC-Kassette ein – hauptsächlich, damit uns nicht die Augenlider herunterklappten –, und dann passierte es. Plötzlich sprang uns ein riesiges Wildschwein vors Auto. Andrea schrie auf und trat auf die Bremse; die Räder blockierten, und wir schlidderten über die unbefestigte Straße, doch der Zusammenstoß war unvermeidlich. Wir wurden nach vorne geschleudert, ich prallte mit der Nase aufs Armaturenbrett, und Andrea schlug mit der Stirn gegen das Lenkrad.

Einen Augenblick war es unheimlich still. Instinktiv fasste ich mir mit der Hand an die Nase und zog sie blutverschmiert zurück, doch offenbar war sie nicht gebrochen. Andrea schob seine Stirnlocke zur Seite und rieb sich eine riesige Beule, die mitten auf seiner Stirn erblühte. Der Motor war ausgegangen, und wir verharrten schweigend mehrere, scheinbar endlose Sekunden, bevor Andrea mit matter Stimme sagte: »*Mamma mia*, was für eine Katastrophe! Hast du das gesehen? Es ist einfach so aus dem Nichts aufgetaucht! Ich … ich hatte keine Möglichkeit, ihm auszuweichen!« Dann stieß er eine Reihe typischer toskanischer Verwünschungen aus. Ich fand eine Packung Taschentücher und tupfte damit an meiner malträtierten Nase herum, dann öffnete ich die Autotür und stieg aus, um den Schaden zu begutachten. Die Stoßstange war abgefallen, ein Rad stand schief. Der Keiler lag inmitten einer Staubwolke, die sich langsam wieder senkte, auf der Straße. Andrea trat zu mir, und trotz unseres angeschlagenen Zustands mussten wir uns entscheiden, was wir jetzt tun sollten.

Auf dieser einsamen, stockfinsteren Straße um Hilfe zu rufen brachte nichts; selbst wenn uns irgendjemand hören könnte, würde er die *carabinieri* rufen müssen – was bedeutete, dass Andrea einen Alkoholtest machen und mit ziemlicher Sicherheit seinen Führerschein würde abgeben müssen. Wir beschlossen, dass es das Schlaueste wäre, in dem kaputten Wagen zu übernachten und uns bei Sonnenaufgang, wenn wir unseren Rausch ausgeschlafen hätten, auf die Suche nach Hilfe zu machen.

Dann schlug Andrea vor, den toten Keiler im Auto nach Hause zu transportieren. Wenn er das Fleisch an eine hiesige *taverna* verkaufte, hätte er zumindest genug Geld, um seinen VW reparieren zu lassen. Und so fassten wir, müde, betrunken und geschunden, das Wildschwein bei den Füßen und verfrachteten den stacheligen Kadaver unter größten Schwierigkeiten auf den Rücksitz. Wir legten eine Decke über das arme Tier, die Andrea aus dem Kofferraum genommen hatte, kletterten kommentarlos auf die Vordersitze und versuchten, ein wenig Schlaf zu finden.

Es gelang mir, trotz Andreas markerschütterndem Geschnarche ein wenig zu dösen; das Schnarchen klang wie ein Stöhnen oder Ächzen, durchsetzt mit lautem Wehklagen direkt aus einem von Dantes Höllenkreisen. Als es schließlich aufhörte, war die darauffolgende Stille so tief, dass ich aus meinem unruhigen Halbschlaf gerissen wurde. Als ich die Augen öffnete, sah ich, wie sich Andrea die Beule auf seiner Stirn rieb, die sich hässlich grün verfärbt hatte. »*Finalmente!*«, sagte er, ganz offensichtlich genervt. »Ich konnte nicht schlafen, weil du geschnarcht hast wie eine Sägemühle.«

Ich war ein bisschen verwirrt angesichts seiner Bemerkung und erwiderte benommen: »Wovon redest du? Ich habe in meinem ganzen Leben noch nicht geschnarcht! *Du* bist doch derjenige, der einen Lärm wie ein Rasenmäher gemacht hat!«

»Sei nicht albern«, widersprach er. »Ich schlafe wie ein Lämmchen.«

Wir fingen gerade an zu streiten, als vom Rücksitz ein herzzerreißendes Schnarchen ertönte und klarmachte, wer der wahre Übeltäter war.

»*Madonna!*«, schrie Andrea, während wir beide panisch aus dem Auto flüchteten.

Wir schlugen die Türen hinter uns zu und standen wieder einmal mit hämmernden Herzen auf der staubigen Straße.

»Was für ein albernes Dilemma!«, knurrte ich.

»He, jetzt gib nicht mir die Schuld!«, jammerte Andrea. »Was kann ich dafür, dass das Biest zu dumm ist zu kapieren, dass wir es umgebracht haben?«

Bibbernd standen wir in der morgendlichen Kälte, die Augen auf den Wagen gerichtet, der leicht schwankte, wenn das Tier sein Gewicht verlagerte. Nun mussten wir uns einen neuen Plan überlegen, denn jetzt hatten wir nicht nur ein kaputtes Auto und waren noch immer benebelt vom Wein, nein, jetzt hatten wir auch noch ein Wildschwein, das es sich auf dem Rücksitz gemütlich gemacht hatte.

Als Erstes würden wir den Keiler aus dem Wagen lassen. Wir beschlossen, die Hintertüren zu öffnen, in der Hoffnung, dass dieser jetzt, da die Sonne über dem Horizont aufging, hinausklettern würde, um sich etwas zum Frühstück zu suchen. Währenddessen wollten

Andrea und ich losziehen, um Hilfe zu holen. Vorsichtig öffneten wir die Autotüren, dann entfernten wir uns eilig für den Fall, dass das Wildschwein herausspringen und Jagd auf uns machen würde. Doch es schien ihm auf dem Rücksitz zu gefallen, sodass wir unsere Geschwindigkeit mindern konnten. Langsamen Schritts setzten wir unseren Weg fort – jeder mit heftigen Kopfschmerzen wegen des Katers und des Aufpralls bei dem Unfall.

Plötzlich dämmerte uns, dass so, wie wir aussahen – angeschlagen, übel zugerichtet, die Hemden blutdurchtränkt, uns gegenseitig stützend –, bestimmt niemand anhalten würde, um uns mitzunehmen. »Wir sehen aus wie die Katze und der Fuchs aus *Pinocchio*«, sagte Andrea, und auch ich musste unweigerlich an das bekannte toskanische Kindermärchen denken.

Ich lachte. »Du bist ja optimistisch«, entgegnete ich. »Ich bin überzeugt, wir sehen eher aus wie zwei Zombies.«

Etwa eine halbe Stunde später, in deren Verlauf Andrea ganz untypischerweise geschwiegen hatte, hörten wir endlich den Motor eines Wagens näher kommen. Uns durchflutete eine Woge der Erleichterung; wir waren gerettet! Unsere Freude verflog jedoch augenblicklich, als wir sahen, dass es sich bei dem Wagen um den Jeep einer *carabinieri*-Streife handelte, und als wir feststellten, dass noch dazu Iuzzi höchstpersönlich hinter dem Steuer saß, bekamen wir einen Höllenschreck. Unsere Wege hatten sich, seit wir Teenager waren, immer wieder gekreuzt, und trotz der unzähligen Male, die er uns gedroht hatte, uns den Garaus zu machen, hatte er es doch nie getan; im Grunde war er nämlich ein guter Kerl, der uns auf eine seltsame Art und Weise sogar mochte. Trotzdem wäre es uns lieber gewesen, jemand anderes hätte in dem Jeep gesessen; Iuzzolino würde uns vielleicht nicht in Gewahrsam nehmen, doch je nachdem, welcher Laune er war, könnten die kommenden Stunden in seiner Gesellschaft sehr ungemütlich werden. Als er uns sah, kurbelte er das Fenster hinunter, nahm seine Schnabelkappe ab, fuhr sich mit der rechten Hand durchs Haar, dann strich er über seinen dicken Schnurrbart und sagte: »*Gesù Cristo.*« Er forderte uns auf, in den Jeep zu steigen, und wir erzählten ihm die ganze Geschichte genau so, wie sie passiert war – abgesehen von ein paar kleineren Details wie zum Beispiel den fünf Flaschen *vino fantastico*. Auch den genauen Zeitpunkt des Unfalls verschwiegen wir. Er musste glauben, dass wir Tennis gespielt und danach bei Fosco einen grünen Salat mit Mineralwasser zu uns genommen hatten und anschließend, auf dem Heimweg, bei Anbruch der Dunkelheit mit einem Wildschwein zusammengestoßen waren. Vermutlich bezweifelte er, dass es Andrea oder mir tatsächlich gelungen war, uns nach einem Abstecher zur Pinetina di Fosco nüchtern auf den Rückweg zu machen, doch er war zu abgelenkt von dem toten Wildschwein, das auf Andreas Rücksitz wundersamerweise wieder zum Leben erwacht war.

Er fuhr mit uns zu dem Wrack zurück. Die Türen standen immer noch offen, und das Wildschwein war verschwunden, ohne zu ahnen, wie dicht es davorgestanden hatte, geschmort auf den Tischen eines der lokalen Restaurants zu landen.

Iuzzolino behielt uns den ganzen Tag auf der Wache, um den Papierkram zu erledigen. Als er uns endlich gehen ließ, schüttelte er bestürzt den Kopf und fragte mit einem langen Seufzer: »Werdet ihr eigentlich jemals erwachsen?«

Und damit waren wir entlassen. Wir hatten noch den ganzen Abend vor uns, und weil wir wegen unserer Verletzungen nicht Tennis spielen konnten, beschlossen wir, stattdessen unsere übliche *osteria* aufzusuchen – obwohl wir gerade erst verkündet hatten, nie mehr dorthin zurückkehren zu wollen.

Der übliche Haufen alter Säcke saß dort – überflüssig zu erwähnen, wie erstaunt sie waren, uns wiederzusehen. Der Barmann, der uns wie immer einen Roten einschüttete, deutete mit dem Kinn auf unsere ramponierten Gesichter und fragte, was passiert sei, dass wir aussahen wie zwei Pizza Vier Jahreszeiten.

»Wir haben Tennis gespielt!«, teilten wir ihm unisono mit.

Er bedachte uns mit einem extrem zweifelnden Blick, dann senkte er den Kopf und fragte in vollem Ernst: »Ihr *wisst*, dass ihr dabei den Ball auf das gegnerische Feld schlagen sollt und nicht ins Gesicht des Gegners?«

»Ich habe immer schon gesagt, dass Sport nicht guttut«, merkte ein alter Mann an, den wir »Barilotto« (kleines Fässchen) genannt hatten. Andrea und ich warfen einander einen Blick zu, und dann fingen wir an zu lachen, dass uns die Tränen über die Wangen liefen. Barilotto starrte uns an, völlig verwirrt, und das Mindeste, was wir tun konnten, war, den alten Knacker auf ein Glas Wein einzuladen. Er mochte uns nicht, aber er nahm unsere Einladung an.

Sorgfältig lese ich das Kapitel noch einmal durch, bevor ich es an Mia schicke, wobei ich betone, meinen Auftrag eindeutig erfüllt zu haben – auch wenn ich durchtriebenerweise einfach ein blaues Auge durch eine gebrochene Nase ersetzt hätte.

Ich beschließe, zum Abendessen zu Paolo zu gehen, der im Ort eine *enoteca* betreibt. Dort bestelle ich eine *tagliata con rucola* (Rinderlende mit Rukolasalat) und dazu eine Flasche Chianti Classico Corsignano. Als ich nach Hause zurückkehre, verspüre ich den plötzlichen Drang zu tanzen, also schiebe ich das Sofa an die Wand und lege eine Sammlung Achtzigerjahre-Hits ein – und sofort lege ich los wie ein rasender Irrer, bis ich buchstäblich aus den Latschen kippe.

Am nächsten Morgen verspüre ich einen weiteren übermächtigen Drang: den Drang zu schreiben. Doch erst will ich meine Seele laben, indem ich die wunderschöne Herbstlandschaft in mich aufnehme, und was wäre da besser, als eine Runde zu joggen? Draußen ist es kälter als bei meinem letzten Lauf, doch das schreckt mich nicht ab.

Als ich nach Hause zurückkehre, habe ich eine Nachricht von dem Verwalter des Gutes, auf dem ich für gewöhnlich meine Oliven pflücke, auf dem Anrufbeantworter.

»*Dottor* Castagno, wir möchten Ihnen mitteilen, dass wir beschlossen haben, mit der Olivenernte zu beginnen, und wenn das Wetter hält, sollten wir in ein paar Wochen damit fertig sein. Dürfen wir morgen früh um acht mit Ihrer Anwesenheit rechnen?«

Meine Antwort lautet kurz und knapp »Ja!«.

18.
Gut geölt

Ich denke, es ist nur höflich, Mia darüber zu informieren, dass ich wegen der Herstellung meines Olivenöls ein paar Tage nicht erreichbar sein werde. So lange die Früchte nicht geerntet, gepresst und das fertige Produkt ins In- und Ausland versendet ist, bleibt mir leider keine Zeit für unsere E-Mail-Korrespondenz.

Nachdem ich die Nachricht abgeschickt habe, mache ich mir etwas zum Mittagessen – einfache Spaghetti mit Tomatensoße, ganz viel Knoblauch (ein weiterer Vorteil, wenn man keine Freundin hat) und zwei ganzen Chilischoten. Ich lasse den Blick über mein Weinregal schweifen und wähle einen meiner Lieblingsweine, einen Chianti Classico Antico Podere Casanuova, dann trinke ich auf mein eigenes Wohl und auf eine gute Ernte.

Meine Spaghetti nehme ich mit vor den Fernseher – essend und Wein trinkend zappe ich zwischen einer alten brasilianischen *telenovela* und einem haarsträubenden Ringkampf hin und her. Die Seifenoper, ausgestrahlt von einem lokalen Sender, ist von so schlechter Farbqualität, dass die Hauptdarsteller aussehen, als hätten sie die Gelbsucht; auf den ersten Blick könnten sie die Simpsons sein. Ich frage mich, ob sie wohl alle an chronischer Hepatitis leiden. Die Gegner bei dem Ringkampf sind zwei kräftige, haarlose Riesen, vollgepumpt mit Hormonen, die sich gegenseitig anbrüllen und so tun, als würden sie sich durch den Ring schleudern – sehr zur Begeisterung des jubelnden Publikums. Ich sehe eine Weile zu und versuche herauszufinden, was an diesen großtuerischen, maskierten, dickbäuchigen Stuntmen, die umhertollen wie Zirkuselefanten, so unterhaltsam ist.

Plötzlich wird mir klar, wie viele der Werbespots (welche die Show in unglaublich kurzen Abständen unterbrechen) der weiblichen Hygiene gewidmet sind; binnen weniger Minuten sehe ich lächelnde junge Mädchen Volleyball spielen und einen bestimmten Tampon bewerben; anschließend unterhalten sich mehrere Frauen mittleren Alters über Abhilfe bei Scheidenausfluss; dann erscheint eine Mutter auf dem Bildschirm, die zur Hälfte einen Berg erklommen hat und plötzlich feststellt, dass ihre Tochter (die mit ihr klettert) unter einem störenden Juckreiz »da unten« leidet, woraufhin sie scheinbar aus dem Nichts eine Tube mit einer wunderbar beruhigenden Creme hervorzaubert (ich habe keinen blassen Schimmer, wie die Tochter die auftragen soll, wenn sie hundert Meter hoch in der Luft hängt); und schließlich taucht eine Frau in einem Bademantel auf, die ihre intimen Probleme mit einem neuen Deodorant gelöst hat.

An einem gewissen Punkt gebe ich auf und schalte ab. Während ich zum Computer gehe, denke ich, wie glücklich ich mich doch schätzen kann, nicht mit einem derart problembehafteten weiblichen Körperteil geschlagen zu sein. Einen Augenblick später entdecke ich Mias Antwort auf meine E-Mail.

Von: Mia Lane
An: Dario Castagno
Betreff: Meine Aufforderung

Mein lieber Dario,
das Kapitel, das Sie mir gesendet haben, war urkomisch, und ja, ich gebe zu, Sie haben Ihren Auftrag mit Bravour erfüllt. Ich kann gut verstehen, dass Sie während der nächsten Tage extrem beschäftigt sein werden; ich wünschte, ich könnte kommen und

Ihnen helfen, Ihre Oliven zu pflücken, anstatt den ganzen Tag vor einem Computer zu sitzen. Ich werde es vermissen, nichts von Ihnen zu hören, denn Ihre Geschichten haben mich Tag für Tag in eine Welt versetzt, die so verlockend anders ist als meine eigene. Ich muss ehrlich gestehen, dass mich der geheimnisvolle Nimbus, der Sie umgibt, ebenso fasziniert; ich fühle mich geehrt, diese ungewöhnliche Rolle eines »Beichtvaters« für einen Mann, dem ich nie begegnet bin, übernommen zu haben und so viel über sein Privatleben zu erfahren.

Es scheint, als bringe jeder Tag eine Überraschung: Ich bin ein wahrer Fan von *olio d'oliva*, und heute erfahre ich, dass Sie neben all den anderen Tätigkeiten, denen Sie nachgehen, auch Olivenöl herstellen. Wie lange machen Sie das schon? Wenn möglich, würde ich gern mehr darüber erfahren. Aber nur, wenn Sie die Zeit erübrigen können.

Von: Dario Castagno
An: Mia Lane
Betreff: Extra natives Olivenöl

Liebe Mia,
auch ich werde unsere E-Mail-Korrespondenz vermissen, denn ich habe in Ihnen eine sehr geschätzte »Brieffreundin« gefunden. Aber es ist ja nur für ein paar Tage.

Ich bin mehr als glücklich zu lesen, dass ich Sie neugierig mache und dass Sie mich um das Leben beneiden, das ich hier führe. Ich empfinde es als großes Glück; natürlich hat es auch seine Nachteile, doch es gesteht mir die Freiheit zu, die ich so schätze.

Was Ihr Interesse für die Anfänge meines kleinen

Olivenöl-Unternehmens anbelangt: Leider werden Sie hier kein spannendes Material für unser gemeinsames Buchprojekt finden. Das Ganze ergab sich einfach aus meinem Job als Reiseleiter. Sie müssen wissen, dass das frisch gepresste Öl – *olio novo*, wie wir in der Toskana dazu sagen – auf mich schon immer einen besonderen Reiz ausgeübt hat, der intensive Duft nach frisch gemähtem Gras, seine dichte Konsistenz und der kräftige Geschmack, der ein angenehmes Kitzeln in der Kehle hinterlässt. Zu diesen Eigenschaften kommt der unwiderstehliche trübe, beinahe phosphoreszierende grünliche Farbton, der es hier in der Gegend mit Abstand zum Spitzenöl macht. Während meiner Touren habe ich oft mehr als nur ein paar Worte darauf verwendet, auf die Vorzüge von frisch gepresstem Olivenöl hinzuweisen, und ich bin mir sicher, dass ich meine Kunden mitunter mit meinem Enthusiasmus gelangweilt habe.

Die Ernte beginnt Ende November und zieht sich bis in den Dezember hinein. Für die Touristen ist das außerhalb der Saison, sie kommen erst Ostern zu Tausenden wieder her. Bedauerlicherweise hat das Öl bis dahin den Großteil seiner ursprünglichen Farbe eingebüßt, ebenso seinen ureigenen Geschmack, und genau aus diesem Grund war ich nur selten in der Lage, meine Gäste extra natives Olivenöl vom Feinsten kosten zu lassen.

Zusammen mit einem jüngeren Freund namens Stefano habe ich 1998 ernsthaft erwogen, *olio novo* an Privatpersonen in Übersee zu vertreiben. Um das Öl binnen weniger Tage nach der Pressung verschicken zu können, mussten wir die Mühlen der Bürokratie über uns ergehen lassen, Genehmigungen und amtliche Bescheinigungen einholen und allen möglichen Behördenkram erledigen. Wir waren uns sehr wohl bewusst, dass aufgrund der geringen Menge genau wie aufgrund der kurzen Zeitspanne, in der wir das *olio novo* verschicken konnten, kein durchgängiger Profit zu machen wäre, doch unser Ziel war es, lediglich die Kosten zu decken und einen Vorrat für unsere eigenen Familien anzulegen.

Nachdem wir den Papierkrieg hinter uns gebracht hatten, mussten wir dem Unternehmen einen Namen geben. Wir beschlossen, das Produkt den Leuten zu widmen, die aller Wahrscheinlichkeit nach den Olivenanbau in der Toskana begründet hatten: dem Volk, das wir die Etrusker nennen. Sie selbst hatten sich einst »Rasna« genannt, und so wurde bei geschmortem Hasen und einer Flasche Brunello Siro Pacenti das »Rasna Extra Virgin Olive Oil s.n.c.«-Projekt geboren.

Die ursprüngliche Heimat des Olivenbaums war riesengroß, fast in jeder der dem Mittelmeer gegenüberliegenden Küstenregionen wurde Olivenanbau betrieben: in ganz Südeuropa, in den Maghrebstaaten Nordafrikas und in einem großen Teil des Mittleren Ostens. Entscheidend für das Überleben (und sie überleben seit Tausenden von Jahren!) und Gedeihen der Bäume ist eindeutig ein mildes Klima. Die Chianti-Gegend im Inneren der Toskana mit ihren Hügeln, die eine Höhe von bis zu tausend Metern erreichen, ist daher nicht unbedingt das idealste Verbreitungsgebiet. Die Winter hier können extrem kalt sein und in Einzelfällen sibirische Minusgrade erreichen, wenn man an den Frost von 1929, 1956 und 1985 denkt, der die gesamte hiesige Ölindustrie lahmlegte. Folglich ist der überwiegende Teil der Bäume hier gerade mal gut zwanzig Jahre alt und bringt ein Zehntel dessen hervor, was ein Baum an der Küste an Früchten trägt; dementsprechend ist der Genuss des Öls beinahe ausschließlich zum Eigenverbrauch der Hersteller bestimmt und für die wenigen Privilegierten, die so voraussichtig waren, es lange vor der Ernte vorzubestellen. Angesichts der Vielzahl von Olivenhainen in der Chianti-Region ist es seltsam festzustellen, dass die örtlichen Supermärkte fast nur Öle anbieten, die in anderen Gegenden von Italien gewonnen oder mitunter sogar aus Nachbarländern importiert werden.

Es gibt viele große Gesellschaften in der Chianti-Gegend, die billigeres Öl in großen Mengen von außerhalb beziehen, es in Flaschen abfüllen und es mit dem Etikett »Abgefüllt im Chianti« auf den Markt bringen. So führen sie den Verbraucher an der Nase herum, der glaubt, er würde ein einheimisches Produkt erwerben.

Warum soll man sich dann die Mühe machen, hier Oliven anzubauen, wenn man damit ohnehin kaum ein Auskommen erzielen kann?, werden Sie sich jetzt fragen. Die Antwort ist einfach: wegen seiner exzellenten Qualität.

Wir müssen den Römern hoch anrechnen, dass sie die Mischung der Komponenten erkannten, die das Chianti-Öl zu einem überragenden machen, weshalb sie den Baum von der Küste herbrachten und im Landesinneren anpflanzten. Mit den Komponenten meine ich die Höhe, die einer gesunden Entwicklung zuträglich ist und den Baum weniger anfällig für Schädlingsbefall macht; die Entfernung zu der salzigen Seeluft und den felsigen Boden; hinzu kommt, dass die Bäume relativ jung sind. All diese Faktoren machen das Chianti-Öl so hochwertig und gleichzeitig so selten.

Meine Güte, Mia, ich hoffe, ich habe Sie nicht genauso gelangweilt wie viele meiner ehemaligen Klienten. Ich mache Ihnen einen Vorschlag: Ich werde

Ihnen einen Diskurs über die sensorischen Eigenschaften des extra nativen Olivenöls ersparen; ich denke, Sie haben bereits verstanden, warum ich diese Tätigkeit als eine Art Mission verstehe. Die größte Belohnung, die ich dafür erhalte, ist die Zufriedenheit, die ich verspüre, wenn ich begeisterte Rückmeldungen von meinen Kunden erhalte. Meine Liebe zu diesem Öl mit der Welt zu teilen – das ist es, was die ganze Arbeit der Mühe wert macht.

Ich beschließe, es könne nicht schaden, wenn ich den Rest des Tages mit Nichtstun zu Hause verbringe. Minuten später lausche ich einem herzzerreißenden Song von Luigi Tenco, der aus dem Radio dringt, dessen Lautsprecher strategisch im Wohnzimmer verteilt sind. Förmlich überwältigt, folge ich dem Text, und mir wird klar, dass es sich um das Stück handelt, das er bei einem italienischen Musikwettbewerb vor rund vierzig Jahren zum Besten gegeben hatte, nur Stunden bevor er sich in seinem Hotelzimmer eine Kugel in den Kopf schoss, was die gesamte Nation schockierte. Ich erinnere mich noch an das Ausmaß der Erschütterung – tatsächlich spüre ich es noch heute, vor allem wenn ich seine Stimme höre.

Tief in die Sofakissen versunken, starre ich in die knisternden Flammen im Kamin. Der Holzstoß, den ich sorgfältig errichtet und vor etwa einer Stunde in Brand gesteckt habe, ist nun ein loderndes Inferno, das seinen Höhepunkt erreicht hat. Ich kann die Hitze auf meinem Gesicht spüren und weiß, dass die Flammen von diesem Punkt an kleiner werden und die Temperatur Grad für Grad abnehmen wird, bis in ein paar Stunden nicht mehr als ein Haufen glimmender Asche übrig sein wird.

Abrupt wende ich den Kopf zur Haustür; über die Klänge der Musik hinweg habe ich etwas gehört – eine Art gedämpftes Klopfen, vermutlich pocht jemand an die Tür. Als ich aufstehe, ist mein erster Gedanke, dass ich sicher gleich von Orazio begrüßt werde, der gerne mal unerwartet aufkreuzt. Doch sofort verwerfe ich diese Überlegung wieder, denn Orazio hätte sich niemals mit einem einzelnen Pochen begnügt; er hätte mit seiner Gorillapranke gegen die Tür gehämmert, bis das Haus erzittert und die Haustür fast aus dem Rahmen gefallen wäre.

Doch niemand hämmert, es folgt nicht mal ein zweites Klopfen, und als ich zur Tür gehe, um zu öffnen, vermute ich schon, es sei der Wind gewesen – oder auch gar nichts, vielleicht habe ich mir das Geräusch, tief in die Musik versunken, ja auch nur eingebildet.

Doch es hat tatsächlich jemand geklopft: Ein kleiner Mann zwischen sechzig und siebzig, der einen ziemlich trübseligen Eindruck macht, steht vor der Tür. Sein Kopf verschwindet fast unter einer Baseballkappe der Chicago Cubs, traurige Augen blicken mich unter dem Schild hinweg klagend an – die Iris blassblau, das Weiße wässrig und leicht rosa, wie die farblose Schicht einer Wassermelone direkt unter der Rinde.

Seine hohlen Wangen sind zum Großteil von einem ungepflegten weißen Bart bedeckt, der an Zuckerwatte erinnert und der ihm fast bis zum Bauch hinunter reicht. Er trägt einen übergroßen Pullover, dessen Saum bis über seine Knie geht, eine nagelneue Stone-washed-Jeans und Turnschuhe. Wie immer versuche ich sogleich, einen prominenten Doppelgänger für ihn zu finden, und bin hin und her gerissen zwischen Pimpel, einem von Schneewittchens sieben Zwergen, und dem berühmten Neurologen Oliver Sacks.

»Mr. Kestanio?«, fragt er mit der unsicheren Stimme eines Menschen, der weiß, dass seine Anwesenheit nicht unbedingt willkommen ist.

»Ja, das bin ich«, erwidere ich, dann bekomme ich Mitleid, weil er so unsicher ist, und füge hinzu: »Möchten Sie reinkommen und ein Glas Wein mit mir trinken? Ich habe gerade eine Flasche geöffnet. Ein hiesiges Sprichwort besagt, man solle eine Flasche Wein stets teilen. Außerdem: Sind Sie je einem Weinliebhaber begegnet, der ein Geizkragen ist?«

Der kleine Mann ist sichtlich verblüfft; mit einem solchen Empfang hatte er offenbar nicht gerechnet. »Das ist sehr nett von Ihnen«, sagt er und schüttelt die Hand, die ich ihm entgegenstrecke. »Ich bin Zachary aus Seattle.« Er nimmt seine Kappe ab und enthüllt einen bis auf ein paar ungleichmäßig sprießende Haarbüschel kahlen Schädel. Seine Glatze erinnert mich an ein Rugby-Feld nach einem Six-Nations-Turnier.

Ich bitte ihn herein und bedeute ihm, auf der Couch Platz zu nehmen, während ich ihm ein Glas Wein einschenke und mich anschließend auf den Terrakottasims des Kamins setze, um ihn ansehen zu können. »Seattle ist eine schöne Stadt«, stelle ich fest – nicht so sehr, um das Eis zu brechen, sondern weil ich tatsächlich ein paar sehr angenehme Tage dort verbracht habe, weshalb Seattle zu meinen Lieblingsstädten in den USA gehört.

Mein Gast lächelt zustimmend, ohne dem etwas hinzuzufügen. Er wirkt verunsichert und scheint sich zu fragen, warum er plötzlich hier sitzt. »Also, was kann ich für Sie tun, Zachary?«, frage ich, um ihm einen sanften Schubs zu geben.

Zachary erklärt, er habe meine Bücher gelesen, die ihm sehr gefallen hätten. Er nehme gerade an einer Hochschultagung in Siena teil und habe sich einen Tag freigenommen, um die Gelegenheit zu ergreifen, mein Dorf aufzusuchen. Er habe in der örtlichen *taverna* zu Mittag gegessen und den Kellner so lange nach mir ausgefragt, bis dieser vorgeschlagen habe, er solle doch persönlich bei mir vorbeischauen. Zunächst sei er eher abgeneigt gewesen, doch man habe ihm versichert, es würde mir nichts ausmachen, es würde mir sogar Freude bereiten, Bücher zu signieren, also habe er beschlossen, es zu versuchen.

Er bittet mich, den Überfall zu entschuldigen, was ich natürlich tue, dann zitiert er das jüdische Sprichwort »Bei einer

Flasche Wein findet man manch einen Freund« und entspannt sich allmählich.

Wir plaudern eine Weile, und als wir unsere Gläser geleert haben, frage ich ihn, ob er einen Spaziergang machen möchte.

Minuten später klettere ich mit diesem zusehends auftauenden Amerikaner den Hügel hinter meinem Haus hinauf und erfreue mich daran, ihm die Orte vor Augen zu führen, von denen er in meinen Büchern gelesen hat. Wir schlendern an der Villa vorbei, die einmal einem berühmten weiblichen Jockey gehört hat, einer Frau, die vor rund fünfzig Jahren den Palio gewonnen hat, worüber ich in *Toskana forever. Ein Reiseleiter erzählt* berichte; dann gehen wir weiter zum Denkmal für den Partisanenkämpfer Bruno Bronci, der ebenfalls in diesem Buch vorkommt. Wir sitzen in meinem »Freiluftbüro« unter der Eiche, wo ich ihm das Haus im Tal unter uns zeige, das ich einst mit Cristina geteilt habe und in dem ich *Ein Tag in der Toskana. Vom Abenteuer, ein Italiener zu sein* geschrieben habe. Anschließend führe ich ihn zu der Burg, die meinem Freund Matteo gehört hat, und lenke seinen Blick auf das Feld in der Ferne, wo die sienesische Armee 1260 die Florentiner in einer abenteuerlichen Schlacht besiegte. Ich erkläre ihm, wo genau die Hügel der Chianti-Region beginnen, und beschreibe ihm die Grenzen der einzelnen toskanischen Provinzen. Zacharys Gesicht hellt sich bei jedem neuen Ort auf; er wirkt selig, beinahe euphorisch, und ich bin mir sicher, dass er sich fragt, ob ich das mit jedem Besucher mache, der an meine Tür klopft.

Wir gehen weiter und betreten bald darauf den Dorffriedhof. Ich denke, er würde gern die Gelegenheit nutzen, Tonio die Ehre zu erweisen, der eine wichtige Rolle in beiden meiner vorherigen Bücher spielt. Zachary steht einen Augenblick schweigend vor seinem Grab, den Kopf respektvoll gesenkt mit – wie mir scheint – einer Mischung aus Rührung und Hochachtung. Anschließend begrüßen wir zwei ältere Damen, die frische Blumen auf die Gräber ihrer Ehemänner stellen; ihre wettergegerbten Gesichter erinnern an Dörrpflaumen: Ihre Jugendlichkeit haben sie schon vor langer Zeit bei der jahrelangen Feldarbeit eingebüßt.

Auf dem Rückweg ins Dorf durchqueren wir einen Olivenhain, dessen Bäume einen fast lückenlosen Schatten werfen, dann finden wir uns vor einem verrosteten Schild wieder, das mittlerweile ein wesentlicher Bestandteil der Landschaft ist und das uns verkündet, dass wir an unserem Ziel angekommen sind. Zachary blickt zu mir auf, die Augen immer noch wässrig, aber nicht länger von Traurigkeit umschattet, und fragt mich, warum ich mich dazu entschieden habe, in einem neu erbauten Haus und nicht in einem der uralten Steinhäuser zu wohnen, für die ich in meinen Büchern eine so große Leidenschaft bekunde. Ich lache, denn auch für mich ist es ein seltsames Missverhältnis, dass ich so lebe, wie ich lebe, aber es ist schlichtweg eine Frage der Wirtschaftlichkeit. Nach wie vor ist es mein Traum, eines Tages ein solches Haus zu besitzen und zu renovieren, doch momentan liegt das jenseits meiner Möglichkeiten.

Ironischerweise, so erzähle ich ihm, habe ich einmal aktiv gegen den Bau ebenjener Neubauten gekämpft, habe sogar eine Unterschriftenaktion dagegen gestartet, und nun wohne ich selbst in einem davon. Zu jener Zeit hatte ich zur Miete in einem schönen alten Bauernhaus gelebt, doch eines Tages hatte mir der Besitzer mitgeteilt, dass er meinen Mietvertrag kündige, um das Haus in eine Frühstückspension umzuwandeln.

Damals überlegte ich, einen Kredit aufzunehmen und mir Eigentum anzuschaffen, weshalb ich einen befreundeten Immobilienmakler anrief, um ihn zu fragen, ob hier in der Gegend etwas zum Verkauf stehe. Ich erfuhr, dass das tatsächlich der Fall war – und seiner Beschreibung nach zu urteilen, handelte es sich dabei um ebenjene Häuser, deren Bau ich um alles auf der Welt hatte verhindern wollen. Schließlich kaufte ich eines davon, sehr zur Erheiterung der Dorfbewohner.

Bei dieser Geschichte muss Zachary laut lachen und schlägt vor, ein letztes Glas in der Dorfkneipe zu trinken. Dort stoßen wir auf die übliche Truppe: Giulio trinkt den x-ten Liter des Tages, Michele blättert müßig die Zeitung durch, Orazio gibt sich alle Mühe, Manola, der Barfrau, etwas zu erklären. Glücklicherweise befindet sich Emanuele soeben im Aufbruch, und als ich auf der Türschwelle an ihm vorbeigehe, schenkt er mir ein gruseliges Lächeln, bei dem er seine nikotinfleckigen Zähne entblößt. Angeekelt stelle ich fest, dass seine Schultern voller Schuppen sind, und auch die Schuppenflechte auf seiner Haut steht in voller Blüte. Er scheint ganz offensichtlich zu verfaulen, und ich frage mich boshaft, ob er es bis nach Hause schaffen wird oder unterwegs vollständig verrottet.

Ich berichte Zachary, dass einige dieser Charaktere in meinem nächsten Buch auftauchen werden, und er zückt eifrig eine Kamera und macht Schnappschüsse von mir und den anderen. Dann bittet er Orazio, ein Foto von uns beiden zu schießen. Wohl wissend, dass Orazio länger dafür brauchen würde, auf den Auslöser zu drücken, als ein Maler Zeit bräuchte, uns in Öl festzuhalten, reiße ich Zachary die Kamera aus der Hand und reiche sie stattdessen Michele, der sich liebenswürdigerweise die Ehre gibt, uns zu fotografieren.

Dann kehren wir zu meinem Haus zurück, und nachdem ich Zacharys Bücher signiert und ihm eine der letzten Flaschen meines 2005er Olivenöls geschenkt habe, was mich daran erinnert, dass ich morgen Oliven pflücken muss, begleite ich ihn zu seinem Wagen. Er setzt sich hinters Lenkrad und lässt den Motor an, dann fährt er das Fenster hinunter. Ich stelle fest, dass sein elfenbeinfarbener Bart voller lila Weinflecken ist. Noch während er aufs Gas tritt, fragt er, ob ich mir vorstellen könnte, wieder als Reiseleiter zu arbeiten. Ich hätte ihm die Gegend mit so viel Feuereifer und Begeisterung gezeigt, dass es eine Schande wäre, wenn ich meine Leidenschaft nicht mit anderen teilte. Ich verspreche ihm, darüber nachzudenken, und er fährt winkend davon.

Als er weg ist, mache ich auf dem Absatz kehrt und nehme mein Leben in sibyllinischem Schweigen wieder auf. An der Türschwelle bleibe ich stehen, um den Mond zu betrachten, der, umgeben von Sternen, in seiner schwarzen Himmelshängematte liegt. Ich fühle mich frei wie die Luft um mich herum, und wieder einmal versuche ich, die Faszination zu verstehen, die diese Hügel auf mich ausüben.

Drinnen stelle ich fest, dass die Scheite im Kamin zusammengefallen sind und eine Wolke winziger Kohlestücke aufgewirbelt haben. Ich tue mein Bestes, die Glut wieder zu entfachen, dann setze ich mich aufs Sofa, nippe an meinem Mecacci und denke, dass ich mein Leben vielleicht tatsächlich neu organisieren sollte.

Nach dem Abendessen beschließe ich, für heute zeitig Schluss zu machen, damit ich am nächsten Tag fit für die Olivenernte bin. Trotzdem kann ich nicht sofort einschlafen; stattdessen ertappe ich mich dabei, an Mia zu denken und mich zu fragen, wie alt sie wohl sein mag, wie sie aussieht, welche Kleidung sie trägt, wie sie sich bewegt. So seltsam das ist, ich habe keinerlei Anhaltspunkte, die mir helfen würden, irgendwelche Schlussfolgerungen über sie zu ziehen. Ich weiß nicht mal, ob sie verheiratet ist. Plötzlich kommt mir der Gedanke, wie unhöflich es ist, dass ich mich nie nach ihr erkundige, sondern ausschließlich von mir selbst erzähle.

Doch ich verwerfe den Gedanken wieder, schließlich plaudern wir nicht in einem Singles-Chatroom miteinander, sondern arbeiten an einem Buch – einem Buch, das von meinen Erfahrungen und meinen Anschauungen handelt, was mein bisheriges Verhalten voll und ganz rechtfertigt.

Dennoch, das muss ich zugeben, wächst sie mir zunehmend ans Herz.

19.
Früchte harter Arbeit

Es ist noch dunkel, als der Wecker piept und mich zwingt, die Nachttischlampe anzuknipsen. Ich ziehe mir einen praktischen Arbeitsoverall und Stiefel an, um meiner Rolle als Olivenpflücker gerecht zu werden. In weniger als einer Stunde geht es los. Als ich das Fenster öffne, kommt die Sonne gerade hinter den Hügeln hervor. Die unerwartete Kälte macht mich munter, und ich greife nach einem zusätzlichen dicken Wollpullover, den ich unter meiner abgetragenen Belstaff-Wetterjacke – ein Überbleibsel aus meinen Motorradjahren – anziehen werde.

Sobald ich ins Auto steige, tasten meine Finger automatisch nach dem Heizungsknopf. Dann lege ich den Gang ein und fahre auf die Straße, die zu dieser frühen Stunde noch wie ausgestorben ist.

Das Gut, zu dem ich möchte und das sich seit Jahrhunderten im Besitz einer einheimischen Familie befindet, stellt hauptsächlich Chianti-Classico-Wein her, doch es gibt dort auch eine große Menge an Olivenbäumen. Seit der Gründung der Rasna Extra Virgin Olive Oil s.n.c. liefert sie uns die Oliven, die wir für unsere Produktion brauchen – in Anbetracht unserer begrenzten Klientel sind das die Früchte mehrerer Hundert Bäume.

Jetzt, da die Sonne ganz aufgegangen ist, sehe ich, dass dank des kalten Nordostwinds, *tramontana* genannt, kein Wölkchen am Himmel zu sehen ist. Ich war nie ein Fan niedriger Temperaturen, doch heute macht mir die Kälte nichts, da ich bei der Olivenernte mit genau diesem Wetter rechne.

Ich tippe Stefanos Nummer in mein Handy, um mich zu vergewissern, dass alles läuft wie geplant. Wir haben uns die Aufgaben geteilt: Während ich die Oliven pflücke, bereiten er und seine Frau Elisa die Zertifikate und Unterlagen für den Zoll vor. Später, nachdem die Früchte gepresst sind, treffen wir uns an unserem kleinen Lagergebäude, wo wir das Öl gemeinsam abfüllen, die Flaschen mit Etiketten versehen, verpacken und anschließend versenden.

Um das Gut zu erreichen, muss ich das gesamte Chianti-Gebiet von West nach Ost durchqueren, und weil ich in Gedanken ganz bei dem Öl bin, fallen mir heute die vielen Olivenhaine auf, an denen ich sonst vorbeifahre, ohne Notiz davon zu nehmen. Während ich die silbrige Rinde der Bäume bewundere, muss ich daran denken, dass ich schon immer von dieser ganz besonderen Pflanze fasziniert war; sie ist das Symbol für Sieg und Ruhm, beliefert die Menschen seit Tausenden von Jahren mit Holz, oftmals zum Schnitzen, mit Nahrung und vor allem mit Öl – das man als Treibstoff benutzen kann, für medizinische Zwecke, für die Herstellung von Kosmetika und vieles mehr. Ein biblischer Baum, der für Ruhe und Frieden steht, man denke nur an den Olivenzweig, den die Taube Noah bringt, um ihm das Ende der Sintflut zu verkünden. Er steht außerdem für Stärke, denn Athene gewinnt gegen Poseidon den Streit um die Schutzherrschaft über Attika, indem sie einen Olivenbaum pflanzt und ihn den Menschen Attikas zum Geschenk macht. Und er bekundet Ansehen. So beschreibt Homer das Bett des Odysseus, das aus einem jahrhundertealten Olivenbaum gefertigt war.

An einer beliebten Bar an der Straße halte ich an, um zu frühstücken. Draußen parken zahlreiche Autos, von denen die meisten vermutlich meinen »Kollegen« gehören – anderen Olivenpflückern, die zu den Hainen unterwegs sind. Weil ich mir darüber im Klaren bin, dass mir ein langer, anstrengender, frostiger Tag bevorsteht, verschlinge ich eine gehaltvolle Mahlzeit: zwei Scheiben Brot, belegt mit frischer *soppressata,* deren saftiges, rosafarbenes Fleisch mich gleich bei einem ersten Blick auf die Theke verlockt. Dazu trinke ich einen Mecacci, dem lokalen Sprichwort *Il vino al mattino è pesante, a mezzogiorno è buono, la sera è ottimo* (Wein am Morgen ist heftig, am Mittag gut und am Abend wunderbar) zum Trotz. Ein rascher Blick auf die anderen Gäste bestätigt mir, dass ich bei Weitem nicht der Einzige bin, der diese spezielle Regel bricht.

An einem der Tische entdecke ich Marcello, einen alten Herrn, unter dem zu arbeiten ich vor gut zwanzig Jahren während meiner Zeit in der Winzerei das Vergnügen hatte. Er war damals schon betagt, jetzt kommt er mir wahrhaft steinalt vor – und trotzdem nicht weniger scharfsinnig, denn er erkennt mich auf Anhieb und winkt mit seiner runzeligen Hand in meine Richtung. Ich trete zu ihm, und wir wechseln ein paar Worte, holen Versäumtes nach. Er bietet mir ein Glas Rotwein an, das ich um der Höflichkeit willen nicht ablehnen kann; dann schilt er mich fast liebevoll, dass ich keinen Ring am Finger trage.

Ich bin überrascht, als er mich darauf hinweist, dass ich dieselbe alte Jacke und denselben Overall trage wie damals in der Winzerei, zudem immer noch einen Stecker im linken Ohrläppchen. »Du hast dich kein bisschen verändert, seit du ein Teenager warst«, schlussfolgert er. Ich beschließe, das als Kompliment aufzufassen.

Als ich aufbreche, bedanke ich mich bei Marcello für den Wein und für seine Einladung zur *porcellata,* dem Mahl, das toskanische Bauern traditionell am Schlachttag ausrichten, damit nichts verschwendet wird. Dieses voller Vorfreude erwartete Ereignis wird in ein paar Wochen in seinem Gutshaus in der Nähe von Poggibonsi stattfinden.

Zurück im Auto, fühle ich mich leicht schwindelig; doch schließlich habe ich um 7 Uhr 55, wie die Uhr am Armaturenbrett anzeigt, bereits zwei volle Gläser Rotwein geleert. Jetzt würde es mir gerade noch fehlen, Iuzzolino auf einer seiner Streifenfahrten zu begegnen. Er würde mir nie und nimmer abnehmen, dass ich auf dem Weg zur Arbeit bin – vielmehr würde er davon ausgehen, dass ich gerade auf dem Heimweg von einer Party sei (oder, schlimmer noch, von einem Truss).

Den Rest der Fahrt über denke ich liebevoll an Marcellos runzeliges, warziges Gesicht und daran, wie sehr er einem altehrwürdigen Olivenbaum gleicht, gekrümmt, knollig und – wenn ich das so sagen darf – hässlich; doch die Pflanze an sich hat keinerlei ästhetischen Wert, alles, was zählt, ist die Großzügigkeit, mit der sie uns ihre Früchte schenkt – und genau das ist es, was Marcello auch tut. Gott segne ihn!, denke ich und hebe instinktiv die Hand, als wollte ich ein Glas auf sein Wohl trinken.

Wie üblich begrüßt mich der Gutsverwalter mit einem albernen »*Buongiorno, Dottor* Castagno«, eine völlig unangebrachte Ehre, angesichts der Tatsache, dass ich von der höheren Schule geflogen bin (vor allem, wenn man den Grund dafür bedenkt). Ich habe den Eindruck, dass er nie ganz verstanden hat, warum ich darauf bestehe, zusammen mit einem Trupp von Immigranten, Rentnern und Geistesschwachen Oliven zu pflücken.

Ich bitte ihn, mir mein übliches Team zusammenstellen zu dürfen, und er willigt ein. Also pflücke ich nun zum sechsten Mal nacheinander mit Pietro und Alessio.

Alessio ist ein alter Kumpel, mit dem ich zur Grund- und Sekundarschule gegangen bin. Er ist ein kräftiger, fleißiger Arbeiter, aber mit einer schwerwiegenden mentalen Störung geschlagen – einer Störung, die leider in der Familie liegt. Sobald die Familienmitglieder die Grenze zum dreißigsten Lebensjahr überschritten haben, setzt irgendetwas in ihrem

Gehirn aus und sie werden schlicht und einfach schwachsinnig. Mittlerweile trägt Alessio den gleichen glotzenden Ausdruck im Gesicht wie seine Angehörigen; schlimmer noch: Vor einigen Jahren hat er aufgehört zu sprechen. Wenn er seinen Mund öffnet, dann nur, um plötzlich in lautes Lachen auszubrechen, aus keinem ersichtlichen Grund und in regelmäßigen Intervallen von etwa zehn Minuten, ganz egal, wo er ist oder was er tut. Er lebt mit seinem Vater und seinen sechs Brüdern zusammen, die sich allesamt mehr oder weniger verhalten wie er. Gespräche werden dort vermutlich nicht stattfinden, dafür ertönt viel Gelächter in den vier Wänden des kleinen Steinhauses, das auf den ersten Blick gerade mal Platz für ein schlankes, frisch vermähltes Paar bietet.

Mein anderer Pflücker, Pietro, ist ein komplexerer Charakter und, wie ich herausgefunden habe, der jüngere Bruder des kürzlich verstorbenen Fosco. Wie einst Fosco ist er Mitglied der Giraffen-*contrada* in Siena und ein wahrer Champion im Achterreim. Er verfügt über ein beneidenswertes, auf autodidaktischem Wege erworbenes Allgemeinwissen, und die kleine silbergerandete Brille und die blaue Baskenmütze auf seinem schneeweißen Haar lassen ihn aussehen wie einen Professor an einer linksgerichteten Universität. Ich schätze ihn auf Ende siebzig, und er leidet an der Parkinson-Krankheit, gegen die er mit herzzerreißender Würde ankämpft. Er ist sich sehr wohl dessen bewusst, dass er am Ende seines langen Lebens steht, und sehr dankbar für die Aufmerksamkeit und Anerkennung, die ich ihm entgegenbringe; die unerschöpflichen Perlen der Weisheit, die er von sich gibt, sind seine Art der Wiedergutmachung. Er selbst würde das wohl so formulieren: *Quando il vino è dentro l'uomo la saggezza è nella bocca,* was so viel bedeutet wie »Der Wein legt einem die Weisheit in den Mund«. Einen langen winterlichen Tag mit dem Pflücken von Oliven zu verbringen ist mühsame Arbeit, doch in Pietros Gesellschaft kann das eine wahre Freude sein, denn wir verbringen die Zeit damit, angeregt über jedes Thema zu sprechen, das ich mir wünsche.

Der Verwalter teilt mir einen weißen Lamborghini-Traktor zu, auf dessen Anhänger Kisten voller Plastikbehälter gestapelt sind, die gemäß der jüngsten EU-Richtlinien die Säcke ersetzen, in denen wir die Oliven sonst gelagert haben. Im Anhänger liegen auch die Netze, die am Fuß der Stämme ausgelegt werden.

Ich klettere auf den Traktor und blicke auf den Hain, der mich erwartet. Auf diesem Gut werden alle fünf Sorten einheimischer Oliven angebaut, ich persönlich ziehe für mein Öl eine Mischung aus den Sorten Leccino, Moraiolo und Correggiolo vor, Frantoio oder Pendolino lasse ich dagegen weg. Ich drehe den Zündschlüssel, der Traktor erwacht dröhnend zum Leben, und schon geht es los. Pietro sitzt neben mir, zitternd wie Espenlaub, während Alessio mit übereinandergeschlagenen Beinen auf der Kante hockt und in den Wind hinein lacht.

Wir rumpeln über die steinigen, mit zartem grünem Gras bedeckten Felder, die im hellen kalten Sonnenschein glänzen. Unter dem ersten üppig tragenden Moraiolo-Baum, auf den wir stoßen, halten wir an und breiten das Netz aus, das einem Fallschirm ähnelt; dann klettert Alessio den Stamm hinauf wie ein Makakenaffe und fängt an, die Früchte von den oberen Zweigen zu lösen, während Pietro und ich, weniger gelenkig, mit der Arbeit an den unteren Zweigen beginnen. Wir lassen die gepflückten Oliven in das Netz unter uns fallen, und als wir den Baum abgeerntet haben, sammeln wir die Oliven ein, verpacken sie in die Plastikbehälter und laden sie auf den Anhänger; dann fahren wir weiter auf der Suche nach einem Leccino- und einem Correggiolo-Baum. Das ganze Prozedere beginnt bei einem weiteren Moraiolo-Baum von Neuem – und so weiter und so fort, den ganzen Tag über, wie bei einer Reihe immer wiederkehrender lebender Bilder: Alessio lachend auf dem Baum, Pietro und ich darunter.

Mit einer guten Portion Bosheit denke ich, wenn Pietro mehr Kraft hätte, müsste er sich bloß gegen den Stamm lehnen, und das heftige, mit seiner Krankheit einhergehende Zittern würde ausreichen, die Früchte von den Zweigen zu schütteln. Doch leider ist es uns nicht vergönnt, uns auf diese Art und Weise vor der ermüdenden Arbeit zu drücken.

Während unvermindert Alessios fröhliches Gelächter ertönt, sprechen Pietro und ich über verschiedene Dinge, bis ich ihn frage, wie viele einheimische Redensarten er zum Thema Olivenöl kennt. Er hält einen Augenblick inne, nimmt seine Baskenmütze ab und fährt sich mit den Fingern durch sein schneeweißes Haar, dann rückt er seine Brille zurecht, widmet sich wieder dem Pflücken der Früchte und legt los.

»Hättest du gedacht, Dario, dass Öl für Ruhe und Ausgeglichenheit steht? Von einem gelassenen, in sich ruhenden Menschen heißt es: ›Er ist still wie Öl‹, und von ruhiger See behaupten wir das Gleiche. Wenn etwas ohne Probleme vonstatten geht, dann sagen wir: ›Es läuft wie geschmiert‹; eine Sache, die auf der Hand liegt, ist ›klar wie Öl‹, und ›Öl auf die Wogen gießen‹ bedeutet, eine außer Kontrolle geratene Situation in den Griff zu bekommen.«

Da ich Pietro kenne, bin ich nicht im Mindesten überrascht über seine ausführliche Antwort und ermutige ihn, fortzufahren.

»Selbst die Wahrheit ist wie Öl, hab ich recht? *Viene sempre a galla* – sie kommt immer an die Oberfläche. Wenn sich eine Stadt ausdehnt, vergleichen wir sie mit einem *macchia d'olio* – einem Ölfleck. Wenn ich sage, du sollst ›Öl und Salz nicht mischen‹, dann bedeutet das, dass du dich nicht einmischen sollst oder dass dich die Angelegenheiten anderer Leute nichts angehen.«

Plötzlich dreht er sich um und sieht mich an, sein zitternder Kopf unterstreicht den Schmerz in seinen Augen, die meinem Blick begegnen. »Mein eigenes Leben«, sagt er, »ist wie die flackernde Flamme einer Öllampe, die bald verlöschen wird.« Das volle Gewicht der unausweichlichen Wahrheit hängt zwischen uns, dann bricht er den Bann des Augenblicks mit einem Zwinkern. Beinahe gleichzeitig läuten die Kirchenglocken zur Mittagspause. Alessio schwingt sich geschmeidig vom Baum, und wir setzen uns, den Rücken gegen den Stamm gelehnt, der uns vor dem schneidenden Wind schützen soll, die Gesichter der strahlenden Sonne entgegengewandt.

Pietro wickelt eine kleine Scheibe Pecorino aus und bittet mich, etwas Brot für ihn abzuschneiden, da er sich sonst mit seiner zittrigen Hand verletzen würde. Alessio hat eine ordentliche Portion Lasagne vom gestrigen Abend bei sich, die er aus einem Armee-Feldgeschirr isst. Ich für meinen Teil packe ein mit *finocchiona,* toskanischer Fenchelsalami, belegtes Brot aus, das mir der Barmann heute Morgen zubereitet hat.

Pietro greift in seinen Rucksack und zieht eine Flasche Wein heraus, die er mir mit der Bemerkung »*Mangiare senza beve vino è come murare a secco* – Essen ohne zu trinken, ist wie mauern ohne Mörtel« entgegenstreckt. Ich nehme einen kräftigen Schluck, dann gebe ich Pietro die Flasche zurück, der sie Alessio reicht. Es ist schön, in ihrer Gesellschaft zu sein und mit ihnen zu teilen – die simplen Gesten der Kameradschaftlichkeit machen mich unbeschwert und glücklich. Nach ein paar Minuten entfernt sich Alessio, um sich hinter einem Busch zu erleichtern, und als er mit seinem dümmlichen Grinsen zurückkehrt, überfällt mich – ich kann nicht sagen, warum – ein Anflug von Neid.

Nachdem wir unsere Mittagspause beendet haben, arbeiten wir weiter bis zum Sonnenuntergang. Pietro setzt seine Grübeleien, das Öl betreffend, fort. Er erinnert sich an das Heilmittel seiner Großmutter gegen ein Gerstenkorn: Der Betroffene musste drei aufeinanderfolgende Vormittage ein Fläschchen Olivenöl anstarren. Mädchen, die an Gebärmutterentzündung litten, wurden für gewöhnlich Salbeiblätter, frittiert in Olivenöl, verabreicht, und es war lange Zeit völlig normal, einen schmerzenden Körperteil mit Olivenöl einzureiben.

Vom Medizinischen kommt Pietro aufs Spirituelle zu sprechen, und er beschreibt den Gebrauch des Olivenzweigs bei religiösen Zeremonien. Olivenzweige werden bis heute am Palmsonntag verwendet, und vor noch gar nicht langer Zeit verbrannte man sie und verstreute die Asche auf Fensterbänken und in Scheunenhöfen, um Hagel und Gewitter fernzuhalten. Mit dem gesegneten Öl werden die Täuflinge gesalbt, genau wie die Sterbenden, und vor der Elektrifizierung diente es als Brennstoff für das ewige Licht. Es wird außerdem in okkulten Ritualen verwendet und um Pechvögel und sonstige Unheilbringer, das Unglück und seine Boten fernzuhalten. Man muss vorsichtig sein, dass man bloß keinen Tropfen verschüttet, denn ein Sprichwort warnt: *A spander l'olio toccano disgrazie* (Öl zu verschütten beschwört Missgeschicke herauf). »In diesem Falle«, erinnert uns Pietro, »muss man als Gegenmittel eine Prise Salz über die Schulter werfen.«

Dann senkt er die Stimme und flüstert: »Ein anderes altes Sprichwort besagt: *Agli olivi un pazzo sopra ed un savio sotto* – was so viel heißt wie: Ein Olivenbaum braucht oben einen Narren und darunter einen weisen Mann.« Damit deutet er auf Alessio, der über uns im Baum hockt. »Das bezieht sich natürlich nicht auf uns. Es bedeutet vielmehr, dass die Zweige mit unbarmherziger Entschlossenheit gestutzt werden müssen, beinahe, als würde man von einem plötzlichen Anflug von Wahnsinn gepackt, während der Boden, in dem der Baum wächst, Dünger, Wasser und sorgfältige Pflege benötigt.«

Zwangsläufig kommen wir auf die hauptsächliche Nutzung des Öls als kulinarische Zutat zu sprechen. Pietro erinnert mich an das Sprichwort *Quando condisci l'insalata con il sale vola, con l'olio canta e con l'aceto vai pianino* (Wenn man den Salat mit Salz anmacht, fliegt man; mit Öl singt man, und mit Essig wird man langsam) – oder, noch besser, man nehme *il sale del sapiente, l'olio del sciupone e l'aceto dell'avaro ed invita un pazzo per girarla* (das Salz der Gelehrten, das Öl eines Verschwenders und den Essig eines Geizhalses, dann fordere man einen Verrückten auf, das Ganze zusammenzumischen).

Bei Anbruch der Dämmerung ist unser Anhänger voll, und wir kehren, fröhliche Achterreime singend, zum Gutshof zurück, glücklich über den erfolgreichen Tag. Ich verabrede mich mit meinen Helfern für den folgenden Morgen in der Hoffnung, dass wir genauso erfolgreich sein werden.

Müde und verschwitzt kehre ich nach Hause zurück, die Hände getränkt mit der öligen Substanz der Früchte. Ich öffne eine Flasche Chianti Classico Capaccia und höre mir eine alte Kassette von Francesco Guccini an, bevor ich unter die Dusche und anschließend ins Bett gehe. Ich freue mich auf den nächsten Tag, den ich wieder in der Gesellschaft von Pietro und Alessio verbringen werde.

Wir brauchen mehrere Tage, um genügend Oliven für all meine Vorbestellungen zusammenzubringen, und schließlich werden die Früchte um drei Uhr früh an einem frostigen, dunklen Novembertag gepresst. Die Qualität ist hervorragend, der Säuregrad weit unter dem einen Prozent, das die Grenze für ein Öl darstellt, das sich »natives Olivenöl extra« nennen darf. Zusammen mit Stefano und Elisa arbeite ich tagelang durch, um das Öl in Flaschen abzufüllen, die wir anschließend etikettieren und an unsere Kunden verschicken. Und dann wandert die Rasna-Ernte 2006 ins Archiv.

Ich kehre zu meiner alltäglichen Routine zurück, abgesehen davon, dass es ein paar Tage dauert, das Liegengebliebene aufzuarbeiten und die Lawine von E-Mails zu beantworten, die während der Woche eingegangen ist. Ich schicke auch Mia zwei Flaschen Olivenöl mit ein paar Tipps, wie sie es am besten verwendet, und – da sie sich für sämtliche Aspekte meines Lebens zu interessieren scheint – mit einem detaillierten Bericht über die Tage, die ich im Olivenhain verbracht habe.

Nur ein paar Wochen später stirbt Pietro, allein in seinem Haus, an Heiligabend, und ich erfahre schockiert, dass er vierundneunzig Jahre alt war und nicht, wie ich irrtümlich angenommen hatte, in den Siebzigern. Er wird auf einem winzigen Friedhof neben seiner Frau, einem Sohn, der traurigerweise keine zwanzig Jahre alt wurde, und seinem Bruder Fosco beerdigt.

Pietro war ein außergewöhnlicher Mensch, dem ich viel zu verdanken habe, und ich bin mir sicher, meine Rasna-Kunden werden sich freuen zu erfahren, dass das Öl in ihren Flaschen zum Teil Pietros Mühen zu verdanken ist.

Nach seinem Begräbnis entkorke ich eine Flasche Chianti Classico Querceto, erhebe mein Glas auf sein Wohl und sage laut: »*Pietro vorrei tanto ma non potrai tornare indietro* – Pietro, ich würde gerne die Zeit zurückdrehen, aber ich kann es nicht«, ein aus dem Stegreif improvisiertes Motto, das dennoch perfekt ist, um des armen, edelmütigen Pietro zu gedenken.

20.
Una giornata particolare

Am Himmel zeigt sich erstaunlicherweise noch immer kein Wölkchen, die Luft ist frisch, und während ich frühstücke, beschließe ich, mir nach tagelangem Aufarbeiten von Liegengebliebenem eine kleine Belohnung zu gönnen. Ich schreibe ein paar Zeilen an Mia und teile ihr mit, dass ich mir noch einen Tag Pause gönne, um mich ein wenig auszuruhen und den Kopf freizubekommen, bevor ich wieder mit dem Schreiben anfange. Am liebsten würde ich den ganzen Tag draußen verbringen. Die Fahrradsaison ist seit ein paar Wochen beendet, und für meine Joggingstrecke brauche ich nicht länger als ein, zwei Stunden, deshalb wäre es das Beste, ich würde einen langen Spaziergang durch die Hügel unternehmen.

Ich habe einen Kumpel, der mich regelmäßig auf meinen Wanderungen begleitet, und zweifelsohne wird er auch heute mitkommen. Ich nehme den Hörer ab und wähle Mauros Nummer; Loris, bestätigt er, wird sich freuen, den Tag mit mir beim Wandern zu verbringen.

Ich ziehe meine Wandersachen an und brauche ein paar Minuten, um meinen Kinnbart in Form zu bringen. Es gelingt mir nie, die beiden Seiten gleichmäßig zu schneiden – eine Seite ist immer ein paar Millimeter dünner oder dicker als die andere –, doch ich habe gelernt, mich nach dem ersten Anlauf zufriedenzugeben, denn je mehr Mühe ich mir gebe, korrigiere, nachschneide, desto kürzer wird er, und irgendwann rasiere ich dann das ganze Ding ab.

Schnell räume ich das Haus auf und halte sogleich inne, als es ordentlich genug ist, gemessen an den Standards eines durchschnittlichen, alleinstehenden Südländers. Anschließend mache ich mich auf zum Dorfladen, wo ich mir ein belegtes Brot mit Schinken kaufe, den der ruppige Inhaber mit der Hand abschneidet, während er seine Zigarette schmaucht und damit unverblümt gegen die strengen Nichtrauchergesetze verstößt, die das Rauchen in öffentlichen Gebäuden jedweder Art verbieten. Ich wähle eine Flasche Chianti Classico Isole e Olena und verstaue sie in meinem Rucksack, dann wechsele ich ein paar Worte mit Clara, die wie immer einen ihrer farbenfrohen Hüte trägt, als sie hereinschneit, um eine Zeitung zu kaufen.

Nachdem ich meinen Proviant besorgt habe, trete ich hinaus auf den Platz, dann biege ich in eine enge Gasse im ältesten Teil des Dorfes ein. Dort wohnt Mauro. Der Schlüssel steckt in der Haustür, also fühle ich mich so frei, mir selbst Eintritt zu gewähren. Ich gehe ins Wohnzimmer und treffe dort auf meinen Freund, der stillvergnügt vor dem knisternden Kamin seine Pfeife raucht. Loris ist bei ihm. Sobald er mich sieht, wedelt der alte Irish Setter kräftig mit dem Schwanz; er stellt sich auf die Hinterbeine und legt mir die Vorderpfoten auf die Brust, seine Zunge hängt ihm seitlich aus der Schnauze, Speichel tropft auf den gefliesten Fußboden.

Mauro ist Rentner. Er leidet unter einem lästigen Hüftproblem und ist mehr als glücklich, mir Loris für den Tag anvertrauen zu können. Seine Frau Emilia ist damit beschäftigt, in der Küche eine fette Drossel zu rupfen. Als sie meine Stimme hört, kommt sie ins Wohnzimmer, den unglücklichen Vogel in der Hand. Sie legt ihn auf den Marmortisch, wischt sich die Hände an ihrer Schürze ab und umarmt mich liebevoll. »Bist du hungrig?«, fragt sie, und noch bevor ich antworten kann, nimmt sie eine Scheibe Brot vom Kaminrost, gibt eine Prise Salz, einen Tropfen *olio novo* und ein Blatt Palmkohl darauf, dann reicht sie mir das Ganze mit einem warmen Lächeln. Mauro, der ihr nicht nachstehen will, bietet mir ein Glas seines jungen Weins an. Was kann ich mir mehr wünschen? Ich fühle mich wie im Himmel.

Mauro legt Loris das Halsband an und reicht mir die Leine. Ich erzähle ihm, dass ich vorhabe, die ganze Strecke bis nach Belvedere zu wandern, weshalb ich vor Sonnenuntergang nicht zurück sein werde. Höflich bestehen die beiden darauf, dass ich zum Abendessen bleibe, und da ich Emilias Kochkünste nur allzu gut kenne, nehme ich die Einladung ohne zu zögern an.

Ich werde Loris frei laufen lassen, sobald wir am Wald ankommen, denn ich weiß, dass er ein sehr gehorsamer Hund ist, doch während des ersten Teils der Strecke, die an der Straße entlangführt, ist es mir lieber, wenn er angeleint bleibt. Ich mag diesen Hund sehr, der mich wegen seines stets gelangweilten Gesichtsausdrucks irgendwie an Humphrey Bogart erinnert.

Minuten später, Loris zerrt so heftig an der Leine, dass ich fast auf die Straße stolpere, kommen wir an Mauros perfekt gepflegtem kleinem Gemüsegarten vorbei, dann beginnt der schmale Weg, und endlich kann ich den Irish Setter von der Leine lassen. Wir betreten einen überwiegend aus Eichen bestehenden Wald, und ich bediene mich an den letzten durchweichten Früchten der vereinzelten Erdbeerbäume, während Loris seinem Jagdtrieb folgt und Fasanen- und Kaninchenspuren nachschnüffelt, die Nase dicht am steinigen Boden, der mit einer dicken Schicht verrottender Blätter bedeckt ist.

Plötzlich überkommt mich ein Gefühl heiterer Gelassenheit. Ich liebe es, allein im Wald zu sein, selbst wenn mir klar ist, dass ich natürlich nicht wirklich allein bin – zweifelsohne sind die Augen zahlreicher Waldbewohner in ihren Verstecken im Gebüsch oder zwischen den Ästen der Bäume auf mich gerichtet. In Augenblicken wie diesem verspüre ich eine wundervolle innere Ruhe; wandern entspannt mich mehr als alle anderen körperlich anspruchsvolleren Freiluftaktivitäten. Zu dieser Jahreszeit stehen die Wälder in voller Farbe, die

Bäume haben genügend Blätter und sind noch längst nicht kahl. Die Blätter übertrumpfen sich gegenseitig in ihrer Farbenpracht, leuchten in Bernsteinfarben, Gelb und knalligem Blutrot, was einen starken Kontrast zu den Weinstöcken bildet, die – bereits komplett nackt – ihre Winterruhe angetreten haben.

Die allgegenwärtigen Gänseblümchen wachsen nach wie vor überall dort, wohin die Sonnenstrahlen reichen, und man trifft auf eine seltene Sorte Besenginster, die nur um diese Jahreszeit blüht. Dennoch hat man das Gefühl, sich von des Sommers reicher Fülle zu verabschieden. Die Vögel sind zum Großteil nach Süden gezogen, doch wenn man Glück hat, erspäht man im Gebüsch einen scheuen Goldpirol, der sein prächtiges, leuchtendes Gefieder in der Farbe von Dijon-Senf zeigt.

Ich wandere immer tiefer ins Tal hinein und rufe ab und an nach Loris, damit er sich nicht zu weit von mir entfernt; prompt erscheint er wenige Augenblicke später, hechelnd und durch und durch glücklich.

Im tiefer gelegenen Teil des Waldes ist die Vegetation dichter, und ich muss aufpassen, dass ich mir nicht die Jeans an den Dornen der vielen Brombeersträucher zerreiße. Am Talgund fließt ein kleiner Bach, eingefasst von Farnen; ich wandere am Ufer entlang, bis ich eine schmale Stelle finde, die sich überqueren lässt. Ich möchte mir nicht die Füße nass machen, anders als Loris, der sich begeistert ins Wasser stürzt und sich völlig unbeeindruckt von der Kälte zeigt. Es gelingt mir, den Bach relativ mühelos zu durchwaten, ich muss nur aufpassen, nicht auf den glitschigen, moosbedeckten Steinen auszurutschen.

Auf der anderen Seite angekommen, wandere ich wieder bergauf; die Bewaldung hier besteht weiter unten überwiegend aus Pappeln und weiter oben aus Kiefern, und plötzlich bin ich aus dem Wald heraus und in einem Weingarten. Eine Elster sitzt träge auf einem der Kastanienholzpfosten, die

die Weinhecken stützen. Am gegenüberliegenden Ende des Weingartens entdecke ich eine alte Scheune, die in ein Ferienhaus umgewandelt wurde. Bis es im nächsten Frühling an eine Familie aus dem Ausland vermietet wird, werden die Fensterläden wohl geschlossen bleiben.

Hier trifft der Weg auf eine alte Straße, deren Kopfsteinpflaster vor Jahrhunderten in mühsamer Arbeit verlegt wurde und die zu einer – heute leider ebenfalls verlassenen – großen Villa mit einem eindrucksvollen, weit offenen Tor und einer eleganten Zufahrtsallee aus uralten Zypressen führt.

Als ich das letzte Mal hier war, war das Tor verschlossen, deshalb kann ich heute nicht widerstehen, hindurchzugehen. Ich finde mich in einem weitläufigen Garten wieder, den die Natur zurückerobert hat: Marmortische und -statuen sind von Efeu und wildem kanadischem Wein überwuchert. Zu meiner Rechten entdecke ich eine kleine Kapelle, deren Eingang verwüstet ist; drinnen steht nur noch ein kleiner Teil des Altars, darüber befindet sich ein Kalkstein-Basrelief, das einen kleinen *putto* zeigt.

Mein Blick fällt auf einen grauen Marmorgrabstein mit eingemeißelten Daten aus dem achtzehnten Jahrhundert; die Namen, so nehme ich an, der einstigen Villenbewohner. Loris folgt mir, leicht verunsichert ob dieser trostlosen Atmosphäre, den Schwanz zwischen die Beine geklemmt. Ganz offensichtlich würde er lieber umkehren. Doch als ich jetzt sehe, dass die Haupteingangstür der Villa ebenfalls offensteht, gewinnt meine Neugier die Oberhand, und ich beschließe, meine Erkundung fortzusetzen.

Die Säle im Erdgeschoss sind komplett leer, mit Ausnahme der Küche, in der noch ein Herd steht – wohl nur, weil er in die Wand eingelassen ist. Außerdem gibt es einen gewaltigen Kamin, dessen Mantel entfernt wurde. Ich steige die Travertinstufen der breiten Haupttreppe mit ihrem schmiedeeisernen Geländer hinauf. Oben angekommen, zähle ich über zwanzig

Schlafzimmer, von denen manche einen kleinen Balkon, andere ein eigenes Badezimmer haben – in einem davon steht noch eine Eisenbadewanne mit Löwenfüßen.

Sämtliche Fenster sind zerschmettert, die verrotteten Fensterläden drohen jeden Augenblick aus den rostigen Angeln zu fallen. Auch im zweiten Stock ist alles verwüstet, mit Ausnahme eines eindrucksvollen Terrakottaofens im Flur und eines verlassenen Rollstuhls, der mir in diesem ziemlich gespenstischen Umfeld einen Schauder das Rückgrat hinabjagt.

Jetzt hat Loris genug; er dreht sich um und flitzt ins Erdgeschoss hinunter, und diesmal folge ich ihm. Als ich wieder in den Garten hinaustrete, versuche ich, mir vorzustellen, wie die Villa einst ausgesehen haben mag – voller Leute, summend vor Leben. Ich male mir aus, wie Bedienstete geschäftig ihren Aufgaben nachkommen, die Öfen und Kamine mit klafterweise Holz befeuern; wie Dienstmädchen die Flure schrubben und die Möbel in den Salons abstauben, die Betten machen und Teppiche ausklopfen; wie die Köche in der Küche die Mahlzeiten zubereiten und wie es überall brodelt und dampft und blubbert. Jeder von ihnen leistete unablässig seinen Beitrag zum reibungslosen Alltag der reichen adeligen Familie, die hier lebte.

Vor meinem inneren Auge beschwöre ich die Säle herauf, die einst mit teuren Möbeln geschmückt gewesen sein müssen; prächtige Kristallkronleuchter hingen von den Decken herab, riesige Gemälde zierten die Wände, Ölmalereien mit ländlichen Szenen oder Ahnenporträts in handgeschnitzten Blattgoldrahmen. Ich stelle mir Regale voller ledergebundener Bücher vor; einen großen Flügel auf dem mit kostbaren Orientteppichen bedeckten Fußboden; üppige Sofas und polierte Eichentische. Und dazu die Szenen des alltäglichen Lebens: Horden glücklicher Kinder, die durch den riesigen Garten tollen; mit den Früchten bäuerlicher Arbeit beladene Ochsenkarren; lebhafte Verhandlungen zwischen Händlern und Zwischenhändlern; den Gemeindepriester, der kommt, um die sonntägliche Messe zu halten; Freunde und Verwandte aus den umliegenden Städten, die in von Pferden gezogenen Kaleschen eintreffen, um ein geruhsames Wochenende zu verbringen.

Und nun ist alles, was bleibt, die Eleganz der Stille; es gibt keinerlei Spuren früherer Herrlichkeit, keinerlei Hinterlassenschaften für die Nachwelt, nur den langsamen, aber unaufhaltsamen Verfall eines Besitzes, vergessen von der modernen Welt, eines Besitzes, den die Natur zurückfordert und den sie langsam verschluckt wie eine Boa constrictor ihre Beute.

Im Garten setze ich mich auf einen der runden Marmortische, die unter einer Palme stehen, und nehme mein belegtes Brot und die Flasche Wein aus dem Rucksack – es ist Zeit zum Mittagessen. Loris sieht erwartungsvoll zu mir auf, als ich mein Schinkenbrot aus der Alufolie wickle, das Fett abziehe und ihm zuwerfe. Während er es hinunterschlingt, öffne ich die Flasche und nehme einen großen, kräftigen Schluck.

Plötzlich fühle ich mich unwohl; fehl am Platz, obwohl ich mich keines unbefugten Betretens schuldig mache. Ich fühle mich *beobachtet.* Also packe ich mein Brot wieder ein, stecke es in den Rucksack und gehe zum Tor zurück, gefolgt von dem pflichtbewussten Loris, der offenbar noch erleichterter ist als ich, den Mauern dieses Anwesens zu entkommen.

Ich folge der Landstraße und treffe auf ein altes Bauernhaus, in dem einst der Verwalter des prächtigen Anwesens mit seiner Familie gewohnt haben muss. Auch hier zeigt sich der Verfall überdeutlich. Der Eingang ist überwuchert mit wilden Rosen, die die Steinwand bedecken und sich dann über den Türbogen ausbreiten. Zu dieser Jahreszeit sind sie verblüht, doch ein paar Blütenblätter haben überlebt und leuchten blassrosa in der Sonne, die zwischenzeitlich herausgekommen ist.

Überrascht stelle ich fest, dass sich im Erdgeschoss eine Olivenmühle aus Granit befindet, genau wie eine verhältnismäßig moderne Apparatur zur maschinellen Gewinnung von Olivenöl. Sie ist völlig verrostet und unbrauchbar und macht nicht den Eindruck, als sei sie sonderlich viel benutzt worden. Auf einer Seite entdecke ich einen Haufen Ballonflaschen mit den üblichen Strohhüllen; Mäuse haben sich eingenistet, und überall liegen Papierstapel und Notizblöcke, auf denen die Mengen der 1974 gepressten Oliven vermerkt sind (vermutlich das letzte Jahr, in dem die Mühle in Betrieb war). Loris schnüffelt eifrig nach Nagetieren und klettert auf die Stapel, dann fängt er an, zornig mit den Vorderpfoten zu graben, den Körper nach vorne gelegt, den Schwanz steil nach oben gerichtet.

Ich gehe ein Stockwerk höher, und die Überraschungen wollen kein Ende nehmen; zu meiner Verblüffung ist oben alles komplett mit den schlichten Holzmöbeln eingerichtet, um die sich heutzutage alle so reißen. Der Terrakottafußboden ist mit Fledermaus- und Eulenexkrementen übersät, mein Blick fällt auf Zeitungen und Illustrierte aus den Sechzigern. In einer Art Lagerraum, in dem ein alter Trichter, ein demontierter *strettoio* (eine Handtraubenpresse) und mehrere *bigonce* (Holzbottiche, mit denen die Trauben bei der Ernte transportiert werden) stehen, stoße ich auf eine Treppe, die zurück nach unten führt.

Weil ich nie eine Armbanduhr besessen habe, habe ich keine Ahnung, wie spät es ist, doch dem Stand der Sonne nach zu urteilen, bleibt mir noch genügend Zeit, bevor es dunkel wird, also setze ich meine Wanderung fort. Ich mühe mich über einen schlammigen Weg, auf den nie die Sonne scheint und der mich zu einem weiteren verlassen aussehenden Bauernhaus führt. Plötzlich bleibt Loris stehen, zieht die Lefzen zurück und zeigt seine Zähne (was ihn Bogart noch ähnlicher sehen lässt); sein Nackenfell stellt sich auf, und er fängt an zu bellen. Sekunden später wird mir klar, warum. Er hat einen struppigen Köter entdeckt, der mit einer Kette an einem Stahlseil festgemacht ist, was ihm ein gewisses Maß an Bewegung ermöglicht. Der fremde Hund zerrt an seiner Kette und beantwortet Loris' wüstes Gebell mit seinem eigenen.

Der Lärm verstummt schlagartig, als eine kleine, gedrungene Gestalt auftaucht und dem Hund befiehlt, ruhig zu sein. Die Gestalt – ein Mann – ist in einen bunten Poncho gehüllt und trägt einen schwarzen Filzhut auf dem Kopf; das kohlrabenschwarze Haar ist zu einem Pferdeschwanz zurückgebunden, der ihm über den Rücken fällt.

Jetzt dreht sich der Mann um und fragt mich mit drohender Stimme, was wir hier zu suchen haben. »Wir wollen nur vorbeigehen«, erkläre ich ihm. »Wir hatten nicht die Absicht, Sie zu stören.« Da ich seinen Akzent bemerkt habe, frage ich ihn, ob er womöglich aus Peru stammt.

»Aus Venezuela, um genau zu sein«, antwortet er, und sein Gesicht wird freundlicher, als ich mit meinem Spanisch prahle und ihm erzähle, dass ich vorhabe, meinen Winterurlaub in seinem Land zu verbringen. Er grinst, wobei er eine Reihe von Goldzähnen entblößt, dann dreht er sich um und ruft nach jemandem im Haus. Eine Frau erscheint am Fenster, eine Kelle und eine Schüssel in der Hand. Er sagt mit leiser Stimme etwas zu ihr, und plötzlich lächelt sie mich ebenfalls an.

Minuten später trinke ich vor einem einladenden Kamin einen Mecacci und notiere mir Orte, die ich laut meines neuen Freundes in Venezuela unbedingt besuchen muss. Consuelo und Santiago sind eine äußerst angenehme Gesellschaft. Sie sehen einander erstaunlich ähnlich, daher denke ich zunächst, sie wären Geschwister, doch in Wirklichkeit sind sie Mann und Frau. Beide sind sie beinah so breit wie hoch, und beide tragen sie die traditionelle Kleidung der Andenbewohner.

Santiago erzählt mir, dass sie in diesen abgelegenen Winkel der Toskana gezogen sind, um sich um ein Anwesen zu kümmern, das vor einigen Jahren von einem reichen amerikanischen Künstler gekauft worden sei. Bislang fehlten jedoch noch die nötigen Genehmigungen, um es zu renovieren. Das

Problem, berichtet Santiago, sei weniger der Bau an sich als vielmehr die Unmöglichkeit, die Oberfläche der alten Kopfsteinpflasterstraße zu verbessern, die laut Obrigkeit unter Denkmalschutz steht. Normale Fahrzeuge könnten diese nicht passieren, nur Allrad- oder Geländewagen. Da die Hauptstraße einige Kilometer weit entfernt ist, erklärt das, warum das gesamte Tal dem Verfall anheimgegeben ist: Die Bauarbeiter kommen schlicht und einfach nicht durch.

Kurz gesagt: Consuelos und Santiagos Aufgabe ist es im Grunde, auf dem Gelände zu leben und das Gebäude vor dem endgültigen Zusammenbruch zu bewahren – was sie nun schon seit Jahren tun. Offen gestanden, finde ich es seltsam, dass sie den Atlantik überquert haben – vermutlich wollten sie in Europa ein Leben in größerem Wohlstand führen –, nur um in einer baufälligen Ruine in der Chianti-Region zu landen, ohne Zentralheizung, Strom oder fließend Wasser, kilometerweit von jeglicher Zivilisation entfernt. Trotzdem scheinen sie glücklich mit der Situation, überzeugt, nun besser dran zu sein als früher, offenbar ist ihre Lebensqualität deutlich gestiegen.

Nachdem ich ihnen für ihre Gastfreundschaft gedankt habe, verabschiede ich mich und setze, noch immer über diese seltsame Begegnung nachsinnend und darüber, wie paradox das Leben sein kann, meine Wanderung mit Loris fort. Ich komme an einem nicht länger bewirtschafteten Olivenhain und einer weiteren Reihe von verfallenen Bauernhäusern vorbei, dann biege ich in einen Pfad ein, der zwischen dichten Brombeersträuchern versteckt ist. Ich kenne diesen Weg sehr gut, denn er führt nach Belvedere. Hier bin ich in meiner Jugend oft mit meinem Motocross-Rad oder meiner Vespa (meine fahrbaren Untersätze wechselten des Öfteren) entlanggefahren.

Minuten später liegt es vor mir: mein geliebtes Belvedere. Ich öffne meinen Rucksack, ziehe den Korken aus der Flasche und trinke auf mein eigenes Wohl, dafür, dass ich die ganze

Strecke hierhergewandert bin. Loris stößt ein leises anerkennendes Bellen aus, als wüsste er, was ich meine.

Belvedere zählt zu den verlassenen Häusern, die ich als Teenager am meisten geliebt habe, und es ist noch genauso wie beim letzten Mal, als ich hier war, vor mehr als zwei Jahrzehnten. Das Haus ist überwiegend aus gelbem Sandstein erbaut, genau wie der Sockel der Ställe, der kleine Turm, die ausgetretenen schiefen Treppen. Ich gehe durch die Eingangstür und betrete den großzügigen Salon im Erdgeschoss, in dem noch die schlichten Kohleporträts von meinen Freunden und mir auf den mit Gips verputzten Wänden zu finden sind, die Monica gemalt hat; unsere Namen sind über den Eingang gekritzelt, zusammen mit Erinnerungsversen, verfasst von Foffo. All die Spuren von dem unvergesslichen Zauber der Achtzigerjahre sind noch da.

Dort stehen die Bänke aus Holzbrettern, die wir auf Eichenstümpfe aus den nahe gelegenen Wäldern gelegt haben; die Betten aus Jutesäcken, gefüllt mit Stroh; da drüben ist der alte Brunnen, aus dem wir mit einer simplen Handpumpe Wasser geholt haben, und da liegen die leeren Flaschen vor dem Kamin verstreut. Auf einmal scheinen mir die Erinnerungen und Bilder einer verlorenen Zeit näher und mächtiger als die Gegenwart; ich schließe die Augen und atme tief ein, fülle meine Nasenlöcher mit der feuchtkalten Luft, und die vertrauten Gerüche lassen längst vergessen geglaubte Gefühle wiederaufleben, die ich offenbar in einer Schublade ganz hinten in meinem Unterbewusstsein verstaut hatte. Eine Träne läuft mir über die Wange und sickert durch meinen Bart, bevor sie an meiner Unterlippe hängen bleibt und ich mit der Zungenspitze darüberfahre.

Das Belvedere war ein Ort, an den wir vor der Realität geflohen sind, eine letzte Grenze, hinter der wir eine Zuflucht vor der Welt der Erwachsenen fanden, der wir nicht angehören wollten und der wir dennoch nur allzu bald angehören würden. Für einen kurzen magischen Augenblick durchlebe ich noch einmal die fernen Gefühle einer verlorenen Jugend, und es kommt mir so vor, als wären wir die letzte Generation gewesen, die ihre Freizeit damit verbracht hat, sich in diesen Wäldern herumzutreiben und die langen Abende damit zu verbringen, Würstchen über einem knisternden Feuer zu braten, Gitarre zu spielen und im Schein der glühenden Kohlen zu singen – die sich mit allen Sinnen ins Leben stürzte, anstatt in die Ersatzwelt von Chatrooms oder Computerspielen einzutauchen, die wahre Gefühle, echte sinnliche Erfahrungen nicht zulässt.

Ich sitze auf der Bank und trinke meinen Wein aus, wohl wissend, dass *il vino allontana la malinconia* (dass der Wein die Melancholie vertreibt), dabei starre ich auf die Namen, die an die Wände gekritzelt sind. Viele davon gehören Menschen, über deren Verbleib ich nichts weiß, andere dagegen treffe ich noch gelegentlich, und ein paar haben diese Welt leider viel zu früh verlassen. Loris leckt mein Gesicht und holt mich zurück in die Gegenwart; ich bin weit weg von zu Hause, die Sonne sinkt bereits, es ist höchste Zeit, dass ich mich auf den Heimweg mache.

Für den Rückweg brauche ich vier Stunden; um mir die Zeit zu vertreiben, singe ich lauthals Songs von Lucio Battisti. Es ist zu gefährlich, bei Anbruch der Dunkelheit durch den Wald zu gehen, also überlege ich, ob ich lieber die Hauptstraße nehme, die darum herumführt – was allerdings bedeutet, dass ich Loris anleinen muss.

Emilia hat ein exquisites Abendessen zubereitet, *penne* mit Sahnesoße und frischen *porcini* (Steinpilzen) als ersten Gang, als zweiten Gang gibt es gegrillte Sperlinge und Drosseln. Wir sitzen zusammen vor dem Feuer, wo sich ein zutiefst erschöpfter Loris auf dem Vorleger zusammengerollt hat, und tauchen ein paar *biscotti* in einen wenig verlockend aussehenden, tiefroten, trüben *vin santo*. Er ist hausgemacht, und es stellt sich heraus, dass er wahrhaft köstlich ist, was das hiesige Sprichwort bestätigt: *Giudica il vino al sapore ed il pane al colore* (Man soll den Wein nach seinem Geschmack und das Brot nach seiner Farbe beurteilen). Ich erzähle Mauro und Emilia alles von meinem ganz besonderen Tag in Loris' Gesellschaft – von der Villa, der Olivenmühle, dem sonderbaren Paar aus den Anden, der überraschenden Vielzahl verlassener Häuser und auch, dass ich nach Belvedere zurückgekehrt bin und welche Gefühle diese Rückkehr in mir ausgelöst hat. Die alten Eheleute berichten mir ihrerseits, dass sich das gesamte Tal einst im Besitz einer einzigen reichen Familie befand, die in der Villa lebte, und dass die Bauernhöfe von den Familien der Pächter bewohnt wurden, die das Land für sie bewirtschafteten. Es war einmal ein Vorzeigegut gewesen, und jeder, der das Glück hatte, auf einem der dazugehörigen Bauernhöfe zu leben und zu arbeiten, wurde für privilegiert gehalten. Es waren die ersten Höfe in der Nachkriegszeit, die elektrischen Strom hatten, und die Bauern lebten, an damaligen Standards gemessen, in beneidenswerten Hygieneverhältnissen.

Als der alte *commendator* starb, fiel der Besitz an seine Tochter, die einen Mann heiratete, der so lasterhaft war, dass er innerhalb kürzester Zeit das gesamte Vermögen am Kartentisch verspielte. Das Gut ging bankrott, und die Bauern waren gezwungen, in die Städte zu ziehen und sich Arbeit in den Fabriken zu suchen, und seitdem liegt alles in Trümmern.

Das Unglaublichste aber ist, so schließen sie, als wir den letzten Schluck *vin santo* trinken, dass die Besitzerin noch am Leben ist – obwohl sie mittlerweile mindestens hundertzehn Jahre alt sein muss.

Als ich nach Hause gehe, fühle ich mich sowohl erschöpft als auch glücklich und kann gar nicht aufhören, über den außergewöhnlichen Tag nachzudenken, den ich verbracht habe. Müde wie ich bin, finde ich gerade noch die Kraft, meine E-Mails durchzugehen, bevor ich ins Bett falle.

21.
In vino veritas

Von: Mia Lane
An: Dario Castagno
Betreff: Willkommen zurück

Lieber Dario,
willkommen zurück! Ich bin so froh, dass Sie nun wieder Zeit für mich haben, jetzt, da die Ernte vorbei ist. Ich war freudig überrascht, auf meiner Türschwelle einen Karton mit zwei Flaschen Olivenöl vorzufinden; und wie Sie in der beiliegenden Nachricht vorgeschlagen haben, verwende ich es vorzugsweise, um Brot damit zu beträufeln. Ich hatte zuvor noch nie *olio novo* gekostet, und ja, es schmeckt wirklich köstlich. Jetzt, da Sie mich so verwöhnt haben, kann ich mir kaum vorstellen, wie ich je ohne zurechtgekommen bin. Mir wird ganz schwer ums Herz, wenn ich daran denke, dass ich wieder auf das fade Supermarktzeug zurückgreifen muss, das ich immer kaufe, sobald ich Ihr Öl verbraucht habe. Vielen Dank für dieses ganz besondere Geschenk, Dario; das war sehr aufmerksam von Ihnen, und ich werde jeden einzelnen Tropfen genießen.

Ich habe noch eine weitere Überraschung vorgefunden: Ihre E-Mail, die Ihren wundervollen Tag beim Olivenpflücken beschreibt. Ihre Schilderung klingt in meinen Ohren hinreißend romantisch, obwohl mir sehr wohl klar ist, dass es eine wahre Strapaze sein muss, ganze Tage in den Olivenhainen zu verbringen. Wie sehr würde es mir gefallen, einen ehrwürdigen alten Freund wie Pietro, der so voller Weisheit und Geschichten steckt, an meiner Seite zu haben; und auf eine gewisse Weise bin ich auch von dem armen Alessio fasziniert. Wie nett von Ihnen, ihn zum Pflücken mitzunehmen.

Ich muss zugeben, ich habe Ihre E-Mails vermisst; jedes Mal, wenn ich meinen Posteingang durchgegangen bin, habe ich gehofft, es wäre eine Nachricht von Dario Castagno darunter, doch leider musste ich eine ganze Woche warten, bis Ihr Name wieder auftauchte. Obwohl Sie nicht geschrieben haben, waren Sie doch immer in meinen Gedanken.

Tatsächlich gibt es da etwas, das mich verunsichert, Dario. In Ihren letzten Büchern war Ihre Liebe zu Cristina offensichtlich, trotzdem haben Sie sie mir gegenüber nicht erwähnt. Es liegt auf der Hand, dass es in Ihrem Leben keine Frau gibt und dass Sie einer neuen Beziehung ganz bewusst aus dem Weg gehen. Sie scheinen ein ausgesprochen warmherziger und herzlicher Mensch zu sein, dennoch sind Sie von einer Aura der Melancholie umgeben. Ich werde sehr persönlich, ich weiß, und ich bitte Sie auch nicht, mir darauf zu antworten; ich weise Sie nur auf die Dinge hin, die ich zwischen den Zeilen gelesen habe. Ob gewollt oder nicht, Sie haben eine dunkle Seite in Ihrem ansonsten so wundervollen Leben aufgedeckt.

So, nun, da ich den Mut hatte, dies zu erwähnen, hoffe ich, Sie werden mir verzeihen. Von jetzt an werden wir das Thema fallen lassen und die folgenden Kapitel besprechen, nicht wahr? Haben Sie Ihren freien Tag genossen? Was haben Sie unternommen? Sind Sie abends tanzen gegangen?

Herzlich

Mia

Ich fahre den Computer herunter und gehe ins Bett. Es dauert eine Weile, bis ich einschlafe, so viele Gedanken gehen mir durch den Kopf. Hat Mia recht mit ihrer Behauptung, ich sei melancholisch und einsam? Ich fühle mich getroffen, als hätte sie mich ertappt. Doch vielleicht gehe ich auch nur von dem Tag aus, den ich beim Wandern in den Wäldern verbracht habe, allein – abgesehen von einem Hund – mit meinen Erinnerungen an die Vergangenheit.

Doch nein, das stimmt so nicht. Ja, ich war allein in den Wäldern, aber allein bedeutet nicht einsam. Und nur, weil ich die Orte meiner unbeschwerten Jugend wieder aufsuche, bin ich noch lange nicht melancholisch. Im Gegenteil, ich habe mich nach einem Tag in den Hügeln niemals deprimiert gefühlt oder auf irgendeine Art und Weise benachteiligt.

Ich habe den Tag mit einer ausgedehnten Plauderei mit Clara begonnen, am Nachmittag zwei neue, außergewöhnliche Freunde kennengelernt und in der so herzlichen Gesellschaft von Mauro und Emilia zu Abend gegessen. Was könnte ich mir mehr wünschen? Wäre ich glücklicher gewesen, wenn ich eine Nacht in den Klubs von Florenz verbracht oder die Liebe meines Lebens auf der überfüllten Tanzfläche einer Disco gesucht hätte? Schon als Teenager habe ich nicht an solche Orte gepasst; jetzt, da ich im mittleren Alter bin, wäre das nahezu lächerlich. Glaubt Mia tatsächlich, ich würde meine Freizeit derart vergeuden? Ich bezweifle es.

Wie dem auch sei, morgen werde ich ihr all die Details dieses denkwürdigen Tags berichten; doch was Cristina anbelangt, so werde ich sie enttäuschen müssen; ich möchte sie schlicht und einfach nicht mehr erwähnen. Als sie mich verlassen hat, bin ich in einen tiefen, dunklen Tunnel geraten, und jetzt, da ich Licht an seinem Ende sehe, hege ich keinerlei Absicht, mich weiter zu quälen – wieder in den grauenhaften Morast offener Fragen einzutauchen und herausfinden zu wollen, warum sie ihr Leben nicht länger mit mir teilt.

Vielleicht hat Mia Cristina erwähnt, um mich zu einer Reaktion zu provozieren; will sie mich womöglich dazu anspornen, auch über sie ein Kapitel zu schreiben? Ich kann Mias Neugier und ihren Wunsch, persönlicher zu werden, verstehen, das stört mich nicht im Geringsten.

Außer wenn es um Cristina geht.

Bestimmt ist Mia eine clevere Frau.

Minuten später bin ich eingeschlafen, das Kissen fest an mich gedrückt.

Der letzte Novembertag ist gekommen.

Ich verbringe den Großteil des Tages damit, meine Wanderung in den Wäldern zu schildern.

Der schwierigste Teil ist der Versuch, die Gefühle zu beschreiben, die mich bei meiner Ankunft in Belvedere überwältigt haben. Es wäre leichter gewesen, wenn ich mir ein paar Notizen gemacht hätte, als ich da war, doch ich hatte nichts zu schreiben mitgebracht. Um mich in die richtige Stimmung zu versetzen, trinke ich ein Schlückchen Mecacci, und endlich, am späten Abend, bin ich halbwegs mit dem Text zufrieden, den ich Mia als Antwort auf ihre letzte E-Mail schicke.

Von: Dario Castagno
An: Mia Lane
Betreff: Re: Willkommen zurück!
Anhang: *Una giornata particolare*

Liebe Mia,
ciao! Es ist eine Freude, wieder da zu sein, und ja, ich muss zugeben, ich habe Ihre E-Mails ebenfalls vermisst. Ich werde Pietro und Alessio erzählen, dass sie in meinem neuen Buch vorkommen; ich bin mir sicher, Pietro wird hocherfreut sein. Was Alessio anbelangt … nun, er wird vermutlich keine Ahnung

haben, wovon ich spreche, doch bestimmt bricht er in sein herzliches, ansteckendes Gelächter aus.

Ich kann Ihre Neugier, meine Beziehung zu Frauen betreffend, verstehen, doch in der Tat könnte das Ganze nicht einfacher sein: Ich habe keine. Seit Cristina mich verlassen hat, lebe ich, wie Sie wissen, sehr abgeschieden – fast wie ein Mönch. Ich habe mich in die große, alles umfassende Stille meiner Hügel zurückgezogen, wo ich Musik höre, lese, schreibe und Rotwein trinke. Frauen, das ist mir klar geworden, sind viel zu komplex für mich, und ich bezweifle, dass ich je eine Frau finden werde, die meine simple Lebensart zu schätzen weiß. Um ehrlich zu sein, habe ich viele Jahre Frauen geliebt, ohne sie wirklich zu verstehen; und wann immer ich dachte, ich gewänne ein wenig Einblick oder erführe Verständnis, wurde ich zwangsläufig enttäuscht. Mir ist zu oft das Herz gebrochen worden, als dass ich je wieder eine Beziehung in Erwägung ziehen möchte. Mir sind solche Beziehungen alles andere als gleichgültig, und jedes Mal, wenn ich mich verliebt habe, war ich davon überzeugt, die Partnerin meines Lebens gefunden zu haben und, warum nicht, die Mutter meiner Kinder.

Sie sehen, Mia, Sie sind mir noch nie persönlich begegnet, und doch ist es Ihnen gelungen, die – wie Sie es nennen – »dunklere Seite« meines Charakters zu erfassen, die durchscheint, sobald man mich besser kennt, und vielleicht flüchten die Frauen genau deshalb vor mir. Mein Gewissen ist rein; ich wusste immer, dass ich eher zu der romantischen, altmodischen Sorte Männer gehöre. Ich bin eines jener Relikte, die zufrieden damit sind, Rosensträuße zu verschicken und Gedichte zu schreiben, wenn sie ihrer Liebsten nicht gar vor einem romantischen Sonnenuntergang an einem ihrer Lieblingsplätze Zitate aus dem Hohelied der Liebe vortragen. Sehr selten wurden diese Gesten geschätzt. Ich habe Frauen stets für so empfindlich wie Rosenblätter gehalten, doch in Wirklichkeit seid ihr alle viel zu komplex und faszinierend. Der unvermeidbare Schluss, zu dem ich gekommen bin, ist der, dass Frauen mich einfach nicht mögen.

Im Anhang finden Sie einen detaillierten Bericht darüber, wie ich den gestrigen Tag verbracht habe, ein Kapitel, das ich nach einem berühmten italienischen Film benannt habe, *Una giornata particolare* mit Sophia Loren und Marcello Mastroianni – denn in der Tat war es ein ganz besonderer Tag. Im Grunde glaube ich, dass es einer der intensivsten Tage der vergangenen Monate war, und wissen Sie was, Mia – ich habe keine Ahnung, welche Rolle Sie genau dabei spielen, doch ein gewisser Anteil daran ist mit Sicherheit Ihnen zuzuschreiben.

Viele Grüße
Ihr düsterer Freund
Dario

Es ist bereits Dezember. Das Datum starrt mich von jeder Seite der Tageszeitung an – meine einzige Gesellschaft in der Dorfkneipe, in der ich heute mein Frühstück einnehme.

Als ich nach Hause zurückkehre, stolpere ich über die Säcke voll leerer Weinflaschen an der Tür – was für eine Menge ich in den vergangenen Tagen getrunken habe! Ganz offensichtlich ist es Zeit, dem Flaschencontainer im Dorf einen Besuch abzustatten. Ich schleppe die zwei Säcke zum Wagen, sie klirren bei jeder Unebenheit in den schmalen Gassen. Am Container angekommen, öffne ich die Säcke, stecke die Flaschen eine nach der anderen in die Öffnung und lausche auf das Poltern und Klirren, mit dem sie auf den Boden prallen.

Plötzlich verspüre ich einen Anflug von schlechtem Gewissen, als ließe ich treue Kameraden fallen, die mich während der tagelangen schwierigen Arbeit an meinem Schreibtisch unterstützt haben. Sorgfältig begutachte ich jedes einzelne Etikett, wenn ich die Flasche hochhebe, ihr zärtlich Lebewohl sage und anschließend zuschaue, wie sie in dem riesigen, anonymen Container verschwindet. Irgendwie birgt jede dieser Flaschen ein kleines Teilchen Inspiration. Und jetzt sind sie alle weg.

Ich versuche, mich aufzumuntern, indem ich mir einrede, dass ich ihnen die Möglichkeit zu einem neuen Leben gebe und dass ich sie in der Zukunft vielleicht wieder in Händen halten und mich aufs Neue von ihrem köstlichen roten Inhalt inspirieren lassen werde. Dennoch bin ich ein wenig betroffen, weil es *so* viele sind; der Sack kommt mir bodenlos vor. Und die meisten dieser Flaschen, halte ich mir vor Augen, habe ich ganz allein geleert. Zudem sind erst ein paar Tage seit meinem letzten Abstecher zum Recyclingcontainer vergangen.

Vielleicht ist es an der Zeit, dass ich mich ein bisschen zusammenreiße, die Regel *Il pan finchè dura il vino a misura* (Das Brot so lange es reicht, doch maßvoll beim Wein) beherzige und Doktor Becchinis Anregungen vergesse. Glücklicherweise bin ich unterwegs dem gutmütigen Giulio begegnet (der noch ein paar Zentimeter geschrumpft zu sein scheint, seit ich ihn das letzte Mal gesehen habe), und verglichen mit ihm bin ich harmlos; er allein könnte einen ganzen Container mit Flaschen füllen, denke ich mit einem leisen Lachen – und dann merke ich, dass mich jemand beobachtet.

Emanuele erscheint mit dem für ihn typischen Ausdruck auf dem Gesicht, den ich nie ganz entschlüsseln konnte; er hat etwas im Blick, das entweder verträumt oder aber schwachsinnig ist.

Er wohnt bei seiner verwitweten, kränklichen Mutter, obwohl er ungefähr in meinem Alter ist; beide leben von der kargen Rente, die sie vom Staat bezieht. In seinem ganzen Leben hat er noch nie etwas allein auf die Beine gestellt. Emanuele ist sehr klein und dicklich, mit schmalen, runden Schultern. Zwischen seinen Lippen steckt wie immer eine kleine handgedrehte Zigarette; seine Haut sieht aus wie das minderwertige Leder, das die Chinesen auf der Straße verkaufen, vermutlich weil er unaufhörlich raucht. Seine Zähne sind fleckig von Nikotin und Koffein, in seinen Mundwinkeln klumpt getrocknete Spucke, sodass mir das Brombeergebäck hochzukommen droht, das ich zusammen mit einem Cappuccino zum Frühstück verschlungen habe.

Die wenigen dünnen Strähnen, die auf seinem Schädel sprießen, bedürften nicht nur dringend eines Haarschnitts, sondern einer umfassenden trichologischen Behandlung. Über seinen tief in den Höhlen liegenden Augen wuchert eine durchgehende dicke Augenbraue, die von einer Seite der Stirn zur anderen reicht, und seine Adlernase weist eine ähnliche Krümmung auf wie sein Rücken. Wenn er spricht, dann nur, um spöttische oder rassistische Bemerkungen von sich zu geben. Ich bin so froh, ihn zu treffen, wie ich mich über eine Begegnung mit Bin Laden an Bord einer Alitalia-Maschine freuen würde.

Schnell wende ich das Gesicht ab, um ihm nicht in die Augen blicken zu müssen – doch wie ich befürchtet hatte, schlendert er auf mich zu und bemerkt: »Glückwunsch, Dario, du sorgst dafür, dass die Stadt den Preis für die größte Menge an Recyclingflaschen gewinnt« – eine annehmbare Stichelei. Dann fügt er hinzu: »Noch eine weitere Flasche, und ich denke, wir können uns ins Guinnessbuch der Rekorde eintragen lassen«, was ich ihm auch noch durchgehen lasse. Doch dann überschreitet er wie immer eine Grenze, indem er spottet: »Ich glaube kaum, dass du noch einen hochkriegst, wenn du so weitermachst«, dann wirft er den Kopf zurück und bricht, die Hand auf den Bauch gepresst, in makaberes Gelächter aus. Eine Spuckeblase tropft ihm aus dem Mundwinkel und landet auf seinem T-Shirt. Anstatt diesen widerlichen Irren zu ignorieren, starre ich ihn erbost an und lasse mir gerade eine entsprechende Retourkutsche einfallen, als Giulio, der sich unbemerkt von hinten genähert hat, seinen Gehstock drohend durch die Luft schwingt und ihn auf Emanueles Kopf sausen lässt, was ein hässliches Geräusch verursacht. Emanuele schleudert dem alten Mann eine Flut abscheulicher Schimpfwörter entgegen, dann trollt er sich, wobei er sich den schmerzenden Schädel reibt.

Zu meinem Erstaunen fängt Giulio tatsächlich an zu sprechen. »*Chi vuole un buon vino zappa le vigne d'Agosto!*« (Wer guten Wein will, muss die Reben im August auslichten!), erklärt er. Ich mache auf dem Absatz kehrt und danke ihm im Stillen, auch wenn ich keine Ahnung habe, warum er im Dezember vom August spricht, dann fahre ich lachend nach Hause zurück.

Als ich dort ankomme, sitzt Orazio mit einer Magnumflasche Wein in der Hand auf meiner Türschwelle und wartet auf mich. Mich beschleicht das ungute Gefühl, dass mein Tag gelaufen ist. Ich mag Orazio sehr, er ist ein netter Kerl, doch gleichzeitig stellt er einen stets auf eine harte Geduldsprobe. Sobald er mich sieht, steht er auf und sagt: »Dario, ähm … ähm … ähm, du kennst doch diesen Mann? Diesen Mann, der … na, komm schon« – an dieser Stelle macht er eine Pause, um sich mit dem Fingernagel etwas zwischen den Zähnen herauszupulen –, »ich meine den, der den Hof gekauft hat, an der Straße nach …« – eine epische Pause – »die Straße, die früher mal unbefestigt war und jetzt asphaltiert ist … die Straße, die nach, ähm« – wieder eine Pause, diesmal kratzt er sich an der Nase, aus der die Nasenhaare sprießen – »du weißt schon, die in der Nähe von … von … von …« – Pause, er schnippt mit den Fingern – »die nicht, die meine ich nicht, die andere, die, die nach …« – Pause, er richtet seine Unterhose, die ihm in die Poritze gerutscht ist. Nach zweiundzwanzig Minuten stehe ich immer noch vor der Tür, den Schlüssel in der Hand, und warte darauf, dass Orazio seine Begrüßung beendet. Ich nehme an, er ist vorbeigekommen, um mich einen Wein verkosten zu lassen, den ein Freund von ihm hergestellt hat und den er für exzellent hält.

Orazio bleibt ein paar Stunden. Wir leeren die Magnumflasche, und ich biete ihm einen Teller Pasta an mit einer Soße, die ich aus *olio novo* und einem frischen *buffalo-* (Büffel-) Mozzarella mache. Es gelingt mir, ihn auszublenden, indem ich eine Technik anwende, die ich als Reiseleiter auf meinen Touren mit anstrengenden Touristen perfektioniert habe: Ich sehe ihm in die Augen, lächle und nicke ab und an, doch meine Gedanken sind woanders, bei den Dingen, über die ich in den kommenden Tagen schreiben möchte. Natürlich kann ich dabei nicht verhindern, dass sich ein wahrer Sprühregen aus zerkauten Pastapartikeln auf mein Gesicht ergießt – und auf meinen Teller.

Nachdem Orazio gegangen ist, finde ich voller Entsetzen einen gewaltigen Hinkelstein in der Toilette, den er nach dem Mittagessen dort hinterlassen hat. Um ihn wegzuspülen, brauche ich zusätzlich zur Toilettenspülung drei volle Eimer Wasser.

Den Rest des Tages verbringe ich damit, ein paar Anekdoten zu Papier zu bringen, die Mia interessieren könnten, dann beschließe ich, meine Mühen mit einer hervorragenden Flasche Vino Nobile di Montepulciano Vigna Asinone zu belohnen, die schon bald Orazios leerer Magnum im Recyclingsack Gesellschaft leisten wird. Ich lege eine Joni-Mitchell-CD auf und nehme einen Schluck von dem wunderbaren Wein, während ich meine E-Mails herunterlade. Wie immer sind zahlreiche Touranfragen eingegangen, also kremple ich die Ärmel hoch und mache mich daran, meine Reiseleiter einzubestellen. Als ich damit fertig bin, beschließe ich, Mia eine Nachricht zu schreiben und den Rest Wein auszutrinken, auch wenn ich mich ein bisschen beschwipst fühle.

Von: Dario Castagno
An: Mia Lane
Betreff: Keiner

Meine liebe Mia,
ciao! Ich trinke eine Flasche Vino Nobile Vigna Asinone – einen wirklich überragenden Wein – und höre mir eine CD an, *Blue* von Joni Mitchell. Das weiche Dezemberlicht schwindet und bezaubert mich mit seiner ganzen Magie. Ich bin froh, jetzt allein zu sein und mich meinen üblichen Betrachtungen hingeben zu können, ohne – wie so oft – in meinem Tagesablauf gestört zu werden. Vielleicht werde ich schlicht und einfach alt, und genau wie den Alten verleiht mir die monotone Routine ein Gefühl der Sicherheit.

Ich möchte Sie fragen, warum Sie keinen Anstoß daran nehmen, dass ich mich nicht nach Ihnen, nach Ihrem Leben erkundige. Vielleicht ist es mein Ego, das mich davon abhält, vielleicht mein Narzissmus, vielleicht bin ich auch nur ein frauenfeindlicher Dummkopf. Wie dem auch sei – ich bitte dich um Verzeihung (Ich darf doch du sagen?). Du musst wissen, Mia, dass ich in ebendiesem Moment betrunken bin, deshalb verzeih mir, sollte ich *in vino veritas* (Im Wein liegt die Wahrheit) bereits zitiert haben, aber ich kann nicht anders. Auf keinen Fall werde ich mich jetzt ins Bett legen, ich möchte in den Wäldern spazieren gehen und frische Luft einatmen. Ich fühle mich als wesentlicher Bestandteil dieser wundervollen Landschaft, was selbst das Wild bemerkt, das, so ist mir aufgefallen, in meiner Gegenwart nicht länger ängstlich oder scheu ist. Es gelingt mir sogar, die Köpfchen der Eidechsen zu streicheln und den Bienen Honig zu klauen, ohne dabei gestochen zu werden.

Ich glaube, ich bin dabei, mich in dich zu verlieben, Mia …

Ich werde von Donner geweckt, am Himmel zucken stroboskopartige Blitze, die in kurzen Abständen den Raum erhellen. Ich muss auf dem Stuhl vor meinem Computer eingeschlafen sein. In meinem Mund ist ein ekelhafter Geschmack, und das Erste, auf das mein erschöpfter Blick fällt, ist die Nachricht, die ich Mia gestern Abend geschrieben, doch glücklicherweise nicht abgeschickt habe. Ich kann nicht fassen, dass ich einen solchen Unsinn verzapft habe. »Selbst das Wild ist in meiner Gegenwart nicht länger ängstlich oder scheu, es gelingt mir sogar, die Köpfchen der Eidechsen zu streicheln und den Bienen Honig zu klauen, ohne dabei gestochen zu werden.« Was glaube ich eigentlich, wer ich bin? Der heilige Franziskus oder der Herr des Chianti? Als ich sehe, was ich als Nächstes geschrieben habe – dass ich glaube, mich in sie zu verlieben –, lösche ich sofort den kompletten Text. Sie ist immerhin eine Literaturagentin, eine Frau, mit der ich beruflich zu tun habe, kein Mädchen aus einem Chatroom.

Ich verpasse mir eine Ohrfeige, um wach zu werden, und fühle mich leicht abgestoßen von dem Geruch nach oxidiertem Wein, den die leere Flasche und das Glas neben mir verströmen. Draußen höre ich das Geräusch von Autoreifen auf dem nassen Asphalt, hiesige Pendler auf dem Weg zur Arbeit. Immerhin scheinen meine Sinne wieder zu funktionieren.

Nachdenklich klicke ich mein Postfach an und warte darauf, dass meine E-Mails geladen werden, dann sehe ich, dass Mia mir eine Nachricht geschickt hat.

Von: Mia Lane
An: Dario Castagno
Betreff: Re: *Una giornata particolare*

Dario! Heute habe ich mir eine *bruschetta* gemacht und festgestellt, was für eine verblüffende Farbe das Öl hat, das Sie mir geschickt haben; es scheint förmlich zu leuchten! Erstaunlich! Genauso erstaunlich war Ihr *giornata particolare;* Sie haben eine einfache Wanderung in eine außergewöhnliche Geschichte verwandelt. Langsam fange ich an zu glauben, Sie leben in einem Wunderland, und vielleicht liegt es an Ihrer ausgeprägten Sensibilität, die jedes noch so nebensächliche Unterfangen zu etwas ganz Besonderem macht. Bitte bleiben Sie so, wie Sie sind; ich bin überzeugt, dass Ihre Unkompliziertheit, gemischt mit der Freude, die Sie in Ihrer Umgebung finden, zu genau diesen Geschichten inspiriert.

Vielleicht versucht eine höhere Macht, Ihnen etwas mitzuteilen, indem sie Sie unaufhörlich mit solchen Menschen zusammenführt und in Situationen wie diese bringt. Auf jeden Fall bin ich mir sicher, dass Sie ein wesentlicher Bestandteil der Landschaft sind, die Sie umgibt.

Ich halte einen Augenblick inne, um mich zu vergewissern, dass ich ihr die E-Mail gestern Nacht tatsächlich nicht geschickt habe.

Nun, Dario, da ich nicht möchte, dass Ihnen der Kopf schwirrt, werde ich jetzt aufhören und das Thema wechseln. Gestern habe ich eine ganz besondere Flasche Wein geöffnet und mit ein paar Freundinnen getrunken, die zum Abendessen gekommen sind: einen Vino Nobile di Montepulciano.

Ich bin schockiert: Das ist genau der Wein, den ich gestern Abend selbst getrunken habe! Habe ich ihr die Mail auch ganz bestimmt nicht geschickt? Noch einmal sehe ich nach, nein, definitiv nicht.

Ich hatte die Flasche vor ein paar Jahren auf einer Toskanareise gekauft; sie stammt vom Weingut Avignonesi.

Na gut, nicht Vigna Asinone, wie ich angenommen hatte.

Ich hatte vor, sie am 31. Dezember zu öffnen, wenn ich vierzig werde.

Dann bist du in meinem Alter, Mia!

Stattdessen habe ich sie Ihnen zu Ehren gestern Abend aufgemacht, während ich meinen Freundinnen Ihre Truss-Geschichte vorgelesen habe. Sie haben sich aneinandergeklammert und ausgeschüttet vor Lachen, als wären sie College-Studentinnen. Ich hoffe, Sie sind mir deswegen nicht böse, Dario.

Nein, Mia, warum sollte ich?

Ihr trauriges Kapitel über die Frauen hat mich betrübt, doch glauben Sie mir: Irgendwo da draußen wartet die Richtige auf Sie. Sie sind einfach enttäuscht wegen der Erfahrungen, die Sie in letzter Zeit machen mussten.

Doch nun im Ernst: Der Verleger hat die ersten Kapitel gelesen und ist total begeistert; er möchte das Buch veröffentlichen. Haben Sie einen/eine Agenten/Agentin? Wenn ja, schicken Sie mir bitte seine/ihre

Adresse; falls nicht, kann ich leicht jemanden für Sie finden, der Ihre Interessen vertritt.

Ciao
Mia

Ich stehe auf und spähe instinktiv aus dem Fenster, um festzustellen, ob draußen eine Frau auf mich wartet, wie Mia in ihrer Mail behauptet. Mein Blick schweift über die Felder und Rebstockreihen, sucht unter den nassen Olivenbäumen, doch leider kann ich niemanden entdecken. Wenn diese hypothetische Frau da draußen ist, sollte sie besser aus ihrem Versteck kommen. Oder mir eine Postkarte schicken, um mir mitzuteilen, wo ich sie abholen kann.

Ich gehe die Treppe hinunter ins Erdgeschoss, um mir eine Tasse *orzo* zu machen, dann springe ich unter die Dusche und mache mich bereit, Mia zu antworten. Ich habe bereits ein neues Kapitel im Sinn, inspiriert durch ihre Nachricht.

Von: Dario Castagno
An: Mia Lane
Betreff: Ihr Geburtstag

Liebe Mia,
ciao! Natürlich dürfen Sie mein Kapitel über den Truss Ihren Freundinnen vorlesen. Vielleicht habe ich Sie alle dazu angeregt, es eines Tages selbst mal zu probieren. Wie Sie wissen, vertraue ich Ihnen, und ich bin mir sicher, dass Sie für das Material, das ich Ihnen schicke, gute Verwendung finden. Ich bin so froh, dass Ihnen das extra native Olivenöl schmeckt; wenn es Ihnen ausgeht, kann ich Ihnen neues schicken, das ist kein Problem, denn ich habe mir einen kleinen persönlichen Vorrat angelegt. Ihre Wahl, einen Vino Nobile dazu zu genießen, war übrigens perfekt.

Meine Agentin Laura Grover, die wie Sie in Los Angeles lebt, müsste informiert werden. Ich bin mir sicher, Sie beide werden gut miteinander zurechtkommen. Laura ist es gewohnt, sich mit mir herumzuplagen, daher ist sie ausgesprochen geduldig und wird mir verzeihen, dass ich sie nicht von diesem Projekt unterrichtet habe, noch nicht.

Sie sind also ebenfalls am 31. Dezember geboren! Ich habe »ebenfalls« geschrieben, weil ich einmal eine Freundin hatte, die am selben Tag Geburtstag feierte; es war eine Qual für mich, weil ich mich stets geweigert hatte, an Silvester auszugehen, doch ein paar Jahre konnte ich mich nicht davor drücken, weil sie natürlich feiern wollte. Und wenn wir schon beim Thema Silvester sind: Ich werde Ihnen bald über einen ganz besonderen Jahreswechsel berichten, 1987/88, den ich fast aus meinem Gedächtnis verdrängt hatte. Auch aus diesem Grund schätze ich unsere Korrespondenz: Sie lässt mich tief verschüttete Erinnerungen ausgraben, auch traurige, und erweckt sie in Form von Geschichten neu zum Leben.

Gönnen Sie mir eine kleine Auszeit für einen Lauf durch die Wälder, zumal es gerade aufgehört hat zu regnen; das wird mir Zeit geben, mir das Ganze noch einmal durch den Kopf gehen zu lassen. Sobald ich zurück bin, werde ich eine Flasche von dem großartigen Chianti Classico Ispoli öffnen, den mein Bruder hergestellt hat. Ich sehe ihn nur selten, obwohl wir so nahe beieinander wohnen. Denn *se vuoi ubriacarti ubriati di vino bono* – wenn du dich betrinken willst, dann betrink dich mit gutem Wein!

Bis dann, Mia …

22.

Schreckliches neues Jahr

Eines Abends Anfang Dezember 1987 lag ich zusammengekauert in Fötusstellung in dem schmiedeeisernen Bett eines heruntergekommenen Bauernhauses, das ich vor Kurzem gemietet hatte, unter einem Berg von Eiderdaunen und Decken. Dieses alte Kolonialhaus war kaum noch bewohnbar und bedurfte dringend einiger Reparaturen. Abgesehen von einem unzureichenden Holzofen, der permanent gefüttert werden musste, damit er gerade mal ein Minimum an Wärme spendete, gab es keine Heizung; und da ich allein dort lebte und den ganzen Tag über bei der Arbeit in der Winzerei war, war er so gut wie nutzlos. Die beste Taktik gegen die beißende Kälte war, so hatte ich herausgefunden, sich früh ins Bett zu legen, dick eingepackt in mehrere Schichten von Wollklamotten, und sich unter massenweise Bettzeug zu vergraben.

Das tat ich auch an diesem speziellen Abend, bis ich vom Klingeln des Telefons im Wohnzimmer aus dem Schlaf gerissen wurde. Instinktiv suchte mein Blick den Wecker auf dem Nachttisch. Es war 3 Uhr 28. Voller Sorge, dass etwas Schlimmes passiert war, warf ich die dicke Deckenschicht zurück und schoss, durch die schneidend kalte Luft augenblicklich hellwach, aus dem Bett. Barfuß tappte ich über die eisigen, über die Jahrhunderte von den Füßen meiner Vorgänger abgetretenen Terrakottafliesen. Durch einen Türbogen ging es ins Wohnzimmer, wo ich mit tauben Fingern den Hörer von der Gabel nahm.

Mittlerweile war ich durchgefroren bis auf die Knochen, mein Herz hämmerte heftig. Das Letzte, womit ich jetzt gerechnet hatte, war ein spontaner Anruf von einem Freund.

»Darrrio, hier spricht Marrrco, kannst du mich hörrren?«

Selbst wenn er seinen Namen nicht genannt hätte, hätte ich ihn an dem rollenden r erkannt. »Marco, was ist los? Ist alles in Ordnung mit dir?«

Ich war noch nicht lange mit ihm befreundet; er war etwa zehn Jahre älter als ich, und ich hatte ihn kurz vor der Sperrstunde in einer schäbigen *osteria* in Siena kennengelernt, in die ich auf einen Wein eingekehrt war. Weil ich der einzige Gast gewesen war, setzte er sich zu mir, und wir wechselten ein paar Worte, um die Zeit totzuschlagen. Seit dem Tag haftete er an mir wie eine Zecke an einem räudigen Hund; jede andere Beschreibung wäre euphemistisch. Vermutlich aufgrund meiner chronischen Neugier, vielleicht auch, weil er in mir eine Mischung aus Mitleid und Erbarmen hervorrief, war ich ihn, anders als der Rest der Welt, bis dahin nicht mehr losgeworden.

Doch als er mir nun mitteilte – um kurz vor vier in der Früh! –, er wolle mich nur fragen, ob ich an Silvester schon etwas vorhabe, beschloss ich, dass der Rest der Welt recht hatte, knurrte, er solle sich zum Teufel scheren, knallte den Hörer auf die Gabel und kroch zurück ins Bett; mein heißer Zorn half, die bittere Kälte zu vertreiben.

Als ich am folgenden Morgen aufwachte, warf ich einen raschen Blick auf die Welt draußen vor dem Fenster; es war Samstag, und ich hatte das ganze Wochenende vor mir. Mit etwas Glück erlaubte es das Wetter, zumindest einen Teil davon draußen zu verbringen. Der Himmel hatte eine ungewöhnlich matte Farbe, wie der Rauch eines Olivenholzfeuers, doch sobald es einem Lichtstrahl gelang, sich durch die dichte Wolkendecke hindurchzukämpfen, leuchteten die Spitzen der Kastanienbäume plötzlich in einem satten Kupferbraun. Durch diesen Anblick ermutigt, beschloss ich, einen Spaziergang durch die Wälder zu unternehmen und meine Lunge mit frischer Luft zu füllen.

Auf dem Weg zur Tür hinaus schnappte ich mir einen Strohkorb, der an einem verrosteten Nagel an der Wand unter dem Vordach hing. Sollte ich unterwegs ein paar *giallarelle* (Pfifferlinge) finden, könnte ich sie in die Tomatensoße geben, die ich zum Mittagessen geplant hatte, doch die Chancen standen schlecht – die Pilzsaison war fast vorüber.

Etwa eine Stunde später kehrte ich über die Landstraße zurück, mein Kopf war so leer wie mein Strohkorb. Plötzlich hörte ich hinter mir eine Hupe. Ich wirbelte herum und sah mich Marcos altem Renault 4 gegenüber, einer rostigen Schrottkarre; nur ein paar Farbflecken hier und da verrieten, dass sie einmal knallrot gewesen war.

Marco schaltete in den ersten Gang, dann trat er auf die Bremse und hielt ein paar Meter vor mir mit unheilverkündendem Geklapper an; es klang, als reibe Metall auf Metall. Marco öffnete die Tür, die er nur deshalb nicht ganz in Händen hielt, weil er sie mit Draht an den verrosteten Angeln befestigt hatte.

»*Ciao*, Darrio, steig ein!«, rief er und bedeutete mir mit einladender Geste, in seine Rostlaube zu klettern.

Ich setzte mich auf den Beifahrersitz, wobei ich zunächst einen Haufen zerdrückter Bierdosen, leere Flaschen und Pappschachteln mit verschimmelten Pizzaresten zur Seite schieben musste. Im Wagen roch es unangenehm nach Benzin, Zigarettenrauch, Pommes frites und Knoblauch – auf Letzteres war Marco so gierig, dass er stets eine Knolle von dem Zeug in der Tasche hatte; ab und an schälte er sich eine Zehe und warf sie sich in den Mund wie einen Kaugummi. Wie immer hörte er die Musik einer französischen Siebzigerjahre-Teenie-Band, die sich Les Rockets nannte. Die Mitglieder waren bei ihren Auftritten als Außerirdische verkleidet, hatten die Köpfe rasiert und silbern angemalt. In ihren Texten ging es ausschließlich um Weltraumthemen. Die Musik im Wagen dröhnte aus einem großen tragbaren Kassettenrekorder, der über kleine Solarpaneele mit Strom versorgt wurde. Auf gewisse Weise war Marco ein Genie, wie diese Erfindung für seinen »Ghettoblaster« bewies.

Zu den Klängen von *In the Galaxy* – ein etwas ungewöhnlicher Soundtrack für einen kalten, klaren Tag in der hügeligen Landschaft des Chianti – fuhren wir zu mir nach Hause. Dort angekommen, stellte er sein Wrack von R4 auf einem brachliegenden Feld ab, und um nicht unhöflich zu sein, bat ich ihn herein. (Blieb mir eine Wahl?)

Wie immer trug er Ledersandalen, eine abgewetzte, zerrissene Jeans, auf die er mit schwarzer Tinte alle wichtigen Telefonnummern notiert hatte, sowie ein T-Shirt mit einem Aufdruck des neuesten Les-Rockets-Albums, *Plasteroid*. Darüber hatte er seine gemusterte grüne Jacke an, die voller kleiner Taschen war, in denen alle möglichen verrückten Gerätschaften steckten – darunter Schraubenzieher, Sicherungen, Kabel, Drähte –, dazu der unvermeidliche Knoblauch. Tatsächlich fischte er gerade in diesem Augenblick eine Zehe aus einer der Taschen, als wäre es das Normalste auf der Welt an einem Samstagmorgen um elf Uhr früh. Er bot mir ebenfalls eine an, doch ich lehnte mit einer beredten Geste ab, woraufhin er sich die zweite Zehe ebenfalls in den Mund steckte und zu kauen anfing.

Rein körperlich betrachtet, wirkte er älter als achtundzwanzig. Sein Bauch war vorgewölbt wie bei einem vierzigjährigen Stubenhocker, und er hatte viele, wenn nicht gar den überwiegenden Teil seiner Zähne verloren. Sein krauses Haar wurde von einem roten Stirnband gebändigt, das mich an Jimi Hendrix beim Konzert auf der Isle of Wight erinnerte.

Offiziell studierte er an der Universität von Siena – was für ein Fach, wusste ich nicht, denn er wich dem Thema aus, sobald ich darauf zu sprechen kam. Er war der einzige Spross einer aussterbenden (aber wohlbegüterten) Adelsfamilie, die ihn wegen seiner unkonventionellen Lebensweise abgeschrieben hatte. Bislang hatten seine Eltern ihm gestattet, in ihrem schicken Haus im historischen Zentrum von Siena – im Stadtteil der Schildkröte, um genau zu sein – wohnen zu bleiben, unter der Bedingung, dass er sich auf den Dachboden zurückzog. Diesen beengten Raum teilte er sich mit Priscilla, einer großen schwarzen Tarantel, um die er sich kümmerte, als wäre sie seine Tochter.

Der Dachboden war für seine Familie tabu, nur ihm selbst und seinen Freunden – die er nicht hatte – war der Zugang gestattet. Seine Eltern hatten versucht, ihn wieder in die Gesellschaft einzugliedern, aber nachdem sie ein Vermögen für die herausragendsten Psychologen und Verhaltenstherapeuten hingeblättert hatten, mussten sie mit größtem Verdruss ihre Niederlage eingestehen und sich in ihr Schicksal fügen, mit einem solchen Sohn geschlagen zu sein.

Ich öffnete einen Mecacci und reichte Marco ein Glas, während er stillvergnügt eine dritte Knoblauchzehe kaute, mit offenem Mund, was mich veranlasste, mir die Nase zuzuhalten, um seinen giftigen Atem nicht riechen zu müssen.

»Also, Marco«, sagte ich, »würdest du mir bitte erklären, warum du mich um drei Uhr morgens aufweckst, nur um mich nach meinen Plänen für Silvester zu fragen?«

»Entschuldige, ich wusste nicht, dass es so spät ist, ich habe ferrrngesehen, und irrrgendwann haben sie angefangen, über die ärrrmste Gemeinde in ganz Italien zu sprechen.«

»Aha«, sagte ich, jetzt neugierig zu erfahren, was das mit mir zu tun hatte.

»Nun, sie sagten, es handele sich um eine Gemeinde im Süden, irgendwo in den Berrrgen von Kampanien.«

»Und?«

»Sie heißt Castelpagano, und ich habe beschlossen, dort Silvester zu feiern.«

»Aha«, sagte ich wieder. »Und was hat das mit mir zu tun, Marco?«

»Ich habe gehofft, du würrrdest mit mir kommen.«

Ich lehnte sofort ab, dankte ihm für die Einladung und leierte eine lange Liste mit schon vor Längerem getroffenen Verabredungen herunter, die ich unbedingt einhalten müsse, was es mir absolut unmöglich mache, den Silvesterabend mit ihm zu verbringen. Leider war er ausgesprochen stur und besaß auch nicht den Anstand, mein Nein einfach so zu akzeptieren. Stattdessen bestand er mit einem Enthusiasmus auf seinem Vorhaben, der seine Augen zum Leuchten brachte. Mit Feuereifer erläuterte er mir, welche Strecke wir nehmen und welche wunderbaren Orte wir unterwegs besuchen würden.

In Wahrheit hatte ich am Silvesterabend nichts Besonderes vor, doch ich hatte auch nicht die Absicht, dabei mitzuwirken, seinen hirnverbrannten Plan in die Tat umzusetzen. Wie dem auch sei, *ich* zumindest besitze ein Mindestmaß an Anstand und brachte es daher nicht übers Herz, ihn mit einer rigorosen Absage zu verletzen. Also redete ich mich in meiner Verzweiflung damit heraus, dass ich kein Auto hatte (ich hatte tatsächlich nur ein Motorrad) und es auf keinen Fall wagen würde, die Fahrt in seiner Schrottlaube zurückzulegen. Ich käme nur mit, wenn er mich im Auto seines Vaters abholen würde. Ich hatte wirklich geglaubt, damit aus der Sache raus zu sein. Sein Vater war der stolze Besitzer eines wahnsinnig teuren, mit allem Drum und Dran ausgestatteten Mercedes Coupé, und da ich wusste, wie viel ihm der Wagen bedeutete, war ich mir absolut sicher, dass er ihn niemals seinem wie ein Henker fahrenden Sohn leihen würde.

Marco stand abrupt von meinem durchgesessenen Sofa auf, stürzte den letzten Schluck Wein hinunter und schüttelte mir kräftig die Hand. »Abgemacht«, sagte er, »ich komme am 30. Dezember zu dir und hole dich ab.« Als er erreicht hatte, was er wollte, wandte er sich zur Tür, warf mir ein letztes zahnlückiges Lächeln zu (begleitet von einer wahren Schockwelle von Knoblauchgestank) und winkte mir zum Abschied.

Seine Zuversicht, sein Vorhaben betreffend, bereitete mir einen Augenblick Sorgen, doch nein, das war unmöglich, sein Vater würde ihn niemals ans Steuer seines speziell nach seinen Wünschen angefertigten Wagens lassen. Da brauchte ich keine Angst zu haben. Ich füllte mein Glas nach und beobachtete durchs Fenster, wie Marco wieder in diese Katastrophe auf vier Rädern kletterte und mir ein letztes Mal durchs Rückfenster zuwinkte – was ich wegen der vielen Rockets-Aufkleber fast nicht sehen konnte (vermutlich waren sie es, was die Scheibe noch zusammenhielt). In ein paar Minuten, so freute ich mich, würde er weg sein.

Aber nein. Wie so oft, sprang der Motor nicht an. Ich fühlte mich verpflichtet, nach draußen zu gehen und ihm zu helfen. Also hüllte ich mich in meinen Mantel, verließ das Haus und schob ihn an; der Motor keuchte, stöhnte und erwachte endlich hustend zum Leben. Marco auf dem Fahrersitz reckte die Daumen in die Höhe und knatterte davon; ich sah ihm nach für den Fall, dass er erneut meine Hilfe brauchte, doch schon bald war er hinter dem Horizont verschwunden.

Ich kehrte zurück ins Wohnzimmer und stellte den Fernseher an, dann machte ich es mir gemütlich und schaute eine alte Folge von *Drei Engel für Charlie* – doch meine Gedanken waren woanders. Ich grübelte darüber nach, warum immer ich den Bodensatz der Gesellschaft anzog. Ich lehnte mich auf dem Sofa zurück und schaute auf die Holzbalken, die das Dach trugen. Sie waren voller Löcher von gefräßigen Holzwürmern, und ich kam zu dem Schluss, dass ich vermutlich ebenfalls nicht ganz normal war.

Der 30. Dezember war ein kalter, aber trockener Tag. Ich stand in der Küche, bereitete eine *ribollita* (toskanische Bauernsuppe) zum Abendessen vor und hatte schon fast das ganze Gemüse klein geschnitten, als ich bemerkte, dass ich keinen Palmkohl hatte – eine wesentliche Zutat. Also ging ich hinaus in den Gemüsegarten, wo Porfirio Mecacci (ja, mein berühmter Weinlieferant) noch in der Dämmerung damit beschäftigt war, die Erde zu hacken. Ich mochte diesen alten Mann, mit dem ich stets ein paar Kalauer austauschte, von Herzen gern. Er war in der Chianti-Region geboren und aufgewachsen und hatte immer auf den Feldern gearbeitet, obwohl er das kultivierte, elegante Auftreten eines Londoner Börsenmaklers hatte. Tatsächlich erinnerte er mich mit seinem dünnen Schnurrbart an David Niven; kräftiger zwar, aber unverkennbar David Niven. Er freute sich, mir ein paar Kohlblätter geben zu können, und legte noch eine Flasche seines Weins (den Original-Mecacci) dazu. Dann kehrte ich an den Herd zurück, um meine Suppe zuzubereiten.

Als ich gerade den Topf aufgesetzt hatte, vernahm ich ein leises Klopfen an der Tür. Ich erwartete niemanden und war alles andere als erfreut, durch das Türglas Marcos Silhouette auszumachen – obwohl er eine wollene Skimütze bis über die Augenbrauen gezogen hatte, war sein Profil unverkennbar. Als ich die Tür öffnete, hob er die Hand wie ein gebürtiger Amerikaner und sagte: »*Ciao.*« Noch bevor ich ihn fragen konnte, was er wollte, fragte er: »Bist du so weit?«

Und dann sah ich zu meinem Entsetzen den silbernen Mercedes im Hof parken, glänzend im hellen Mondschein. Irgendwie war es ihm gelungen, seinen Teil der Abmachung einzuhalten – jetzt musste ich meinen wohl auch erfüllen. Ich spürte, wie Panik in mir aufstieg, doch ich schob sie beiseite, indem ich mich daran erinnerte, dass bei mir keinerlei Verpflichtungen auf dem Terminkalender standen, weshalb nichts dagegensprach, dass ich ein paar Tage mit Marco verbrachte – vielleicht würde es sogar ganz lustig werden.

Ich bat ihn herein, und zusammen verschlangen wir die *ribollita* und leerten den Mecacci, dann stopfte ich ein paar Sachen in meinen Rucksack, und los ging's. Ich sagte meinem rundlicheren David Niven, der seine Gartengeräte im Schuppen verstaute, noch kurz Auf Wiedersehen, dann saß ich auch schon bequem auf einem der weißen Ledersitze des Mercedes, rollte stilvoll gen Süden und hörte eine Kassette mit dem Titel *Astral World* von (wem sonst?) den Rockets.

Wir verließen die Landstraße und fuhren auf die Autobahn, doch schon bald kamen wir an eine offizielle Straßensperre und wurden aufgefordert, anzuhalten. Natürlich von Iuzzolino – damals noch ein junger, einfacher Polizist in der schicken blau-roten Winteruniform der *carabinieri.* Er fragte Marco nach seinem Führerschein; dann entdeckte er mich und nickte mir zu, offensichtlich überrascht, mich auf dem Beifahrersitz einer solchen Luxuskarosse zu finden.

»Ich bin froh, dass du dir scheinbar anständigere Freunde suchst, Dario«, sagte er und reichte Marco den Führerschein zurück. »Gute Fahrt, Signor Tommaso Crociera.«

Marco fuhr weiter, und wir waren noch nicht ganz außer Sichtweite, als er tatsächlich einen Joint aus einer seiner vielen Jackentaschen zog und anzündete.

»Marco?«, fragte ich ihn, beeindruckt von seinem Wagemut, »wer, zum Teufel, ist Tommaso Crociera?«

Er blies eine Rauchwolke aus, und sofort war das Wageninnere erfüllt vom süßen Duft Jamaikas. »Ich muss bald vor Gerrricht, und um nicht noch mehr Prrobleme zu bekommen, habe ich meinen Führrrerschein gefälscht. Zu der Zeit lief gerrrade *Top Gun,* und weil ich mich nicht entscheiden konnte, welchen Namen ich wählen sollte …« Er zuckte die Achseln, als wäre das keine große Sache.

»… hast du ›Tom Cruise‹ ins Italienische übersetzt«, schloss ich ungläubig.

Wieder zuckte er die Achseln und grinste bloß.

Ich beschloss, mich besser nicht nach näheren Einzelheiten zu erkundigen – ihn zum Beispiel zu fragen, warum er vor Gericht musste –, und sank tiefer in den vornehmen Ledersitz, während Marco die Kippe wegschnippte und sich eine

Knoblauchzehe in den Mund schmiss. Irgendwie hatte ich das Gefühl, dass noch einige weitere Überraschungen auf mich zukommen würden.

Als wir den Stadtrand von Siena erreichten, nahm Marco nicht die Straße nach Rom, sondern teilte mir mit, er müsse kurz zu Hause vorbeischauen, um noch ein paar Dinge abzuholen. »Dauert keine Minute«, versprach er.

Er parkte den Wagen vor der elterlichen Villa und bat mich, mit reinzukommen, den Rucksack könne ich mitnehmen. Er führte mich zu seinem klapprigen Renault 4, ließ sich auf den Fahrersitz fallen, öffnete die Beifahrertür und winkte mich hinein.

»Komm an Borrrd!«, rief er fröhlich.

»Was soll das?«, protestierte ich.

»Du hast gesagt, du kommst mit, wenn ich dich mit *babbos* Merrrcedes abhole. Nun, das habe ich getan, und jetzt lass uns fahrrren.«

»Marco, ich meinte die ganze Strecke, nicht nur die ersten zehn Kilometer.«

»Dann hättest du dich deutlicher ausdrrrücken müssen«, erwiderte er. »Was ist los, hast du kein Verrrtrauen in meinen Renault?«

»Dem traue ich nicht weiter als eine Wurflänge, und das ist vermutlich schon zu viel. Bring mich sofort nach Hause. Mittlerweile müsstest du mich gut genug kennen, um zu wissen, dass ich, wenn ich Nein sage, auch *Nein* meine!«

Minuten später saß ich auf seinem Beifahrersitz, nahezu begraben unter zerdrückten Bierdosen, Zigarettenkippen, fettigen Take-away-Schachteln und einer beängstigenden Menge an anderem Müll, den er im Laufe der Jahre angesammelt hatte. Ich bemerkte sogar ein paar dünne grüne Grashalme, die unter meinen Füßen sprossen. »Das einzige Auto mit einer Bio-Fußmatte«, stellte ich fest.

Marco versuchte, mich zu beruhigen; ich solle mich entspannen und mich nicht aufregen, wenn wir erst einmal Amanda abgeholt hätten, würden wir vier eine reibungslose Fahrt nach Castelpagano zurücklegen.

»Wer ist Amanda?«, fragte ich genervt, und noch bevor er antworten konnte, fügte ich hinzu: »Und entschuldige, Mathematik war zwar nie meine Stärke, aber wenn sie nicht gerade eine Zwillingsschwester hat, macht das *drei*, nicht vier.«

»Du verrrgisst Prrriscilla.«

»Wie bitte? Deine Tarantel? Die Tarantel ist im Auto?« Ich warf einen bangen Blick über die Schulter.

»Nun, ich konnte sie doch schlecht allein lassen, oder? Sie ist hinten, in ihrrrem Terrrrrrarium.« Er redete, als wäre es das Normalste von der Welt, Silvester mit einer Giftspinne im Kofferraum zu verbringen.

»Und diese Amanda«, fragte ich mit einem sarkastischen Grinsen, »wie viele Beine hat *sie*?«

Er kicherte. »Entspann dich, Darrrio, sie hat nur zwei.«

»Menschenbeine oder Insektenbeine?«

»Menschenbeine. Bitte, sie ist ein süßes junges Mädchen, du wirrrst sie mögen, das schwörrre ich. Außerrrdem ist Prrriscilla kein Insekt, sie ist ein Spinnentier.« Als wäre dieses Detail für mich von irgendeiner Bedeutung.

Amanda wartete vor ihrem Haus auf uns. Das »süße junge Mädchen« hatte ein schwerwiegendes Gewichtsproblem; vermutlich um davon abzulenken, hatte sie ihr Haar apfelgrün gefärbt und zu einer voluminösen Schmalzlocke im Rockabilly-Stil toupiert, die von so viel Haarspray in Form gehalten wurde, dass man die Ozonschicht wohl endgültig abschreiben konnte. Die Frisur wirkte starr und unverwüstlich, wahrscheinlich wären sogar Revolverkugeln daran abgeprallt.

Amanda war ganz in Schwarz gekleidet; Ohren, Nase und Lippen waren gepierct, später entdeckte ich, dass auch ihre Zunge durchstochen war. Ihre Brüste waren wahrlich gewaltig, und trotz der bitteren Kälte trug sie ein superkurzes Minikleid ohne Strümpfe. Ihre teigigen Beine, die zu meinem Entsetzen mit schwarzen Härchen bedeckt waren, leuchteten schneeweiß.

Als sie auf den Wagen zukam, sah ich, dass sie glänzende Plastikstiefel mit unglaublich hohen Stöckelabsätzen trug. Ohne diese Stiefel – und mit nicht toupiertem Haar – wäre sie vermutlich ein gutes Stück kleiner gewesen, aber auch so war sie kaum über eins fünfzig. Sie riss die Autotür auf und beugte sich herein, und ich stellte fest, dass sie eine dicke Schminkschicht trug – Kabuki-Make-up wirkte dezent dagegen –, kohlrabenschwarzen Lippenstift und künstliche Wimpern, die so lang waren, dass es aussah, als säßen Priscillas kleine Schwestern auf ihrem Gesicht. Sie warf ihr Gepäck in den Wagen (ihre Fingernägel waren genauso schwarz wie ihr Lippenstift), dann kletterte sie hinterher – und jeder Funken Hoffnung, dass dieser Miniaturflugzeugträger zumindest eine angenehme Gesellschaft wäre, wurde zunichtegemacht, sobald sie den Mund öffnete und sich bitterlich beschwerte, weil sie über eine Stunde auf uns gewartet hatte. Sie zog eine Flasche Rotwein hervor, nahm einen großen Schluck, dann reichte sie die Flasche weiter an Marco, wobei sie mir einen vernichtenden Blick aus ihren kleinen dunklen Augen zuwarf, als wäre ich ein Eindringling, der sich besser vor ihr in Acht nehmen sollte. Mir schwante, dass Marco sie womöglich nicht über meine Teilnahme an dieser Reise informiert hatte – umgekehrt hatte ja auch ich nicht gewusst, dass sie mitkommen würde.

Mir selbst überlassen, fing ich an, meinen eigenen Vorrat an Mecacci zu leeren. Die erste halbe Stunde war qualvoll; schweigend hörten wir *Plasteroid*, wobei sich Amandas Mund mehr oder weniger am Flaschenhals festsaugte, als wäre sie ein Neunauge. Ab und an fiel ihr ein, die Flasche an Marco weiterzureichen, der in der Zwischenzeit eine ganze Knoblauchknolle verschlungen hatte. Auch ich trank weiter meinen Wein, allerdings ohne großen Erfolg: Selbst ein Mecacci konnte das Gefühl von Niedergeschlagenheit, durchsetzt von zunehmendem Unmut, nicht dämpfen, das in mir aufstieg und das selbst Marco nicht entging.

»Entspann dich, Darrrio«, sagte er einschmeichelnd.

Ich versuchte, mich zu fügen, und redete mir ein, die ganze Situation sei im Grunde gar nicht so schlimm. War sie auch nicht. Ich musste nur ausblenden, dass ich neben einem geisteskranken Spinner saß, der bald wegen Gott weiß was vor Gericht gestellt würde. Und der mich im Grunde überrumpelt hatte und mich gegen meinen Willen in ein unbekanntes Kaff verschleppte, das »zur ärmsten Gemeinde in ganz Italien« ernannt worden war. Und dass er mit einem gefälschten Führerschein und Marihuana unterwegs war. Und dass eine haarige schwarze Tarantel im Kofferraum saß – und eine weitere, größere auf dem Rücksitz, die aussah, als würde sie mich lieber umbringen als mit mir zu reden. Und dass wir in einem selbstmörderischen Autowrack dahinrasten, dessen Räder so glatt waren wie Parmesankäse und dessen knatternder, altersschwacher Motor jeden Moment in Flammen aufgehen konnte.

Abgesehen davon, war es wirklich nicht so schlimm.

Marco legte uns seinen Plan dar: Wir würden etwa fünfhundertzwanzig Kilometer Richtung Süden zu unserem eigentlichen Ziel, Castelpagano, fahren. Normalerweise bräuchten wir dafür rund sieben Stunden, doch wenn wir an Rom vorbeikamen, würden wir einen kleinen Abstecher zum Fanklub der Les Rockets machen, im Auto schlafen und unsere Reise am nächsten Morgen fortsetzen. So kämen wir gerade richtig in Castelpagano an, um Silvester zu feiern – vorausgesetzt, im ärmsten Kaff Italiens fanden Silvesterfeierlichkeiten statt. Am Neujahrstag würden wir dann in die Toskana zurückkehren.

Das war das erste Mal, dass ich etwas von dem Rockets-Fanklub und der Übernachtung im Auto hörte, und mir gefiel keine der beiden Vorstellungen. Doch unter den gegebenen

Umständen blieb mir nur, die Flasche zu heben und einen weiteren kräftigen Schluck zu nehmen.

Nach ein paar Stunden durchgängigen Schweigens (einzig durchbrochen von den spacigen Songs der – ja, von wem bloß? – der Rockets) hielt Marco an einer Raststätte an, wandte sich zu Amanda um, die mit dem Mittelfinger irgendetwas Zähflüssiges aus der Nase pulte, und fragte: »Alles bereit, Amanda?«

Amanda nickte, und mich überfiel ein plötzlicher Anflug von Panik, weil ich keinen blassen Schimmer hatte, was er wohl damit meinte. Eine Flut von Möglichkeiten schoss mir durch den Kopf, einschließlich der, dass sie sich jeder einen Nylonstrumpf übers Gesicht ziehen, zwei Maschinengewehre unter den Sitzen hervorziehen und ins Restaurant stürmen würden, wo sie die Gäste abknallen und mit Tüten voll Bargeld türmen würden wie Bonnie und Clyde. Meine Besorgnis nahm zu, als Marco eine große Sporttasche aus dem Kofferraum nahm, sie über seine Schulter hängte und auf den Eingang der Raststätte zustrebte.

Amanda folgte ihm, und ich tat widerstrebend das Gleiche, wobei ich beschloss, lieber keine Fragen zu stellen; je weniger ich wusste, desto sicherer würde ich mich fühlen. An der Verkaufstheke bestellte ich ein belegtes Brot und einen Viertelliter Chianti. Marco und Amanda waren unterdessen auf der Toilette verschwunden.

Ich wartete. Und wartete. Ich aß mein Brot und bestellte noch einen Wein. Jetzt musste ich selbst aufs Klo, doch gerade als ich aufstehen wollte, erhob sich aufgeregtes Stimmengewirr unter den Gästen, dann war es plötzlich totenstill. Sekunden später sah ich, warum.

Alle Augen waren auf Marco gerichtet, der endlich aus der Toilette gekommen war. Er hatte seine Jeans durch eine glänzende schwarze Lycra-Strumpfhose ersetzt, zu der er silberne Lackstiefel mit hohen Absätzen trug; seine Intimteile waren von einem winzigen silbernen Glitzerslip bedeckt, um seine Taille hatte er ein silbernes Holster mit einer (so hoffte ich zumindest) Spielzeuglaserpistole geschlungen. Sein Oberkörper steckte in einem hautengen schwarzen Seidenpulli mit Epauletten, die nach oben geschwungen waren wie in einem japanischen Weltraumcomic. An seinem Rücken war ein glänzendes silbernes Cape befestigt, das bis auf den Fußboden reichte. Doch der größte Schock war sein Kopf, den er komplett kahl geschoren (was die Skimütze erklärte) und silbern angemalt hatte. Kurz gesagt: Er war das Ebenbild von Alain Maratrat, dem Leadsänger der Rockets.

Lässig durchquerte er die sprachlose Menge, als schlenderte er mehrmals die Woche mit einem kahl rasierten silbernen Kopf, einem Umhang und Highheels durch ein Autobahnrestaurant. Einigen Gästen klappte die Kinnlade herunter, als er an ihnen vorbeikam, manche fingen an zu kichern. Ich schämte mich für ihn, doch mein größeres Problem war, dass *ich mit ihm zusammen* hier war. Flink wandte ich mich dem Ausgang zu und versuchte, so schnell wie möglich zu entkommen, wobei ich so gleichgültig wie möglich tat. Ich wollte schon den erstbesten Lastwagenfahrer, den ich sah, bitten, mich mitzunehmen, ganz gleich, wohin er fuhr, doch leider folgten mir Marco (der echt heiß aussah mit seinen Zehn-Zentimeter-Absätzen) und Amanda nach draußen.

Amanda war damit beschäftigt, Marcos Cape zurechtzuzupfen, dennoch bemerkte sie meinen verzweifelten Gesichtsausdruck und versuchte, mich zu beruhigen. Schockiert stellte ich fest, dass sie ernsthafte Mühe hatte, zwei zusammenhängende Wörter hervorzubringen. Und so war es Marco, der mir erklärte, es sei ganz »normal«, in einem solchen Aufzug bei einer Rockets-Veranstaltung aufzukreuzen, und wenn jemand fehl am Platze sei, dann ich.

Und so war es. Während der letzten paar Kilometer sangen Marco und Amanda aus vollem Halse *Galactica;* ich nahm an, dass das der größte Hit der Rockets war, doch ich wäre überaus glücklich, wenn ich es bis an mein Lebensende nicht mehr hören müsste. In Anbetracht ihres wilden Gesangs, ihrer aufgekratzten Laune und Amandas Unfähigkeit, einen sinnvollen Satz von sich zu geben, dämmerte mir allmählich, dass ihr Besuch auf der Toilette der Autobahnraststätte womöglich nicht nur etwas mit Marcos Verkleidung zu tun gehabt hatte. Vermutlich hatten die beiden etwas genommen, das auch ihre Stimmung verändert hatte.

Endlich erreichten wir den Ort, an dem sich die Mitglieder des Rockets-Fanklubs treffen wollten – ein großes, graues, vollkommen anonymes Betongebäude, doch der Anzahl der Autos nach zu urteilen, die auf dem Parkplatz standen, musste der Klub ziemlich angesagt sein. Als wir uns dem Eingang näherten, wurde mir klar, dass etwas nicht stimmte: Es wimmelte von Paaren älteren Jahrgangs, die herausströmten, während wir versuchten, ins Gebäude hineinzugelangen.

Es war offenkundig, dass wir am falschen Ort waren: Das hier war kein Treffen des Rockets-Fanklubs, sondern ein simpler *liscio*-Tanzabend für Senioren. Marco strebte schnurstracks zur Kasse – die Menge teilte sich, als er mit flatterndem Cape voranstürmte, sein Kopf glänzte silbern, und es ist ein Wunder, dass keiner der älteren Herrschaften einen Herzinfarkt bekam. An der Kasse angekommen, stemmte er die Fäuste in die Hüften und bellte mit weit gespreizten Beinen wie ein Comic-Superheld: »Wo sind die Rrrockets-Fans?«

Der leicht verlegene Kassierer erklärte, die Rockets-Veranstaltung sei wegen zu geringen Kartenvorverkaufs abgesagt worden, außerdem sei sie für den 30. November, nicht für den 30. Dezember angekündigt gewesen, was nicht unbedingt dazu beitrug, Marcos Laune zu heben. Doch noch bevor er irgendwelche Einwände erheben konnte, tauchte ein aufgepumpter Kerl vom Sicherheitsdienst auf und riet uns mit Nachdruck, das Gebäude zu verlassen. »Ihr erschreckt unsere Gäste«, sagte er, »wenn ihr nicht abhaut, muss ich die Polizei rufen.«

Zu dem Zeitpunkt schienen die Leute in der Vorhalle jedoch längst keine Angst mehr vor uns zu haben; im Gegenteil, sie fingen an zu lachen. Mit Sicherheit gehörte dieser Schwachkopf in seinem Weltraumkostüm, der dort vorne herumhüpfte, zum Programm – oder machte irgendeine alberne Verkaufswerbung. Ich spürte, dass Marco unter seiner silbernen Farbschicht rot wurde vor Zorn, als das Gekicher zu ihm durchdrang. Es war, als wäre er in einem rosa Häschenkostüm bei einer Hochzeit erschienen; er hätte in diesem Umfeld nicht unpassender wirken können.

Es blieb uns nichts anderes übrig, als zum Auto zurückzukehren und einen Ort zu suchen, an dem Marco sich umziehen konnte. Zu diesem Zweck betraten wir eine nahe gelegene Kneipe. Während Marco auf der Toilette war, sah ich mich Amanda zum ersten Mal allein gegenüber. Ich versuchte, ein Gespräch anzufangen, und fragte sie, jetzt, da Marco außer Hörweite war, ob sie die Situation genauso komisch fand wie ich; doch der einzige Lohn für meine Mühe war, dass sie mir ins Gesicht gähnte, ohne zumindest die Hand vor den Mund zu legen (zum Glück teilte sie nicht Marcos Vorliebe für Knoblauch). Nach wenigen Minuten erfolgloser Konversationsversuche gab ich auf. Es wäre sicher leichter gewesen, sich mit einer Amöbe zu unterhalten.

Endlich kehrte Marco von der Toilette zurück. Er trug jetzt wieder seine Straßenkleidung, doch sein Kopf war immer noch voller Farbe. Er machte sich ein wenig Sorgen, weil er sie nicht abgekriegt hatte. Jetzt mussten wir nur noch einen Platz finden, an dem wir den Wagen abstellen und schlafen konnten, bevor wir uns am nächsten Morgen auf die Suche nach einem Baumarkt machen wollten, um Lösungsmittel zu kaufen.

Die Aussicht, wieder hinaus in die Kälte zu müssen, begeisterte uns nicht gerade, deshalb tranken wir noch ein paar Gläser Wein, und erst als die Bar dichtmachte, kehrten wir, benommen vor Erschöpfung, zum Wagen zurück.

Bevor Marco einschlafen konnte, musste er sich um Priscilla kümmern. Er öffnete ihr Terrarium, und sie krabbelte auf seinen Handrücken; er fütterte sie mit einer Motte (ich werde nicht beschreiben, wie sie diese gefressen hat), dann liebkoste er sie eine Weile, bevor er ihr einen Gutenachtkuss gab und sie vorsichtig zurück in ihren Glaskäfig setzte.

Endlich war alles ruhig. Marco lehnte sich gegen das Lenkrad, Amanda streckte sich auf der Rückbank aus, und ich rollte mich auf dem Beifahrersitz zusammen, bemüht, die wärmste und bequemste Position einzunehmen. Amanda zog ihre Stiefel aus, und sofort mischte sich der Geruch nach feuchten, pilzigen Füßen unter den beißenden Knoblauchgestank. Glücklicherweise hatte ich genug Wein intus, dass meine Sinne, einschließlich des Geruchssinns, einigermaßen betäubt waren, und war bald eingeschlafen.

Am frühen Morgen wurde ich von der Sonne geweckt. Marco war bereits wach, während Amanda noch schnarchte; ihr winziger Rock war während der Nacht hochgerutscht, und es war ein ganz schöner Schock, als ersten Anblick des Tages ausgerechnet ihre fleischigen, behaarten Beine bis zu ihrer schwarzen Unterhose entblößt zu sehen. Es riss mich schneller aus dem Schlaf als der stärkste Espresso.

Marco beschloss, dass es an der Zeit war zu frühstücken, also öffnete er eine neue Knoblauchknolle, mampfte ein paar Zehen und spülte sie mit einem Schluck Wein hinunter, dann lehnte er sich zurück und zündete sich einen Joint an. Sein Kopf war nach wie vor komplett silberfarben, eine wahre Augenweide im morgendlichen Sonnenlicht.

Anschließend sah er nach Priscilla und vergewisserte sich, dass es ihr gut ging, dann drehte er wortlos den Zündschlüssel, legte den Gang ein und fuhr los.

Bei Tageslicht konnte ich erkennen, dass wir uns in einem

verkommenen Industriegebiet befanden, irgendwo an der Peripherie von Rom – Gott weiß, wo. Nachdem wir eine Weile durch die Gegend gekurvt waren, fanden wir einen Baumarkt, der gerade öffnete. Marco schickte mich hinein, um eine Flasche Terpentin zu kaufen – die er sich dann tatsächlich mit Hilfe der eben erwachten Amanda über den Kopf schüttete. Die Farbe ging zwar ab, aber die Hälfte des Zeugs floss in seine Klamotten und löste eine allergische Reaktion auf seiner Haut aus. Muss ich hinzufügen, dass sich nun auch noch der beißende Geruch des Terpentins in das grauenvolle Duftpotpourri mischte, das im Wagen hing?

Die weitere Fahrt verlief zunächst ohne nennenswerte Vorkommnisse, doch als wir Montecassino erreichten, geschah das Unausweichliche. Dichter schwarzer Rauch quoll durch die Ritzen der Motorhaube, der Motor fing an zu stottern. Marco schlug die Fäuste aufs Lenkrad und brüllte: »Herrrrrrgott noch mal!«

Dann bog er rechts auf den Standstreifen. Wir stiegen aus.

Ende der Reise.

Marco und Amanda fingen sofort an zu streiten, warfen sich Beleidigungen an den Kopf und schubsten sich sogar ein paarmal. Unterdessen ließ der Luftzug der vorbeirasenden Fahrzeuge den klapprigen Renault sanft hin und her schwanken und verlieh ihm den trügerischen Anschein von Lebendigkeit. Ich stand an der Seite und betrachtete die ganze irre Szene unter dem wolkenverhangenen grauen Himmel.

Plötzlich verspürte ich den Drang, dieser Farce zu entrinnen, deshalb sprang ich über die Leitplanke und marschierte los, auf der Suche nach einem Busch, hinter dem ich mich verstecken konnte. Als ich einen passenden gefunden hatte, kauerte ich mich dahinter und brach kurz in zornige, frustrierte Tränen aus. Ich verfluchte mich selbst, weil ich mich von Marco in dieses katastrophal dämliche Abenteuer hatte verwickeln lassen.

Als ich mich wieder aufrichtete, bemerkte ich zuckendes Blaulicht, also duckte ich mich wieder und beobachtete die Szene unauffällig. Die Autobahnpolizei war eingetroffen, verfrachtete meine beiden bescheuerten Reisegefährten in den Streifenwagen und brauste davon; der Renault blieb in der Obhut eines weiteren Streifenpolizisten zurück.

Ich verspürte einen Anflug von Panik: Mein Rucksack war noch im Wagen! Doch dann machte ich in Gedanken eine kurze Bestandsaufnahme und stellte fest, dass nichts darin war, was ich wirklich brauchte. Mein Personalausweis und mein Bargeld waren sicher in der Innentasche meiner Jacke verwahrt. Vielleicht war das das Beste, was mir hatte passieren können. Ich musste bloß querfeldein wandern; früher oder später würde ich in irgendeine Stadt gelangen, die mit ein bisschen Glück einen Bahnhof hatte, und konnte nach Hause zurückkehren. Ich dankte dem Schicksal, dass es mich genau im richtigen Augenblick hatte Reißaus nehmen lassen, und machte mich auf den Weg.

Etwa zwanzig Minuten später fing es an zu regnen, und das Feld verwandelte sich in Morast. Mit jedem Schritt sank ich tiefer in den Schlamm. Doch immerhin war ich diesen beiden Schwachköpfen entronnen, und das genügte, um mich aufzumuntern.

Endlich gelangte ich in ein Dorf, und – noch besser – es hatte einen kleinen Bahnhof. In den Straßen waren schon die Kinder unterwegs, warfen Knallfrösche und Zisselmänner und konnten es kaum erwarten, dass es endlich Abend oder wenigstens später Nachmittag wurde. Ich lächelte, wenn ich glückliche Familien mit Tüten voll *cotechino* (eine große, kräftig gewürzte Kochwurst aus mittelfein gehacktem Schweinenacken, Schweinskopf und Schwarte), Linsen, Flaschen voller *spumante* und all den anderen traditionellen Silvesterköstlichkeiten aus den Läden kommen sah. Die Straßen waren voller Leben und geschmückt mit farbenfrohen Bannern, die den Betrachtern ein frohes 1988 wünschten. Eine Gruppe Arbeiter war damit beschäftigt, eine kleine Bühne aufzubauen, auf der, so nahm ich an, ein Unterhaltungsprogramm bis zum Countdown um Mitternacht stattfinden sollte. Allgemeine Hochstimmung lag in der Luft, die ansteckend war, und so betrat ich munteren Schritts den kleinen Bahnhof. Der Fahrkartenverkäufer ließ die rosafarbene Sportzeitung sinken und sah mich fragend an.

»Siena«, sagte ich.

Er stellte mir eine Fahrkarte aus und erklärte mir die verschiedenen Anschlüsse, die ich nehmen musste.

Vor der Abfahrt blieb mir noch ein wenig Zeit, also verließ ich das Bahnhofsgebäude, um etwas zu essen, und betrat die erstbeste *osteria*, auf die ich stieß. Da ich im Latium war, bestellte ich *pasta con la pajata* (Nudeln, serviert mit Kalbsinnereien) und einen Liter Wein von den Weingütern rund um Rom.

Während des Essens dachte ich an Marco und Amanda und fragte mich, was für ein Schicksal sie wohl ereilt hatte und ob der gefälschte Führerschein oder das Marihuana der Grund für ihre Verhaftung gewesen waren. So oder so, dachte ich, wäre es durchaus möglich, dass die Polizei wegen des Feiertags ein Auge zudrückte und sie mit einer Verwarnung davonkämen. Was den R4 anbelangte, so war ich mir sicher, dass er nun endgültig den Geist aufgegeben hatte und auf dem Autofriedhof landen würde.

Ich bezahlte die Rechnung und kehrte rechtzeitig zum Bahnhof zurück, um den Zug nach Rom zu nehmen, genauso problemlos stieg ich um in den Zug nach Chiusi. Ich war schon immer gern Zug gefahren; ich mochte den gleichmäßigen, monotonen Rhythmus, er entspannte mich. Und wie so oft der Fall, lullte mich dieser Rhythmus derart ein, dass ich einschlief.

Als ich die Augen öffnete, erwartete mich eine angenehme

Überraschung: Ich war nicht länger allein, sondern sah mich einem wunderhübschen jungen Mädchen gegenüber. Wir warfen einander ein paar verstohlene Blicke zu, dann brach ich das Eis und stellte mich vor.

Sie hieß Caterina. Sie war keine Schönheit im klassischen Sinne, doch sie hatte das gewisse Etwas. Ihr Haar war zu einem Bob geschnitten, unter dem Pony blickten zwei lebhafte haselnussbraune Augen hervor, die in einem bestimmten Licht leicht melancholisch wirkten, was ich ausgesprochen attraktiv fand. Sie trug einen rosafarbenen Angorarolli – unwiderstehlich weiblich.

Wir fingen an, uns zu unterhalten. Sie erzählte mir, sie sei auf dem Weg zu ihrer Familie; dann gab ich mein abenteuerliches Erlebnis zum Besten und berichtete ihr alles über Marco, Amanda und sogar Priscilla. Sie hörte aufmerksam zu und kicherte dann und wann, während die Landschaft an uns vorbeiflog. Bald hatten wir Latium hinter uns gelassen und waren in Umbrien, als Nächstes kam die Toskana.

Noch bevor sie mir mehr von sich erzählen konnte, fragte ich, ob ich sie auf etwas zu trinken einladen dürfe, und sie bejahte. Ich nahm etwas Geld aus meiner Jacke, die an einem Garderobenhaken hing, öffnete die Schiebetür und ging den Gang entlang. Im angrenzenden Abteil saß eine Nonne, die in der Vatikanzeitung las, ansonsten schien der Zug komplett leer zu sein. Ich fragte mich, warum ein junges Mädchen wie Caterina ausgerechnet mein Abteil gewählt hatte, obwohl sie doch überall Platz für sich gehabt hätte. Vielleicht hatte sie Angst allein, doch ich hatte geschlafen, als sie hereingekommen war, weshalb ich ihr kaum ein guter Gesellschafter sein konnte. Außerdem waren meine Jeans und meine Stiefel schlammverkrustet, ich war ungekämmt und unrasiert – genau der Typ, vor dem sie sich eigentlich hätte fürchten müssen.

Der Zug hielt kurz am Bahnhof, gerade als ich eine Flasche Bardolino im Bordrestaurant kaufte. Ich bat um zwei Plastikbecher und machte mich auf den Rückweg. Unterwegs begegnete ich einem sehr großen Schaffner, der den Gang entlangschritt. Er trug die typische abgenutzte Uniform mit dem aufgestickten FS-Abzeichen der *Ferrovie dello Stato* (der italienischen Staatsbahn) auf der Jackentasche, auf seinem Kopf saß die dazugehörige Plastikschirmmütze, und wie alle Schaffner bei der italienischen Eisenbahn in den Achtzigern hatte er einen dicken schwarzen Schnurrbart. Gereizt, vermutlich weil er an Silvester Dienst hatte, fragte er mich nach meiner Fahrkarte. Ich erklärte, sie sei in meinem Abteil bei meiner »Freundin«. Er wies mich an, vorauszugehen, und folgte mir; wir durchquerten mehrere Waggons, bis ich die Nonne entdeckte, meinen Orientierungspunkt – im nächsten Abteil würde Caterina sitzen. Doch mich erwartete eine unangenehme Überraschung: Sowohl Caterina als auch meine Jacke waren verschwunden. Offenbar hatte sie sie gestohlen und den Zug am letzten Bahnhof verlassen.

Passend zu meiner plötzlich finsteren Stimmung, fuhr der Zug in diesem Moment in einen Tunnel, und der Lärmpegel schwoll zu einem unheilverkündenden Grollen an; kurz darauf flammte automatisch das Licht auf. Ich verspürte den Drang, vor Zorn alles kurz und klein zu schlagen.

Ich blickte den Schaffner an, der mich mit unverhohlenem Misstrauen beäugte, doch wegen des Lärms hatte ich Mühe, ihm zu erklären, was passiert war. Endlich fuhr der Zug aus dem Tunnel hinaus, und ich konnte mich verständlich machen, aber der zweifelnde Ausdruck auf seinem Gesicht blieb. Um zu beweisen, dass ich die Wahrheit sagte, wedelte ich mit den beiden Plastikbechern vor ihm herum. »Ich hätte wohl kaum zwei Becher mitgebracht, wenn ich allein gewesen wäre«, sagte ich verzweifelt.

Er rückte seine Schaffnermütze zurecht und zwirbelte nachdenklich die Spitzen seines Schnurrbarts, dann sagte er mit einem ausgeprägten römischen Akzent: »Weil Silvester ist, werde ich mal großzügig sein und dich nicht mit einem Bußgeld bestrafen. Aber du musst an der nächsten Station aussteigen.«

Ich versuchte, Einspruch zu erheben, doch vergeblich – er glaubte mir meine Geschichte nicht. Als der Zug in Orvieto hielt, bat ich ihn noch einmal eindringlich, mich weiterfahren zu lassen, aber er drohte mir damit, die Polizei zu rufen. Ich versuchte, davonzuflitzen, doch er packte mich beim Kragen, schleifte mich zur Tür und warf mich auf den Bahnsteig. Glücklicherweise landete ich auf den Füßen und konnte die Flasche Bardolino retten.

Die Türen schlossen sich, und mir blieb nichts anderes übrig, als dem Zug hinterherzublicken, der sich pfeifend in Bewegung setzte. Ich starrte auf die Waggons, die langsam an mir vorbeizogen – und dann entdeckte ich durchs Fenster eine weitere Nonne, die ebenfalls Zeitung las. Im folgenden Abteil saß Caterina und starrte mich mit offenem Mund an – meine Jacke hing an dem Haken direkt neben ihr!

Wie hoch standen die Chancen, dass *zwei* Nonnen in einem fast leeren Zug saßen? Ich verfluchte mich dafür, dass ich die zweite nicht früher bemerkt hatte, aber vermutlich war sie eingestiegen, als ich den Wein gekauft hatte.

Ich sah, wie der Zug an Geschwindigkeit aufnahm und schließlich in der Ferne verschwand, ein schwaches »Caterina« drang über meine Lippen, begleitet von einer einzelnen Träne der Bitterkeit. Einige Augenblicke blieb ich allein auf dem Bahnsteig stehen, das Gesicht verzerrt von Selbstmitleid und Bedauern, die Flasche Wein in der Hand. Ich muss ausgesehen haben wie ein Idiot.

Mir blieb nichts anderes übrig, als mir noch eine Fahrkarte zu kaufen – glücklicherweise hatte ich noch genug Geld übrig – und den Bardolino allein zu trinken, denn *contro i pensieri un gran rimedio è il bicchiere* (gegen trübe Gedanken hilft ein Glas ganz wunderbar) – doch leider funktionierte das nicht, denn *il dolore profondo è quello che il vino non colma* (tiefen Schmerz kann Wein nicht lindern). Außerdem bibberte ich ohne meine Jacke vor Kälte.

Um kurz vor Mitternacht kam ich zu Hause an. Ich ging direkt ins Bett und dachte an Caterina. Sie ging mir einfach nicht aus dem Kopf, wie wahr war doch das Sprichwort: *Il vino e le donne fanno perdere la testa* (Wein und Frauen rauben einem den Verstand). Ich fragte mich, ob ich sie noch einmal wiedersehen würde. Hoffentlich würde sie vom Schaffner erfahren, was sich abgespielt hatte, und nicht für den Rest ihres Lebens darüber nachdenken, warum ich wohl derart überstürzt vor ihr geflüchtet war. Vielleicht würde sie ja in meinen Jackentaschen nachsehen, ob sie irgendeinen Hinweis auf meine Identität fand, und sich auf die Suche nach mir machen.

Während ich Silvester verfluchte und den, der dieses Fest erfunden hatte, sah ich draußen vor dem Fenster die ersten Raketen über den Dörfern des Chianti aufsteigen. »Frohes 1988«, murmelte ich sarkastisch, zog mir die Decke über den Kopf und hoffte, bald ins Reich des Vergessens einzutauchen.

Ich lese die Geschichte mehrmals durch und bin recht zufrieden; sie braucht nur noch einen letzten Schliff. Ich habe meinen Auftrag gut erledigt, was natürlich bedeutet, dass es Zeit ist, das Glas darauf zu erheben.

Nachdem ich mir selbst zugeprostet habe, schicke ich das Kapitel an Mia, dann gehe ich nach oben, lege mich mit ausgeschalteten Lichtern ins Bett und betrachte den Himmel. Die Sterne sind hinter dichten Wolken verborgen und zudem verschleiert von dem leichten Schauer, dessen Tropfen über die Fensterscheibe rinnen. Minuten später, eingelullt vom leisen Plätschern des Regens, bin ich fest eingeschlafen.

23.
Der »Poolio«

Von: Mia Lane
An: Dario Castagno
Betreff: Re: Schreckliches neues Jahr

Lieber Dario,
vielen Dank für das Kapitel über Ihre schrecklichste Silvesternacht. Ich denke, es muss noch ein wenig überarbeitet werden, genau wie Sie vorausgesagt haben, da es leicht vom eigentlichen Thema abweicht – aber wirklich nur leicht, denn die Charaktere sind so anschaulich wie immer, und der Wein spielt auch darin eine zentrale Rolle. (Was mich daran erinnert, Sie zu fragen, wo, zum Teufel, Sie all den Wein lassen? Ihrem Autorenfoto nach zu urteilen, sind Sie ein ganz normal schlanker Mann.)

Sind Sie Marco und Amanda je wiederbegegnet? Ich komme nicht umhin, mich zu fragen, was wohl aus ihnen geworden ist. Sie wissen so gut wie ich, dass *la curiosità è femmina* (dass die Neugier eine typisch weibliche Eigenschaft ist), nicht wahr? Wie Sie sehen, sind Sie nicht der Einzige, der mit italienischen Sprichworten aufwartet; dieses stammt von meiner Großmutter, die gebürtig aus Puglia kam. Leider ist sie meine einzige Vorfahrin, die mit Ihrem Land verbunden ist; doch zumindest wissen Sie nun, dass auch in meinen Adern ein wenig italienisches Blut fließt.

Ich muss meine Mail jetzt beenden, denn ich habe

einen extrem geschäftigen Tag vor mir. Apropos, danke, dass Sie Ihre Literaturagentin von unserem Projekt in Kenntnis gesetzt haben; sie hat mir diesbezüglich eine E-Mail geschickt. Sie scheint sehr nett zu sein und ist ganz und gar nicht sauer auf Sie; zumindest hatte ich nicht den Eindruck. Übrigens habe ich gestern die erste Flasche von dem Öl geleert, das Sie mir geschickt haben. Die zweite werde ich mir streng einteilen, sonst habe ich beim Weihnachtsessen nichts mehr davon, und das wäre schade.

Zum Schluss eine Bitte: Ich möchte früher oder später etwas lesen, worin der Palio eine Rolle spielt; ich bin mir sicher, Sie haben da einige Geschichten auf Lager.

Ciao, mein Freund
Mia

Von: Dario Castagno
An: Mia Lane
Betreff: Re: Schreckliches neues Jahr

Liebe Mia,
ciao! Sie fragen, wo ich all den Wein lasse? Manchmal stelle ich mir selbst diese Frage. Doch ich tue nur das, was ich als Italiener tun muss – wie wir hier sagen: *Il vino è metà nutrimento* (Wein ist die halbe Nahrung).

Ich freue mich, etwas mehr über Sie zu erfahren, und natürlich darüber, dass Sie italienische Wurzeln haben. Haben Sie vielleicht auch einen schwarzen Schnurrbart? Spaß beiseite – die süditalienischen Frauen sind für ihre mediterrane Schönheit bekannt.

Ich bin das Kapitel, das ich Ihnen gestern geschickt habe, noch einmal durchgegangen und musste laut lachen. Wenn ich das Geschriebene einen Tag später lese, bin ich jedes Mal überrascht festzustellen, dass ich tatsächlich in der Lage bin, eine Geschichte nicht nur schlüssig, sondern auch noch mit Esprit zu erzählen. Ich denke, ein dankbares Publikum ist mir dabei der größte Anreiz – deshalb muss ich mich bei Ihnen bedanken, Mia.

Von Amanda habe ich nie wieder etwas gesehen oder gehört. Ich denke, sie hat damals in Siena studiert und wird später in ihre Heimatstadt zurückgekehrt sein. Marco dagegen hat mich weiterhin drangsaliert, bis er eines Tages auf die glorreiche Idee kam, Apfelpflücker in Israel zu werden; seitdem habe ich ihn nicht mehr gesehen, doch über einige seiner verrückten Aktionen wurde in der Lokalzeitung berichtet.

Einmal wurde er verhaftet, weil er die Telefonleitung seines Nachbarn angezapft hatte, der Verdacht schöpfte, als er astronomische Telefonrechnungen bekam. Offenbar hatte Marco stundenlang mit einem Hardcore-Telefonsex-Anschluss telefoniert.

Danach verschlimmerte sich sein geistiger Zustand, und ich las, dass er in Florenz festgenommen worden war, weil er auf einem öffentlichen Platz Reden geschwungen hatte – vollkommen nackt. Er wurde in eine Klinik eingewiesen, und ist, soweit ich weiß, immer noch dort. Auf gewisse Art und Weise ist Marco ein missverstandenes Genie; ein bisschen verrückt, ja, doch im Großen und Ganzen harmlos.

Was den Palio anbelangt: Nun, Mia, direkt neben mir flattert eine Raupenfahne, schlicht und dennoch elegant mit der gekrönten Raupe vor einem gelb-grünen, blau umrandeten Hintergrund. Die Farben sind verblasst, doch das ist an und für sich ein gutes Zeichen; es bedeutet, dass wir in jüngster Zeit oft gewonnen haben – weshalb ich die Fahne an der Stange draußen auf der Terrasse hissen darf.

Mir fallen viele Geschichten zum Palio ein, die ich liebend gern mit Ihnen teilen würde; doch ich denke, all das würde besser in ein zukünftiges Buch passen, das gänzlich diesem außergewöhnlichen, leidenschaftlichen Ereignis gewidmet ist. Jeder erlebt dieses Fest auf eine ganz persönliche Art und Weise – so persönlich, dass keiner mit dem anderen übereinstimmt, wenn er vom Rennen erzählt, ganz egal, ob er zu einer gegnerischen *contrada* gehört oder mit Mitgliedern der eigenen spricht. Dennoch habe ich bestimmt ein paar Palio-Episoden auf Lager, die zu unserem jetzigen Projekt passen. Vielleicht habe ich unterbewusst darauf gewartet, dass Sie das Thema anschneiden. Wenn Sie morgen früh aufwachen, werden Sie etwas Entsprechendes in Ihrer Mailbox finden. Ehrenwort.

Ihr Dario

Ich beschließe, loszugehen und eine besonders gute Flasche Wein zum Mittagessen zu kaufen, denn *la vita è troppo breve per bere del vino cattivo* (das Leben ist zu kurz, um schlechten Wein zu trinken) – außerdem möchte ich mich während des Schreibens bei Laune halten. Doch bevor ich mich auf den Weg zum Laden mache, trinke ich ein Glas Mecacci auf das Wohl der noblen *contrada* der Raupe.

Mit einer Flasche Chianti Classico Volpaia kehre ich zurück, und während ich einen Teller Spaghetti Carbonara genieße, denke ich an die Worte von Brillat-Savarin: *Un pasto senza vino è come un giorno senza sole, un giardino senza fiori* (Eine Mahlzeit ohne Wein ist wie ein Tag ohne Sonne, ein Garten ohne Blumen). Selbstverständlich stimme ich mit ihm überein, genau wie ich mit dem übereinstimme, der behauptet hat, dass *il vino è la parte intelettuale del pranzo* (Wein ist der intellektuelle Teil der Mahlzeit).

Nach dem Mittagessen setze ich mich hin und blättere

mein altes Tagebuch durch, um herauszufinden, an welchem Tag genau ich diesen verrückten, lebenslustigen Leuten aus Wisconsin begegnet bin.

16. Juni 2002

Die Sonne war ungemein intensiv, und wir litten unter einer außergewöhnlich heftigen, erbarmungslosen Hitzewelle. Nicht ein frisches Lüftchen strich durch die verdorrten, leidenden Bäume.

Ich fuhr durch die trockenen Hügel südlich von Siena, besser bekannt als die »Crete Senesi«. Um mich herum regte sich nichts, alles wirkte wie verwunschen, fast so, als stünde die Zeit still – oder hielte zumindest den Atem an bis zum Ende jener Hundstage, wenn der Regen den natürlichen Rhythmus der Landschaft wiederherstellte.

Zu Mittag hatte ich mir eine Brasse *all'acqua pazza* zubereitet (was wörtlich übersetzt Brasse in »verrücktem Wasser« bedeutet), ein Rezept, für das man im Grunde nicht mehr als Tomaten, Wasser, Salz und Weißwein benötigt. Ich nahm Weißwein nur zum Kochen, denn ich glaubte an das Sprichwort: *Chi beve il bianco è vicino al pianto che beve rosso ha la gioia addosso* (Wer Weißwein trinkt, hat nah am Wasser gebaut, wer Rotwein trinkt, ist lieber fröhlich), und so hatte ich einen leichten Chianti zu meinem Fisch in Soße getrunken, der jetzt, auf der holperigen Straße, in meinem Magen hin und her schwappte.

Ich saß in meinem kleinen Subaru-Transporter ohne Klimaanlage, und durchs offene Fenster zog eine Mischung aus warmer Luft und Straßenstaub herein. Ich fuhr zu einem alten, renovierten Bauernhaus, das von fünf amerikanischen Pärchen gemietet worden war. Sie hatten mein Buch gelesen und wollten mich persönlich kennenlernen, insbesondere damit ich ihnen vom Palio in Siena erzählte. Ich hatte zugesagt, da ich mich gern mit Leuten traf, deren Interesse an der Toskana durch mein Buch geweckt worden war.

Als sie mir eine Wegbeschreibung zu dem gemieteten Bauernhaus schickten, stellte ich fest, dass ich es aus meinen Teenagerzeiten kannte. Ich freute mich darauf, es nach so langer Zeit wiederzusehen; seit den frühen Achtzigern, als meine Freunde und ich in unserer Freizeit auf unseren Mopeds und Vespas auf der Suche nach verlassenen Häusern die Gegend durchstreift hatten, war ich nicht mehr da gewesen. Ich erinnerte mich, dass wir dieses spezielle Haus nur einmal besucht hatten, weil es zu baufällig gewesen war und daher zu gefährlich, um eines unserer großen Feste darin abhalten zu können, der ganze Fußboden drohte damals einzubrechen. Außerdem war die Gegend zu trostlos und verlassen; wir zogen die üppigeren Hügel der Chianti-Region der mondähnlichen Landschaft der Crete Senesi vor. Plötzlich kam mir eine Erinnerung in den Sinn; Giorgio fiel mir ein, wie er mit seinem ausgeprägten toskanischen Akzent scherzte, dieser Ort sei so abgeschieden, dass selbst die Zeugen Jehovas Mühe hätten, dorthin zu finden.

Ich war gerade mal zwanzig Minuten unterwegs, und schon war das Armaturenbrett über und über mit Staub bedeckt. Im Radio lief die Übertragung einer der Bergetappen der Tour de France, und der Sprecher berichtete über den soundsovielten Triumph des legendären Marco Pantani, der den Rest der Teilnehmer weit abgehängt hatte und nun allein vorneweg fuhr. Die Stimme des Sprechers klang ziemlich blechern, als würde er vom Sozius eines Motorrads aus berichten.

Minuten später vernahm ich, dass Pantani die Ziellinie überquert und die Arme in die Höhe gerissen hatte, und beinahe gleichzeitig erschien das Bauernhaus auf der Spitze des Hügels. Ich hatte mein eigenes Ziel erreicht, und genau wie der legendäre Pantani war ich schweißgebadet, obwohl ich, verglichen mit seinem übermenschlichen Kraftakt, so gut wie nichts geleistet hatte.

Ich nahm die Abzweigung und fuhr die auf beiden Seiten von Zypressen gesäumte Straße entlang, die zum Anwesen führte. Die Zypressen waren noch jung, es würde viele Jahre dauern, bis sie zu den prächtigen, hoch aufragenden Sinnbildern der Toskana herangewachsen wären, die so viele unserer Straßen zierten. Zum gegenwärtigen Zeitpunkt waren sie nicht mehr als kleine, halb vertrocknete Büsche; ich konnte sie förmlich um Wasser flehen hören.

Das Tor war weit geöffnet, und ich parkte den Subaru auf der Kiesauffahrt neben fünf identischen Mercedesmodellen. Als ich das Kolonialhaus betrat, sah ich, dass es frisch renoviert worden war, selbst die Steinwände waren sandgestrahlt worden, sodass sie ihre ursprüngliche Pracht wiedererlangt hatten.

Die Hitze war nahezu unerträglich, die Sonne brannte mir so grausam auf den Kopf, dass ich mir fast die Finger verbrühte, als ich mir damit durchs Haar fuhr. Es war in der Tat ein sengender, brütend heißer Sommer. Ich stellte mir die morgigen Schlagzeilen in den Aufstellern der Zeitungshändler vor, sie alle würden sich um die hohen Temperaturen drehen. Wenn jemand starb, war die »Killer-Hitze« dafür verantwortlich, selbst wenn es sich bei dem Opfer um einen neunzigjährigen Herzkranken handelte, der ohnehin bald das Zeitliche gesegnet hätte. Außerdem rechnete ich mit den üblichen lächerlichen Tipps, die gesundheitlichen Risiken vorbeugen sollten: »Bleiben Sie während der heißesten Stunden im Haus, essen Sie Obst und Gemüse, trinken Sie Wasser anstelle von Alkohol.« Als verstehe sich das nicht von selbst.

Mein Freund, der *dottore,* kam mir in den Sinn, der dem letzten Punkt vehement widersprochen hätte. Becchini pflegte stets zu sagen: *Bevi, morrai! Non bevi? Morrai lo stesso! Perciò bevi!* (Trinke, und du wirst sterben. Trinke nicht, und du wirst trotzdem sterben. Dann kannst du genauso gut trinken!) Man denke nur an das bekannte Zitat von Charles Baudelaire: »Wer ausschließlich Wasser trinkt, hat etwas zu verbergen.«

Alles war still, als ich zum Eingang kam, die Haustür aus teurem Kastanienholz stand weit offen. Ich steckte den Kopf hinein und rief: »Hallo!« Keine Antwort. Auch von drinnen war kein Lebenszeichen zu vernehmen, doch weil ich erwartet wurde, glaubte ich, eintreten zu dürfen.

Das Wohnzimmer war wunderbar mit Hartholzmöbeln ausgestattet, der alte Kamin, in dem ich einst mit meinen Freunden Maronen geröstet hatte, war voller Sorgfalt wiederaufgebaut worden. In dieser luxuriösen Landvilla war es schwierig, auf Spuren des ehemaligen Verfalls zu stoßen, wie ich ihn in Erinnerung hatte.

Auf dem Tisch standen mehrere, wie willkürlich abgestellte, hauchdünne Gläser, und ich zählte ein halbes Dutzend Flaschen, die offenbar vor Kurzem geleert worden waren. Gerade wollte ich erneut laut rufen, um mich bemerkbar zu machen, als ich auf dem Kopfpolster eines Sofas, das mit der Lehne zu mir stand, einen silbernen Schopf bemerkte. Ich durchquerte das Zimmer, trat vor das Sofa und blickte auf einen sehr großen Mann hinab, der mit offenem Mund tief und fest schlief. Sein Körper war rosig und völlig haarlos.

»Mr. Jameson?«, fragte ich mit leicht erhobener Stimme.

Der Mann fuhr hoch und starrte mich erschrocken an. Ich beruhigte ihn, indem ich die Hand ausstreckte und mich vorstellte. Als ihm bewusst wurde, wer ich war, hellte sich sein Gesicht auf, und er verzog den Mund zu einem breiten Lächeln. Er rappelte sich hoch, nahm meine Hand und drückte sie kräftig. Ich wich leicht verunsichert zurück, denn es hatte den Anschein, als wäre er komplett nackt, doch dann stellte ich fest, dass seine Intimteile von einer nahezu mikroskopisch kleinen Speedo-Badehose bedeckt waren, die man zuvor wegen seines vorgewölbten Bauchs nicht hatte sehen können.

»Pete«, korrigierte er mich und füllte zwei Gläser mit Wein, von denen er eins mir reichte, ohne mich zuvor zu fragen, ob ich es wollte oder nicht. »Nennen Sie mich Pete.« Er erzählte mir, dass er und die anderen darauf brannten, mich endlich kennenzulernen, und dass uns die »Truppe« am Pool erwartete. Mit einem Zwinkern lud er mich ein, ihm zu folgen, und als er sich umdrehte, stellte ich schockiert fest, dass seine fleischigen Hinterbacken fast komplett entblößt waren. Das einzige Zugeständnis an die Schicklichkeit war ein winziger Stoffstreifen über seiner Poritze. Ich hatte in meinem Leben schon weitaus Erfreulicheres gesehen. Noch verstörender war jedoch, dass er mich vom Gesicht her stark an Papst Johannes XXIII. erinnerte.

Wir gingen ein paar Terrakottastufen hinab. Jede war geschmückt mit einem Topf Lavendel, der seinen betörenden Duft verströmte und, vermutlich aus ebendiesem Grund, von einer erstaunlichen Vielzahl von Insekten umschwärmt war. Ich beschloss, mich am besten darauf zu konzentrieren, um nicht auf Petes gallertartige Hinterbacken starren zu müssen, die fröhlich vor mir her schwabbelten.

Petes Reisegefährten dösten faul unter Leinensonnenschirmen, ausgestreckt in äußerst bequem erscheinenden Liegestühlen, und tranken Wein aus Flaschen, die sie in Eiskübeln kühlten. Etwa auf der Hälfte der Stufen jubilierte Pete: *»Seeeht nur, wen ich hiiier habe!«* Alle Köpfe drehten sich schlagartig in unsere Richtung. Eine Frau stellte prompt ihr Weinglas auf einen Beistelltisch und frischte binnen einer Nanosekunde ihr Make-up auf, zog ihren radioaktiv strahlenden grellrosa Lippenstift nach und richtete mit einer flinken Bewegung ihr Haar, dann stand sie auf und kam mit offenen Armen auf mich zu galoppiert. Sie trug einen schwarzen Bikini, doch ihr Höschen war, anders als Petes, hochgeschnitten und bedeckte fast ihren Bauchnabel; mein erster Gedanke, als ich sie nebeneinander stehen sah, war der, dass sie womöglich versehentlich ihre Badehosen vertauscht hatten.

»Meine Frau Kim«, stellte Pete vor, womit er meine Verwechslungstheorie untermauerte.

Kim erinnerte mich an die englische Schauspielerin Patricia Hayes; sie umarmte mich, dann küsste sie mich auf die Wange, wobei sie einen dicken Lippenstiftfleck hinterließ und mein weißes Hemd mit ihrer rotbraunen Sonnencreme verschmierte.

»*Derrrio, o Derrrio*«, zwitscherte sie, als wäre ich ein Welpe, den man soeben in ihre Obhut gegeben hatte, »Sie sind ja *so* süß, noch *viel* süßer als in dieser Fernsehsendung.« Sie schien tatsächlich so überwältigt, dass ihr die Tränen in die Augen stiegen. Während sie mich in ihrem schraubstockartigen Griff hielt, fuhr sie fort, mich mit Lob zu überschütten. »*Derrrio,* Ihr Buch hat mich so zum Lachen gebracht, haben Sie *wirklich* all diese verrückten Leute kennengelernt?«

Als ich ihr versicherte, dass alles der Wahrheit entsprach, ließ sie mich endlich los. Ich gab mein Bestes, nach diesem eher unerwarteten Überfall das Lächeln im Gesicht zu behalten. Wie ihr Mann war auch Kim ziemlich drall und offenbar ein angenehmer, freundlicher Mensch. Ich begann, mich zu entspannen; sie war bestimmt harmlos … größtenteils zumindest. Sie reichte mir ein Glas eisgekühlten Wein und prostete den anderen Gästen zu, die sich mittlerweile um mich herum versammelt hatten.

Nachdem wir angestoßen hatten, schüttelte ich einem Mann mittleren Alters die Hand, der mich irgendwie an Elvis erinnerte; doch eher an den späten, aufgedunsenen, verlebten Elvis. Um ganz genau zu sein: an Elvis, zehn Minuten nachdem er gestorben war. Seine Frau ihrerseits sah aus wie Brigitte Bardot … so, wie sie heute aussieht.

Das dritte Paar, ebenfalls mittleren Alters, bestand aus einem grauhaarigen Clark Kent mit dicker, schwarz geränderter Lesebrille und einem muskulösen, durchtrainierten Körper; seine Frau, eine zierliche Frau mit einem sehr faltigen

Gesicht, die als Einzige der anwesenden Damen einen Badeanzug trug, verziert mit großen aufgenähten Blumen, erinnerte an Goldie Hawn – an eine Goldie Hawn, die sechzig, siebzig Jahre in der Sonne gebraten hatte, man hätte sie »Oldie Hawn« nennen können. Dennoch muss ich zugeben, dass sie einen gewissen Charme hatte.

Wie immer, wenn ich mit meinem Doppelgängerspiel angefangen hatte, konnte ich nicht mehr damit aufhören, und so beschloss ich, dass sich das vierte Paar aus dem früheren Vorsitzenden der Arbeitergewerkschaft (wobei ich eigentlich nur nach prominenten Doppelgängern suchte und den Begriff »prominent« hier ganz klar ein wenig ausdehnte) und einer Sigourney Weaver mit einem ausgeprägteren Unterkiefer – so ausgeprägt, dass ihr ein Regenschauer ernsthafte Probleme bereiten würde – zusammensetzte.

Das fünfte Paar war ebenfalls ausgesprochen freundlich, doch trotz aller Anstrengung konnte ich kein berühmtes Ebenbild für den Ehemann finden, und der einzige Vergleich, der mir für die Ehefrau einfiel, war der mit einer weiblichen Version meiner Postbotin – ja, mit einer weiblichen Version, denn meine Postbotin ist tatsächlich total maskulin. Hätte sie nicht einen weiblichen Vornamen und einen entfernt an Brüste erinnernden Vorbau, wäre ich nie darauf gekommen, dass es sich um eine Frau handelt; der Rest von ihr sieht nämlich ganz genauso aus wie ein Hafenarbeiter von den Schiffswerften in Livorno. (Sie trinkt auch den Grappa genauso wie ein Hafenarbeiter; das weiß ich, weil ich ihr einmal ein Glas angeboten habe. Weil sie ihn kippte wie Mineralwasser, schenkte ich ihr ein zweites ein, dann ein drittes. Nach dem vierten schließlich gab ich ihr die ganze Flasche.)

Während ich noch damit beschäftigt war, berühmte Doppelgänger für meine neuen Bekannten zu finden, behandelten diese mich ironischerweise wie eine echte Berühmtheit. Gelegentlich kommt es vor, dass ich derart gebauchpinselt werde, hauptsächlich von Amerikanern, und obwohl das ein äußerst angenehmes Gefühl ist, habe ich mich bemüht, es mir nicht zu Kopfe steigen zu lassen; nur so konnte ich all die Jahre ich selbst bleiben. Doch bei dieser Gelegenheit machte es mir Spaß, von diesen lebhaften Amerikanern aus Wisconsin so verwöhnt zu werden, die ihre Kameras auf mich richteten und mein Glas immer wieder nachfüllten. Sie überhäuften mich mit Fragen und lachten über all meine albernen Wortspielchen. Doch schließlich war ich dafür bezahlt worden, hier zu sein, und deshalb beschloss ich an einem bestimmten Punkt, mir meinen Lohn zu verdienen, und forderte sie auf, ins Wohnzimmer zu kommen, wo ich ihnen meinen üblichen Vortrag über den Palio halten wollte, gefolgt von einem Video, das ich für derartige Anlässe vorbereitet hatte.

Minuten später sprach ich vor meinem kleinen Publikum, das mir die größtmögliche Aufmerksamkeit schenkte, während es damit beschäftigt war, weitere Flaschen zu öffnen, erst Rotwein, dann Weißwein. Irgendwann stellte ich zwangsläufig fest, dass sie die komplizierten Regeln des Palio nicht wirklich verstanden, vermutlich wegen des Alkohols und auch wegen meiner Worte, die dank der beträchtlichen Menge an Wein, die ich konsumiert hatte, leicht undeutlich wurden. Ich versuchte, mich deutlicher auszudrücken, doch langsam, aber sicher, fielen meinen Zuhörern die Augenlider zu; die Hartgesottenen (darunter der grauhaarige Clark-Kent-Doppelgänger) versuchten heroisch, sie offen zu halten, doch nach ein paar Sekunden sanken sie wieder herab. Ich überlegte, das Video vorzuführen, um ihre Aufmerksamkeit wiederzuerlangen, doch dazu müsste ich das Licht ausschalten, und das würde sie endgültig wegdämmern lassen. Ich brauchte einen Plan B, und zwar schnell, denn mein Publikum fiel um wie die Fliegen …

Plötzlich hatte ich eine Idee. Vielleicht war es mein angeborenes Genie, vielleicht die Inspiration des Weins – auf alle Fälle beschloss ich, dass meine Kunden am leichtesten etwas über den Palio lernen würden, wenn sie selbst ein Rennen veranstalteten. *Das* würde sie wieder in Schwung bringen. Sie waren zu zehnt – perfekt, exakt die Anzahl der Pferde, die an dem Rennen teilnahmen. Ein Amerikaner pro *contrada.*

Doch *wo* sollte das Rennen stattfinden? Am besten am Pool; ja, ein Rennen rund um den Pool erschien mir das Naheliegendste. Unvermittelt klatschte ich in die Hände, um sie wieder zu sich zu bringen, dann bat ich um ein Blatt Papier, das ich in zehn Stücke zerriss. Auf die einzelnen Fetzen kritzelte ich den Namen der *contrada,* die mir gerade in den Sinn kam. Als ich damit fertig war, hielt ich Folgendes in der Hand:

Raupe … meine eigene *contrada*
Giraffe … unser einstiger Feind
Turm … unser Verbündeter
Gans … der Feind unseres Verbündeten
Schildkröte … hat gerade den letzten Palio gewonnen
Schnecke … der Feind der Schildkröte
Eule … die *contrada* meiner Exfreundin
Einhorn … der Feind der Eule
Wölfin … die *contrada* meiner Ex-Exfreundin
Stachelschwein … der Feind der Wölfin und unser Verbündeter

Um das Ganze realistischer zu gestalten, nahm ich das Bild der Madonna, das an der Steinwand hing, und verkündete, das wäre der *palio,* der Preis, den der Sieger triumphierend in Händen halten würde.

Glücklicherweise hielten meine Kunden diese Idee für spannend. Sie standen auf, schüttelten die Glieder, um wieder wach zu werden, und strömten aufgeregt nach draußen, jeder von ihnen mit einer Flasche Wein bewaffnet. Ich bildete die Nachhut – und hatte wieder Petes gewaltiges wabbeliges Hinterteil vor mir.

Am Pool nahm ich ein leeres Glas und steckte die zusammengefalteten Papierfetzen hinein, dann schüttelte ich es und kippte die Zettel auf einen Marmortisch. Anschließend bat ich meine Klienten, sich je einen der Fetzen zu nehmen, auseinanderzufalten und laut vorzulesen, welchen Stadtteil sie repräsentierten.

Die weibliche Version meiner Postbotin öffnete ihren zuerst; sie hatte den Turm gezogen. Dann kam Pete – alias Papst Speedo XXIII. –, der leichte Schwierigkeiten hatte, den Zettel mit seinen riesigen Fingern auseinanderzufalten, und teilte uns mit, er habe die Schildkröte. Der tote Elvis zog die Raupe, Patricia Hayes das Einhorn, Oldie Hawn die Schnecke, der frühere Vorsitzende der Arbeitergewerkschaft das Stachelschwein, Sigourney Weaver die Giraffe, Clark Kent die Gans, Brigitte Bardot die Wölfin. Zu guter Letzt kam Mr. Niemand – der Mann, für den ich aufgrund seiner nichtssagenden, unauffälligen Gesichtszüge keinen Doppelgänger finden konnte – mit der Eule.

Jedes Mal, wenn ein Zettel vorgelesen wurde, ertönte aufgeregtes Geschrei. Ich erklärte, dass der Preis an denjenigen gehen würde, der als Erster drei volle Runden um den Pool gedreht hätte – außerdem wäre es erlaubt und überdies empfehlenswert, die Mitstreiter zu behindern, sogar zu drängeln und zu stoßen.

Jetzt bekamen sie tatsächlich ein Gefühl für diese Sieneser Tradition. Sie fingen an zu lachen wie kleine Kinder, denen man soeben ein neues Spiel beigebracht hatte – ein Spiel, bei dem es belohnt wurde, wenn man mogelte!

Bevor es losging, öffneten sie eine Flasche Brunello Poggio Antico, die ihnen Glück bringen sollte. Während sie den Wein in großen Schlucken tranken, beobachtete ich sie mit aufmerksamem Blick und kam zu dem Schluss, dass sie sich unter normalen Umständen niemals auf eine solche Albernheit eingelassen hätten. Doch weil sie Urlaub in der öden Landschaft der Crete Senesi machten, weit weg von zu Hause und ihrem zugeknöpften Berufsleben, gingen sie aus sich heraus und gestatteten sich, mehr als nur ein bisschen ausgelassen zu sein. Woran meiner Meinung nach absolut nichts Verkehrtes war.

Wieder einmal zog ich Lose, wie beim echten Palio, um zu sehen, wer neben wem an der Startlinie stand, wer den begehrten Innenplatz bekam und wer – noch begehrter – der zehnte »Reiter« war, derjenige, der über den Start entscheidet. Als alle nebeneinanderstanden, ermutigte ich sie erneut, sich gegenseitig zu stoßen und zu schubsen, und erklärte ihnen, dass das Rennen erst dann starte, wenn der Zehnte in der Reihe beschließe, loszulaufen. Der Zehnte war der frühere Gewerkschaftsführer. Er machte seine Sache gut, denn er zögerte den Start absichtlich immer länger hinaus, was seine Freunde, die buchstäblich mit den Hufen scharrten, völlig aus dem Konzept brachte.

Dann, genau wie beim echten Palio, raste er ohne jede Vorwarnung los. Die anderen blieben völlig perplex zurück, dann starteten sie alle gleichzeitig. In der ersten Runde übernahm Mr. Niemand die Führung, gefolgt von Oldie Hawn, dritter war der tote Elvis – dann kamen meine Postbotin, der ehemalige Gewerkschaftsführer, der sich ein Kopf-an-Kopf-Rennen mit Sigourney Weaver, Brigitte Bardot, Papst Speedo und Clark Kent lieferte. Letzte war Patricia Hayes – die vermutlich abbremste, weil sie in Badesachen laufen musste, die viel zu groß für sie waren.

In der zweiten Runde setzte Krawall ein: Meine Postbotin (Turm) schnitt die Kurve und krachte gegen Elvis (Raupe), der wiederum stolperte und fiel gegen Oldie Hawn (Schnecke), und alle drei zusammen stürzten sie mit einem gewaltigen Platschen in den Pool. Kurz darauf gab Brigitte Bardot (Wölfin) auf, weil sie barfuß gegen den Betonständer des Sonnenschirms getreten war (ich habe nie behauptet, der Palio sei ungefährlich); sie überließ das Feld Clark Kent (Gans), dem ehemaligen Gewerkschaftsführer (Stachelschwein) und Mr. Niemand (Eule), die Sigourney Weaver (Giraffe), Papst Speedo (Schildkröte) und die arme Patricia Hayes (Einhorn), die sich jetzt weit abgeschlagen auf dem letzten Platz befand, mühelos überholten.

Bei der dritten und letzten Runde schien es so, als würde alles zwischen dem Stachelschwein und der Gans entschieden, doch der ehemalige Gewerkschaftsführer hob drohend den Ellbogen, woraufhin Clark Kent seine Taille umschlang, sodass Mr. Niemand an ihnen vorbeiziehen konnte und vom dritten auf den ersten Platz gelangte. Mit triumphierend über den Kopf erhobenen Armen überquerte er die Ziellinie. Die Eule hatte gewonnen!

Er schnappte sich das Bild der Madonna und drehte eine Ehrenrunde um den Pool, während seine geschlagenen Freunde gutmütig applaudierten. Trotz ein paar Schürfwunden und Kratzern waren alle bestens gelaunt, lachten und strahlten, keuchend vor Anstrengung; und als sie wieder zu Atem kamen, schnappten sie mich zu meiner Überraschung und warfen mich voll bekleidet in den Pool, dann sprangen sie selbst hinterher. Wir bespritzten uns erbarmungslos wie Kleinkinder im Planschbecken. Anschließend öffnete die weibliche Version meiner Postbotin eine weitere Flasche Brunello, die wir im Pool herumgehen ließen.

Wir plauderten, lachten und erholten uns von unserem ganz speziellen »Poolio«, wie wir den Palio am Pool getauft hatten, bis wir merkten, dass bereits die Morgendämmerung heraufzog. Wir konnten es kaum glauben, als Oldie Hawn ihre Uhr aus der Tasche zog und verkündete, es sei bereits 5 Uhr 17 – und sie müssten den Flieger in Rom erwischen.

Plötzlich war die Party vorbei – genau wie ihre Ferien. In wenigen Stunden würden sie an Bord eines Jumbo Jets gehen und in den Alltag zurückkehren, die Rollen wieder aufnehmen, die sie in der Gesellschaft zu erfüllen hatten – der Arzt, der Professor, der Rechtsanwalt, der Richter.

Hastig rafften sie sich auf, warfen sich in die Klamotten und rollten ihr Gepäck aus der Eingangstür. Ich begleitete sie zu ihren Fahrzeugen, wir alle waren schlapp und benommen, sowohl vor Erschöpfung als auch wegen des vielen Weins, den wir getrunken hatten. Wir verabschiedeten uns eilig, aber herzlich, und sie bestanden darauf, dass ich in der Villa blieb und ein Nickerchen machte, weil sie sich zu Recht wegen meines Alkoholspiegels sorgten. Ich versicherte ihnen, dass es mir gut gehe und ich problemlos nach Hause gelangen würde.

Doch als ich auf meinen Subaru zuging, stellte ich fest, dass ich in der Tat ziemlich betrunken war; in meinem Kopf drehte sich alles wie ein Kreisel. Ich stellte das Radio an und konzentrierte mich aufs Fahren. Der Himmel hieß die blutrote Sonne willkommen, die hinter den Hügeln aufstieg, und plötzlich bemerkte ich eine Schafherde, die vor mir die Straße überquerte. Ich trat auf die Bremse und verhinderte gerade noch rechtzeitig, auf allzu gewaltsame Art und Weise ihre Bekanntschaft zu machen.

Die ersten feuerroten Sonnenstrahlen färbten die Wolle der sanftmütigen Herde blassrosa. Der sardische Schäfer, der sie hütete, war ein kleiner, dunkler Mann mit harten, grimmigen Zügen und eingefallenen Wangen. Über der Schulter trug er einen Ledersack, an dessen Zipfel eine Flasche Wein befestigt war. Er nutzte die vergleichsweise frischen frühmorgendlichen Temperaturen, um seine Herde weiden zu lassen, begleitet von drei stolz dreinblickenden Maremmano-Hirtenhunden. Während ich dasaß, ihn durch die Windschutzscheibe anstarrte und darauf wartete, dass sich mein Herzschlag wieder normalisierte, nickte er leicht in meine Richtung. Ich erwiderte seinen Gruß.

Als er vorbeigegangen war, schaltete ich in den ersten Gang

und fuhr weiter. Die Sonne gewann bereits an Kraft. Im Radio wurden Vivaldis *Vier Jahreszeiten* übertragen; ich hätte mir keinen besseren Soundtrack wünschen können.

Nun führte die Straße in Haarnadelkurven hinab ins Tal, und in der Ferne erkannte ich den Glockenturm eines Gebäudes, das meines Erachtens eines der spirituellsten Baudenkmäler in der ganzen Toskana ist – der Abtei von Sant' Antimo, eines Meisterwerks der Baukunst, errichtet vor gut tausendzweihundert Jahren. Jedes Mal, wenn ich davorstehe, werde ich von starken, bewegenden Gefühlen übermannt. Vielleicht lag es an dem herrlichen Tagesanbruch, vielleicht am Wein und meiner Erschöpfung, doch die Abtei kam mir noch schöner vor denn je. Sant' Antimo ist eines einer sehr erlesenen Auswahl von Bauwerken, denen es gelingt, die Art von Gefühlen in mir zu erwecken, die normalerweise nur die Natur hervorzurufen vermag.

Ein paar Zentimeter über dem Boden hing noch ein leichter, frühmorgendlicher Nebel, gerade genug, um das Gras zu bedecken. Voller Ehrfurcht starrte ich auf die gewaltigen, uralten Olivenbäume, die die Abtei in unregelmäßigen Abständen umstanden, ihre eigensinnigen Äste folgten keiner logischen Linie. Dann stellte ich fest, dass ich tatsächlich betrunken war, den Sant' Antimo lag in genau entgegengesetzter Richtung zu meinem Zuhause. Ich hatte die falsche Straße genommen – oder vielleicht, dachte ich in dem Versuch, mich selbst zu überzeugen, hatte mich mein Unterbewusstsein absichtlich an diesen himmlischen Ort geführt. Obwohl ich kein Christ bin, falle ich doch stets, wenn ich in dieses Tal hineinfahre und die Kirche in ihrem reinen Alabaster- und Granitglanz vor mir sehe – man sagt, Karl der Große habe befohlen, die Kirche zu errichten, die daraufhin über Nacht von Feen erbaut worden sei –, in einen seltsamen mystischen Zustand. Viele meiner damaligen Klienten haben ähnlich empfunden, manche bekamen sogar plötzliche Schweißausbrüche, fingen an zu zittern oder verspürten Anzeichen von Panik, wenn sie über die Schwelle traten.

Alles in allem war ich froh, hier gelandet zu sein, obwohl ich grauenhafte Kopfschmerzen hatte und mich nach meinem Bett sehnte. Ich stellte den Subaru unter einer Zypresse ab und stieg aus. Wieder einmal war der Himmel wolkenlos, und es sah aus, als stehe uns eine Affenhitze bevor. Ich marschierte in das menschenleere Tal hinein; der Nebel hob sich jetzt und enthüllte die Grashalme zu meinen Füßen, in denen Tausende winziger Spinnweben hingen; alle waren voller Tautropfen, die im Sonnenlicht glitzerten.

Ich suchte den Schatten eines Olivenbaums, setzte mich und lehnte meinen Kopf gegen den Stamm. Den Blick auf die prächtige Abtei geheftet, döste ich langsam ein. Ich schlief nicht lange, das Läuten der Kirchenglocken, das durch die Luft hallte, weckte mich. Ich öffnete gerade rechtzeitig die Augen, um drei weiß gekleidete Mönche aus einem Eichenwald in der Ferne kommen und auf die Kirche zustreben zu sehen.

Ich beschloss, ebenfalls hinüberzugehen, und setzte mich auf eine der Holzbänke in der Nähe des Altars. Nun traten nacheinander sieben Mönche durch eine Seitentür ein. Der erste war aufgrund seines Alters mit Sicherheit der Abt, ihm folgten sechs sehr viel jüngere Mönche. Der dritte in der Reihe erinnerte mich an John Belushi, doch sobald mir dieser Gedanke durch den Kopf schoss, versetzte ich mir innerlich einen kleinen Tritt und befahl mir: Schluss damit, Dario! Die Mönche verneigten sich vor dem Altar, dann teilten sie sich in zwei Gruppen und nahmen auf den Bänken zu beiden Seiten des Altars Platz, sodass sie einander gegenübersaßen.

Der Abt klopfte auf eine der Bänke, um das Zeichen zu den *lodi,* den Lobpreisungen, zu geben, und ein junger Mönch stand auf und stimmte mit wahrhaft himmlischer Stimme einen feierlichen gregorianischen Gesang an, der dank der hervorragenden Akustik bis in den verstecktesten Winkel der

Kirche drang. Es war mir eine Ehre, als einziger Zuschauer daran teilhaben zu dürfen. Die Stimme füllte die Apsis, die wie in allen romanischen Kirchen nach Jerusalem blickte, wurde von den Alabastersäulen zurückgeworfen, schallte durch die drei Schiffe, strich durch die Krypta, in der der heilige Antimo höchstselbst begraben lag, und verlor sich schließlich an der hohen Gewölbedecke. Als der junge Mönch seinen Gesang beendet hatte, setzte er sich wieder auf die Bank, und sein Bruder ihm gegenüber erhob sich und fing an, mit ähnlich tragender Stimme, doch mit glatterer Tonalität, seine Strophen zu intonieren. Als auch die anderen mit einfielen und sie alle im Chor sangen, bekam ich Gänsehaut und konnte nicht verhindern, dass mir ein paar Tränen über die Wangen liefen.

Die Sonne schickte ihre Strahlen durch die hohen Fenster und erhellte die ruhig-heiteren Gesichter der Sänger, was diese noch harmonischer wirken ließ – in Einklang mit sich selbst und mit dem Gott, dem sie auf so kunstvolle Weise huldigten. In diesem Augenblick beneidete ich sie um das Leben, das sie führten.

Minuten später war alles vorbei; der Abt signalisierte das Ende der Morgenandacht mit einem weiteren Klopfen auf die Bank, und wieder verbeugten sie sich vor dem Altar, bevor sie schweigend die Kirche durch dieselbe kleine Seitentür verließen, durch die sie gekommen waren. Und damit war ich allein.

Ich stand auf und ging durchs Seitenschiff, meine Schritte hallten in der Stille wider. Draußen wurde ich von Scharen von Schwalben empfangen, die auf der Jagd nach Frühstücksinsekten im Sturzflug ins Tal hinabstießen. Ihr Anblick erinnerte mich daran, dass ich selbst dringend etwas zu essen brauchte; es war schon nach sieben. Also fuhr ich zurück in mein Dorf, wo ich mir in der Bar einen Cappuccino und ein frisches Brötchen bestellte, anschließend wollte ich meinen Kater mit einem Sonnenbad am Fluss auskurieren, am nahe gelegenen Farma.

In der Bar traf ich auf *maresciallo* Iuzzolino, bereits in Uniform, doch noch ohne seine Schnabelkappe, der auf einen raschen Espresso einkehrte, bevor er auf Streife ging. Er fuhr sich mit der Hand durchs Haar, steckte sich eine Zigarette zwischen die vom arabischen Kaffee dunkel verfärbten Lippen und zündete sie an. Dann sagte er recht freundlich: »Du bist ja ein früher Vogel heute, Dario. Wenn ich es nicht besser wüsste, würde ich vermuten, dass du noch gar nicht ins Bett gekommen bist. Weißt du noch, wie du früher mit deinen Freunden die ganze Nacht unterwegs warst und jede Menge Schwierigkeiten bekommen hast?«

»Ähm, erinnern Sie mich bloß nicht daran, *maresciallo.* Damals war ich ganz schön verrückt, wie könnte ich das vergessen?« Ich wagte nicht, ihm zu gestehen, dass seine früheren Verdächtigungen heute beinahe ins Schwarze trafen.

Angeregt durch den Erfolg, veranstaltete ich noch mehrmals einen »Poolio«, wenn sich bei einem meiner Vorträge über den Palio zufällig ein Pool in der Nähe befand, doch niemals wurde er zu einem solchen Erlebnis wie der mit den zehn Amerikanern aus Wisconsin an jenem brütend heißen Sommerabend. Das war tatsächlich der »Poolio« des Jahrhunderts gewesen.

Ich bin mit dem Kapitel zufrieden, also zünde ich das Kaminfeuer an und grille mir zwei Hähnchenschenkel, zu denen ich mir einen Radicchiosalat mit reichlich Essig mache und eine Flasche Santa Cristina Antinori öffne. Ich leere die Flasche ohne Eile, nehme nur kleine, genüssliche Schlucke, dann lege ich mich aufs Sofa, betrachte die glühenden Kohlen im Kamin und dämmere langsam ein. *Buon fuoco e buon vino mi scalda il mio camino.* (Ein gutes Feuer und ein guter Wein wärmen einem das Herz.)

24.
Requiem

Für Andrea und mich hat der 4. Dezember eine ganz besondere Bedeutung, und jetzt, da dieser Tag gekommen ist, weiß ich, dass es nur eine Frage der Zeit ist, bis ich von ihm höre. Bis dahin schiebe ich das Bettsofa wieder zusammen und dorthin zurück, wo es stand, bevor ich es gestern Abend ausgezogen habe. Es gelingt mir erst beim vierten Anlauf, und wie immer amputiere ich mir dabei fast die Fingerglieder.

Ich beschließe, meine E-Mails nicht durchzugehen; ich habe nicht genug Zeit, um sie zu beantworten, weil ich den ganzen Tag in Gesellschaft meines Freundes verbringen werde. Stattdessen gieße ich die Pflanzen in den Terrakottatöpfen, die im Haus verteilt stehen, entferne die gelben Blätter am Ficus, der letztes Jahr so stark gewachsen ist, dass er nicht länger durch die Tür passt, sollte ich je das Bedürfnis verspüren, ihn hinauszustellen.

Der Himmel ist finster und droht, seine Schleusen zu öffnen, eine besonders unschöne schwarze Wolke, die aussieht, als wolle sie jeden Augenblick bersten, senkt sich auf die Gegend herab. Trotzdem verspüre ich das Bedürfnis zu laufen. Ein Blick auf die Uhr sagt mir, dass mir noch genügend Zeit bleibt. Ich wähle eine weniger anspruchsvolle Strecke als meinen üblichen Weg durch die Hügel, eine Route, die sich durch die Rebstöcke des Borgo-Scopeto-Weinguts schlängelt. Dafür spricht auch die Tatsache, dass aus den Wäldern, durch die ich normalerweise laufe, heute Morgen der Lärm von Hundegebell und Schüssen hallt – offenbar wird dort Jagd auf Wildschweine gemacht – und ich nicht unbedingt ins Fadenkreuz geraten möchte. Es braucht nur einen lockeren Finger am Abzug, und ich ende als Schmorbraten in der Küche eines einheimischen Restaurants.

Ich verstaue mein Handy in einem Geldgürtel an meiner Taille, dann nehme ich die Beine in die Hand.

Wie ich vorhergesehen hatte, regnet es, doch ich behalte meine gleichmäßige Geschwindigkeit bei und kehre um kurz vor neun ins Dorf zurück, völlig durchnässt von dem Guss aus der schwarzen Wolke, die mich scheinbar während der ganzen Strecke begleitet hat.

Um Punkt neun klingelt mein Handy. Ich habe es gewusst. Ich nehme den Anruf entgegen und frage, ohne mich mit einem Gruß aufzuhalten: »Gleicher Ort, gleiche Zeit?«

»Ja, alter Junge«, erwidert Andrea. »Gleicher Ort, gleiche Zeit.«

Anstatt sofort nach Hause unter die Dusche zu gehen, kehre ich auf einen heißen *orzo* in der Dorfbar ein. Wie immer ist auch Giulio da, zusammengekrümmt auf seinen treuen Gehstock gestützt, trinkt er einen großen Kelch Rotwein. Ich grüße ihn aus Höflichkeit, ohne mit einer Erwiderung meines Grußes zu rechnen, doch überraschenderweise lächelt er, wobei er all seine Goldzähne enthüllt, und merkt an, dass mein schweißüberströmtes Gesicht »so rot ist wie ein wunder Hintern«. Dann wird sein Ausdruck finster, und er humpelt zum Ausgang. Gleich darauf wird mir klar, warum: Emanuele mit seinem idiotischen Glotzen ist eingetreten. Nun mache auch ich auf dem Absatz kehrt, ignoriere die höhnische Bemerkung, die Emanuele in meine Richtung schickt, und folge Giulio zur Tür hinaus.

Kurz darauf bin ich zu Hause. Nachdem ich geduscht habe, wickle ich mich in meinen Bademantel, der zu Ehren der Raupe gelb, grün und blau ist. Als ich durch die Küche gehe, bemerke ich ein paar Fliegen, die sich eifrig über die getrockneten Weinreste auf dem Boden des letzten Glases von gestern Abend hermachen. Feinschmecker, denke ich. Im Chianti wissen selbst die Fliegen die Gaben des Bacchus zu schätzen, ganz anders als ihre Kollegen anderswo auf der Welt, die sich an weit weniger erlesenen Speisen laben. Ich rubble mir das Haar mit einem Handtuch trocken, das längst nicht mehr so weich und angenehm ist wie in meiner Jugend, sondern hart und spröde. Doch um ehrlich zu sein, ist mir das ziemlich egal; ich genieße es sogar zu beobachten, wie ich mich selbst im Laufe der Jahre verändere. Ich habe das Altern stets als einen natürlichen Prozess betrachtet, das Alter selbst als etwas Ehrwürdiges, wenngleich wir in einer Gesellschaft leben, die zunehmend darauf bedacht ist, uns vom Gegenteil zu überzeugen, indem sie diejenigen zum Vorbild erklärt, die sich mit allen Mitteln verzweifelt an ihre Jugend klammern, und absurde Maßstäbe bei Menschen mittleren Alters ansetzt, die unweigerlich zu einem Verlust ihrer Würde führen.

Heutzutage prahlen Prominente ab einem gewissen Alter tatsächlich mit ihren plastischen Operationen, selbst wenn das Ergebnis fast immer abstoßend ist. Ich denke an die *polisportiva* in meinem Dorf und stelle mir vor, wie die Alten dort aussähen, wenn sie allesamt geliftet und an der Nase operiert wären oder Hautschälkuren hinter sich hätten. Es wäre, als würde man ihnen die Seele nehmen, den Staub von uralten renommierten Weinflaschen wischen oder vergilbte Seiten aus alten Manuskripten reißen – kurzum: den Versuch unternehmen, Erfahrung auszuradieren und die Geschichte zu verfälschen, für nichts und wieder nichts, denn der Zahn der Zeit nagt erbarmungslos an allem und jedem.

Ich fülle den Kessel und bringe das Wasser zum Kochen, dann werfe ich einen Beutel Blutreinigungstee in die Keramiktasse, die mein Freund Romano gefertigt hat, und süße das Ganze mit einem Löffel Akazienhonig. Ich schneide mir eine Scheibe Mehrkornbrot ab, röste sie und gebe einen Tropfen Olivenöl sowie eine Prise Salz darauf, anschließend setze ich mich, die Füße an die Wand gestemmt, auf die Terrasse und betrachte zum zigsten Male die Hügel, deren Erhabenheit in mir das tiefste Gefühl hervorruft, das ich je im Leben verspürt habe. Während ich in kleinen Schlucken meinen Tee trinke, bleibt mein Blick wieder einmal an einem bestimmten verlassenen Haus in der Ferne mitten im Wald hängen, einem Haus, zu dem ich noch nie den Weg gefunden habe. Im gegenwärtigen Augenblick bin ich mir nicht mal sicher, ob ich das überhaupt möchte; es ist beinahe tröstlich, dass es in dieser Gegend zumindest ein Gebäude gibt, das ich noch nicht kenne, es ist für mich sozusagen eine letzte Grenze, die es zu überschreiten gilt.

Nach meinem bescheidenen Frühstück bleibe ich noch eine Weile sitzen und blicke über das Tal; unterdessen ist eine leichte Brise aufgekommen und rüttelt sanft die Äste der Olivenbäume auf einem Terrassenfeld unter mir. Schließlich ziehe ich mir Stiefel, Jeans und ein weißes Hemd an, dazu den eleganten Tweedmantel, der mir bis über die Knie reicht, und mache mich auf den Weg – das Handy lasse ich mit Absicht zu Hause. Heute will ich nicht gestört werden.

Beladen mit einer Drei-Liter-Flasche Mecacci, gehe ich in die Dorfbar. Der Barmann sagt mir zum zweiten Mal an diesem Morgen Hallo, dann reicht er mir die Tageszeitung, die gerade gebracht worden ist. Sofort schaue ich, welches Ergebnis Siena gestern Abend beim Basketball erzielt hat, dann schlage ich die Titelseite auf, die einem ziemlich unglaubwürdigen Vorfall gewidmet ist: Ein Rentner hatte sich irrtümlicherweise Kleber statt Augensalbe aufs Lid gegeben; die Ambulanz, die ausgerückt war, um den armen Kerl zu retten, blieb in der schmalen Gasse im historischen Zentrum von Siena stecken, in der er wohnte. Schlagzeilen in diesen Gegenden sind nicht immer so weltbewegend wie anderswo.

Ich lege die Zeitung beiseite, und sofort schnappt Orazio sie sich, der seine Arbeit auf den Weinfeldern zu einer späten

Frühstückspause unterbrochen hat. Wie immer bestellt er sich ein *ciaccino* mit Mortadella und ein Glas Wein, und genau wie ich befürchtet hatte, fängt er an, mir seine Meinung zu dem Artikel kundzutun, den er gerade überflogen hat. Ich gehe ein paar Meter auf Abstand, damit ich von seinem Spucke-Regen verschont bleibe, und er legt los: »Ähm … ähm, die Araber … nein, die Ölquellen, du weißt schon, die …«

Er macht eine Pause, um sich am Kopf zu kratzen. »Ich fahre zur Tankstelle, du weißt schon … die eine … die eine, die da …« Pause, um sich das Kinn zu reiben. »Komm schon … die eine, wo der Besitzer in … ach, wo wohnt er noch gleich …« Pause und Fingerschnipsen. »Hilf mir mal … der eine, der, der geheiratet hat.« Pause, um sich die urwüchsige Nase zu drücken.

»Zurück zum Thema, Orazio«, dränge ich ihn. Derweil entdecke ich Andrea, der vor der Bar parkt.

»Ähm … der Krieg im Irak … nein, in Kuwait …«, stammelt er und plappert unentwegt weiter, während Andrea eintritt und drei Mayonnaise-Club-Sandwiches mit ebenso vielen Gläsern Wein verschlingt, wobei ich ihm gern zur Seite stehe. Dann ist Orazio endlich fertig mit seiner Abhandlung und kehrt zurück an die Arbeit.

Nachdem er die Bar verlassen hat, brechen Andrea, der Barmann und ich in Gelächter aus. Wir reimen uns zusammen, dass er versucht hat, uns mitzuteilen, die Obrigkeiten könnten so viele Kriege anfangen und die Benzinkosten so weit in die Höhe treiben, wie sie wollten – er wäre nicht davon betroffen, denn er würde ohnehin nie für mehr als zehn Euro tanken.

Schließlich beruhigen wir uns wieder und werden ernst.

»Dario, bist du bereit?«

»Ja.«

»Hast du alles, alter Junge?«

»Ich glaube schon.«

»Dann lass uns aufbrechen.«

Ich schleppe die Drei-Liter-Flasche Mecacci hinaus zu seinem Wagen und lasse mich auf den Beifahrersitz fallen. Andrea zieht seinen Mantel aus und legt ihn sorgfältig zusammengefaltet auf den Rücksitz. Die Elf-Uhr-Glocken läuten, und wir fahren schweigend davon. Andrea ist nervöser als sonst und kaut auf seinen Fingernägeln.

»Genau wie letztes Jahr?«, fragt er und legt eine CD des sizilianischen Liedermachers Franco Battiato ein.

»Ja, Andrea. Genau wie letztes Jahr.«

Er nimmt die Abzweigung nach Gaiole in Chianti. Der Wind bläst kräftiger als am frühen Morgen, fegt über die Kiesstraße, weht Schlammklumpen in die Ginsterbüsche entlang des Weges. Zu den Klängen von *Esodo* fahren wir durch ein uraltes Kirchspiel, dann kehren wir auf die asphaltierte Hauptstraße zurück. Wir haben noch nicht mehr als ein paar Worte gewechselt, doch das ist immer so am 4. Dezember; für uns ist das ein feierliches Datum.

Ein paar Kilometer weiter hält Andrea an, dreht sich zu mir und sagt: »Nur Mut, alter Junge!«

Wir steigen aus dem Wagen. Ich fülle drei Gläser mit Meccaci-Wein und reiche Andrea eins davon. Zusammen gehen wir am Straßenrand entlang und gelangen nach ein paar Schritten zu einem kleinen Holzkreuz, das inzwischen teilweise von Gestrüpp überwuchert ist. Die kleine Gedenktafel ist noch zu sehen, auch Name und Datum, die darin eingraviert sind, lassen sich noch lesen. Wir stoßen an, leeren unsere Gläser und schütten den Inhalt des dritten auf den Boden der kleinen Gedenkstätte.

Es war im Sommer 1986, als Paolino – leidenschaftlicher Motorradfan und Hobbyrennfahrer – in der Kurve die Kontrolle verlor und mit seiner Honda gegen die Leitplanke krachte. Er war auf der Stelle tot. Paolino wurde nur zweiundzwanzig Jahre alt.

Ein paar Minuten verweilen wir schweigend, um seiner zu gedenken, dann kehren wir zum Auto zurück. Beim Kilometerstein 38 halten wir erneut an, diesmal bei einem kleinen Stein, der in Gedenken an Maurizio errichtet worden ist. Ein zweiter *brindisi,* und wieder leeren wir das dritte Glas zu Ehren unseres verstorbenen Freundes auf den Boden aus und sehen zu, wie es in der feuchten Erde versickert. Maurizio kam hier ums Leben, als er in einer frostigen Winternacht noch spät mit seinem kleinen Wagen unterwegs war. Offenbar geriet er auf einer Eisplatte ins Schleudern und prallte gegen diesen Baum. Von seinem Auto blieb nicht mehr als ein Klumpen Blech. Andrea und ich hatten ihn kurz zuvor noch gesehen; wir waren zusammen auf einer Party gewesen, die in einer Burg in der Gegend stattgefunden hatte, doch wir erfuhren erst am nächsten Morgen aus der Zeitung von der Tragödie. Auf der Titelseite war ein Foto von Maurizio, der am Strand seine Freundin umarmte. Als ich den dazugehörigen Artikel las, bekam ich plötzlich keine Luft mehr, als hätte mir jemand die Faust in die Magengrube gestoßen.

Wir wechseln auf eine andere Straße, um Gianfranco die Ehre zu erweisen und unser Ritual zu wiederholen. Gianfranco war der Erste unserer Freunde, der uns verlassen hatte. Er fuhr ein Motorrad, das wir scherzhaft »Sarg« nannten, weil es in so viele tödliche Unfälle verwickelt war. An Gianfrancos Unfall erinnere ich mich, als wäre es gestern gewesen. Er war auf brandneuen Reifen vor der Bar vorgefahren, und sobald wir das laute Dröhnen der Maschine hörten, strömten wir alle hinaus und umringten ihn staunend. Er lud Claudio zu einer Spritztour ein; Claudio kletterte begeistert auf den Sozius und hielt sich fest, während Gianfranco auf dem Hinterrad davonbrauste. Wir anderen sahen voller Bewunderung zu, wie unsere beiden kühnen, älteren Freunde in der Ferne verschwanden – keiner von ihnen trug einen Helm –, und tuschelten neidisch, weil Gianfrancos Vater seinem Sohn ein richtiges Motorrad gekauft hatte, während der Rest von uns noch immer auf gebrauchten Vespas durch die Gegend fuhr.

Als sie jedoch nicht mehr zurückkehrten, begannen wir, uns ernsthafte Sorgen zu machen. Das Heulen von Sirenen in der Ferne fiel zusammen mit den ersten Gerüchten, die in der Kneipe die Runde machten – es habe einen Unfall bei dem Mandelbaum an der Straße nach Siena gegeben. Wir stürmten aus der Bar, sprangen auf unsere Motorroller und rasten davon, um herauszufinden, was passiert war, doch als wir ankamen, stellten wir fest, dass die Straße von der Polizei gesperrt worden war. Wir spähten an den Polizisten vorbei und sahen voller Entsetzen ein Motorrad auf dem Asphalt liegen, inmitten einer Lache frischen Bluts.

Sofort belagerten wir den jungen *maresciallo* Iuzzolino, der uns mit bleichem Gesicht und zitternder Stimme mitteilte, dass man unsere Freunde ins Krankenhaus gebracht habe. Und wieder setzten wir uns in Bewegung, ein kleiner Konvoi aus Vespa-Rollern, jeweils besetzt mit Fahrer und Beifahrer. Wir rasten um die Kurven, setzten unser Leben aufs Spiel; Helme trugen wir nicht, auch nicht nach dem, was wir gerade gesehen hatten. Tränen strömten über unsere Gesichter. So trafen wir in der Notaufnahme ein, nur um zu erfahren, dass Gianfranco bereits tot war und Claudio im Koma lag.

Claudio erholte sich letztendlich, doch seine Beine blieben gelähmt, und noch heute, wenn ich ihn in seinem Rollstuhl sehe, denke ich daran, dass er mit diesen Beinen als Letztes auf den Sitz hinter Gianfranco geklettert war, an jenem verfluchten Samstagabend.

Andrea und ich wiederholen unser Ritual, dann fahren wir weiter zu einer anderen Straße, einem anderen Freund – zu Giorgio, der so eifrig, so ehrgeizig, so voller Leben gewesen war. Er wurde von einem Auto getötet, das von der Spur abkam und in seine Vespa schleuderte. Er war auf der Stelle tot.

Giorgio war der geborene Anführer, alles, was er anfasste, wurde zum Erfolg, ganz gleich, auf welchem Gebiet – doch leider wurden seine Träume auf der Motorhaube eines Autos zerschmettert, gefahren von einem alten, betrunkenen Mann in Begleitung einer Prostituierten. Wieder heben wir unsere Gläser, diesmal trinken wir auf Giorgio.

Und auf Roberto, ein Stück weiter die Straße hinauf. Der arme Roberto – völlig am Ende, weil seine Freundin ihn verlassen hatte, betäubte seine Verzweiflung mit Schnaps und vermutlich auch mit noch härteren Drogen. Wir waren nicht sonderlich überrascht, von seinem Tod zu erfahren, doch wir trauerten um ihn nicht weniger als um die anderen.

Dann kamen wir zu Pippo, der nicht mal ein Motorrad besessen hatte, weil seine Eltern Angst hatten, ihm eins zu kaufen. Doch das Schicksal lässt sich nicht so leicht überlisten. Er wurde beim Radfahren getötet, überrollt von einem Wagen mit drei Jungs darin, die um zehn Uhr morgens aus der Disco kamen. Wieder stehen Andrea und ich schweigend vor dem kleinen Holzkreuz, das mittlerweile mit Moos bedeckt ist. Noch immer sind zwei zerschlissene Schals darum gewickelt: einer von seiner *contrada*, der andere von seinem Fußballteam – er war ein leidenschaftlicher Fan des AC Siena. Beim ersten Spiel nach seinem Tod baten seine Kumpel um eine Schweigeminute vor Spielbeginn, doch die Fans der Gastmannschaft missachteten ihren Wunsch und füllten die Stille mit unflätigen Beleidigungen. Jetzt ist der Schal verblichen, nicht aber die Erinnerung an Pippo; wie all unsere verstorbenen Freunde nimmt er auf ewig einen ganz besonderen Platz in unseren Herzen ein.

Nun müssen wir nur noch eines letzten Verlusts gedenken; doch gemäß unserer Tradition, statten wir diesen letzten Besuch nach dem Mittagessen ab. Wir beschließen, bei Gina einzukehren und ihre Spezialitäten zu bestellen: *ribollita* und geschmorten Hasen in Weißweinsoße. Wir parken in dem kleinen Nest auf der Spitze des Hügels und werden von Gina mit einer stürmischen Umarmung willkommen geheißen. Gina ist eine außergewöhnliche Frau, deren kräftige Arme mehr als einem halben Jahrhundert Feldarbeit geschuldet sind. Ich spüre ihre weichen Wangen, die den frischen Duft des in der Chianti-Gegend allgegenwärtigen Tuffs verströmen, an meinen.

Gina ist ein äußerst intuitiver Mensch, der sofort spürt, dass Andrea und mir nicht nach Scherzen zumute ist, deshalb führt sie uns sogleich an unseren Tisch und entfernt sich kurz, um eine Flasche Chianti Classico Rocca delle Macie zu holen, die sie zwischen uns auf den Tisch stellt. Dann bringt sie einen Teller mit Schinken und Salami, hervorragend geräuchert von Oriano, ihrem Ehemann, und nimmt unsere Bestellung auf.

Wir sitzen unter dem Vordach mit Blick über das Tal und beobachten die sich zusammenballenden grauen Wolken, die sich ab und an zu einem Schauer öffnen. Schweigend trinken wir unseren Wein, genau wie in dem alten Sprichwort *Come un tranquillo vino si pone il silenzio che è rimasto* (Wie ein stiller Wein ist die Ruhe, die bleibt) …

Es war der Morgen des 4. Dezember 1984. Andrea war früh gekommen, um mich abzuholen. Giuliana, die er vor ein paar Monaten kennengelernt hatte, begleitete ihn. Ich freute mich so sehr für ihn, denn endlich sah ich, wie er in Gesellschaft eines Mädchens aufblühte.

Giuliana war eine kräftige junge Frau, die Tochter eines hiesigen Bauern, doch sie war mehr als das: Sie war von entwaffnender Naivität und bewundernswert spontan. Zusammen mit ihren Eltern lebte sie auf einem kleinen Hof in den Hügeln des Chianti, und sie studierte Landwirtschaft, da sie gern an der frischen Luft war und weiterhin das Land bewirtschaften wollte, das sie so sehr liebte. Sie sprach einen ausgeprägten ländlichen Dialekt und hatte eine etwas raue, doch freundliche Art, war immer gut gelaunt und niemals niederträchtig; sie liebte guten Wein und gutes Essen. Auf gewisse Weise war sie ein bisschen altmodisch; es gefiel ihr zu stricken und zu kochen, und sie träumte von einer großen Familie mit vielen Kindern, die vor einem behaglichen Ofen spielten. Ich wusste, dass Andrea vollkommen vernarrt in sie war, und ich gönnte es ihm.

An jenem Morgen traf er mich zusammen mit Erica an, einer jungen Dekorateurin mit Augen von der Farbe des Himmels und einer typisch etruskischen Erscheinung; seit ein paar Monaten gingen wir miteinander. Wir waren zu einer Party in der Villa eines gemeinsamen Freundes an der toskanischen Küste eingeladen. Wie so oft um diese Jahreszeit war der Himmel heiter und die Temperatur mild; an der Küste, rund hundert Kilometer von Siena entfernt, mochte es etwa zehn Grad wärmer sein.

Wir brachen früh auf, um den wundervollen Tag auszukosten; wir würden einen Strandspaziergang machen, Sonne tanken und in einem romantischen Fischrestaurant zu Mittag essen, bevor wir zu der Party gehen würden.

Der Strand war menschenleer, als wir ankamen, der Sand zwischen unseren Zehen quietschte wie eine Geigensaite. Die Schuhe in den Händen, schlenderten wir am Ufer entlang, Arm in Arm, wie alle jungen Paare. Giuliana hatte eine Flasche Wein vom eigenen Hof mitgebracht, und als sie sie herumreichte, sagte sie: »*Non si cava la sete se non con il proprio vino* – Man sollte seinen Durst nur mit eigenem Wein stillen« – eine typische Bauernweisheit. Die Flasche ging rundum, wir teilten beides, den Wein und die Freude an jenem Tag. Übermütig jagten wir einander am Wasser entlang, wobei wir versuchten, nicht nass zu werden, dann ließen wir uns erschöpft in den Sand fallen und alberten unbeschwert herum.

Später aßen wir in einer *trattoria* zu Mittag, die uns ein Freund empfohlen hatte, ein paar Kilometer landeinwärts in der Maremma-Ebene. Es war ein großartiges Lokal; alte Fischernetze und andere wundersame Gegenstände, die einst zu einem alten Kutter gehört hatten, hingen an den Wänden. Wir begannen unsere Mahlzeit mit warmen Meeres-*antipasti, crostini* mit Krabbenpaste, einem Fischsalat, dann folgten *spaghetti allo scoglio* (Spaghetti mit Tintenfischtuben), *cacciucco alla Livornese* (Livorner Fischeintopf), Langusten, gegrillte Brasse, gekochte Muscheln und zum Dessert Tiramisu und Zitronensorbet. Zum Essen tranken wir mehrere Flaschen Vernaccia, einen Pinot Gris, einen *prosecco* und den unvermeidlichen Limoncello für den Gaumen. Es war eine Freude zu sehen, wie Andrea und Giuliana dieses lukullische Mahl verspeisten; bei jedem Gang, der serviert wurde, leuchteten ihre Augen, jedes Tablett wurde mit Ooohs und Aaahs und Händeklatschen in Empfang genommen. Erica und ich lachten darüber, wie schamlos sie sich zwischen den einzelnen Gängen vorbeugten, um einander mit ihren fettigen Lippen zu küssen, und tauschten wissende Blicke, die bekunden sollten, dass wir Andrea und Giuliana tatsächlich für das perfekte Paar hielten.

Bei der Menge Wein, die wir getrunken hatten, redeten wir bald durcheinander, gemäß des Sprichworts: *Verità è nel vino dopo bere ognuno vuole dire la sua* (Die Wahrheit liegt im Wein; jeder, der etwas getrunken hat, will seinen Senf dazugeben). Wir waren laut und zogen die Blicke der anderen Gäste auf uns, während wir heiß über eine Bandbreite von Themen diskutierten, über die keiner von uns wirklich Bescheid wusste.

Schließlich war es Zeit, zum Strandhaus unseres Freundes aufzubrechen. Lauter Freunde aus dem Chianti-Gebiet und aus Siena waren da, außerdem Leute aus der Gegend, mit denen wir erst noch Bekanntschaft schließen mussten.

Ein großes Lagerfeuer brannte, und wir alle stimmten in die Lieder von Fabrizio De Andrè und Francesco Guccini mit ein, begleitet von den Gitarrenakkorden einiger talentierter Gäste. Auf der Veranda stand eine Ballonflasche, aus der wir uns bedienten, und gemäß der Redensart *Dove c'è il vino buono tutti accorrono* (Wo es guten Wein gibt, strömen alle zusammen), fand ein regelrechter Ansturm darauf statt, sodass die Flasche in Rekordzeit leer war.

Dann tanzten wir bis tief in die Nacht ums Feuer, bis es richtig frisch wurde und selbst die Hartgesottenen ins Haus flüchteten. Dort brannte ein weiteres Feuer im Kamin des riesigen Wohnzimmers. Wir unterhielten uns und tranken weiter, bis wir eindämmerten, friedlich zusammengekuschelt auf mehreren Sofas. Ich suchte mir mit Erica ein freies Plätzchen zum Schlafen.

Am nächsten Morgen wachte ich auf, benommen von dem ganzen Wein, den ich getrunken hatte. Das Haus war immer noch voller Jugendlicher, die in den unbequemsten Positionen auf dem Fußboden und auf den Polstermöbeln verteilt schliefen. Überall waren die Spuren des Fests zu sehen: leere Gläser und Weinflaschen, Aschenbecher voller Zigarettenkippen, verstreuter Abfall. Ich wankte auf die Terrasse und entdeckte Andrea am Ufer, die Hände in den Taschen, den Blick aufs Meer gerichtet. Ich beschloss, zu ihm zu gehen. Unterwegs scheuchte ich einen Schwarm Möwen auf, die den Strand säuberten; sie hoben die Köpfe, schalten mich mit schrillem Geschrei, dann flogen sie verärgert davon und landeten auf einem alten, mit roten und blauen Querstreifen versehenen Fischerboot.

Das Lagerfeuer am Strand war nun nicht mehr als ein trauriges Häuflein glühender Asche und angeschwärzter Baumstämme; eine graue Rauchwolke hing in der Luft. Die See war glatt, die unruhigen Wellen der vergangenen Nacht schienen zu schlafen. Als Andrea spürte, dass ich mich ihm näherte, drehte er sich um und begrüßte mich; man merkte ihm an, dass er einen Kater hatte, doch ansonsten wirkte er gelöst und völlig mit sich im Reinen. Er strahlte eine innere Ruhe aus, wie ich sie noch nie an ihm bemerkt hatte.

»Wo ist Erica, alter Junge?«, fragte er.

»Schläft noch. Und Giuliana?«

Er lächelte. »Weg. Sie ist abgehauen, während ich noch geschlafen habe, doch sie hat mir das hier in die Tasche gesteckt.« Er reichte mir einen Zettel. »Ist zwar persönlich, aber du kannst es ruhig lesen, Dario. Weißt du, alter Junge, ich glaube, ich habe mich ernsthaft verliebt.« Einen melancholischen Ausdruck auf dem Gesicht, drehte er sich wieder zum Meer.

Ich faltete den Zettel auseinander und las.

Lieber Andrea oder Luca oder wie auch immer,
ich habe beschlossen, nach Hause zurückzukehren, weil ich es nicht erwarten kann, meinen Eltern die guten Neuigkeiten zu erzählen. Ich lasse dich schlafen (du bist so süß, wenn du zusammengerollt auf dem Sofa liegst) und fahre mit Sandro und Davide mit; du hättest dir keinen romantischeren Augenblick aussuchen können, um mich zu bitten, deine Frau zu werden. Niemals werde ich deine lieben Worte und Küsse vergessen, nur du und ich, das Meer in unseren Ohren, die Sterne über unseren Köpfen. Ruf mich an, sobald du zu Hause bist; ich kann es kaum erwarten, dich wiederzusehen.
Ich liebe dich
Giuliana

Sorgfältig faltete ich ihre Nachricht wieder zusammen und gab sie Andrea zurück; er verstaute sie vorsichtig in der Innentasche seiner Jacke, als wäre sie ein ägyptischer Papyrus von unschätzbarem Wert. Dann klopfte ich ihm auf die Schulter und gratulierte ihm; ich schäumte fast über, so sehr freute ich mich für ihn. Giuliana war perfekt, ich konnte mir keine bessere Frau für ihn vorstellen.

Da ich wusste, dass er dringend zu ihr nach Hause fahren wollte, ging ich ins Haus, um Erica zu wecken, die noch tief und fest auf dem Sofa schlief. Ich teilte ihr die frohe Nachricht mit, und wir rappelten uns auf und machten uns fröhlich auf den Rückweg nach Siena. Während der Fahrt neckten wir *Andrea innamorato* – den verliebten Andrea – und stellten uns ihn in Pantoffeln vor, umgeben von einer heulenden Kinderschar.

Schon bald fingen unsere Mägen an zu knurren, deshalb beschlossen wir, irgendwo an der Hauptstraße anzuhalten, um einen *cappuccino* zu trinken und ein *cornetto* (Hörnchen) mit Marmelade zu essen. Gewohnheitsgemäß nahm ich eine Lokalzeitung mit, um sie während des Frühstücks zu lesen. Andrea ging unterdessen zur Toilette, Erica stand noch am Tresen, unschlüssig, welches Gebäck sie wählen sollte.

Ich schlug die Zeitung auf. STRASSE ZWISCHEN SIENA UND GROSSETO FORDERT WEITERE TODESOPFER, verkündete die Schlagzeile. Ich verbrannte mir den Mund mit dem brühend heißen *cappuccino* und verschluckte mich an meinem Hörnchen. Eine Angst, die ich nicht genau benennen konnte, beschlich mich, und als ich die beiden ersten Zeilen des dazugehörigen Artikels las, wusste ich, warum.

> *Gestern Nacht wurden drei Jugendliche auf dem Heimweg nach Siena bei einem Frontalzusammenstoß mit einem Lkw getötet. Bei den Opfern handelt es sich um Giuliana P., Sandro F. und Davide T.*

Ich schlug ungläubig die Fäuste auf den Tisch, womit ich die Aufmerksamkeit der übrigen Gäste auf mich zog, einschließlich Ericas, die sofort zu mir herüberkam. Unfähig, auch nur ein einziges Wort hervorzubringen, deutete ich auf die Zeitung. Sie nahm sie und las, dann schlug sie die Hände vor den Mund, blieb einen Augenblick stehen, bleich und sprachlos, bevor sie auf einen Stuhl sackte und leise zu weinen anfing.

Jetzt wandten sich meine Gedanken Andrea zu, der gerade von der Toilette und auf uns zukam, ein glückliches Lächeln im Gesicht. Ich stand auf, packte ihn bei den Schultern und schob ihn brüsk aus dem Restaurant; er war zu verblüfft, um sich mir zu widersetzen. Draußen umarmte ich ihn und teilte ihm mit tränenüberströmtem Gesicht mit, dass er jetzt stark sein müsse. Ich flehte ihn an, nichts Unüberlegtes zu tun. Er hatte keine Ahnung, wovon ich redete, aber er war zutiefst beunruhigt; er befreite sich aus meinem Griff, und ich hielt ihn nicht auf, als er wieder hinein zu Erica ging. Sie reichte ihm die Zeitung. Ich beobachtete ihn durchs Fenster; er las einen kurzen Augenblick, dann veränderte sich sein Gesichtsausdruck. Seine Augen röteten sich, er ließ sich auf einen Stuhl fallen, und auch wenn ich ihn nicht hörte, las ich doch die Worte *Giuliana amore mio* von seinen Lippen ab. Einen Moment lang schien ihn die Verzweiflung zu packen, doch dann wich jeglicher Ausdruck aus seinem Gesicht, und er saß da wie in Trance, den Blick auf etwas gerichtet, das nur er sehen konnte.

Nachdem er rund vierzig Minuten so dagesessen hatte, gelang es uns, ihn zu überreden, unsere Heimfahrt fortzusetzen. Ich nahm die Autoschlüssel aus seiner Jackentasche – er schien es nicht mal zu bemerken – und setzte mich ans Steuer, und erst da wurde mir klar, dass wir direkt an der Stelle vorbeimussten, an der die Tragödie passiert war. Um das zu vermeiden, nahm ich eine Nebenstraße; so war die Strecke zwar sehr viel länger, aber alles andere wäre unerträglich gewesen.

Zwölf Jahre sind seitdem vergangen, doch jeden 4. Dezember fühlen Andrea und ich das Verlangen, Giuliana unsere Ehrerbietung zu erweisen und all unseren anderen Freunden, die uns auf so abrupte Art und Weise entrissen wurden. Wir sind uns sehr wohl bewusst, wie glücklich wir uns schätzen können, trotz unseres oft leichtsinnigen und verantwortungslosen Handelns noch am Leben zu sein; ganz offensichtlich hat uns das Schicksal verschont. Ein hiesiges Sprichwort besagt: *Vino dentro senno fuori,* was so viel bedeutet wie »Wein löscht die Vernunft aus«. Es stimmt, Alkohol hat bei all unseren Problemen immer eine große Rolle gespielt, doch weder Andrea noch ich haben diesbezüglich unsere Gewohnheiten geändert. Der heutige Tag ist dafür ein perfektes Beispiel: Wir haben den ganzen Morgen über Wein getrunken und sind dennoch Auto gefahren, und jetzt sitzen wir im Restaurant und leeren eine weitere Flasche. Es ist fast so, als wollten wir dem Schicksal etwas husten – einem Schicksal, das zu grausam und unfair ist, um es zu akzeptieren.

Wir bleiben noch eine gute Stunde sitzen und reden über unsere Jugendjahre und über das Schicksal unserer Freunde, die nicht länger bei uns sind. Es hat so viele Opfer gegeben – fast als wäre unsere ganze Generation in einen Krieg gezogen, in einen völlig sinnlosen Krieg.

Von all diesen Freunden wird Giuliana in Andreas und meinem Herzen immer einen ganz besonderen Platz einnehmen, und als wir Ginas Restaurant verlassen, fahren wir wie immer zu dem kleinen Friedhof, auf dem sie begraben ist, und legen einen frischen Blumenstrauß auf ihren Marmorgrabstein. Das Grabsteinbild zeigt ihr lächelndes rundes Gesicht, eine junge Frau – jung für alle Ewigkeiten –, die allein aus dem Grund sterben musste, weil sie ungeduldig gewesen war, so verliebt, dass sie es nicht erwarten konnte, die freudige Neuigkeit ihrer Verlobung zu verkünden. Hätte sie sich nur ein paar Stunden – ein paar *Minuten* – länger geduldet, wäre unser Leben anders verlaufen.

Andrea war immer schon ein vernünftiger Mann, und er erholte sich nach ein paar Monaten von dem Schock, obwohl ich weiß, dass er sich nie wirklich verziehen hat, damals so fest auf dem Sofa geschlafen zu haben.

Die Ermittlungen ergaben, dass Sandro höchstwahrscheinlich am Steuer eingeschlafen war, woraufhin der Wagen auf die Gegenspur und unter das Fahrgestell eines herankommenden Lkws geriet. Giuliana hatte vermutlich auf dem Rücksitz gedöst, sodass der Übergang vom leichten Schlummer zum ewigen Schlaf für sie zumindest rasch und schmerzlos gewesen war. Andrea und ich haben uns oft ausgemalt, was sie in jenem letzten schicksalhaften Augenblick wohl gedacht haben mochte. Selbst heute, bei Gina, stellen wir neue Vermutungen an – sollte sie uns hören können, sie würde es zu schätzen wissen, wäre sicherlich dankbar dafür, dass sie uns noch immer so viel bedeutet.

Wir leeren den Mecacci, während wir um die Mauern einer mittelalterlichen Burg herumschlendern. Bei Sonnenuntergang bringt mich Andrea in mein Dorf zurück, und zum ersten Mal, seit ich ihn kenne, sieht er mir in die Augen und sagt: »Ich mag dich sehr, alter Junge.«

Am liebsten hätte ich erwidert: »Ich dich auch«, doch ich nicke nur und gebe ihm einen freundschaftlichen Klaps auf die Schulter.

Ich sehe seinen Wagen in der Ferne verschwinden. Das war ein bewegender Tag. Wenigstens hat er eine Frau und Kinder, die zu Hause auf ihn warten und ihn in die Gegenwart zurückholen werden.

Ich marschiere zu meinem eigenen leeren Haus zurück und bin kurz versucht, auf einen Gute-Nacht-Trunk bei der *polisportiva* vorbeizuschauen, doch ich zwinge mich, vorbeizugehen. Zu Hause steige ich die Treppe hinauf und lege mich aufs

Bett, die Augen feucht vor lauter Gefühlen; ich habe Schwierigkeiten, einzuschlafen. Ich würde diese Empfindungen gerne mit jemand anderem als Andrea teilen, und Mia ist die erste Person, die mir diesbezüglich in den Sinn kommt. Es ist merkwürdig – unsere Beziehung zueinander beschränkt sich auf das Internet, und trotzdem erscheint sie mir im Augenblick als die intelligenteste und einfühlsamste Zuhörerin, die ich kenne. Was bedeutet, dass ich das Thema für meine nächste E-Mail an sie gefunden habe. Es eignet sich nicht unbedingt für das Buch, ich weiß; doch darüber sind wir im Grunde hinaus. Ich stelle fest, dass ich mich frage, wie ihre Stimme wohl klingen mag; vielleicht sollte ich sie anrufen, um das herauszufinden. Aber nein, ich entscheide mich dagegen; wenn alles so läuft, wie ich es geplant habe, werde ich noch früh genug mit ihr sprechen und sie sogar persönlich kennenlernen.

Wenn ich daran denke, fällt mir spontan ein weiterer Spruch ein: *Quel che non va in vino va in lacrime e sospiro* (Was nicht mit Wein endet, endet in Tränen und Seufzern), dann falle ich in einen tiefen Schlaf.

Am folgenden Morgen wache ich sehr früh auf. Draußen ist es noch stockdunkel, doch ich muss Arbeit aufholen, denn ich hinke bereits einen Tag hinterher.

Als ich meine E-Mails durchgehe, entdecke ich zwei von Mia, aber ich habe es mir zum Prinzip gemacht, ihre Nachrichten erst dann zu lesen, wenn ich zuvor die anderen beantwortet habe. Ihre Worte sind für mich eine Art Belohnung.

Doch als ich meine Korrespondenz erledigt habe, fühle ich mich verspannt und rastlos, also schiebe ich das Öffnen von Mias Mails noch weiter auf und gönne mir eine kleine Pause. Den Sonnenaufgang genießend, marschiere ich zu meinem Freiluftbüro. Heute wird ein schöner Tag werden.

Zurück zu Hause, widme ich mich endlich Mias Nachrichten.

Von: Mia Lane
An: Dario Castagno
Betreff: Re: Der »Poolio«

Lieber Dario,
ich denke, wir sollten den »Poolio« patentieren lassen, genau wie den »Truss«. Ich bin felsenfest davon überzeugt, dass beides hier drüben ein Riesenerfolg werden würde. Was für ein Geniestreich, sich ein Spiel auszudenken, mit dem Sie Ihre Kunden wach halten und ihnen gleichzeitig die Regeln des Palio erklären! Sie wissen vermutlich, dass Sie die Namen Ihrer Gäste vor der Veröffentlichung ändern müssen, damit wir das Risiko einer Klage vermeiden. Ich meine, Sie haben ohnehin nur Pete Jameson und seine Frau Kim namentlich erwähnt; bei den anderen nennen Sie nur die prominenten Doppelgänger.

Mal im Ernst, Dario, suchen Sie wirklich automatisch für jede Person, die Sie kennenlernen, eine solche Entsprechung? Ich kann verstehen, wenn jemand einem berühmten Schauspieler oder Popstar sehr ähnlich sieht, aber die »weibliche Version« Ihrer Postbotin hat mich umgehauen.

Ich genieße es sehr, morgens aufzuwachen und bei einer Tasse Kaffee über Ihr Leben zu lesen – was für ein großartiger Start in den Tag! Es ist, als führte ich ein Doppelleben, tauchte ein in eine parallele Realität. Meine Tage hier in L.A. verstreichen ziemlich eintönig, doch mein Computermonitor ist ein magisches Fenster zur Toskana geworden; gehe ich online, so ist es, als öffnete ich die Fensterläden und erblickte in aller Schönheit Ihre zauberhaften Hügel mit ihrer langen Geschichte. Es ist mir unangenehm, dass ich nahezu von Ihrem Leben besessen bin. Wissen Sie eigentlich, dass Sie mir in null Komma nichts genug Material für ein ganzes Buch geschickt haben?

Sollten Ihnen jemals die Geschichten ausgehen, so wird sich das imaginäre Fenster wieder schließen, und ich werde Sie und unsere häufigen E-Mails aufrichtig vermissen. Aber mir ist klar, dass das nicht immer so weitergehen kann.

Oder doch? Die Regelmäßigkeit, mit der ich Material von Ihnen erhalte, ist äußerst erfreulich. Ich hoffe, es hält Sie nicht von wichtigeren Dingen ab. Doch ich will mich nicht beklagen und Sie schon gar nicht davon abbringen!

Sie haben ein zweites Kapitel über Ihre *contrada* und den Palio erwähnt – nun, ich kann es kaum erwarten!

Mia

Einen Tag später folgte die zweite E-Mail:

Von: Mia Lane
An: Dario Castagno
Betreff: Noch eine *giornata particolare*?

Lieber Dario,
die Tatsache, dass ich nichts von Ihnen gehört habe, lässt mich auf einen weiteren besonderen Tag schließen. Werden Sie mir davon erzählen? Bitte, *Deeerrrio*?

Mia

Ich lächle, habe ich doch längst beschlossen, ihr davon zu berichten. Also mache ich mich daran, alles für sie niederzuschreiben, nachdem ich ihr folgende Antwort geschickt habe:

Von: Dario Castagno
An: Mia Lane
Betreff: Die Weinstraßen

Liebe Mia,
ciao! Glauben Sie mir, so lange Sie es wünschen, steht Ihnen das Fenster zu meiner Welt weit offen. Immerhin ist es *Ihr* Fenster, deshalb ist es auch *Ihre* Entscheidung, wann Sie die Läden schließen. Bis dahin stehe ich Ihnen zu Diensten.

Im Anhang finden Sie einen kompletten Bericht über das, was gestern passiert ist. Um ehrlich zu sein, ist der 4. Dezember bislang ein ganz persönliches Datum für mich gewesen; sollten Sie eine Veröffentlichung erwägen, würde ich zunächst die Zustimmung sowohl von Andrea als auch von Giulianas Eltern einholen wollen.

Was das zweite Kapitel zum Palio anbelangt, so werde ich es Ihnen in wenigen Tagen schicken. Jeden Freitagabend findet ein Abendessen in der *contrada* statt, und ich dachte, ich könnte bei dieser Gelegenheit am Tisch ein Gespräch anfangen – idealerweise mit ein paar der interessanteren Persönlichkeiten – und ihnen Kommentare zum Palio entlocken. Das könnte lustig werden. Doch um ihnen das Mundwerk zu lockern, werde ich ihre Gläser sehr oft nachfüllen müssen, und da mir die Höflichkeit gebietet, mit ihnen Schritt zu halten, kann ich mich am Samstag auf einen Riesenkater freuen.

Ich bin froh, dass Sie meine Pünktlichkeit zu schätzen wissen, denn es ist eine Eigenschaft, auf die ich viel Wert lege. Noch bevor wir uns über das Palio-Essen unterhalten werden, schicke ich Ihnen die Schilderung eines Ereignisses, das sich vor vielen Jahren zugetragen hat und bei dem es um Pünktlichkeit geht; eine Episode, bei der ich leider gar nicht gut wegkomme. Ich werde meiner Erinnerung mit Wein einen Schubs geben müssen – was kein Problem ist, denn ich habe bereits eine Flasche zum Atmen in den Dekanter umgefüllt. Der Chianti Classico Santedame wartet nur darauf, dass ich mich ihm widme.

Doch vorab muss ich Sie über ein paar Fakten ins Bild setzen, jene Zeit betreffend; und obwohl die Geschichte damals in den Siebzigern spielt, ruft sie doch eine Vielzahl verwirrender Gefühle in mir hervor. Mia, Sie bringen mich dazu, jede Menge verdrängter Gefühle an die Oberfläche zu holen! Wie auch immer …

Jene Zeit war noch die der sogenannten Ersten Republik, und ich erinnere mich, dass es ganz normal war, in den Läden Bonbons, Lakritzstangen und andere Süßigkeiten als Wechselgeld zu bekommen, denn aus irgendwelchen obskuren Gründen waren Münzen knapp. Es war eine strittige Phase, die Wirtschaftskrise hatte uns im Schwitzkasten; der große Boom der Fünfziger- und Sechzigerjahre war längst abgeflaut, die Menschen hörten endlich auf zu träumen und stellten sich der nackten Realität. Um die Sache noch schlimmer zu machen, wurde das ganze Land tagtäglich zum Schauplatz abscheulicher terroristischer Anschläge. Die Anspannung in den Städten war greifbar, Angst lag in der Luft, ein Bürgerkrieg schien nahezu unausweichlich.

Die Regierungen fielen wie reife Kastanien, in regelmäßigen Abständen wurden neue gebildet wie in einer Bananenrepublik, und die Kommunistische Partei Italiens war die größte jenseits des Eisernen Vorhangs.

Ich verbrachte meine Jugend damit, mir meine eigene kleine Welt zu schaffen; ich war mir nicht bewusst, was um mich herum passierte, und so beschloss ich, vielleicht unbewusst, vor jener Realität zu fliehen. Ich arbeitete als ungelernte Kraft in einer sehr großen Winzerei, und die Gespräche, die ich in der Kantine und im Umkleideraum aufschnappte, drehten sich ausschließlich um die politische Situation; hitzige Rufe nach Streiks wurden laut; die Lagergebäude sollten besetzt werden, alle warteten auf die kommunistische Revolution.

Im Rückblick erkenne ich, dass ich mich trotz der drastischen Umwälzungen im Land nicht wirklich verändert habe; meine Leidenschaften sind nach wie vor die gleichen, ich lebe immer noch allein, bin immer noch Single. Doch ich will nicht zu weit vom Thema abschweifen. Lesen Sie einfach diese erstaunliche Geschichte, die ich meinen Freunden so oft vor dem Kamin erzählt habe. Sie eignet sich hervorragend für das Buch.

Herzlich
Ihr Freund Dario

25.
Pünktlichkeit ist wichtig

April 1983
Es war ein herrlicher Abend. Ein Gewitter hatte die Luft gereinigt und den Nebel gelichtet, der fast den ganzen Tag die Hügel verhüllt und den Horizont verschleiert hatte. Jetzt konnte man wieder die Spitzen der Berge sehen, die machtvoll über den Crete Senesi aufragten – und tatsächlich machte es das außergewöhnliche Licht der Abenddämmerung möglich, die gesamte Farbpalette der in der Ferne liegenden Felder auszumachen. In meiner Nähe war eine Schar Spatzen damit beschäftigt, Hirsekörner aufzupicken, die ein überladener Lastwagen auf dem Rückweg von der Mühle verlor. Freudig zankten sie sich um die unerwartete Mahlzeit.

Ich hatte gerade meine Schicht in der Winzerei, in der ich beschäftigt war, beendet und war mit meinem Motorrad, Marke Cagiva, auf dem Heimweg. Konzentriert auf die vor mir liegenden Kurven, lehnte ich mich vor jeder mit dem ganzen Gewicht zur Seite und richtete mich danach wieder auf, hoch und runter, hoch und runter, um einen gleichmäßigen Rhythmus bemüht. Der Tag war besonders anstrengend gewesen, da ich zwei Container, die nach New York gehen sollten, von Hand beladen hatte, außerdem einen Lkw für einen deutschen Supermarkt, einen für Norditalien und einen Eisenbahnwaggon für die Schweiz.

Dass unser Vorarbeiter Ivo, ein ernster, wortkarger Mann, mich persönlich gelobt und mir auf den Rücken geklopft hatte, machte mich stolz. Ich konnte mich nicht erinnern, dass er das jemals bei jemand anderem gemacht hatte.

»Noch ein großer Schub morgen, dann haben wir's geschafft«, teilte er mir mit, während ich meinen Overall abstreifte und er sich vermutlich die dreißigste Marlboro des Tages anzündete. Als ich mich auf den Weg unter die wohlverdiente Dusche machte, ermahnte er mich, ich solle mich ja gut ausruhen, der nächste Tag würde anstrengend werden. Meine Bizepse waren verkrampft von der Schufterei, mein Rücken schmerzte, meine Hände waren voller Schwielen. Ich hatte vor, früh zu Bett zu gehen und mich auszuschlafen, am nächsten Morgen wollte ich früh anfangen und das in Angriff nehmen, was der Tag für mich bereithielt.

Während ich aus dem Tal hinauf nach Castellina in Chianti fuhr, dachte ich darüber nach, wie seltsam es war, dass der ganze Wein, den ich auf jene Lkws verlud, von ebenjenen Rebstöcken stammte, die meinen Heimweg säumten. Meine Tagträumerei wurde unterbrochen, als plötzlich der mittelalterliche Turm in Sicht kam, der meinem Freund Matteo gehörte; er verdeckte einen Teil der Sonne, die jetzt eine flammende Kugel war, die langsam hinter meinen geliebten Hügeln versank.

Neben einem roten Backsteinschrein mit einer kleinen Terrakottastatue der Heiligen Jungfrau schaltete ich ein paar Gänge runter. Die Statue wurde zum Teil von einer Vase mit Wildblumen verdeckt, die ein treu sorgender Akolyth dort hingestellt hatte. An dieser Stelle gabelte sich die Straße, und ich musste mich entscheiden, ob ich direkt nach Hause zurückkehren oder den kleinen Umweg nehmen wollte, der zur Burg meines Freundes führte. Es war nicht mal sieben, daher beschloss ich, kurz bei ihm vorbeizufahren.

Das schmiedeeiserne Tor stand weit offen, also rollte ich die von großen, eleganten Zypressen gesäumte Allee hinauf und stellte das Motorrad vor einer alten Steinmauer ab. Die massive Holztür war nur angelehnt, einladende Klänge begrüßten mich, als ich über die Schwelle trat. Matteo spielt für gewöhnlich in der großen Halle Klavier, umgeben von den Porträts seiner gestrengen Ahnen. Diesmal jedoch stellte ich überrascht fest, dass er nicht allein war: Zwei Mädchen saßen auf dem Sofa, jede hielt ein Glas Wein in der Hand. Die zwei schienen völlig gebannt, sowohl von dem Ambiente der Burg als auch von Matteos bezauberndem Spiel auf seinem majestätischen Flügel.

Meine Aufmerksamkeit richtete sich sofort auf die Kleinere der beiden, die sich, leicht erschrocken über mein unerwartetes Erscheinen, zu mir umdrehte. Sie lächelte, und ich war sprachlos, als ich ihr in die Augen blickte: zwei edle, feuergesprenkelte Jadesteine in einem aufmerksamen, sommersprossigen Gesicht. Sie hatte dickes tiefschwarzes Haar, das in starkem Kontrast zu ihrer milchweißen Haut stand, die so glatt war wie die Tasten, auf denen Matteo gerade spielte.

Sie legte behutsam den Zeigefinger auf die Lippen – rot wie Rosen im Frühling, dachte ich, ein banaler, doch durchaus zutreffender Vergleich –, und ich wusste, dass ich still sein würde, selbst wenn um mich herum die Hölle losbräche. Während sie den Blick wieder auf Matteo richtete, blieb der meine an ihr hängen; sie wirkte so sanft, so samtzart, so ätherisch in ihrem schlichten weißen Kleid.

Sie war derart hingerissen von Matteo – der ganz in seinem Element war; aufrecht saß er auf seinem Mahagonischemel und ließ die Hände über die Tasten fliegen –, dass ich ihm schließlich einen Blick zuwarf, wenn auch nur aus Eifersucht; ich musste heraufinden, was an ihm das Mädchen derart in Bann geschlagen hatte und ob es etwas war, das vielleicht auch ich besaß. Ich hatte mich immer zu zierlichen Mädchen hingezogen gefühlt, vielleicht nach dem Prinzip der hiesigen Redensart: *Il vino buono sta nelle botti piccole* (Guter Wein lagert in kleinen Fässern).

Als Matteo das von Mozart komponierte Stück beendete, spendeten alle eifrig Applaus – ich eingeschlossen. Er stand auf, um sich zu bedanken, und entdeckte mich. Sofort ging er hinüber zu einem eleganten Vitrinenschrank aus Kirschholz, füllte zwei Gläser und reichte mir eins davon.

»*Ciao*«, sagte er mit einem so aufrichtigen Lächeln, dass ich mich trotz der Anwesenheit der beiden Mädchen willkommen fühlte; dann umarmte er mich, und mit seiner vornehmen, aber nie unangenehmen Art – für einen Teenager war er äußerst kultiviert –, stellte er mir seine Gäste vor.

»Das ist meine neue Freundin, erklärte er und deutete zum Sofa. Ich erstarrte. Hoffentlich meinte er nicht das Geschöpf, in das ich mich gerade verliebt hatte! Ich seufzte vor Erleichterung, als mir die Größere der beiden die Hand entgegenstreckte.

Ihr Name war Marzia; ein ziemlich drahtiges Mädchen mit einem traurigen, beinahe gequälten Gesichtsausdruck. Sie war sehr schlicht in Jeans und ein weißes T-Shirt gekleidet, was in starkem Kontrast zu ihrer dicken Make-up-Schicht stand. Sie lächelte verhalten, als Matteo mich vorstellte – und dann endlich erfuhr ich, wer die kleine Schönheit war. »Simona«, sagte sie, als könne sie sich nicht gedulden, bis Matteo sie vorstellte, dann schockierte sie mich, indem sie meine ausgestreckte Hand ignorierte, stattdessen die Arme um meinen Nacken schlang und mir einen Kuss auf die Lippen drückte. Sie duftete süß nach etwas, das mich an den Moschusgeruch im Unterholz eines Eichenwaldes nach einem Sommerregen erinnerte. Ich war zutiefst beeindruckt von ihrer Kessheit und von ihrem Blick, der mich magnetisch anzog. Wenn es stimmte, dass die Augen der Spiegel der Seele sind, dann musste ihre kristallklar sein, ein Sonnenstrahl am wolkenlosen Himmel. Ich konnte meinen Blick nicht von ihr losreißen und war nicht in der Lage, auch nur ein Wort herauszubringen. Ich fühlte mich, als hätte mir eine Woge des Glücks den Boden unter den Füßen weggerissen, als hätte eine plötzliche Bö eine Tür aufgestoßen.

Matteo rettete mich, indem er die Stille mit dem Vorschlag durchbrach, wir könnten doch nach draußen gehen und unseren Wein dort trinken. Er nahm saubere Gläser aus dem Schrank, denn *in bicchiere non pulito presto il vino è inacidito* (in einem schmutzigen Glas wird der Wein schnell sauer).

Wir setzten uns auf die Terrasse und tranken einen Sangiovese von Matteos Rebstöcken, wobei wir uns mit dem ältesten Spiel der Welt amüsierten: Wir blickten in die Wolken und überlegten uns, welche Formen sie bildeten, wenn der Wind sie immer wieder neu gestaltete. Dieses Spiel dauerte so lange, wie der Wein reichte – wie heißt es doch so schön: *Il buon vino è come un bel gioco, dura poco* (Guter Wein ist wie ein lustiges Spiel, beides währt nie lange) –, und während die Sonne langsam hinter dem Horizont versank, stellte ich fest, dass ich mich längst hätte verabschieden sollen. Ich musste mich dringend für den morgigen Arbeitstag ausruhen.

Matteo kannte mich so gut, dass ihm meine Vernarrtheit in Simona nicht entgangen war; er wusste auch, dass ich viel zu schüchtern war, um sie um ein Wiedersehen zu bitten. Also schlug er vor, dass ich sie nach Hause bringen sollte; Marzia wollte zum Abendessen auf der Burg bleiben.

Und so machte ich mich kurz darauf nicht auf den Weg nach Hause, sondern raste über die Staatsstraße Richtung Siena, legte mich mit einer wundervollen jungen Frau hinter mir in die Kurven. Sie hatte die Arme um meinen Brustkorb geschlungen, presste ihre festen, runden Brüste gegen meinen Rücken und liebkoste mit ihrem sanften Atem meinen Nacken.

Das erotische Knistern zwischen uns ermutigte mich, und es gelang mir, meine Schüchternheit zu überwinden und sie zu fragen, ob sie mit mir eine Pizza essen wolle. Nur einen schnellen Happen, sagte ich mir, dann setze ich sie zu Hause ab und mache mich direkt auf den Heimweg. Spätestens um halb elf liege ich im Bett.

Simona nahm meine Einladung an, und wir beschlossen,

bei der kleinen Pizzeria von Paola und Bianca haltzumachen. Die beiden liebenswerten Schwestern begrüßten mich freudig wie immer, und während sie uns zu unserem Tisch führten, stellte ich überrascht fest, wie selbstverständlich sie mit Simona umgingen, die mir daraufhin erklärte, sie komme oft hierher. Mir kam es seltsam vor, dass ich sie noch nie zuvor gesehen hatte, zumal ich Stammgast bei Paola und Bianca war.

Gaspare, der Kellner, kam, um unsere Bestellungen aufzunehmen, und notierte, ohne mich vorher zu fragen: »Pizza Dario und Rotwein«, dann blickte er auf und erkundigte sich: »Mit oder ohne Herausforderung?« Ich sagte, ich würde bei meiner Spezialpizza bleiben (es handelte sich um eine simple Margherita mit *buffalo*-Mozzarella und Chilischoten), doch auf die »Herausforderung« würde ich heute verzichten, weil ich in der Nacht keine Probleme bekommen wollte.

Simona bestellte ihre eigene Spezialpizza (nur Käse mit schwarzen Trüffeln und Rucola). Als Gaspare sich entfernt hatte, wischte sie sich mit einer Papierserviette den Bierschaum von der Oberlippe und fragte mich, was Gaspare mit der »Herausforderung« gemeint habe. Ich zuckte die Achseln und erklärte ihr, es handele sich dabei um ein einfaches Spiel, das ich manchmal mit Ghigo, dem *pizzaiolo* – dem Pizzabäcker – spielte. Im Wesentlichen drehte es sich darum, dass meine Pizza aufs Haus ging, sollte es mir gelingen, eine ganze Pizza zu verdrücken, die mit seinen selbst gezogenen *peperoncini dinamite* belegt war.

Ich stellte fest, dass Simona, abgesehen von ihrer atemberaubenden Schönheit, viele anziehende Eigenschaften hatte. Sie war extrem aufgeschlossen und erzählte mir von ihren Träumen und Vorhaben, von den Ländern, die sie gerne bereisen wollte, und während sie sprach, leuchteten ihre jadegrünen Augen. Sie machte eine Ausbildung zur Goldschmiedin, liebte die Hügel des Chianti und die mondähnliche Landschaft der Crete Senesi, die sie in ihrer Freizeit malte. Es war nicht zu übersehen, dass sie das Leben liebte und es mit aufrichtiger Seele und voller Tatkraft willkommen hieß.

Ich erfuhr, dass sie die jüngere Schwester von Susanna war, mit der ich zur Schule gegangen war, und dass wir viele gemeinsame Freunde hatten. Wir fingen an, uns über unsere Bekannten auszutauschen, und ich fragte mich erneut, weshalb wir uns nie zuvor begegnet waren. Ich fragte mich auch, wo sie das ganze Bier ließ, das sie bestellte; es schien einfach nicht genug Platz dafür in diesem zarten Körper zu sein.

Später, als wir beim Espresso saßen, entdeckte mich Giacomo, mit dem ich schon seit der Grundschule befreundet war, und kam an unseren Tisch. Ich war überrascht, dass er zuerst Simona begrüßte; ihren Gesten und der unbefangenen Art, wie sie miteinander sprachen, war eindeutig zu entnehmen, dass sie sich schon seit einiger Zeit kannten. Es war wirklich erstaunlich, dass mir dieses Mädchen nicht früher aufgefallen war.

Ich blickte auf die Uhr an der Wand und sah, dass es schon nach halb elf war, doch mir blieb immer noch genügend Zeit, Simona nach Hause zu bringen und rechtzeitig im Bett zu liegen, um am nächsten Morgen ausgeruht bei der Arbeit zu erscheinen. Doch Giacomo durchkreuzte diesen Plan, indem er uns aufgeregt mitteilte, dass einer seiner Freunde in Poggio ai Pini eine Party gebe, in der Jagdhütte der Wildschweinjäger; er solle so viele Leute zusammentrommeln wie möglich. Eine einheimische Rockband würde auftreten, und natürlich gäbe es massenhaft zu trinken. Bevor ich etwas erwidern konnte, verkündete Simona, dass wir dabei wären, dann bestellte sie eine Runde Grappa für uns drei und brachte einen *brindisi* auf den vor uns liegenden Abend aus. Da ich kein Spielverderber sein wollte, heuchelte ich Begeisterung und kippte meinen Grappa in einem Zug.

Um 23 Uhr 17 stellte ich mein Motorrad auf einer Schuttstraße inmitten einer Vielzahl von Autos, Mopeds, Vespas und anderen Motorrädern ab. Die Party war bereits in vollem Gange, die Band gab alte Beat-Klassiker vor einer Horde ausgelassen tanzender Teenager zum Besten, die Flaschen mit Wein, Bier und Grappa herumgehen ließen und sich in dieser herrlichen Chianti-Nacht umarmten und küssten.

Simona glitt von meinem Motorrad und stürzte sich ins Getümmel; sie blieb nur stehen, um mich beim Handgelenk zu fassen und hinter sich herzuziehen. Dann fing sie an, sich zum Takt der Musik zu bewegen, und ihre Freude war so ansteckend, dass ich ihrem Beispiel folgte. Ich blickte auf die Uhr; es war 23 Uhr 48.

Ich war hin und weg von der Musik, vom Alkohol und von der allgemeinen Hochstimmung, schaltete komplett ab, verlor sämtliche Hemmungen und blendete jeglichen rationalen Gedanken aus. Viele meiner Freunde waren da: Nicche, Peo, Stina, Teo, Pampocchia, Stiego, Tabacca, Verro, Shorty, Macca, Fanala und noch einige andere.

Ich nahm gerade einen großen Schluck Chianti direkt aus der Flasche, als ich auf Matteo traf, noch immer in Begleitung von Marzia. Er riss mir die Flasche aus der Hand und kippte den Rest. Wir mussten brüllen, um uns in dem Getöse zu verständigen. Mit einem hämischen Grinsen fragte er, wieso ich nicht zu Hause in meinem Bett liege. Ich sagte ihm, er solle sich schleichen, und fügte »*Quando Bacco trionfa il pensier fugge*« hinzu – wenn Bacchus die Oberhand gewinnt, flieht der Verstand. Die Band spielte *Should I Stay or Should I Go* von The Clash, und ich tanzte zusammen mit den anderen Jugendlichen Pogo.

Simona kam zu mir, nahm unverhofft meine Hand und drückte sie. Mein Herz fing an zu hämmern wie ein Presslufthammer. Sie führte mich aus der Menge, über ein Rebenfeld und blieb unter einem Maulbeerbaum stehen. Ich blickte ihr mehrere Sekunden in die Augen, dann konnte ich ihr einfach nicht länger widerstehen – dieses außergewöhnliche Juwel von einem Mädchen raubte mir den Verstand –, und ich zog sie eng an meine Brust. Sie schlang ihre Arme um meinen Hals, und während sie mein langes Haar streichelte, drückte ich meine Lippen auf ihre und küsste sie leidenschaftlich. Sie erwiderte meinen Kuss, und es dauerte einige Minuten, bis ich mich wieder von ihr lösen konnte. Als wir endlich einen Schritt zurücktraten und einander ansahen, verlor ich mich völlig in ihren glänzenden Jadeaugen. Unterdessen war die Musik verstummt; jetzt hörten wir Motoren aufheulen und davondröhnen – doch auch diese Geräusche verklangen allmählich, verschluckt von der Nacht. Wir blieben eng umschlungen unter dem Maulbeerbaum stehen und betrachteten den Mond, der über unseren Köpfen am Nachthimmel hing. Das Rascheln der Blätter in den Bäumen machte uns bewusst, wie still es nun war; kein anderes Geräusch war zu vernehmen.

Simona brach das Schweigen, indem sie mich fragte, ob ich glücklich sei, und ich flüsterte, ja, das sei ich, schließlich hätte ich sie kennengelernt. Wir hatten beide viel Wein, Bier und Grappa getrunken, und unsere romantischen Worte klangen leicht verzerrt; in meinem Kopf drehte sich alles. »Dariolino«, gurrte sie, während ich ihr liebevoll eine pechschwarze Locke hinters Ohr strich.

»Ich denke, wir sollten aufbrechen«, sagte sie schließlich. »Es ist fast drei, und ich muss morgen in die Berufsschule.« Diese Worte brachen den Zauber; mir wurde klar, dass mir höchstens noch drei Stunden zum Schlafen blieben – zwei, um genau zu sein, denn ich musste Simona noch zurück nach Siena bringen und dann die ganze Strecke nach Hause fahren.

Wir nahmen denselben Weg zwischen den Rebstöcken hindurch, stiegen vorsichtig über einen Teppich aus zerbrochenen Flaschen und Zigarettenkippen vor der Jagdhütte, bis wir an meinem Motorrad ankamen, das noch genau da stand, wo ich es geparkt hatte, nur dass es nun das einzige Fahrzeug hier oben auf dem Hügel war.

Ich riss mich zusammen, hatte ich doch einiges mehr getrunken, als ich mir sonst zugestand, und brachte Simona zu ihrem Haus in einer steilen Straße im Stadtteil der Wölfin. Wir verabschiedeten uns mit einem endlosen Kuss voneinander und versprachen uns gegenseitig, uns bald wiederzutreffen. Als sie die Tür hinter sich schloss, wurde mir schwer ums Herz.

Ich machte mich auf den Rückweg. Jetzt, da Simona nicht mehr bei mir war, spürte ich, wie es hinter meiner Stirn anfing zu pochen – nein, in meinem Kopf drehte sich alles wie ein auf Hochtouren laufendes Mühlrad –, was kein Wunder war, hatte ich doch nicht nur Wein getrunken, sondern dazu noch einige Schnäpse. Ich musste mich wirklich darauf konzentrieren, die Augen offen zu halten; ich sehnte mich nach meinem Bett und den zwei Stunden Schlaf, die mir vor Schichtbeginn noch blieben – dabei war mir klar, was für ein gewaltiger Kater mich erwartete. *Una buona ubriacatura nove giorni dura* (Ein schweres Besäufnis wirkt neun Tage nach). Nun, das Ganze war vorhersehbar gewesen; nicht umsonst warnt ein toskanisches Sprichwort: *Non si può pretendere di avere la botte piena e la moglie ubriaca* (Man kann nicht gleichzeitig ein volles Fass und eine betrunkene Ehefrau haben) – was so viel bedeutet wie »Man kann im Leben nicht alles haben«.

Doch wenn ein läppischer Kopfschmerz der Preis dafür war, Simona kennengelernt zu haben, dann war es das wert. Ich lächelte, als ich an die zurückliegende Nacht dachte, und gab Gas, da ich mich jetzt außerhalb der Stadtgrenze befand. Ich beschloss, auf der Hauptstraße zu bleiben, die immer wieder durch größere und kleinere Dörfer führte, anstatt die Abkürzung durch die Wälder zu nehmen, um nicht in eine Rotte Wildschweine hineinzurasen. Ich musste immerzu an Simona denken; mit ihren grünen Augen und den schweren Lidern sah sie ausgesprochen sexy und verwegen aus.

Vor einer engen Kurve an der Ortseinfahrt zu einem Dorf bremste ich ab. Im selben Augenblick wurde ich von den blendenden Scheinwerfern eines entgegenkommenden Fahrzeugs aus meinen Träumereien gerissen, die plötzlich auf meine Spur schwenkten. Um einen Zusammenstoß zu vermeiden, ließ ich instinktiv den Lenker los und warf mich zu Boden. Das Motorrad schlidderte über den Asphalt, und ich rollte einen Abhang voller dorniger Brombeersträucher hinab. Mein kurzes Leben zog an mir vorbei, während ich tiefer und tiefer hinabstürzte, mir Jacke und Jeans zerriss, bis ich endlich unten ankam und liegen blieb.

Als Erstes klopfte ich mich ab, um mich zu vergewissern, dass ich noch ganz war. Ich hatte überall Schürfwunden, Prellungen und Schmerzen, aber nichts schien gebrochen zu sein. Vorsichtig hob ich den Kopf und blickte zur Straße über mir hinauf; alles war ruhig, doch ich konnte die Lichter des Wagens sehen, der mich beinahe erfasst hätte. Unter großen Schwierigkeiten gelang es mir, zitternd vor Schreck, auf Händen und Füßen den Abhang hinaufzuklettern.

Als ich oben ankam, sah ich eine kleine Frau in Krankenschwesterntracht im Auto sitzen – einem Fiat, der Motor lief noch; sie hatte den Kopf aufs Lenkrad gelegt und weinte. Ich ging auf den Fiat zu und öffnete die Wagentür, und das Erste, was ich bemerkte, war, dass sie eine Knollennase hatte wie der Schauspieler Karl Malden. Als sie mich sah, stieß sie einen lauten Schrei aus; offenbar war sie noch traumatisierter als ich. Sie schob mich beiseite, stieg aus dem Wagen und richtete den Blick gen Himmel, dann fing sie an, eine ganze Reihe von Heiligen anzurufen. Sie weinte hysterisch, und ich versuchte, sie zu beruhigen – als wäre sie das Opfer und ich für den Unfall verantwortlich. »Alles in Ordnung, Signora?«, fragte ich, um sie in die Realität zurückzuholen.

Plötzlich ging in einem der in der Nähe stehenden Häuser das Licht an, dann flogen die Fensterläden auf, und eine ältere

Frau – die offenbar durch das Quietschen der Bremsen und den Aufprall des Motorrads auf dem Asphalt geweckt worden war – rief, sie habe einen Krankenwagen gerufen, und die *carabinieri* seien auch schon unterwegs; dann erkundigte sie sich, ob jemand verletzt sei. Ich versicherte ihr, dass wir unversehrt seien, und dankte ihr, obwohl ich sie insgeheim verfluchte: Die Polizei fehlte mir jetzt noch!

Die Krankenschwester mit der Nase von Karl Malden hörte nicht auf zu schluchzen und versuchte, sich zu rechtfertigen. Schniefend erklärte sie, sie komme von einer langen Schicht und sei einen Augenblick am Steuer eingeschlafen; sie habe mich einfach nicht gesehen. Um ehrlich zu sein, interessierte mich ihre Version herzlich wenig, ich wollte nur noch mein Motorrad nehmen (zerbeult und zerschrammt, aber es lief noch) und nach Hause ins Bett. Doch sie zog ein Formular für die Versicherung aus dem Handschuhfach, reichte es mir und sagte, ich müsse nur unterschreiben; dann schnäuzte sie sich lautstark die knollige Nase. Der Krankenwagen traf ein, gefolgt von den *carabinieri*, genau wie ich befürchtet hatte.

Der Krankenwagen rückte kurz darauf wieder ab, doch die *carabinieri* ließen sich nicht so schnell abwimmeln. Ein sehr junger Polizist stieg aus dem Streifenwagen und bat um unsere Führerscheine. Nachdem er sie kontrolliert hatte, reichte er sie uns zurück, dann fasste er uns ins Auge – die kleine Krankenschwester mittleren Alters und mich in meiner Lederjacke, den zerrissenen Jeans, den blutenden Knien und dem Sturzhelm auf dem Kopf – und fragte, wer von uns beiden das Motorrad gefahren habe. (Genau deshalb reißen wir in Italien so viele Witze über die *carabinieri*.) Ich wollte ihm gerade sagen, er könnte mich mal, als ich *maresciallo* Iuzzolino näher kommen sah, den ich bereits sehr gut kannte. Oh, oh, dachte ich nur.

Er bedeutete der Karl-Malden-Krankenschwester, nach Hause zu fahren, und wies mich an, im Streifenwagen Platz zu nehmen. Dann nahm er die Schnabelkappe ab und bot mir einen Kaugummi an. Als ich ablehnte, reichte er mir ein Fläschchen Desinfektionsmittel und Verbandswatte aus einem Erste-Hilfe-Koffer. Während ich daraufhin meine Schrammen und Schnitte verarztete, setzte er wie üblich zu einer väterlichen Predigt an, die kein Ende zu nehmen schien. Wie immer fragte er, wann ich endlich erwachsen werden würde, ließ die Weisheit *Chi del vino è amico di se stesso è nemico* vom Stapel (Wer ein Freund des Weines ist, ist ein Feind seiner selbst) und drohte, mir eines Tages den Garaus zu machen. Als er endlich fertig war, fragte er, ob ich in der Lage sei, nach Hause zu fahren, was ich mit einem zuversichtlichen Nicken bestätigte. Ich musste ein Formular unterschreiben – was für eins, erinnere ich nicht mehr –, dann durfte ich gehen.

Mit Wahnsinnskopfschmerzen trat ich den Heimweg an – ob diese von meinem Kater oder dem Sturz den Abhang hinunter stammten, weiß ich nicht.

Zu Hause angekommen, stellte ich die Cagiva vor der Steinmauer ab und schleppte mich die Stufen zur Haustür hinauf. Beim dritten Anlauf gelang es mir, den Schlüssel ins Schloss zu stecken und aufzusperren. Der Morgen dämmerte bereits.

Auf der Türschwelle lag die Morgenzeitung. Voller Entsetzen fiel mein Blick auf die erste Seite, die den Leser daran erinnerte, um drei Uhr morgens die Uhr eine Stunde vorzustellen. Es war jetzt also nicht 4 Uhr 49, sondern schon 5 Uhr 49 – keine fünfzig Minuten mehr bis zum Weckerklingeln.

Ohne mir die Zähne zu putzen, warf ich mich aufs Bett und dachte beim Einschlafen an Simonas jadegrüne Augen.

Ich wurde auch ohne das Klingeln des Weckers wach; ich hatte ihn auf 6 Uhr 30 gestellt, und um 6 Uhr 28 schlug ich die Augen auf. Überrascht stellte ich fest, dass ich mich frisch und ausgeruht fühlte, ich war in ausgesprochen guter Form. Im Badezimmer blickte ich in den Spiegel, doch anders als erwartet, blickte mir kein müdes, verquollenes Gesicht entgegen; im Gegenteil, ich sah bemerkenswert gut aus.

Ich ging unter die Dusche, wusch gründlich meine Wunden aus – meine Arme waren voller blauer Flecken, und ich hatte ein geschwollenes Hämatom am Knie, doch abgesehen von ein paar kleineren Blessuren fühlte ich mich gut und fit und bereit, zur Arbeit zu gehen. Fröhlich vor mich hin pfeifend, setzte ich Kaffee auf, stolz, dass ich mich so rasch von der anstrengenden Nacht erholt hatte, und frühstückte. Anschließend warf ich erneut einen Blick in den Spiegel und sagte vergnügt: »Was kann dich schon umhauen, Dario?«

Diesen Satz wiederholte ich mehrmals, während ich die Stufen vor dem Haus hinuntersprang, wobei ich triumphierend die Faust in die Luft stieß, dann schwang ich mich auf mein Motorrad – das bei Tageslicht gar nicht so schwer beschädigt aussah, wie ich befürchtet hatte – und ließ den Motor an.

Unterwegs kehrten meine Gedanken unweigerlich zu Simona zurück; ich sehnte mich danach, sie wiederzusehen. Morgen wäre Sonntag; ich würde sie anrufen und mich hoffentlich mit ihr verabreden.

Ich kam am Lager der Winzerei an in der Erwartung, der Hof stünde voller Lkws, die darauf warteten, beladen zu werden, doch der Hof war leer. Ein einziger Wagen stand auf dem Parkplatz, alles wirkte unerklärlich still und verlassen. Selbst das Tor war geschlossen.

Ich wartete ein paar Minuten und überlegte, was wohl geschehen sein mochte. Ein Streik in letzter Minute? War überraschend der Besitzer verstorben oder eine Bombendrohung eingegangen? Oder spielte man mir etwa einen Streich? Waren Außerirdische gelandet? Letztlich beschloss ich, es wäre das Beste, wenn ich zum nahe gelegenen Dorf führe und mich erkundigte, irgendwer würde schon wissen, was los war.

Ich hatte gerade den Ortseingang hinter mir gelassen, als ich an einem Zeitungsstand vorbeikam und eine der Schlagzeilen las: HEUTE ABEND BASKETBALL – SIENA GEGEN PISTOIA. Ich machte eine Vollbremsung, dann rieb ich mir die Augen, um sicherzugehen, dass ich mich nicht verlesen hatte. War das möglich? Heute war *Sonntag* und nicht Samstag? Hatte ich tatsächlich nicht fünfzig Minuten, sondern vierundzwanzig Stunden und fünfzig Minuten geschlafen? *Deshalb* war ich heute Morgen so erfrischt aufgewacht! So viel zu meiner Theorie, ich wäre Superman, dabei war ich in Wahrheit bloß ein jämmerlicher Trottel.

Nachdem ich mich von meinem ersten Schrecken erholt hatte, stellte ich fest, dass ich in großen Schwierigkeiten steckte. Am Montag würde mich der Vorarbeiter umbringen – oder, noch schlimmer, feuern. Ich wusste nicht, ob ich lachen oder weinen sollte, also tat ich beides gleichzeitig.

»Zum Teufel«, sagte ich schließlich mit einem Seufzer; es war ein schöner Tag, den ich genauso gut genießen konnte. Ich würde zu Matteo fahren und ihm die ganze Geschichte bei einem Glas Wein berichten, danach würde ich vielleicht Simona anrufen und sie zu einer Spazierfahrt durch die flirrenden Hügel einladen.

Magnifico, denke ich, als ich das Kapitel beende. Diese Geschichte zählte schon immer zu meinen besten. Ich schenke mir den restlichen Wein ein und bringe einen *brindisi* auf mich selbst aus.

Mittlerweile ist die Sonne untergegangen, ich habe den ganzen Tag vor dem Computer gesessen. Doch ich bereue es nicht; an Matteo zu denken, dem ich ein ganzes Kapitel in meinem letzten Buch gewidmet habe, und an Simona, die ich heute noch gelegentlich treffe und die noch genauso schön ist wie damals, war sinnvoll genutzte Zeit. Ich habe auch an Mia gedacht, die dieses Kapitel genießen wird – da bin ich mir sicher.

26.
Der Bolschewik

Ich trinke meinen dampfenden *orzo,* während ich Ruggero Leoncavallos unsterblicher Oper *I Pagliacci* lausche; die Lautstärke der Musik habe ich so eingestellt, dass ich sie hier oben in meinem Arbeitszimmer vor dem Computer hören kann.

Von: Mia Lane
An: Dario Castagno
Betreff: Zwei neue Kapitel

Vielen Dank, lieber Dario!
Ja, Sie haben sich einen Tag freigenommen, aber ich war nicht im Mindesten besorgt, denn ich habe Sie aufgrund Ihrer Korrespondenz inzwischen recht gut kennengelernt, und ich war mir sicher, heute eine Nachricht in meinem Posteingang vorzufinden. Ich hatte recht, und noch dazu konnte ich angenehm überrascht feststellen, dass Sie mir gleich *zwei* neue Kapitel geschickt haben.

Das erste war natürlich unendlich traurig, beinah schmerzhaft. Ich musste mir während des Lesens auf die Lippen beißen. Und nach der Hälfte des Textes, kam ich nicht umhin, aufzustehen und mir ein Kleenex zu holen, um mir die Augen abzutupfen. Da ich ohnehin schon stand, schenkte ich mir gleich ein Glas Merlot ein, um mich aufzuheitern. Wenn Andrea einverstanden ist, dann würde ich dieses Kapitel gern in unser Buch aufnehmen. Ich halte es sogar für sehr wichtig, denn es steht für die andere Seite des Lebens, das Sie beschreiben – eines Lebens, das einerseits voller Lachen und Freude steckt, doch in dem auch Bitterkeit und Kummer nicht fehlen.

Das andere, urkomische Kapitel über Ihren verlorenen Tag war äußerst unterhaltsam; es scheint, als landeten Sie stets in irgendeinem Schlamassel, egal, wie sehr Sie sich bemühen, ein braver Kerl zu sein. Ich war fasziniert von Ihrem Verweis auf die kommunistische Periode, die die Toskana hinter sich hat; diese politischen Fakten interessieren mich sehr. Können Sie mir Näheres berichten? Vielleicht schreiben Sie sogar ein Kapital über diese bizarre Zeit. Ich bin mir sicher, Sie schaffen das, Dario. Es war übrigens sehr bewegend, wieder etwas über Matteo zu lesen, dem Sie am Ende Ihres letzten Buches ein eigenes Kapitel gewidmet haben. Ich bin neugierig zu erfahren, ob sich die Burg, die ihm gehörte, noch immer im Besitz seiner Familie befindet und ob der kleine Engel noch im Garten steht.

Ich hoffe, Sie haben einen wunderbaren Tag. Arbeiten Sie weiterhin so gut!

Mia

Ich logge mich aus, ohne zu antworten, denn ich habe mir fest vorgenommen, die Lavendelsträucher im Garten zurückzuschneiden, eine Arbeit, die ich wirklich nicht länger aufschieben kann. Die Zweige hängen traurig herab, denn es ist Wochen her, seit ich sie das letzte Mal richtig gestutzt habe.

Doch auch als ich im Garten fertig bin, kehre ich nicht sofort an den Computer zurück, sondern tausche meinen Overall gegen die Laufsachen aus. Ich muss über Mias jüngste Bitte nachdenken. Es kommt mir seltsam vor, dass sie sich so für die politische Situation der Toskana in den Siebzigern interessiert. Doch da ist noch etwas anderes in ihrer Nachricht, das mir Unbehagen verursacht, auch wenn ich nicht genau benennen kann, was. Vielleicht eine unterschwellige Bemerkung zwischen den Zeilen?

Ich denke darüber nach, während ich die steile Strecke Richtung Misciano hinauflaufe. Unterwegs erblicke ich zwei prächtige Englische Setter, die auf einem schlammigen Feld vor einem verlassenen Bauernhaus liegen. Einer der beiden stellt die Ohren auf und rappelt sich hoch, als ich näher komme, Sekunden später fängt er an, verzweifelt zu heulen, den Schwanz furchtsam zwischen die Beine geklemmt. Der andere rührt sich nicht vom Fleck, doch er scheint vor Angst zu zittern. Mein erster Gedanke ist, dass sie von einem skrupellosen Jäger ausgesetzt wurden, doch dann bemerke ich, dass sie beide ein Halsband mit einer kupfernen Erkennungsmarke tragen, in die für gewöhnlich der Name und die Telefonnummer des Besitzers eingraviert sind. Dann wurden sie also nicht ausgesetzt. Vielleicht sind sie bei der Wildschweinjagd verloren gegangen.

Ich bleibe in einiger Entfernung stehen, bücke mich und nähere mich langsam mit ausgestreckter Hand, wobei ich den beiden gut zurede und versuche, ihr Vertrauen zu gewinnen. Doch bald schon stelle ich fest, dass mein Bemühen vergeblich ist; ihr Verhalten ändert sich nicht. Beide haben die Augen weit aufgerissen vor Furcht, der eine bellt mich wie verrückt an, der andere kauert sich zusammen und zittert wie Espenlaub. Ich nähere mich den beiden so weit, dass ich die zum Teil schlammbedeckte Telefonnummer entziffern kann, und zücke mein Handy. Das Rufzeichen ertönt mehrmals, dann meldet sich eine barsche Stimme am anderen Ende der Leitung: »*Pronto!*«

Immer noch schnaufend von meinem Lauf, erkundige ich mich, ob ich mit dem Besitzer der beiden verloren gegangenen Jagdhunde spreche.

»Nein, warum?«, lautet die Antwort.

Ich erkläre, wo ich bin, und beschreibe, wie die zwei aussehen.

»Ach die«, erwidert er. »Die haben sich nicht verlaufen; ich habe sie gestern dort gelassen, zur Strafe. Ich habe ihnen befohlen, sich nicht vom Fleck zu rühren, bis ich wiederkomme und sie abhole. Anscheinend haben sie gehorcht, gut.« Als wolle er mich beruhigen, fügt er nach einer Pause mit einem unfreundlichen Knurren hinzu: »Ich werde sie morgen abholen.«

Neugierig erkundige ich mich, was die Hunde getan haben, um eine so harte Strafe zu verdienen.

»Diese *stronzi* (Mistköter)«, schimpft er angewidert. »Sie haben den Fasan aufgefressen, den ich gestern Morgen geschossen habe, anstatt ihn zu apportieren. Also habe ich ihnen befohlen, dort zu bleiben, wo sie sind, direkt am Ort ihres schändlichen Verbrechens. Das wird ihnen eine Lehre sein.«

»Verstehe«, sage ich und lege auf. Mir bleibt nichts anderes übrig, als weiterzujoggen, doch ich nehme mir fest vor, ihnen so bald wie möglich einen Teller mit Fressen vorbeizubringen.

Am Ende der Strecke stelle ich fest, dass das Laufen nicht nur eine körperliche Wohltat ist, sondern dass ich dabei wieder einmal ausreichend Material gesammelt habe, um Mia eine Antwort zu schicken. Außerdem ist mir ein lang vergessener Streich wieder eingefallen, den ein paar Freunde und ich speziell für ganz besondere Gelegenheiten vorbereitet hatten, eine Nummer, die wir »Der Bolschewik« nannten.

Doch als Erstes mache ich eine Schüssel voll dampfender *pasta* mit Hackfleisch für die beiden Hunde und kehre nach Misciano zurück, um sie ihnen hinzustellen. Zunächst schleichen sie misstrauisch darum herum, aber als ich wieder aufbreche, blicke ich über die Schulter zurück und sehe, dass sie sich zaghaft ans Fressen machen. Ich bin froh, dass sie nicht hungern müssen. Außerdem schwöre ich mir, morgen wieder nach ihnen zu sehen für den Fall, dass ihr gleichgültiges Herrchen vergisst, sie abzuholen.

Wieder zu Hause, öffne ich eine Flasche Weißwein – doch dann rufe ich mir in Erinnerung, dass Doktor Becchini mich gescholten hat, als er mich dabei ertappte, wie ich einen Vernaccia di San Gimignano an der Bar trank. Er erklärte mir ernst, dass Weißweintrinken ähnlich sei wie Sex in einem Kanu: »Es ist hoffnungslos, weil es zu nah am Wasser ist.« Und weil ich meinem geschätzten *dottore* nicht widersprechen möchte, stelle ich den Wein zurück in den Kühlschrank und wähle einen angemesseneren Chianti Classico Poggio Amorelli aus meinem Regal. Ich schenke den Wein in einen Kelch, und nachdem ich den üblichen *brindisi* auf mein eigenes Wohl ausgebracht habe, tippe ich Folgendes in den Computer:

Liebe Mia,
ciao! Ich muss schon sagen, Sie sind eine erstaunliche Frau. Nehmen Sie's nicht persönlich, aber warum, um alles in der Welt, interessieren Sie sich für die italienische Politik? Das Thema könnte nicht weitschweifiger sein … Dennoch, um Ihnen den Gefallen zu tun, habe ich heute Morgen beim Joggen intensiv über die Zeitspanne nachgedacht, die Sie für so interessant halten. Dabei ist mir bewusst geworden, dass ich die »rote Phase« nur am Rande und eher passiv miterlebt habe; meine rebellischen Freunde und ich mieden bewusst die Versammlungen, Debatten und Kundgebungen, mit denen der *Partito Comunista* die Jugend anzuwerben versuchte. Das bedeutet jedoch nicht, dass wir uns vollkommen von politischen Veranstaltungen fernhielten, so besuchten wir zum Beispiel verschiedene Feste der linken Parteien, aber nur, um Spaß zu haben.

Es gab viele Gründe dafür, dass die Toskana und die angrenzenden Regionen nach dem Krieg einen solchen radikalen Linksruck erlebten. Ich glaube, das Ende der *ventennio fascista* (zwanzig Jahre Faschismus), die in einen dramatischen Krieg mündeten, der nichts als Zerstörung und unzählige Todesopfer brachte, spielte dabei die entscheidende Rolle. Diese Schlussfolgerung ist simpel: Wenn die extreme Rechte so unermessliches Leid über die Region gebracht hatte, musste die Opposition, die extreme Linke, zwangsläufig das Gegenteil bewirken. Hinzu kam die natürliche Aversion des Volkes gegen die Landbesitzer und den Adel, die seit Jahrhunderten ein veraltetes Pachtsystem aufrechterhielten, das es ihnen ermöglichte, in der Toskana eine Art Feudalherrschaft auszuüben. Es ist richtig, dass dieses System das Überleben der Bauern sicherte, doch es verhieß weder Komfort noch Wohlstand noch sonstige Annehmlichkeiten, die mehr und mehr Einzug in die moderne Welt hielten. Selbst der Klerus muss heute eingestehen, sein Teil zum Linksruck beigetragen zu haben; die Geistlichkeit stand von jeher hinter dem alten Regime und spielte eine fundamentale Rolle, wenn es darum ging, den eigenen Vorteil zu sichern. Sowohl die Kirche als auch die Landbesitzer hatten die Faschisten schamlos unterstützt, und als Konsequenz des Nachkriegswirtschaftswunders in den Fünfzigerjahren strömten die Bauern scharenweise in die Städte, wo sie in den unzähligen neuen Fabriken Arbeit fanden, die wie Pilze nach einem Herbstregen aus dem Boden schossen. Dank der Zunahme an linken Gewerkschaften gewann das Proletariat zum ersten Mal eine gewisse Macht, die ihm nicht nur Bildung, sondern auch die Art sozialer Unterstützung garantierte, die ihm bislang verwehrt gewesen war.

Die Kommunistische Partei gewann zwar keine Wahlen auf nationaler Ebene, doch sie profitierte von ebendiesen Sozialprogrammen, weshalb sie auf lokaler

Ebene die politische Landschaft dominierte – und eine Mehrheit von bis zu achtzig Prozent erreichte, und zwar nicht nur in der Toskana, sondern auch in anderen zentralen Regionen wie in der Emilia-Romagna oder in Umbrien.

Der *Partito Comunista* verdankte seinen Erfolg zwei Hauptgruppen von Anhängern: erstens den Arbeitern, die in den Fabriken beschäftigt waren, sowie den Bauern, die noch das Land bewirtschafteten, und zweitens den Intellektuellen, die, erfüllt von der marxistischen Ideologie, von den Universitäten kamen und große Bewunderung für das sowjetische und maoistische Vorbild hegten. Viele wurden zu regelrechten Fanatikern und organisierten sich in subversiven Gruppen, die das Land terrorisierten und deren oberstes Ziel es war, die Mitte-rechts-Regierung mittels eines Militärputsches zu stürzen. Italien geriet unausweichlich ins Chaos und wurde zum Schauplatz von Unruhen, Entführungen und Angriffen auf das Herz des Staates. Dennoch war diese Terrorstrategie kein Markenzeichen der Linken; die Rechten organisierten sich ähnlich und antworteten mit Massakern an Unschuldigen – hauptsächlich, indem sie feige Bomben in öffentlichen Gebäuden legten. Wir liefen ständig Gefahr, in einen blutigen Bürgerkrieg verwickelt zu werden, sodass diese Ära, die alles andere als ein goldenes Zeitalter waren, heute traurig die »bleiernen« Jahre genannt wird.

Als ich als Kind von England in die Toskana zog, stellten meine Familie und ich schnell fest, dass alles um uns herum politisiert war; es gab Supermärkte, in denen nur die linken Wähler einkauften, und nahezu identische Läden mit den gleichen Waren ausschließlich für die rechten. Es gab von dem *Partito Comunista* geführte Bars und Freizeitzentren, die allein den *compagni* (Genossen) vorbehalten waren, die eine Mitgliedskarte vorweisen konnten. Absurd wurde das Ganze, als sich selbst die Rettungsdienste in links und rechts aufteilten, sodass man als Kommunist die *Pubblica Assistenza* rufen musste, wenn man medizinische Hilfe brauchte, mit anderer politischer Gesinnung dagegen oder als Katholik holte man die *Misericordia*. In der Toskana dominierten die Linken, und viele Straßen waren nicht nur nach heldenhaften Mitgliedern der Nationalpartei benannt, sondern auch nach Marx, Lenin und sogar Stalin. Plätze wurden gebaut, Monumente zu Ehren der Sowjetunion errichtet; einst gläubige Katholiken verließen die Kirchen, da sie die Ideologie der Theologie vorzogen, und strömten in die Bars der Linken. Viele hiesige Familien unterstützten diese »Minirevolution«, indem sie ihren Kindern russische Namen gaben, was zu dieser Zeit als sehr modern galt; dementsprechend gibt es hier eine ganze Generation von Igors, Yuris, Ruslans, Katiuscias und Olgas. Selbst die katholischen Sakramente gerieten in Vergessenheit; viele Familien wurden zu Atheisten und weigerten sich, ihre Neugeborenen taufen zu lassen. Ich selbst nahm an Bestattungen teil, bei denen die Verstorbenen mit einer Ausgabe der kommunistischen Zeitung *L'Unità* unter den verschränkten Armen verbrannt wurden. Feierlichkeiten wie die *festa dell'unità* (Fest der Einheit) wurden in jedem toskanischen Dorf veranstaltet, die rote Hammer-und-Sichel-Fahne gehisst. Diskussionen und Versammlungen mit bedeutenden Politikern waren gut besucht, Letztere wurden wie Popstars über die Lautsprecher angekündigt, aus denen anschließend die Propaganda der Sozialistischen Internationale dröhnte.

Und es war genau eine solche Veranstaltung, Mia, während der wir einen unserer Lieblingsstreiche spielten.

Ich war mit einer kleinen Clique von Freunden aus meinem Dorf unterwegs, die wie ich vollkommen unpolitisch waren und sich nicht einmal ansatzweise von der kommunistischen Propaganda überzeugen ließen, die damals so vielen Teenagern eine Gehirnwäsche verpasste, um sie in die linken Verbände und Jugendvereinigungen zu treiben. Es war Sommer, irgendwann in den scheinbar endlosen Achtzigerjahren; wir sonnten uns auf einem großen, glatten Stein am Ufer des Merse-Flusses und hörten psychedelische Musik. Es war brütend heiß, und wenn es uns zu viel wurde, kühlten wir uns in dem kristallklaren Wasser ab.

Wir mussten nicht viel reden; wir kannten uns alle nur allzu gut und hatten schon einiges zusammen erlebt. So waren wir zum Beispiel eines Nachts ganz in Schwarz gekleidet im Nazi-Stechschritt vor dem kommunistischen Freizeitzentrum auf und ab marschiert, während wir gleichzeitig ein Lied der Faschisten pfiffen. Wie nicht anders zu erwarten, wurden wir von ein paar Hitzköpfen fortgejagt, die uns »*Sporchi Fascisti!*« (Dreckige Faschisten!) schimpften, außerdem wurden wir bis ans Ende aller Zeiten mit Hausverbot belegt. Schließlich begriffen wir, dass es nicht unbedingt klug war, im eigenen Dorf Ärger zu machen, wo die *compagni* ihre politische Überzeugung ausgesprochen leidenschaftlich vertraten, sodass man nie wusste, welche Reaktion man bei ihnen hervorrufen würde. Doch wir waren Teenager, und es war uns unmöglich, etwas über längere Zeit ernst zu nehmen; in erster Linie wollten wir Spaß haben – und unsere Streiche waren ohne Hintergedanken und wollten nichts als provozieren. Von daher verlegten wir unsere Aktivitäten nun jedes Mal, wenn uns die Lust auf einen Schabernack packte, nach außerhalb; manchmal fuhren wir dazu sogar in die Nachbarprovinzen, wo wir sicher sein konnten, dass uns niemand kannte.

Doch zurück zu der Clique auf dem Stein. Foffo ließ seine Füße ins Wasser baumeln, trank Wein aus einer Korbflasche und blätterte in der Tageszeitung, während der Rest von uns die Pläne für den Abend besprach. Wir waren zappelig, wollten Spaß haben, doch keiner von uns hatte eine Idee, was wir tun könnten. Foffo hob den Kopf, reichte die Flasche an Peo weiter und teilte uns mit, dass laut Zeitung am Abend in einem Dorf nahe Arezzo eine *festa dell'unità* stattfinden sollte.

»Wie lange ist es her, dass wir das letzte Mal den Bolschewiken gespielt haben?«, erkundigte er sich.

»Ich glaube, in diesem Sommer noch gar nicht«, antwortete Dindo.

»Dann sollten wir das heute mal tun«, schlug ich vor, und nachdem alle ihre Zustimmung kundgetan und einen *brindisi* auf die »Bolschis« ausgebracht hatten, beendeten wir unseren Schwimmausflug mit einem letzten Sprung in die Fluten.

Unser Treffpunkt am Abend war die Dorfbar, und nach ein paar *gottini* quetschten wir uns in Dindos Ente und fuhren durch die Hügel des Chianti; bei Sonnenuntergang erreichten wir Valdarno. Von dort aus ging es weiter in die Casentino-Region, in der das Dorf lag. Der Park war herausgeputzt mit roten Fahnen, überall waren Tische und Stühle aufgestellt, und Gruppen von Freiwilligen waren damit beschäftigt, reichliche Portionen Würstchen, Bohnen und Rotwein zum Ruhme (und für die Kasse) des *Partito Comunista Italiano* zu verteilen.

Wir parkten außerhalb des Dorfes in einer Seitenstraße und schlüpften in die Rollen, die wir über die Jahre perfektioniert hatten. Dann trennten Peo und ich uns von Foffo und Dindo. Peo hatte ein kragenloses, seitlich geknöpftes Hemd angezogen und eine typisch russische Hose, weit geschnitten und wadenlang, die er in seine schwarzen Lederstiefel gesteckt hatte. Dazu trug er einen Tschako auf dem blonden Haar. Dank seiner erstaunlich blauen Augen und der hellen Haut hätte er jedem Sowjet weismachen können, er wäre ein waschechter Bolschewik.

Am Eingang zu dem unter freiem Himmel liegenden Festgelände saß ein älterer, fülliger, freundlich wirkender Bauer, der ein rotes Tuch um den Hals gebunden hatte. Er hatte die Aufgabe, sämtliche Ankömmlinge mit einem Hammer-und-Sichel-Anstecker auszustatten. Mit einem herzlichen »*Benvenuti, compagni!*« hieß er uns willkommen.

Ich erwiderte seinen Gruß höflich, indem ich ganz nach Art der Kommunisten meinen linken Arm in die Höhe riss und meine Hand zur Faust ballte. »*Grazie, compagno!*«, tönte ich, bevor ich Peo vorstellte. »Ich habe das Vergnügen, heute Abend einen sowjetischen Unteroffizier und Mitglied der KPdSU zu begleiten. Sein Name ist Sergej Peoski, und er hat den ganzen Weg von Moskau hierher zurückgelegt, um eine Reihe von Berichten über die *feste dell'unità* anzufertigen, die wir hier in der Toskana abhalten. Er würde es sehr begrüßen, dem *compagno* vorgestellt zu werden, der für diese Veranstaltung verantwortlich ist.«

Der alte Mann konnte seine Aufregung kaum in Grenzen halten; wahrscheinlich hätte er sich nie träumen lassen, jemals einem echten Russen gegenüberzustehen. Strahlend lud er uns ein, ihm zu folgen.

Er scheuchte für seinen »Ehrengast« eine Gruppe Jugendlicher von ihren Stühlen, requirierte stolz einen Tisch für uns und lud uns mit einem riesigen Grinsen auf dem Gesicht (das mittlerweile genauso rot war wie das Tuch, das er trug) ein, uns zu setzen. Dann winkte er einen der Jungen herbei, der uns eine anständige Portion Würstchen mit Bohnen und einen Liter vom besten Wein bringen sollte, während er sich aufmachte, um einen der *responsabili* (Verantwortlichen) zu suchen.

Unterdessen waren Foffo und Dindo über den Festplatz geschlendert, hatten an den Ständen, die belegte Brote und Wein verkauften, haltgemacht und tranken, während sie auf ihren Auftritt warteten.

Minuten später kamen zwei Männer mittleren Alters, begleitet von unserem betagteren Freund, herbeigeeilt, sichtlich aufgeregt und geehrt durch unsere Anwesenheit. Ganz offensichtlich waren sie die *responsabili.* Ich stellte mich ihnen als Dolmetscher von *compagno* Sergej Peoski vor. »*Wojwodina koskow, dinaminski tuskow jijinski*«, sagte Peo, was gar nichts bedeutete, doch ich tat so, als übersetzte ich: »*Compagno* Sergej würde gerne auf Ihr Wohl und auf Ihr wunderbares Fest trinken und mit Ihrer Erlaubnis ein paar Worte an die versammelten *compagni* richten.«

Die beiden *responsabili* waren zwei einfache Bauern, die sich für die *festa* in Schale geworfen hatten, doch in ihren schlecht sitzenden Anzügen schien ihnen recht unbehaglich zumute zu sein. Ihr ausgeprägter ländlicher Dialekt, ihre rauen, schwieligen Hände und ihre sonnenverbrannten Nacken waren untrügliche Zeichen dafür, dass sie sich bei der Feldarbeit am wohlsten fühlten. Es war komisch und irgendwie rührend, ihnen zuzusehen, wie sie sich bemühten, ihre Gläser zu heben, was ihnen in den engen Anzügen nahezu unmöglich war. Wir taten so, als bemerkten wir nichts, und hoben ebenfalls unsere Gläser, dann schütteten wir den Wein dramatisch in einem Zug hinunter. Sobald Peo geschluckt hatte, stieß er einen herzhaften Rülpser aus, wischte sich mit dem Ärmel die Lippen und warf das Glas über die Schulter, das laut klirrend auf dem Pflaster zerschellte; fast hätte es eine ältere Dame getroffen, die an einem der Tische hinter uns saß. Die beiden *responsabili* wechselten einen raschen Blick; dann folgten sie unserem Beispiel (nur das Rülpsen ließen sie aus), weil sie nicht als ignorante Bauerntölpel erscheinen wollten, die von den russischen Traditionen keine Ahnung hatten, und schleuderten ihre Gläser durch die Luft, als würden sie das jeden Tag tun. Nun war es an Peo, Wein einzuschenken. Er schnappte sich ein frisches Glas, füllte es fast bis an den Rand, leerte es in einem Zug und warf es anschließend erneut über die Schulter. Dann nahm er ein drittes Glas und wiederholte das Ganze. Die Leute hinter ihm erhoben sich stillschweigend einer nach dem anderen und flüchteten aus der Schusslinie.

Wieder folgten die beiden *responsabili* Peos Beispiel. Mittlerweile hatte dieses bizarre Ex-und-Hopp-Ritual eine größere Zuschauermenge angezogen – doch alle von ihnen achteten darauf, in sicherer Entfernung stehen zu bleiben. Peo brummte weiteren Unsinn, und ich als sein Übersetzer erklärte, er sei nun bereit, zum *popolo* (Volk) zu sprechen.

Pflichtbewusst wurde Sergej Peoski über Lautsprecher angekündigt, und man lud alle Festbesucher ein, zusammenzukommen und einen echten *compagno* kennenzulernen, der den weiten Weg von Mutter

Russland in die Toskana zurückgelegt hatte. Derweilen entdeckte ich Foffo und Dindo in der Menge; sie tranken Wein und gaben sich alle Mühe, ernste Gesichter zu bewahren, während sie die Szene beobachteten.

Um das Ereignis so feierlich wie möglich zu gestalten, spielten die Veranstalter eine Aufnahme der *Internazionale Comunista*, der Hymne der Kommunisten, die zu Ehren des unerwarteten Gastes durchs ganze Dorf hallte. Ich begleitete Peo zu der kleinen Bühne, die ursprünglich für das Dorforchester aufgebaut worden war; nun wurden die Musiker gebeten, zur Seite zu treten, bis wir geendet hätten. Ich stieg auf die Bühne und sah mich um. Wir hatten ein Publikum von mindestens fünfzig einfachen Bauern, jeder davon begierig darauf, aus dem Mund eines waschechten Bolschewiken alles über das sowjetische Arbeiterparadies zu erfahren.

Jetzt musste ich Peo vorstellen. Ich nahm das Mikrofon, erklärte der Menge, er stamme aus einer Bauernfamilie und sei das sechste von elf Kindern. An der Universität von Leningrad habe er einen Abschluss in Kerntechnik gemacht und arbeite nun als Kartoffelsortierer in einer Fabrik, in der eingemachte Kartoffeln in Gläsern produziert würden. Wegen seiner vielfältigen Begabungen wurde er von der Kommunistischen Partei auserwählt, nach Italien zu fahren und seine dortigen Genossen kennenzulernen, um hinterher einen Bericht darüber zu verfassen, wie das Leben auf der anderen Seite des Eisernen Vorhangs aussah.

Es folgte lang anhaltender Applaus, manche der Festgäste riefen »*Viva la madre Russia!*« (Es lebe Mutter Russland!), und Peo, der ein geborener Mime war (heute ist er tatsächlich ein berühmter Schauspieler), stand auf und begrüßte die Menge.

Ich erkundigte mich, ob jemand Fragen an den bedeutenden Besucher hätte. Viele hoben die Hand, doch wie abgesprochen, pickte ich mir Dindo heraus, der mit den Worten »Willkommen, lieber *compagno* Sergej« begann. Während er sprach, tat ich so, als flüsterte ich die Übersetzung in Peos Ohr, dabei fragte ich ihn in Wirklichkeit, wie ihm das Mädchen in der vierten Reihe mit den großen Brüsten gefalle. »Wie ist es möglich«, fuhr Dindo fort, »dass ein Kerntechniker eine Stelle in der Qualitätskontrolle einer Kartoffelfabrik zugewiesen bekommt?« Peo holte tief Luft, dann gab er erneut sein erstaunliches Russisch-Gebabbel von sich.

»Lieber *compagno*«, sagte ich und tat so, als würde ich seine Antwort ins Italienische übersetzen, »die Qualitätskontrolle der Kartoffeln ist eine äußerst heikle und ehrenvolle Aufgabe. Sie müssen wissen, dass wir Kartoffeln zum Frühstück, Kartoffeln zu Mittag und – wenn wir Glück haben – Kartoffeln zu Abend essen. Kartoffeln sind unsere einzige Nahrungsquelle, da können Sie sich wohl vorstellen, wie wichtig meine Tätigkeit ist. Einer solchen Aufgabe ist nicht jeder gewachsen.«

Wie erwartet ertönte an dieser Stelle leises, fassungsloses Gemurmel unter den Zuhörern. Unser gemeiner kleiner Streich lief ausgezeichnet.

Um jeglichem Verdacht vorzubeugen, wählte ich für die nächste Frage eine Frau in der ersten Reihe aus, die ein farbenfrohes Blumenkleid trug und nach Peos vorheriger Antwort ziemlich entmutigt wirkte. Glücklicherweise war ihre Frage unverfänglich: »Weshalb, *compagno,* wurdest du auserwählt, dein Land im Ausland zu repräsentieren?«

Wieder tat ich so, als würde ich übersetzen, was mir

Peo leise ins Ohr sagte (in Wahrheit flüsterte er mir zu, dass ihm die junge Frau in der zweiten Reihe besser gefalle, da ihn ihr Gesicht an das einer maltesischen Hure erinnere), und antwortete mit unbewegtem Gesicht: »Das ist ganz einfach, meine liebe *compagna*. In der Fabrik gab es einen Arbeiter, der sich ständig darüber beschwerte, dass seine tägliche Ration an Kartoffeln nicht ausreiche, um seine große Familie durchzufüttern, und eines Tages erwischte der Genosse Sergej ihn, als er sich gerade aus einem Sack bediente, der für den Export bestimmt war. Also denunzierte er ihn beim KGB, um die Ehre der Kommunistischen Partei zu retten. Der Dieb wurde nach Sibirien verbannt, wo er als Zwangsarbeiter in den Minen schuften muss, und unser *compagno* wurde mit dieser Reise belohnt, auf der er den Westlern das wundervolle Sowjetsystem nahebringen soll.«

Diesmal ertönte nur wenig Applaus, auch wenn ein paar Fanatiker die Stimmen erhoben und verkündeten, dass dies die richtige Entscheidung gewesen sei. Die beiden *responsabili* rangen unterdessen die schwieligen Hände und sahen einander verzweifelt an; offenbar war ihnen äußerst unbehaglich zumute. Peo schwadronierte weiter auf »Russisch«, und ich »übersetzte«, wie er sich einen Raum mit drei anderen Familien teile, mit einem einzigen Klo draußen, wo ihm der Hintern am Sitz festfriere; doch das mache ihm nichts aus, da während der Ausgangssperre nach einundzwanzig Uhr ohnehin niemand mehr die Toilette aufsuchen dürfe. Das Risiko, auf der Stelle erschossen zu werden, sei einfach zu groß. »Doch wir sind patriotische *compagni*«, fuhr ich fort, »und um der Revolution willen haben wir unsere Blasen trainiert, übermenschlich lange auszuhalten.«

Manche Augen füllten sich mit Tränen, als wir

systematisch den Traum vom sowjetischen Arbeiterparadies zerstörten, an das diese armen Bauern so inbrünstig glaubten. Einer der *responsabili* sprang schließlich auf die Bühne, riss mir das Mikrofon aus der Hand und verkündete, die Ansprache sei nun beendet. Offenbar konnte er den »Ehrengast« gar nicht schnell genug wieder loswerden. Er dankte uns für unser Kommen, während sich sein Kumpel mit einem Taschentuch den Schweiß von der Stirn wischte.

Jetzt war es an Foffo, das große Finale einzuläuten. Er stand auf und rief mit verärgerter Stimme aus der letzten Reihe: »*Compagni!* Man hat uns erzählt, die Sowjetunion wäre ein Garten Eden, ein Paradies der sozialen Gleichheit ... Worte! Nichts als Worte! *Compagno* Peoski hat uns gezeigt, dass die Realität eine andere ist. Man hat uns verschaukelt!« In der Menge brach Tumult aus, doch Foffo übertönte sie: »Die Köpfe der Partei sind Lügner, die sich an den armen Bauern und Arbeitern bereichern!«

Nun wurde unter den Versammelten eine Mischung aus Buhrufen, Pfiffen und vereinzeltem Applaus laut. Peo krempelte die Ärmel hoch, sprang von der Bühne und hechtete auf Foffo zu, wobei er mehrere Stühle umwarf. Sie lieferten sich einen ziemlich echt aussehenden Faustkampf. Ich spielte den Schlichter, versuchte, einzuschreiten und die beiden zu trennen, während einer der *responsabili* ins Mikrofon schrie, um die Menge zu beruhigen. Sein Kamerad rannte unterdessen um die Bühne und wedelte mit den Händen in der Luft, als wäre er der Papst.

Als es den Anschein hatte, dass sich einige der Anwesenden in den Kampf einschalten wollten, trennten sich die beiden schnell; Foffo tauchte in der Menge unter, während Peo zum Ausgang schoss. Ich folgte ihm, wobei ich über die Schulter rief, man solle sich schämen, dass man einen so illustren Gast aus Mutter Russland beleidigt habe. Die beiden *responsabili* folgten uns mit äußerst betretenen Gesichtern. Einer von ihnen schnappte sich eine Kiste Rotwein von einem der Stände und schob sie mir in die Hände, darauf beharrend, dass wir das Geschenk annahmen.

»Nichts für ungut«, sagte er mit gebrochener Stimme.

»Machen Sie sich keine Gedanken«, beschwichtigte ich ihn, während ich die Kiste voller Freude entgegennahm.

Wir waren mehr als zufrieden, der lokalen Kommunistischen Partei ein paar Flaschen Wein abgeluchst zu haben, und so verabschiedeten wir uns mit der Ausrede, dass ich Sergej Peoski zurück ins russische Konsulat nach Florenz bringen müsse.

Wir trafen uns mit Foffo und Dindo am Wagen, und nun, da wir alle in Sicherheit waren, brachen wir in Gelächter aus und klatschten uns ab. Auf der langen Heimfahrt gingen wir die Antworten noch einmal durch, die wir den Zuhörern gegeben hatten, und stellten einhellig fest, dass uns der Streich diesmal mit Abstand am besten gelungen war.

Um ein Uhr morgens waren wir endlich zurück in unserem Dorf. Wir beschlossen, einen letzten *brindisi* auf den Erfolg unseres kleinen Wanderstücks »Der Bolschewik« auszubringen, also stürmten wir in die Dorfkneipe, die gerade schließen wollte. Überrascht stellten wir fest, dass sich Iuzzolino unter den Gästen befand. Er war offensichtlich außer Dienst, denn er trug ausgebeulte Kakishorts und ein schwarzes T-Shirt. An den Tresen gelehnt, zwirbelte er seinen schwarzen Schnurrbart, als würde er auf jemanden warten. Als er uns erblickte, breitete sich ein rätselhaftes Lächeln auf seinem Gesicht aus, und er bat den Barmann, ihm einen doppelten Wodka Smirnoff einzuschenken. »Nun, Jungs«, sagte er, »bevor ich heute Feierabend machen konnte, bekam ich einen Anruf von meinem Kollegen aus einem kleinen Dorf nahe Arezzo. Er erzählte mir, dass vier Jugendliche mit einer Ente – die übrigens die gleiche Farbe hat wie Dindos und genau wie seine ein Sieneser Nummernschild, seltsamerweise sogar einen Aufkleber von der Fußballmannschaft unseres Dorfes auf der Rückscheibe – heute Abend die *festa dell'unità* seines Dorfes aufgemischt hätten. Vermutlich wisst ihr nichts davon, oder? Dario? Foffo? Dindo? Peo?« Er zog eine Augenbraue hoch und fügte hinzu: »Oder soll ich *compagno* Sergej Peoski sagen?«

Peo hatte sein Sowjetkostüm im Wagen gelassen und trug wieder normale Kleidung, doch auch so wussten wir, dass Iuzzolino genügend Beweise hatte, um uns die Hölle heiß zu machen. Wir fingen an, Entschuldigungen und Ausreden zu stammeln, doch dann stellten wir erstaunt fest, dass er einfach nur grinste und uns bedeutete, still zu sein. »Ihr kennt meine politische Gesinnung, oder? Nicht? Nun, sagen wir, ich bin definitiv kein Kommunist, und da ich heute Abend außer Dienst bin, kann ich als Privatperson sprechen und nicht als Offizieller. Deshalb erhebe ich diesen Wodka auf euch und euren Streich; ich werde meinen Kollegen mitteilen, dass sie sich geirrt haben müssen, da ihr das Dorf heute Abend gar nicht verlassen habt.«

»Danke, *maresciallo*«, antworteten wir gleichzeitig.

»Aber«, sagte er leicht drohend, »lasst uns mal eine Minute so tun, als trüge ich meine Uniform. Ich weiß, dass ihr die Stelle im Dorf kennt, die ein paar Taugenichtse in eine Müllhalde verwandelt haben; ihr wisst, wovon ich rede, nicht wahr? Die Stelle in der Nähe des Mandelbaums. Nun, ich vermute stark, dass sie an diesem Wochenende tipptopp gesäubert werden wird. Und mit meinen Vermutungen liege ich immer richtig. Was meint ihr?«

Er leerte sein Glas, wischte sich mit seinem behaarten Unterarm die Lippen und grinste uns breit an, wobei er seine Goldkronen zeigte. Dann machte er auf dem Absatz kehrt und ließ uns sprachlos in der Kneipe zurück. Wir hatten gerade noch genug Zeit für einen *brindisi* auf Iuzzis Wohl; trotz allem würden wir ihn niemals gegen einen anderen *maresciallo* eintauschen.

Ich schicke das Kapitel an Mia und schreibe dazu, dass Matteos Familie immer noch im Besitz der Burg ist und dass die Statue nach wie vor im Garten steht.

Nun bin ich müde, doch gleichzeitig verspüre ich das Bedürfnis, mit jemandem zu reden. Durchs Fenster betrachte ich den Sonnenuntergang; er ist schön, unbeschreiblich, intensiv – ein Sonnenuntergang, wie man ihn nur an bestimmten Winterabenden zu sehen bekommt. Ich habe den Eindruck, dass er mit seinen leuchtenden Farben nicht nur das Tal erfüllt, sondern auch meine Seele. Plötzlich bin ich überwältigt von einem seltsamen Gefühl, und meine Augen füllen sich mit Tränen. Was hat das zu bedeuten? Ich setze mich vor das knisternde Feuer und versuche herauszufinden, warum ich auf einmal so deprimiert bin.

»Was ist bloß los mit mir?«, wiederhole ich mehrere Male, während mir das Herz immer schwerer wird. Was ist es, das mich so aufwühlt? Ist es etwa das Graben in meinen Erinnerungen? Nein, ich bin mir sicher, dass mich etwas anderes beschäftigt. Als mich die Traurigkeit endgültig übermannt, öffne ich die Haustür und blicke hinauf zu den Sternen, und auf einmal verspüre ich den starken Wunsch, einen Spaziergang zu machen.

Als ich losmarschiere, wenden sich meine Gedanken Mia zu und unserer … nun, unter diesen Umständen kann ich es nur Beziehung nennen. Ich werde das Gefühl nicht los, dass sie mir etwas sagen wollte … dass in ihrer letzten Nachricht eine unterschwellige Botschaft steckte. Ich wandere zum Mahnmal hinauf, dann setze ich mich auf die Holzbank meines Freiluftbüros, den Kopf in die Hände gestützt. Nach einer Weile blicke ich wieder auf und in den Himmel: Der Mond leuchtet rosa, ein kräftiges, einfach sagenhaftes Rosa, und als ich mir die Augen mit dem Handgelenk trockne, kommt mir plötzlich ein Gedanke:

Mia hat die kleine Engelsstatue in Matteos Garten erwähnt. Woher wusste sie davon? Ich bin mir ziemlich sicher, dass ich sie nie zuvor erwähnt habe. Ich lege mich ins Gras, um die funkelnden Sterne über mir am dunklen Winterhimmel zu betrachten, und grüble darüber nach.

»Mia, wer bist du?«, frage ich mich laut und wiederhole die Frage wie ein indisches Mantra. Es ist offensichtlich, dass diese Frau versucht, mir etwas zu sagen. Was soll ich nun tun? Ich spüre, wie mich eine Reihe von Schauern durchläuft, direkt das Rückgrat hinab, was mich zwingt, aufzustehen. Ich denke, es wäre das Beste, einen Doktor aufzusuchen – einen ganz bestimmten, den ich mit ziemlicher Sicherheit in der *polisportiva* antreffen werde.

Als ich das Gebäude betrete, sind dieselben alten Männer mit denselben alten Kartenspielen beschäftigt, verfluchen einander und wechseln drohende Blicke. Giulio sitzt an seinem Platz, Dino dämmert in seiner Lieblingsecke, und Becchini sitzt, wie ich gehofft hatte, auf einem Hocker am Tresen und leert eine Flasche Roten. Als er mich sieht, winkt er mir, damit ich ihm Gesellschaft leiste, und füllt ein Glas aus einer

Flasche ohne Etikett. Der Inhalt, so verrät er mir, stammt von Maso, der hinter uns *briscola* spielt. »Was gibt's, Dario?«, fragt er ernst. Offensichtlich kann man mir meine Gefühle vom Gesicht ablesen.

Während ich mich zusammenreiße, zündet er eine Zigarette an und reicht sie mir. Ich hole tief Luft und fange an zu sprechen. »*Dottore,* ich …« Mehr bringe ich nicht heraus – obwohl ich doch extra hergekommen bin, um mit ihm zu reden.

Ich leere das Glas, und er füllt es erneut; dann nimmt er meine Hand, hält sie fest und sagt: »Keine Sorge, Dario, Sie müssen nichts sagen. Ich weiß, wie Sie sich in den vergangenen Jahren gequält haben, und so kann das nicht weitergehen. Ich habe Sie in letzter Zeit beobachtet, und um ehrlich zu sein, mache nicht nur ich mir Sorgen um Sie, sondern die ganze Gemeinde. Wir haben schon im Dorf über Sie geredet. Sie lassen sich nie blicken, kommen nicht mehr zu unserem Dorffest, meiden Versammlungen und gemeinsame Festessen, und wir haben Sie seit Jahren nicht mehr in Gesellschaft gesehen. In der Kirche haben Sie sich auch schon eine ganze Weile nicht mehr blicken lassen. Sehen Sie sich nur an, Sie kleiden sich wie ein Gammler, Ihr Haar reicht Ihnen bis auf die Schultern, und Sie haben sich seit Tagen nicht mehr rasiert. Ihre fröhliche Miene ist verschwunden. Ich sehe Sie nur noch lächeln, wenn ich Sie mit dem Auto überhole, während Sie sich in der sengenden Sonne auf Ihrem Fahrrad abstrampeln. Warum tun Sie das? Ich habe Emilia und Mauro getroffen. Sie haben mir erzählt, dass es ihnen wundersamerweise gelungen ist, Sie zum Abendessen einzuladen. Angeblich sind Sie den ganzen Tag auf der Suche nach alten Ruinen durch die Wälder gestreift. Sagen Sie, haben Sie heute mit jemandem gesprochen? Sie brauchen sich gar nicht zu bemühen, etwas zu erwidern – ich kenne die Antwort auch so. Was ist mit gestern? Sie waren immer so freundlich, so umgänglich, so gesellig; wir haben Sie in letzter Zeit kaum wiedererkannt. Ich habe Sie immer gemocht, Dario; ich möchte, dass Sie Ihr Leben genießen. Warum suchen Sie sich nicht eine nette Frau und gründen eine Familie? Die Zeit verfliegt, und Sie … nun, Sie sind nicht mehr ganz jung, Dario. Ich habe auch Duccio in Siena getroffen, er hat mir erzählt, dass Sie sich selbst bei den Treffen der Raupe nur noch selten blicken lassen. Stimmt das, Dario? Ihren roten Augen nach zu urteilen, ist heute irgendetwas vorgefallen. Möchten Sie es mir erzählen? Möchten Sie morgen Abend zum Essen kommen? Meine Frau und meine Enkel würden sich freuen.«

Ich leere ein weiteres Glas und noch eins, bis er seine Hand auf meine legt und sagt: »*Il pan finchè dura ma il vino a misura,* Dario – Vom Brot so viel, bis es aufgegessen ist, doch den Wein teile ein.«

Ich stehe auf und umarme ihn. Alles, was ich hervorbringe, ist: »Gute Nacht, *dottore,* der Sonnenuntergang heute Abend hat mich tief berührt; vielleicht, weil mir etwas im Kopf herumspukt, doch ich muss erst noch dahinterkommen, was genau es damit auf sich hat. Es könnte etwas sein, das mein Leben glücklich macht, doch bislang hat es nur zu ein paar vergossenen Tränen geführt. *Buonanotte, dottore.*«

Ich verlasse die *polisportiva,* während ein zutiefst besorgter Becchini auf seinem Hocker zurückbleibt; ich bin mir sicher, er hat keine Ahnung, wovon ich geredet habe. Denn im Grunde weiß ich das nicht einmal selbst.

Als ich nach Hause zurückkehre, sehe ich, dass gerade die letzten Flammen im Kamin verlöschen. Ich schenke mir ein Glas Mecacci ein und rufe: »Mia, wer bist du? Was willst du wirklich? Gibt es einen Grund dafür, dass du nicht einfach mit der Sprache herausrücken kannst? Na schön, du willst mit mir spielen? Dann spielen wir eben!«

Ich schwanke die Treppe hinauf, stütze mich an der Wand

ab, um nicht zu stolpern, und falle, ohne mir die Zähne zu putzen oder mich auszuziehen, auf mein ungemachtes Bett.

»Becchini hat recht«, sage ich zu mir selbst. »Ich muss mein Leben wirklich in Ordnung bringen.« Mit einem Lächeln auf dem Gesicht schlafe ich ein, wobei ich mir ins Gedächtnis rufe, dass Becchini mich gleichzeitig über seinen bevorstehenden Ruhestand informiert und mir mitgeteilt hat, dass Doktor Bevilacqua (wörtlich: »Wassertrinker«) der neue *dottore* im Dorf sein wird. Was für eine Ironie! Vielleicht bricht nun eine neue Ära an. Wie ich mir wünsche … oh, Mia, wie ich mir wünsche, du könntest aus diesem rosafarbenen Mond herabsteigen und vor mir erscheinen! *Come sei bella*, Mia – wie schön du bist!

27.
Was für ein Gelage!

Ich wache mit einem angenehmen Gefühl auf, irgendwie beschwingt. Vielleicht hat mir das Gespräch mit Becchini gestern Abend geholfen, eine schwere Last abzuwerfen. Ich stelle außerdem fest, dass ich verschlafen habe – es ist bereits mitten am Vormittag –, was erklärt, warum ich so entspannt bin, bereit, einem neuen Tag entgegenzutreten.

Ich beschließe, noch nicht gleich nach meinen E-Mails zu sehen, sondern zuvor das Haus aufzuräumen, die leeren Weinflaschen zusammenzutragen, die überall verstreut liegen, und dem Glascontainer einen weiteren Besuch abzustatten. Nach meiner Rückkehr öffne ich sämtliche Fenster und lasse die frische Chianti-Luft durchs Haus streichen. Ich wechsele die Bettwäsche und die Handtücher im Bad, wasche Wäsche, fege die Fußböden und wische die Terrakottafliesen – und die ganze Zeit über pfeife ich wie ein verrückter Einfaltspinsel vor mich hin. Als ich damit fertig bin, greife ich zum Telefonhörer und rufe Duccio an. Ich frage ihn, ob am Freitag der übliche *cenino* (gemeinsames Essen) in der *contrada* stattfindet und ob er mir einen Platz reservieren kann. Dann rufe ich Viviana und Andrea an und lade beide zum Abendessen ein.

Als ich das erledigt habe, fahre ich nach Siena, wobei ich laut die Popsongs von Umberto Tozzi mitsinge. Nachdem ich bei der Autowaschanlage gehalten habe, mache ich mich auf den Weg zum Supermarkt (dem linksgerichteten Coop) und fülle einen ganzen Einkaufswagen mit Delikatessen. Dann geht es weiter zum Fischhändler, bei dem ich frischen

Seehecht, Venusmuscheln und Miesmuscheln kaufe. Zuletzt besorge ich noch eine Kiste *prosecco.*

Als all das erledigt ist, kehre ich nach Hause zurück und lege die Muscheln unter fließendes Wasser. Anschließend schließe ich die Fenster (die frische Chianti-Luft hat die Zimmer mittlerweile ziemlich ausgekühlt) und schichte Holz im Kamin auf; danach öffne ich eine Flasche *prosecco,* denn *una buona bevuta ti fa vedere più bello il mondo* (ein gutes Getränk lässt die Welt gleich angenehmer erscheinen) und zünde das Holz an. Als die Flammen auflodern, lege ich eine CD mit Discomusik aus den Siebzigern ein und tanze bis zur Erschöpfung vor dem knisternden Feuer.

Ich nehme eine lange Dusche, rasiere mir zum ersten Mal seit Wochen den Bart ganz ab und gebe sogar eine Spülung ins Haar, bevor ich es auswasche und sorgfältig bürste. Dann endlich setze ich mich hin und beantworte meine E-Mails – und bin erleichtert, dass keine von Mia darunter ist.

Zurück in der Küche, drehe ich den Wasserhahn zu, löse den Großteil der Venusmuscheln aus – ich lasse nur ein paar ganz, um sie oben auf das angerichtete Essen zu legen –, dann koche ich sie in einer Pfanne mit Olivenöl, Weißwein und Chilischoten; zum Schluss schmecke ich alles mit einer Prise Petersilie ab. Ich muss sagen, sie sehen sehr appetitlich aus.

Nun nehme ich die Seehechte aus und fülle sie mit Rosmarin, Salz, Knoblauch, Salbei und Pfeffer. Ich wickle sie sorgfältig in Alufolie, um sie später über dem Feuer zu grillen. Als die Fische gut verpackt sind, lege ich die Miesmuscheln in eine Edelstahlkasserolle und lasse die Muscheln in ihrem eigenen Wasser kochen, während ich den Tisch decke, den ich für den Abend vor den Kamin gerückt habe. Ich bin zufrieden mit meinem Fortschritt und mit mir selbst. Jetzt muss ich nur noch auf meine Gäste warten. Um die Zeit totzuschlagen, betrachte ich die brennenden Olivenholzscheite. Unweigerlich denke ich wieder an Mia und Matteos Statue, doch sofort verbanne ich diesen Gedanken aus meinem Kopf; heute Abend werde ich mich nicht selbst quälen, sondern an etwas anderes denken.

Um halb neun klingelt es an der Haustür. Andrea ist eingetroffen, zusammen mit Viviana, die er mitgenommen hat. Ich bitte die beiden herein und schenke jedem ein Glas *prosecco* ein.

»Andrea«, stelle ich fest, »du hast ein paar Pfund zugenommen, seit ich dich das letzte Mal gesehen habe.«

»Nicht unbedingt«, erwidert er. »In Wirklichkeit wollte ich vierzehn Pfund zunehmen, aber ich habe es nur auf acht gebracht, also habe ich sechs Pfund verloren, hab ich recht?« Der gleiche alte Scherz, dennoch bringt mich sein Tonfall zum Lachen. Er legt die Hand auf meine Stirn, als wolle er meine Temperatur messen. »Alles in Ordnung, Dario? Ich meine, du hast tatsächlich andere menschliche Wesen zum Abendessen eingeladen, das kannst doch nicht du selbst sein!«

Viviana versetzt ihm einen freundschaftlichen Klaps auf seinen kahlen Schädel, und wir lachen laut heraus: Das Eis ist gebrochen.

Ich sehe zu, wie Viviana ihren schweren Mantel auszieht und sich am Kamin wärmt. Sie ist immer noch eine sehr attraktive Frau. Ihr üppiges lockiges Haar sieht im Schein des Feuers weich und seidig aus; es ist noch nicht grau oder drahtig geworden.

Ich trage einen Teller *antipasti* auf und lade meine Freunde ein, am Tisch Platz zu nehmen, während ich eine Schachtel Barilla-Spaghetti Nr. 5 in kochendes Salzwasser gebe, dann bringe ich die Miesmuscheln, die jetzt genau richtig sind.

»Wie geht es deiner kleinen Cousine, der Kickboxerin?«, frage ich Viviana, um das Gespräch in Gang zu halten.

Dieser Verweis auf unseren letzten Truss genügt, um Andrea erneut in Gelächter ausbrechen zu lassen und Viviana das Lächeln vom Gesicht zu wischen. Sie verschränkt die Arme und wirft mir einen gespielt verärgerten Blick zu. Dann berichtet sie, dass ihre Cousine mittlerweile italienische Meisterin ist und dafür trainiert, eine Rumänin herauszufordern, um sich den europäischen Titel zu erkämpfen. Eine Weile bleiben wir beim Thema Truss, und obwohl sich Viviana dabei ein wenig unwohl zu fühlen scheint, hegt sie offenbar keinen Unmut mehr. Ich ergreife die Gelegenheit, ihr den Schlüssel zu ihrer Wohnung zurückzugeben – ein Zeichen der Buße.

Sie lächelt und wechselt das Thema, indem sie mich fragt, was ich in letzter Zeit so getrieben habe, abgesehen davon, ihre Cousine in Angst und Schrecken zu versetzen.

Ich antworte mit einem Satz, den ich vor ein paar Tagen in einem altertümlichen Text gelesen habe: »*Io sogno e scrivo, io bevo vino rosso e leggo ed il tempo passa* – Ich schreibe und träume und trinke Rotwein und lese, und die Zeit vergeht.«

»Jetzt bin ich noch mehr davon überzeugt, dass es dir nicht gut geht.«

»Keine Sorge, Andrea; ich schreibe tatsächlich ein Buch, ein Buch, in dem es um meine größten Besäufnisse geht.«

»Und wie viele Bände werden dabei herauskommen?«, stichelt er. »In Anbetracht des Materials, das du dein Lebtag zusammengetragen hast, alter Junge, könntest du bis ans Ende aller Tage daran schreiben.« Er lacht herzhaft und fügt hinzu: »Aber falls du noch auf der Suche nach ein paar hiesigen Sprichwörtern sein solltest – hier ist eins: *Tutti dobbiamo avere un credo, io credo che avrò un altro bicchiere di vino* – Wir alle müssen an etwas glauben; ich glaube, dass ich noch ein Glas Wein trinken werde.«

Ich danke ihm und fülle wie verlangt sein Glas nach, wobei ich zusage, dass er für jedes Sprichwort, das er mir liefert, mit einem weiteren Glas belohnt wird.

»Wenn wir schon beim Thema sind«, sage ich zu ihm auf dem Weg in die Küche, »du solltest wissen, dass du in ziemlich vielen Kapiteln eine tragende Rolle spielst.« Ich gieße die Spaghetti ab und gebe sie in die Pfanne mit den Venusmuscheln. Während ich das Ganze umrühre, rufe ich zu Andrea und Viviana hinaus, ob sich einer von ihnen an die *madre* (Mutter) all unserer Besäufnisse erinnert.

»Nicht ad hoc«, ruft Andrea zurück. »Ich meine, das waren so viele.«

Viviana fährt sich mit den Fingern durchs Haar und sagt: »Ich kann das auch nicht so aus dem Stegreif sagen. Haben wir etwa irgendein wichtiges Datum vergessen, das sich in unser Hirn eingebrannt haben sollte?«

»Ich gebe euch einen kleinen Hinweis«, sage ich, als ich die *pasta* auf den Tisch stelle und anfange, meinen Gästen die Teller zu füllen. »Februar 1994? Der schreckliche Schneesturm? Ich selbst erinnere mich an einige Details nur dunkel, aber wenn ihr mir helfen könnt, mir alles wieder ins Gedächtnis zu rufen, würde ich diese Geschichte gern in meinem Buch verwenden.«

Nun werden die zwei plötzlich nachdenklich und graben in ihren Erinnerungen, leider ohne großen Erfolg.

»Na schön«, sage ich und setze mich zu ihnen. »Ich fange an, und ihr schaltet euch ein, wenn euch dazu etwas einfällt. Erinnert ihr euch noch, dass ich wie verrückt in das Mädchen mit dem pechschwarzen Haar und den walnussfarbenen Augen verliebt war, die geformt waren wie Regentropfen? Sie hatte eine kleine, nach oben weisende Stupsnase und ein Lächeln wie Erdbeeren mit Schlagsahne, und ihr Hals war so zart wie ein Blumenstiel.«

»Warum sagst du nicht einfach Chiara«, brummte Andrea, »anstatt uns mit deinen albernen poetischen Ergüssen zu langweilen? Hör auf, dich so zu produzieren.«

»Lass ihn doch, Andrea«, weist Viviana ihn zurecht. »Es kommt selten genug vor, dass ein Mann eine Frau mit so liebevollen Worten beschreibt. Dario, sprich bitte weiter.«

»Danke, Viviana. Du hast natürlich recht, Andrea, ich rede

von Chiara. Sie war so elegant, hatte den Gang eines Supermodels; man hatte den Eindruck, sie würde die ganze Zeit über einen Laufsteg defilieren. Und sie schien sich absolut im Klaren darüber zu sein, dass sie allen die Köpfe verdrehte, ganz gleich, wohin sie ging, auch wenn ihr das anscheinend egal war – diese Mischung aus Selbstbewusstsein und Lässigkeit war eine äußerst anziehende Kombination.«

»Jetzt erinnere ich mich an sie«, sagt Viviana, nachdem sie einen Mundvoll *pasta* geschluckt hat. »Das war damals, als wir in diesen Nachtklub gegangen sind – in den, der vor ein paar Jahren zugemacht hat. Du bist nie gerne in Discos gewesen, wir mussten dich förmlich dorthin schleifen; du wolltest nie aus der Einsamkeit dieser langweiligen Hügel hinaus.« Sie lächelte. »Nun, *das* hat sich nicht geändert, hab ich recht?«

»Nicht wirklich«, gebe ich gezwungenermaßen zu. »Nun, wie dem auch sei, ich wusste sofort, dass sie mir nicht mehr aus dem Kopf gehen würde, dass ich Tage und Nächte damit zubringen müsste, an sie zu denken, und dass meine Chancen, mit ihr auszugehen, gleich null standen.«

Viviana schenkt sich Wein nach und unterbricht mich. »Weißt du was, Dario? Jetzt, nach all den Jahren, kann ich es dir ja gestehen: Ich war stinksauer, als ich merkte, dass du dich in Chiara verguckt hattest, denn der einzige Grund, warum ich darauf bestanden hatte, dass du an jenem Abend mit uns kamst, war der, dass ich mich für dich interessierte. Du hast mir damals sehr gefallen. Vielleicht habe ich dich damit aufgezogen, aber in Wirklichkeit hat es mich gefreut, wie sehr du die Chianti-Gegend liebtest, wie deine Augen vor Begeisterung funkelten, wenn du davon erzähltest. Ich habe es bewundert, wie du deine Leidenschaft zum Beruf gemacht und Touristen zu deinen Lieblingsorten geführt hast. Ich hätte mich so gern mit dir verabredet, aber ich fand, dass du zu freundlich zu mir warst, um an einer wirklichen Beziehung interessiert zu sein; wir waren halt gute Freunde und nicht mehr. Ich kannte Chiara zufällig sehr gut, doch das habe ich dir nie erzählt. Ich wusste auch, dass sie einen Freund hatte.«

Ein wenig betroffen von diesem Geständnis, stehe ich auf und nehme die Seehechte vom Grill, und während ich sie aus der Alufolie wickle und vorsichtig auf einen Teller lege, leert Andrea sein Glas *prosecco* und sagt: »Nun, wenn wir schon beim Beichten sind, Dario, ich muss zugeben« – er ahmt Vivianas Stimme nach – »dass ich ebenfalls in dich verliebt war.«

Er brüllt vor Lachen, und Viviana knüllt ihre Serviette zusammen und wirft sie ihm ins Gesicht. »Kannst du jemals ernst sein, Andrea?«

»Schon gut, schon gut! Ich versuche ... Egal, wir kennen uns jetzt seit Jahren, alter Junge, unsere Freundschaft war stets wie ein Fels, und wir verstehen uns auch ohne Worte. Ich gestehe, dass ich oft von unserer Freundschaft profitiert habe und dass ich dir auf ewig dankbar sein werde, dass du mir in deinem Haus vor meinem armseligen Leben als Versicherungsmakler Zuflucht gewährt hast. Du hast Chiara zu einer Zeit kennengelernt, in der mich unsere gemeinsamen Freunde damit aufzogen, dass ich meinen Urlaub in deinen vier Wänden verbrachte; deshalb habe ich dein Haus ›Rio‹ genannt, und wenn sie fragten, wo ich die Ferien verbringen würde, konnte ich behaupten, ich würde an einen exotischen Ort reisen, obwohl ich in Wahrheit bloß die fünfzehn Kilometer aus Siena hinausfuhr. Doch zurück zum Thema: Ja, ich erinnere mich sehr gut daran, wie du Chiara bei eurer ersten Begegnung angeglotzt hast; ich konnte förmlich sehen, wie du dich in sie verliebt hast – Liebe auf den ersten Blick sozusagen.« Er lächelt bei dieser Erinnerung, dann ertränkt er seinen Fisch in Mayonnaise.

Ich bin froh, dass sie auf das Thema eingestiegen sind, doch jetzt kommen sie aufs Essen zu sprechen, überschütten mich mit Lob, und eine Weile unterhalten wir uns über andere denkwürdige Mahlzeiten; erst als das Hauptgericht verspeist

ist und ich das Zitronensorbet serviere und eine dritte Flasche *prosecco* öffne, ziehen wir um auf die bequemeren Sofas und ich kann meine Geschichte weitererzählen. »Ich war dir äußerst dankbar, Viviana, dass du mir Chiara vorgestellt hast, doch dann war ich am Boden zerstört, als sie mir als Erstes mitteilte, sie sei verlobt. Bei nochmaligem Überlegen allerdings beschloss ich, dass das kein unüberwindliches Hindernis sei, zumal ich nie ein eifersüchtiger Mensch gewesen war. Sie verriet mir ihre Adresse, die ich mir merkte, gleichzeitig schwor ich mir, ihr am nächsten Tag einen Strauß Rosen zu schicken. Für mich war sie der Inbegriff der Weiblichkeit: süß, feminin, Mutter und Kind in einem. Als sie mich stehen ließ, um zu ihren Freunden zurückzukehren, war ich schon glücklich, bloß ihre Hand schütteln zu dürfen. Ich ließ mich mit Rotwein volllaufen und tobte über die Tanzfläche wie ein Irrer.«

»Ich muss schon sagen, Dario«, schaltet sich wieder Viviana ein, »auch in mir brodelten die Gefühle. Einerseits war ich glücklich, dich tanzen zu sehen, was du selten tatest, doch gleichzeitig war ich eifersüchtig, weil du nie bemerkt hattest, was ich für dich empfand. Da ich Chiara kannte, wusste ich nur zu gut, dass sie dich zum Narren halten würde, bis sie ihres Spielchens überdrüssig wäre und dich eiskalt fallen ließe. Um ehrlich zu sein, hoffte ich sogar, dass das passierte, denn dann hätte vielleicht ich die Chance, dich für mich zu gewinnen und ihren Platz einzunehmen.«

Ich bin total überrascht über Vivianas Worte und frage sie, ob sie damals wirklich in mich verliebt war.

»*Sì*, Dario!«, erwidert sie ohne einen Hauch von Verlegenheit.

»*Quando il vino rende lieti non si tengono segreti* – Wenn man beschwipst ist vom Wein, kann man keine Geheimnisse behalten«, sagt Andrea – und ruiniert den Versrhythmus, indem er einen herzhaften Rülpser als Schlusspunkt setzt.

»Ich hab dir doch gesagt, du sollst das lassen«, schimpft Viviana und verzieht angewidert das Gesicht. »Und Schluss jetzt mit der Mayonnaise.«

Ich bin begeistert, so gute Freunde um mich zu haben – es ist ein wunderbarer Abend. Warum habe ich das nicht öfter gemacht? Ich belohne Andrea mit einem weiteren Glas für sein äußerst treffendes Zitat.

»Nun, Dario«, sagt er, »ich erinnere mich, dass du dich in jener Nacht betrunken hast, doch wie üblich bist du bei Wein geblieben, während ich massenhaft *amari* (Liköre) und *grappe* in mich hineingekippt habe. Dann hast du angefangen, deinen Frust wegen Chiara an mir auszulassen; ich war genervt, und so beschloss ich, dass es Zeit war, dich nach Hause zu bringen.

Ich nicke. »Die folgenden Wochen war ich Stammkunde im Blumenladen, um Chiara rote und rosafarbene Rosen nach Hause liefern zu lassen. Ich wählte nur die schönsten aus, die, die direkt aus Venezuela kamen, und schließlich gab sie ihren Widerstand auf und erlaubte mir, sie auszuführen. Sie muss meine Gesellschaft genossen haben, denn wir verbrachten danach noch viele Abende zusammen, auch wenn sich unsere Gespräche für gewöhnlich um ihren Freund gedreht haben und darum, wie selbstsüchtig, ausfällig und sogar gewalttätig dieser war. Ab und an sagte sie mir, dass niemand sie bislang so behandelt hätte wie ich, ich gäbe ihr das Gefühl, etwas ganz Besonderes zu sein, und sie wäre gern mit mir zusammen. Ich war zuversichtlich, dass es nur eine Frage der Zeit wäre, bis sie ihren Freund meinetwegen verlassen würde.«

»Du hattest völlig den Verstand verloren«, sagt Viviana. »Liefst im Anzug herum, glatt rasiert und parfümiert wie ein *gigolo* … Fast wie heute Abend, wenn ich recht darüber nachdenke.«

»Du hast dich wirklich lächerlich benommen«, pflichtet Andrea ihr bei. »Du hast mich wochenlang nicht mal angerufen, bis du urplötzlich aus heiterem Himmel Viviana und mich zu einem gemeinsamen Abendessen mit dir und Chiara eingeladen hast.«

»Du hast ja recht, ihr beide habt recht; ich war nicht ganz bei Sinnen. Ich weiß, wie viele Jahre seitdem verstrichen sind, aber würdet ihr meine Entschuldigung trotzdem noch annehmen?« Ich setze eine klägliche Miene auf.

»Vielleicht, wenn du noch einen *prosecco* aufmachst«, sagt Viviana mit einem strahlenden Lächeln und dreht ihr Glas um, zum Beweis dafür, dass es bis auf den letzten Tropfen leer ist.

Sogleich entkorke ich eine neue Flasche, fülle unsere Gläser nach und erkläre dann, dass ich sie beide damals zu dem Abendessen mit Chiara eingeladen hatte, weil ich hoffte, es sei eine gute Gelegenheit, sie zu verkuppeln – sowohl Viviana als auch Andrea waren Single. Es wäre doch toll gewesen, wenn wir zu zwei Paaren etwas hätten unternehmen können.

»Du musst verrückt gewesen sein, so etwas auch nur in Betracht zu ziehen«, erwidert Viviana und sieht Andrea von der Seite an. »Ich muss zugeben, ich war überrascht, dass Chiara zugesagt hatte, zum Essen zu kommen. Ich hatte schon Sorge, sie hätte ihren Freund tatsächlich verlassen, doch ich konnte mir überhaupt keinen Reim darauf machen, warum du auch Andrea und mich eingeladen hattest; jetzt fängt das Ganze an, Sinn zu machen!«

»Um ehrlich zu sein«, sagt Andrea und nimmt sich noch einen Teller Sorbet, »war ich neugierig, Chiara kennenzulernen. Doch der wahre Grund, warum ich Darios Einladung annahm, war – Überraschung! –, dass ich schon immer in dich verliebt war, Viviana.«

»Wie bitte?«, schreit Viviana und springt fast vom Sofa. »Andrea! Hör auf!«

»Ich meine es todernst«, bestätigt er mit aufrichtiger Miene.

Viviana ist sprachlos; sie errötet und starrt ihn ungläubig

an. »Du meinst, während ich insgeheim in Dario verliebt war, warst du insgeheim in mich verliebt?«

»Sieht so aus«, sagt er, und für einen Augenblick ist das einzige Geräusch im Zimmer das Knacken der Holzscheite im Feuer, die ich gerade nachgelegt habe.

Plötzlich gerät unser gemeinsames Abendessen auf komische Art und Weise zu einer höchst verfänglichen Angelegenheit, was ich in vollen Zügen genieße. Ich beende die peinliche Situation, indem ich verrate, dass ich für das Abendessen mit Chiara den ganzen Tag lang aufgeräumt und gekocht hatte, nur um sie zu beeindrucken.

»Na klar«, bemerkt Viviana spitz, »doch wäre ich nicht früh genug gekommen, um dir zu helfen, hättest du gar nichts auf die Reihe gebracht.«

»Bist du sicher, Viviana? Daran erinnere ich mich gar nicht mehr …«

»Natürlich nicht, du bist ja auch ein Mann! Ich habe für dich sogar die Toilette und das Bidet geputzt, woran du offenbar keinen Gedanken verschwendet hattest. Der Zustand deines Badezimmers war … nun, vergessen wir's. Ich muss zugeben, ich war überrascht, Rosen in den Vasen vorzufinden, der Tisch war *con gusto* (geschmackvoll) gedeckt – und als ich den Kühlschrank öffnete, war ich verblüfft, wie viele Köstlichkeiten darin standen. Du musst ein Vermögen ausgegeben haben.«

»Das erklärt alles«, sagt Andrea und dreht sein fast leeres Glas zwischen Daumen und Zeigefinger. »Ich fand es seltsam, dass *du* die ganze Hausarbeit gemacht haben solltest; es sah mehr nach der Hand einer Frau aus. Außerdem erinnere ich mich, dass du sichtbar nervös warst – du hast Nägel gekaut und littest unter Schweißausbrüchen.«

»Ich erinnere mich nur daran, wie schnell du deine Mayonnaisetube gezückt hast«, sagt Viviana kichernd. »Du warst kaum angekommen!«

»Apropos Mayonnaise«, sagt Andrea, drückt einen großen

Klecks auf ein Stück Brot und steckt es in den Mund, dann schluckt er alles auf einmal hinunter.

»Armer Dario, denn Chiara ist nicht gekommen«, sagt Viviana, die Lippen mitleidsvoll geschürzt. »Wie lange haben wir gewartet, bis sie angerufen hat? Es war neun Uhr, oder? Du hast ihren Anruf im Schlafzimmer entgegengenommen, das weiß ich noch, während Andrea und ich hilflose Blicke tauschten. Was genau hat sie dir eigentlich gesagt?«

»Um ehrlich zu sein, kann ich mich nicht mehr an den genauen Wortlaut erinnern – doch im Wesentlichen ging es darum, dass sie mich nicht länger hinhalten könne; ja, sie finde, ich sei ein wunderbarer Mensch, aber sie sei eben noch immer in ihren Freund verliebt … ihr wisst schon, der übliche Unsinn, den Frauen so reden.«

»Nein, ich weiß es eben *nicht*, Dario … mein Gott, Andrea, wie kannst du nur Mayonnaise nach einem Zitronensorbet essen!« Sie streckt voller Ekel die Zunge heraus.

»Komm schon, Viv!«, sagt er kauend. »*Natürlich* weißt du, was Dario meint. Übrigens, alter Junge, ich erinnere mich, dass du aus dem Schlafzimmer gekommen bist, einen völlig verzweifelten Ausdruck auf dem Gesicht, und dir eine Flasche Wein vom Tisch geschnappt hast. Wir haben dir zugeschaut, wie du den Kopf zurückgelegt hast, um die ganze Flasche in wenigen Schlucken in dich hineinzuschütten. Fosco würde dazu sagen: *Para via la malinconia, bevi vin qualunque sia* – trink Wein gegen die Melancholie, egal, von welcher Qualität er ist.« Er streckt mir grinsend sein Glas entgegen und wartet auf seine Belohnung. Während ich ihm nachschenke, fährt er fort: »Nie wieder in meinem Leben habe ich gesehen, dass jemand so schnell eine Flasche geleert hat; es war einfach unglaublich. Am liebsten hätte ich applaudiert. Doch dann hast du dir deine Autoschlüssel geschnappt und bist hinausgestürzt, wobei du laut die Tür hinter dir zugeknallt hast. Du hast dich nicht mal von uns verabschiedet!«

Auch Viviana bekundet ihre Verblüffung über meine Darbietung an jenem Abend. Ich zucke die Achseln. »Was soll ich dazu sagen? Ich war außer mir, vor Kummer wie von Sinnen; am liebsten wäre ich bis nach Indien oder Nepal gefahren und buddhistischer Mönch geworden. Doch als ich in Radda in Chianti ankam, hatte ich mich genügend beruhigt, um zu begreifen, dass das keine so gute Idee wäre, da es in Nepal vermutlich nicht genügend Wein gab. Vorsichtshalber hielt ich gleich an einer Bar, die gerade öffnete. Ich erinnere mich, dass ich der einzige Gast war und dass der Barmann darauf brannte, mir seine Fertigkeiten vorzuführen.«

»Und was passierte dann?«, fragt Viviana. »Ich höre immer gerne die ganze Geschichte.«

»Nicht viel. Ich bat ihn nur, mir seine Spezialitäten zu bringen.«

»Wir machten uns große Sorgen, musst du wissen. Wir versuchten, dich auf dem Handy zu erreichen, aber du bist einfach nicht drangegangen. Wir hatten keine Ahnung, wo du stecktest, gerieten fast in Panik. Nun ... ich hatte Panik. Du nicht, oder, Andrea?«

»Nein, ich kannte den alten Jungen zu gut. Und weil ich langsam verhungerte, nahm ich mir von der *ribollita*; du hattest mir zwar befohlen, auf Dario zu warten, aber ich wusste, dass er seinen Kummer im Wein ertränkte. Wir hatten bereits so lange auf Chiara gewartet; ich wollte das Essen genießen, so lange es noch warm war.« Er reibt sich den Bauch, als er an das Festmahl denkt.

»Der Barmann brachte mir einen Negroni«, erzähle ich, »den ich in einem Zug hinunterstürzte. Ich fand, er schmeckte gut, also bestellte ich noch einen; dann fragte er mich, ob ich einen Mojito probieren wollte, und das tat ich. Dann einen Martini und eine Bloody Mary und danach etwas, das sich Cachaca nannte. Unweigerlich fing ich an, ihm von Chiara zu erzählen; ich schwärmte, ihr Leib erinnere an einen Weinkelch, ihre Brüste an zwei volle Trauben, und ihr Atem sei so köstlich wie der Duft wilder Äpfel.«

»Im Grunde hast du also aus dem Hohelied zitiert«, bemerkt Viviana mit einem Lächeln.

»Was, ich ? Nun, warum nicht, es traf ja alles zu. Jedenfalls bestellte ich noch einen Stravecchio Branca, den er mir nicht geben wollte, weil er sich allmählich Sorgen wegen meines Zustands machte. Offenbar hatte ich inzwischen Probleme, einen zusammenhängenden Satz hervorzubringen, außerdem war ich weiß wie ein Laken. Irgendwann fiel ich vom Hocker, doch zum Glück war ich der einzige Gast. Der Barmann half mir auf, und irgendwie gelang es mir, ihn zu überzeugen, dass es mir gut gehe, und ihn zu überreden, mir einen Weinbrand zu bringen. Ich habe keine Ahnung, was ich ihm erzählt habe; wahrscheinlich habe ich sehr schlecht über die Frauen geredet; wie schon Plutarch sagte: *Ciò che sta nel cuore del sobrio è sulla lingua dell'ubriaco* – was im Herzen des nüchternen Mannes lauert, entschlüpft der Zunge des Betrunkenen. Ich schätze, ich habe allerhand Frauenfeindliches vom Stapel gelassen, bis sich in meinem Kopf alles drehte.«

»Ich war stinkwütend auf dich«, sagt Viviana. »Wie konntest du deine Gäste einfach so sitzen lassen? Und wenn ich jetzt darüber nachdenke, dann hatte ich auch von dir die Nase voll, Andrea, denn du fingst an, mir schöne Augen zu machen, mir auf die Pelle zu rücken.«

»Komm schon, Viv, du warst so nervös. Ich wusste, dass mit dem alten Jungen alles in Ordnung war, und das habe ich dir auch gesagt, warum also sollte ich die *ribollita,* die Kerzen und die Rosen und all das romantische Drumherum nicht zu einer kleinen Flirterei nutzen?«

»Ich bin froh, dass das Ambiente immerhin etwas gebracht hat«, bemerke ich. »Was mich anbelangt, so wurde mir ganz anders, und ich endete auf der Herrentoilette, wo ich mich über die Kloschüssel beugte und alles wieder ausspuckte, was ich in mich hineingeschüttet hatte. Anschließend spritzte ich mir kaltes Wasser ins Gesicht, und als der Barkeeper kam, um zu sehen, ob ich Hilfe brauchte, bat ich ihn, mein Portemonnaie aus der Innentasche meiner Jacke zu ziehen und sich so viel Geld herauszunehmen, wie ich ihm schuldete. Danach sollte er deinen Namen im Nummernverzeichnis meines Handys suchen und dich anrufen.«

»Ich erinnere mich, wie du ans Telefon gegangen bist, Andrea; du warst wie immer damit beschäftigt, Mayonnaise auf eine Scheibe Brot zu drücken. Zuerst wirktest du besorgt, dann fingst du an zu grinsen, und dann brachst du in lautes Gelächter aus, also wusste ich, dass mit Dario alles in Ordnung war.«

»Nun, dein Name erschien auf dem Display, Dario, sodass ich damit rechnete, deine Stimme zu hören, doch stattdessen sprach ich mit einem völlig Fremden. Ich hatte keine Ahnung, wer er war; er teilte mir mit, du hättest jede Menge Alkohol in dich hineingekippt, und das Besorgniserregende war, dass du Cocktails statt Wein bestellt hattest. Dann sagte er, du könntest nicht reden, weil du mit dem Kopf in der Kloschüssel hängen würdest, deshalb musste ich so lachen.«

»Ich kann euch gar nicht sagen, wie elend ich mich fühlte. Selbst als ich die Kotze über die Keramikfliesen laufen sah, musste ich noch an Chiara denken. Kalter Schweiß lief mir über die Stirn und den Rücken, während ich dieses Miststück verfluchte, die Blumen, den Freund – zur Hölle mit ihnen!«

»Wow«, sagt Viviana, »du bist immer noch sauer deswegen? Hört sich jedenfalls so an. Und was dich betrifft, Andrea, ich werde dich stets um deine Fähigkeit beneiden, die Dinge auf die leichte Schulter zu nehmen. Ich war entsetzt, als du mir erzähltest, was der Barmann gesagt hatte. Du dagegen lachtest, als wäre das nichts, weswegen man sich Sorgen machen müsse!«

»Was hätte ich denn sonst tun sollen? Ich kenne den alten Jungen nur zu gut, ich wusste, er würde das wegstecken. Obwohl ich, wie gesagt, beunruhigt war, weil er tatsächlich Cocktails statt Wein getrunken hatte. Deshalb war ich auch bereit, ihn abzuholen. Er musste stockbesoffen sein.«

»Das war ich. Doch es gelang mir, mich zusammenzureißen, auf die Füße zu kommen und mich im Spiegel zu betrachten. Ich war entsetzt über das, was ich da sah. Ich dachte sogar: Wenn Chiara mich so sehen könnte, doch dann sagte ich mir: Zum Teufel mit dieser Zicke!, und stürmte hinaus. Weil ich nur verschwommen sehen konnte, landete ich auf der Damentoilette und danach in einer Abstellkammer, bevor ich endlich die richtige Tür fand. Ich kaufte noch eine Flasche Rotwein, nur um zu beweisen, dass ich wieder ich selbst war, dann strebte ich zum Ausgang.«

»Und du, Andrea, hast deine alberne Baskenmütze aufgesetzt und behauptet, es sei dein ›Auftrag‹, loszuziehen und ihn zu retten; doch so wichtig war dieser Auftrag wohl doch nicht, sonst hättest du nicht noch ein letztes Glas Rotwein getrunken, bevor du dich auf den Weg gemacht hast. Dennoch hoffte ich, du würdest bald zurückkommen, damit ich dich, Dario, trösten könnte.«

»Ach, hör doch auf damit, Viviana!« Ich kann mich nicht daran gewöhnen, sie so reden zu hören.

»Was meinst du, Dario?«, fragt Andrea und beäugt den Grappa auf meiner Anrichte, »sollen wir noch eine Flasche *prosecco* öffnen oder gleich schwereres Geschütz auffahren?«

»Nein, lass uns beim *prosecco* bleiben«, erwidere ich und öffne die vierte Flasche. »Aber wenn du noch ein Glas möchtest, musst du mir schon ein weiteres Zitat oder eine Redensart liefern.«

»Hm«, sagt er nachdenklich. »Wie wär's mit: *Mi ci vuole solo un bicchiere per ubriacarmi, purtroppo non mi ricordo se è il tredicesimo o quattordicesimo* – um betrunken zu werden, brauche ich nur ein Glas; ich kann mich bloß nicht erinnern, ob es das dreizehnte oder das vierzehnte ist.«

»Na schön, das gilt, auch wenn ich es bereits habe. George Burns, wenn ich mich nicht irre.«

Jetzt meldet sich Viviana zu Wort: »Wie wär's mit diesem? *Ne annegano più nel vino che nell'acqua!* – In Wein ertrinkt man schneller als in Wasser. Das ist das persönliche Motto meines *nonno*«, fügt sie hinzu.

»Das ist wirklich mal eine äußerst passende Ergänzung«, sage ich und schenke den beiden nach. Dann lehne ich mich zurück und fahre mit meiner Geschichte fort. »Ich erinnere mich, dass ich den Kopf in den Nacken legte, tief Luft holte und feststellte, dass der Himmel pechschwarz war – und gleichzeitig weiß.«

»Ja«, sagt Viviana. »Ich weiß noch, dass ich dich zum Auto gebracht habe, Andrea. Ich habe dir eingeschärft, Dario unverzüglich zurückzubringen, und als ich deine Rücklichter in der Ferne verschwinden sah, bemerkte ich ebenfalls, dass der Himmel schwarz und weiß zugleich war.«

Andrea nimmt einen Schluck *prosecco,* dann sagt er: »Na gut, ich bin kein Poet und ich kann mich nicht an die Farbe des Himmels erinnern, aber ich erinnere mich daran, dass es beinahe dreiundzwanzig Uhr war. Es war saukalt, und ich bibberte in meinem Wagen, trotzdem konnte ich nicht aufhören zu kichern, wenn ich daran dachte, in welchem Zustand ich dich aufgabeln würde, alter Junge.«

»Ich habe mich deswegen so geschämt! Ich hatte einen grauenhaften Geschmack im Mund, dennoch nahm ich einen großen Schluck von dem Roten, allein schon, um das Faulige hinunterzuspülen.«

»Nun«, schaltet sich Viviana ein, »da saß ich nun, in deinem leeren Haus, und fragte mich, wie um alles in der Welt du es ertragen konntest, derart abgeschieden von der Zivilisation zu leben. Ich legte ein paar Scheite ins Feuer und kuschelte mich aufs Sofa vor dem Kamin, dort saß ich dann und dachte darüber nach, wie blöd Männer eigentlich sind – und dann blickte ich hinaus und stellte fest, dass es schneite! Ich betrachtete die Flocken, die vom Himmel rieselten – ein schöner Anblick, doch dann dachte ich an euch zwei da draußen und fing wieder an, mir Sorgen zu machen.«

»Ich war auf halber Strecke nach Radda in Chianti, als es anfing zu schneien«, erzählt Andrea. »Große, dicke Flocken bedeckten die Straße.«

»Ich erinnere mich«, sage ich. »Meine Windschutzscheibe war augenblicklich weiß, die Scheibenwischer konnten sie kaum davon freimachen, und es fiel mir schwer, die Spur zu halten. Mein Kopf hämmerte, ich hatte das Gefühl, mein Gehirn würde von einem Presslufthammer bearbeitet. Ich steckte in Schwierigkeiten. Gerade als ich dachte, es könnte nicht mehr schlimmer kommen, entdeckte ich einen Bären. Nun, ich wusste sehr wohl, dass es in diesen Breiten keine Bären gab, doch ich war mir absolut sicher. Gott allein weiß, was ich wirklich gesehen habe. Dann kehrten meine Gedanken zurück zu Chiara, und wieder quälte ich mich mit Grübeleien über ihr seltsames Verhalten und fragte mich, warum sie nicht bei mir wäre. Plötzlich kam mir ein Wagen entgegen. Geblendet vom Scheinwerferlicht, schlingerte ich auf die Gegenfahrbahn – und entging nur um Haaresbreite einem Zusammenstoß.«

»Genau das hatte ich befürchtet«, sagt Viviana. »Ich schaute aus dem Fenster, sah, wie der Schneesturm immer stärker und stärker wurde, und hoffte, ihr hättet Schneeketten dabei. Ich habe in der Ferne Ausschau nach Scheinwerfern gehalten und jedes Mal gehofft, ihr würdet nach Hause kommen. Doch niemand kam, und mittlerweile schneite es wirklich heftig.«

»Was du nicht sagst!«, fährt Andrea fort. »Ich war noch ein ganzes Stück von Radda entfernt, als mich ein Wagen auf der

Gegenspur mit seinem Fernlicht blendete. Sofort trat ich auf die Bremse und schlidderte über den verschneiten Seitenstreifen – fast wäre ich in den Graben gerutscht.« Er hält einen Augenblick inne, dann kneift er nachdenklich die Augen zusammen und sagt: »Moment mal … Dario, vielleicht warst du das!«

Ich blinzele. »Weißt du was, Andrea – das könnte ich tatsächlich gewesen sein. Komisch, dass mir der Gedanke bislang nie gekommen ist.«

»Du magst das vielleicht für *komisch* halten, aber ich hatte schreckliche Angst! Der Wagen rutschte schließlich gegen einen Baum, und als ich die Tür öffnete und hinausblickte, stellte ich fest, dass ich tatsächlich im Graben gelandet wäre, wäre da nicht der Baum gewesen! Irgendwie gelang es mir auszusteigen, doch ich rutschte auf dem Asphalt aus und landete auf meinem Allerwertesten. Mir blieb nichts anderes übrig, als Viviana anzurufen.«

»Unterdessen«, greife ich seine Geschichte auf, »war ich fast zu Hause; ich habe keine Ahnung, wie ich es so weit schaffen konnte. Ich war betrunken, ich fror, ich war aufgewühlt, und ich hatte Schwierigkeiten zu erkennen, wo ich eigentlich war. Selbst die Kurven kamen mir enger vor als sonst. Ich stand völlig neben mir, wie es so schön heißt.«

»Das wusste ich natürlich nicht, als ich Viviana anrief. Als sie endlich dranging, äußerte sie nicht das geringste Mitgefühl, erkundigte sich auch nicht danach, wie es mir ging – sieh mich nicht so an, Viviana –, stattdessen brüllte sie mich an, nannte mich einen *cretino* (Idioten) und wollte wissen, warum ich Dario nicht gefunden hatte. Mir selbst war Dario mittlerweile völlig egal – ich war stinksauer auf ihn. Und auf mich selbst. Und auch auf dich, Viviana.«

»Ja«, wendet sie ein, »ich mag vielleicht *ein wenig* unsensibel gewesen sein, aber bin ich dir schließlich zu Hilfe gekommen oder nicht?«

»Schon gut, schon gut«, sage ich, um den aufkommenden Zwist im Keim zu ersticken, »lasst uns nicht streiten, Freunde … Was mich anbelangt, so erinnere ich mich, dass ich immer wieder einen Schluck aus der Rotweinflasche nahm, die ich in der Bar gekauft hatte, und als ich nur noch ein paar Kilometer von zu Hause weg war, wäre ich fast mit einem Wagen zusammengestoßen, der aus der entgegengesetzten Richtung kam. Die Fenster waren alle beschlagen, deshalb konnte ich so gut wie nichts sehen.«

»Ich war unterwegs, um Andrea zu helfen«, erklärt Viviana, »und alles, was *mir* durch den Kopf ging, war, wie dämlich Männer doch waren. Während ich innerlich schäumte, kam ein Wagen auf der verschneiten Straße direkt auf mich zugeschossen. Um einen Zusammenprall zu vermeiden, riss ich das Lenkrad herum – und rutschte gegen die Leitplanke. Der Motor ging aus und ließ sich nicht wieder starten.« Sie blickt mich mit hochgezogener Augenbraue an. »Dario, das kannst nur du gewesen sein.«

»Vermutlich …«, räume ich ein.

Sie steht auf und gibt mir einen kräftigen Klaps auf den Kopf, dann fangen wir alle an zu lachen und leeren die Flasche, bevor wir die nächste in Angriff nehmen. Als ich sie öffne, schaltet sich Andrea ein: »Ich habe gewartet und gewartet, doch du kamst natürlich nicht, Viviana. Ich dachte schon, ich müsste da draußen erfrieren, als ich endlich Motorengeräusch hörte.«

»Das muss ungefähr zu der Zeit gewesen sein, als ich zu Hause ankam«, sage ich. »Ich schleppte mich zur Haustür und schaffte es ungefähr beim zehnten Anlauf, sie aufzuschließen. Die Lichter brannten, das Feuer knisterte, aber niemand war da. Ich war zu betrunken, um mir eine logische Erklärung zu überlegen, ging einfach davon aus, dass ihr gegangen wart, plumpste ins Bett und schlief ein. Wie heißt es noch gleich hier im Chianti: *Il vino è un buon cavallo ma spesso getta a terra il suo cavaliere* – Wein ist ein gutes Pferd, doch es wirft seinen Reiter oft ab.«

Jetzt reden wir alle auf einmal und versuchen, einander zu übertönen. »Ich wollte einfach nur sterben«, sagt Viviana, »ich hasste euch beide und fragte mich, was, zum Teufel, ich während eines Schneesturms auf einer gottverlassenen Straße inmitten der Chianti-Hügel verloren hatte. Ich saß auf der eisigen Leitplanke und fing an, wie ein Kind zu weinen, dann verfluchte ich jeden einzelnen Mann auf der ganzen Welt, ganz besonders aber den Idioten, der mir auf der falschen Spur entgegengekommen war.« Wieder funkelt sie mich in gespieltem Zorn an, doch zum Glück fährt Andrea dazwischen.

»Ich sprang auf die Straßenmitte«, erzählt er weiter, »und winkte wie ein Besessener; und schließlich erkannte ich, dass es sich bei dem herannahenden Fahrzeug um einen Jeep der *carabinieri* handelte. Der Fahrer sah mich und hielt an. Natürlich war es Iuzzolino. Ich war gerettet, obwohl mir klar war, dass ich mir die ganze Fahrt zurück nach Rio seinen Sermon würde anhören müssen.«

»In Wirklichkeit«, korrigiere ich mich selbst, »bin ich gar nicht gleich eingeschlafen, dazu war ich noch viel zu aufgewühlt. Als ich dann doch eindämmerte, wachte ich gleich wieder auf, weil mir die üble Mischung in meinem Magen hochkam und ich mich auf den Bettvorleger erbrechen musste.«

Viviana zieht die Füße an, während sie sich weiter erinnert. »Endlich wurde das Heulen des Sturms von dem Geräusch eines sich nähernden Fahrzeugs übertönt. Ich hörte auf zu weinen und hob den Kopf; ich war gerettet! Als der Jeep rechts ranfuhr, erkannte ich Iuzzolino und daneben dich mit deinem idiotischen Grinsen, Andrea.«

»Ich kann mir nicht helfen, Viv, das Ganze war nichts als blanke Ironie! Du hättest dich sehen sollen, wie du da auf der Leitplanke saßest; du wirktest derart verloren, dass du selbst hättest lachen müssen! Ich war mir sicher, dass wir als Nächstes Dario aufgabeln würden, dann wäre das Bild komplett gewesen.«

»Ich wünschte, wir *hätten* Dario gefunden! Ich wollte mich nach ihm erkundigen, aber Iuzzolino hörte nicht auf zu predigen; ich konnte ihn einfach nicht unterbrechen. Dann fiel mir auf, dass du kein Wort über Dario sagtest, Andrea, und mir kam der Gedanke, dass du vielleicht gar nicht wolltest, dass Iuzzolino von ihm erfuhr, also hielt ich den Mund. Als Iuzzolino fragte, was wir so spät draußen auf der Straße zu suchen hatten, erwiderte ich schlicht, wir seien auf dem Weg zu dir gewesen, Dario, um das Wochenende in deinem Haus zu verbringen. Ich war so erleichtert, als ich deinen Wagen draußen parken sah!«

»Ich dankte Iuzzi, dass er uns mitgenommen hatte, und versprach ihm, unsere Wagen am nächsten Tag abschleppen zu lassen, sobald es aufhören würde zu schneien – *wenn* es aufhören würde. Ich bin mir sicher, er vermutete, dass wir ihm etwas vorflunkerten, aber es gab nicht viel, was er dagegen hätte einwenden können.«

»Als wir das Haus betraten, brannte noch Licht. Am liebsten wäre ich zu dir ins Bett geklettert, Dario, doch als ich die Schlafzimmertür öffnete und den Gestank bemerkte, entschied ich mich fürs Sofa.«

»Und mir blieb keine andere Wahl, als das Bett mit dir zu teilen, alter Junge! Vielen Dank!«

Die Geschichte ist zu Ende, genau wie der Abend. »Seht mal, wie spät es schon ist«, bemerkt Viviana mit einem Blick auf die Uhr. »Wir sollten wirklich aufbrechen, Andrea; ich muss morgen einen Flieger erwischen. Danke für das ausgezeichnete Abendessen, Dario; versprich mir, dass du von nun an häufiger anrufst.«

Meine Freunde bleiben noch zehn Minuten, um die letzte Flasche *prosecco* zu leeren, dann verabschieden sie sich. Sobald ich die Tür hinter ihnen geschlossen habe, ziehe ich das Miniaufnahmegerät hinter einem Bücherstapel hervor, setze mich aufs Sofa und rufe mir die letzten Ereignisse jener Episode in Erinnerung. Ich habe ein neues Kapitel für Mia!

Als ich an dem Morgen nach dem ganzen Tumult erwachte, lag ich auf der Seite. Ich fühlte mich, als hätte mir jemand einen Nagel in die Schläfe getrieben, einen weiteren ins Scheitelbein und drei in die Stirn. Mein Mund schmeckte, als hätte ich mehrere verwesende Kadaver verspeist, mein Atem hätte die Tapete von der Wand lösen können. In mir gurgelte und ächzte es, als würde ich gleich einen Alien zur Welt bringen. Ich betrachtete die Sauerei auf dem Bettvorleger und verfluchte mich gründlich, doch in meinem Zustand war ich nicht in der Lage, etwas daran zu ändern. Ich rollte mich auf den Rücken und hätte fast einen Herzinfarkt bekommen, als ich feststellte, dass ich nicht allein im Bett lag.

Es war schon ein paar Mal vorgekommen, dass ich nach einem Riesenbesäufnis aufwachte und mich in Gesellschaft einer weiteren Alkoholleiche unter meiner Decke wiederfand, doch diesmal hatte ich es übertrieben, denn neben mir lag der Körper eines riesigen, fleischigen *Mannes*! Dann stellte ich fest, dass es Andrea war, und entspannte mich.

Ich stieß ihn leicht an, doch er zuckte nicht mal; ich klatschte ihm wiederholt ins Gesicht, bis er mit einem Schrei hochfuhr und sich kerzengerade aufsetzte, den Rücken gegen das Kopfteil gelehnt. Er war bleich wie ein Geist, sein Gesicht verquollen, seine Augen verklebt; genau wie ich hatte er offenbar einen denkwürdigen Kater. Er murmelte, er sei unterwegs gewesen, um mich abzuholen, doch sein Wagen sei gegen einen Baum geprallt. Viviana habe versucht, ihm zu Hilfe zu eilen, doch ihre Fahrt habe ganz ähnlich geendet. Dann sei Iuzzolino vorbeigekommen und habe sie hierhergebracht. Trotz meiner Schmerzen musste ich lachen, als er weitererzählte und eine Katastrophe nach der anderen schilderte; doch als ich sah, wie ernst Andrea war, bremste ich meine Heiterkeit. Er sagte mir, ich solle den Mund halten und ihn schlafen lassen.

Ich stand auf und ging ins Badezimmer, doch die Rohre waren eingefroren, und zu allem Überfluss gab es keinen Strom. Ich zog meinen Pullover aus – der verkrustet war mit dem Erbrochenen der letzten Nacht – und musste daran denken, wie ich als Kind von der Schule nach Hause kam und meine Mutter allein anhand der Flecken auf meinem Hemd sagen konnte, was es zum Mittagessen gegeben hatte. Meine Jeans ließ ich an und schlüpfte in eine alte Jacke und meine Feuerwehrstiefel.

Im Wohnzimmer roch es angenehm nach verbranntem Kaminholz. Viviana lag zusammengerollt auf dem Sofa. Sie wirkte leicht verfroren, deshalb breitete ich vorsichtig eine zusätzliche Wolldecke über sie. Ich legte ein paar Scheite auf und brachte das Feuer wieder in Gang. Dann wurde ich von einem gleißenden Licht abgelenkt, das von der Terrasse her ins Zimmer schien; die Sonne war aufgegangen, und ihre Strahlen wurden von der dicken weißen Schneedecke zurückgeworfen, die das Tal und die angrenzenden Hügel bedeckte. Das reflektierte Licht durchflutete nun das Zimmer – ein außergewöhnlicher Anblick.

Ich hatte Schwierigkeiten, die Haustür zu öffnen – sie wurde vom tiefen Schnee blockiert –, und als ich es geschafft hatte, sah ich, dass die Rebstöcke und Olivenbäume schneebedeckt waren. Mein Kopf hämmerte nach wie vor, doch ich verspürte das unbedingte Bedürfnis, einen Spaziergang durch diese Märchenlandschaft zu machen. Der Himmel war unwiderstehlich blau, es herrschte absolute Stille; alles wirkte reglos und gedämpft, wie erstarrt in der Zeit, und ich war gefangen von so viel Ruhe und Schönheit. Es war erstaunlich und gleichzeitig faszinierend zu sehen, dass meine geliebten

Hügel so plötzlich die Farbe gewechselt hatten; ich hatte tatsächlich Schwierigkeiten, sie wiederzuerkennen, als wäre ich soeben auf einem mir unbekannten Planeten aufgewacht.

Plötzlich wurde ich von einer seltsamen Zufriedenheit erfüllt. Irgendwie verlieh es mir ein merkwürdiges Gefühl von Sicherheit; so komplett von der Welt abgeschnitten zu sein, ohne Wasser, Licht, Telefon, wirkte befreiend. Voller Freude schritt ich hinunter ins Tal, hinterließ meine Fußabdrücke im jungfräulichen Schnee. Ich kam zu dem kleinen Teich und stellte fest, dass er zugefroren war; ich wagte es, einen Fuß auf die Oberfläche zu setzen, und war überrascht, dass die Eisschicht mein Gewicht scheinbar mühelos trug. Ich schlurfte vorsichtig darüber, dann fing ich an zu schlittern und amüsierte mich dabei wie ein Kind.

Noch während ich mein Gesicht in die Sonne hielt und die kalten, klaren Strahlen des Morgens genoss, vernahm ich plötzlich ein Geräusch wie von springendem Glas – und einen Herzschlag später stand ich bis zur Taille im eiskalten Wasser. Sofort war sämtliche Poesie des Augenblicks dahin, und die Realität hatte mich schlagartig wieder. Meine ärgerlichen Flüche hallten durchs Tal und zerstörten die Stille, die ich gerade noch so geschätzt hatte. Frierend und zornig kehrte ich nach Hause zurück, auch mein Kopfschmerz hatte wieder eingesetzt, noch hämmernder als zuvor. Ich stellte fest, dass Viviana aufgewacht war und etwas Milch über dem Feuer erwärmte. Sie stand auf und umarmte mich, und in dem Augenblick merkte ich, dass mehr hinter dieser festen Umarmung steckte als reine Freundschaft. Ich zog meine Jeans aus, und sie trocknete meine nassen Beine mit einem Handtuch ab und massierte meine tauben Füße, dann reichte sie mir eine Tasse Milch, die sie mit ein wenig Akazienhonig gesüßt hatte.

Andrea kam herein, stöhnte und rieb sich die verquollenen Augen mit den Fäusten. Gemeinsam machten wir uns daran, die Umstände jener grauenvollen Nacht zusammenzustückeln, die wir gerade hinter uns gebracht hatten. Wie seltsam, dachte ich jetzt, dass wir damals nicht den naheliegenden Schluss gezogen hatten, dass ich der Geisterfahrer gewesen war, der die Unfälle von Andrea und Viviana verursacht hatte! Kameradschaftlichkeit und Gelächter kehrten langsam zurück, und wir beschlossen, es wäre das Beste, die Schneeketten auf die Reifen meines Wagens (der Allradantrieb hatte) zu ziehen und zu versuchen, nach Siena zu gelangen, wo wir einen Abschleppwagen mieten konnten. Bis die Wasserrohre und der Strom wieder funktionierten, sollte ich in Vivianas Wohnung bleiben.

Wir fuhren sehr langsam und stellten fest, dass die Straße mehr und mehr einem Autofriedhof ähnelte, je näher wir der Stadt kamen; am Stadtrand waren die Straßen zwar schneefrei, dafür aber von einer glitschigen Schmutzschicht überzogen.

In Siena angekommen, setzten wir Andrea am Haus seiner Eltern ab und gingen zu Fuß weiter zu Vivianas Apartment, das im obersten Stockwerk eines uralten Gebäudes in der *contrada* der Welle lag. Ich schwor, Chiara zu vergessen, egal, wie schwer es mir fallen würde, und betrachtete Viviana ausgiebig: In dem hellen, klaren Licht war sie wirklich betörend schön mit ihren lebhaften Shirley-Temple-Locken und dem entwaffnenden Lächeln.

Wir tranken eine Hühnerbrühe und gingen früh zu Bett. Ich kuschelte mich neben sie und streichelte ihr Haar. Wir fühlten uns wohlig und entspannt, und der Augenblick schien gekommen zu sein. Sie drehte sich um, um mich anzusehen, und gerade als ich meine Lippen auf ihre drücken wollte, hörten wir ein Knacken, dann ein Ächzen und dann ein ohrenbetäubendes Dröhnen, als ein Holzbalken in der Decke nachgab. Fünfzig Hektoliter eiskaltes Wasser ergossen sich aufs Bett. Das Dach hatte unter der Schneelast nachgegeben, wodurch der Wassertank auf dem Dachboden zur Seite gekippt war –

und seinen Inhalt durch die Decke direkt auf uns ergossen hatte.

Viviana erlitt einen echten Schock und fing an zu weinen. Ich wählte den Notruf und versuchte anschließend, sie zu trösten. Am Ende mieteten wir ein Zimmer in einer kleinen Pension. Das war der perfekte Ausklang für zwei völlig verrückte Tage, an deren Ende wir beschlossen, die ganze Schuld Chiara in die Schuhe zu schieben.

Das alles scheint mir nun schon so lange her zu sein; doch da Andrea und Viviana heute Abend hier waren, habe ich gleichzeitig den Eindruck, es wäre erst gestern passiert. Ich zucke die Achseln und stehe auf, um den Abwasch zu machen; danach beschließe ich, auf dem Sofa vor dem Feuer zu schlafen, trinke das letzte Glas des Tages und denke an das gelungene Abendessen mit meinen beiden lieben Freunden ... und an Becchini, der mich zu diesem Abend inspiriert hatte ... außerdem an Mia, denn wie Rabelais einst schrieb: *Quando io bevo penso, quando penso bevo!* (Wenn ich trinke, denke ich, und wenn ich denke, trinke ich!) Um das zu bezeugen, schenke ich mir ein allerletztes Glas ein.

Kurz bevor ich einschlafe, höre ich das Handy piepsen. Ich habe eine SMS bekommen.

»Alter Junge! Danke für das wunderbare Fischessen. Auf dem Weg nach Hause ist mir noch eine Redensart eingefallen, die für dein Buch nützlich sein könnte, doch wahrscheinlich nutzt sie uns persönlich noch mehr: *Se il bere interferisce con il tuo lavoro con ogni probabilità sei uno che beve molto. Se invece è il lavoro che interferisce con il tuo bere in questo caso sei un alcolizzato.* (Wenn dich das Trinken von der Arbeit abhält, bist du ein starker Trinker. Wenn dich die Arbeit vom Trinken abhält, bist du ein Alkoholiker.)«

Ich kichere anerkennend, und zu den lieblichen Klängen von Kerri Sherwoods Piano schlafe ich endlich ein.

28.
Mimì

Ich werde von der Kirchenglocke wach, deren Klang durchs Tal hallt. Ohne Eile ziehen meine tauben Finger die schwere Wolldecke von meinem trägen Körper. Mein erster Gedanke ist: Warum läuten die Glocken *a festa,* als finde heute ein Dorffest statt? Heute ist Freitag, es sei denn, ich hätte einen ganzen Tag verschlafen wie in der Anekdote, die ich Mia geschickt habe. Ich werfe einen Blick auf den Wandkalender, den mir mein Cousin Guido geschenkt hat, und meine Aufmerksamkeit richtet sich auf das Foto über den Daten. Guido ist ein weltberühmter Fotograf, der mich vor Kurzem für eine *Playboy*-Fotostrecke mit dem Titel *Schönheiten unter der toskanischen Sonne* um Hilfe gebeten hatte. Abgesehen davon, dass ich die Orte auswählen musste, an denen fotografiert werden sollte, hatte ich auch die Models zwischen den einzelnen Shootings zu unterhalten – ein anstrengender Job, den ich nur wenig begeistert angenommen hatte. Wie auch immer, dieser Kalender war Guidos Dank für meine Bemühungen.

Es gelingt mir, den Blick von dem halb nackten Mädchen loszureißen, das an einem menschenleeren Strand posiert, und auf die Daten zu richten, die so prosaisch darunter gedruckt sind ... und da fällt mir auf, dass heute tatsächlich ein religiöser Feiertag ist.

Ich ziehe den maßgeschneiderten Anzug an, den ich mir speziell für eine Lesereise in den USA hatte anfertigen lassen, und mache mich nach dem Frühstück auf den Weg zur Messe.

Als ich die schwere Tür der alten Dorfkirche aufstoße, stelle ich fest, dass der Gottesdienst bereits begonnen hat. Es gibt nur noch einen Platz ganz hinten, neben einer älteren Frau, die ich noch nie zuvor gesehen habe und deren Knoblauchatem mich an Marco erinnert – vielleicht ist sie ja mit ihm verwandt. Wie immer fällt es mir ausgesprochen schwer, mich auf das zu konzentrieren, was Don Aldo predigt. Tatsächlich kommen mir sogar jede Menge unanständiger Gedanken, sodass ich mich frage, ob das wohl die Reste meiner jugendlichen Aufmüpfigkeit sind; damals untergrub ich die frommen Worte jedes Mal mit derartigen lüsternen Gedanken, wenn man mich gegen meinen Willen zur Messe geschleift hatte.

Um meine schmutzigen Phantasien auszublenden, schaue ich mich um, um festzustellen, wer da ist. Ich entdecke Clara, die stolz einen ihrer Königinmutter-Hüte zur Schau trägt; dieser hier hat eine leuchtend bunte Feder, die meinen Freund Eliseo am Ohr kitzelt. Wie sehr ich Eliseo mag – er ist wirklich der letzte Original-*Chiantigiano* (obwohl ich diesen Titel schon anderen verliehen habe, wenn ich mich recht entsinne … Nun, sie haben ihn alle verdient!). Er geht auf die neunzig zu und verbringt seine Tage damit, liebevoll seinen Gemüsegarten zu bestellen. Erst neulich habe ich erfahren, dass er völlig blind ist. Er hatte mich seit Jahren an der Nase herumgeführt. Ich bin hinter sein Geheimnis gekommen, als ich ihn einmal durchs Dorf spazieren sah; ich bin vor ihm stehen geblieben und habe ohne ein Wort die Arme ausgebreitet, um ihn zu umfangen, doch anstatt meine Umarmung zu erwidern, stieß er mit mir zusammen und riss uns beide zu Boden. Entschuldigungen stammelnd, half ich ihm auf die Füße. Er versicherte mir, dass nichts passiert sei, und fragte: »Kennst du das alte Sprichwort, Dario?«

»Welches meinst du, Eliseo?«

»Im Chianti stolpert man entweder über einen Stein oder über einen Dummkopf«, sagte er und ließ sein heiseres Lachen ertönen, während er sich eine toskanische Zigarre anzündete.

Dann entdecke ich Valentino (Gott segne ihn!) und seine Tochter, die mittlerweile Anfang achtzig ist. Valentino selbst ist ein agiler Hundertdreijähriger. Ich habe oft versucht, ihn in ein Gespräch zu verwickeln, wenigstens ein paar Worte mit ihm zu wechseln, aber bislang hatte er nie Zeit für mich; er ist ein viel beschäftigter Mann. Sein neuestes Hobby ist es, Holzstatuen zu schnitzen. Trotz seines Alters raucht er und trinkt jeden Tag Wein, und wann immer ich versuche, mit ihm ins Plaudern zu kommen, sagt er mir, ich solle es in ein paar Wochen noch einmal probieren, als hätte er noch alle Zeit der Welt vor sich.

Jetzt fällt mein Blick auf Emanuele, aber ich lasse ihn schnell weiterschweifen zu Giulio, der, auf seinen Gehstock gestützt, hinter ihm sitzt. Ich stelle mir vor, dass er den Priester beneidet, der soeben den geweihten Wein aus dem Abendmahlskelch trinkt. Orazio ist auch da, er kratzt sich den Kopf, sodass ein ganzer Schuppen-Regen auf seine Schultern niedergeht, und ich sehe Becchini, der sich vermutlich damit amüsiert, im Geiste Don Aldos Predigt in eine exotische Sprache zu übersetzen. Dino döst in einem dunklen Eckchen vor sich hin, genau wie er es in der *polisportiva* tut; jedes Mal, wenn er anfängt zu schnarchen, stößt ihn seine Frau mit dem Ellbogen an. Iuzzolino sitzt in der ersten Reihe, er trägt zu diesem förmlichen Anlass ein letztes Mal seine *carabinieri*-Uniform, da er schon bald in Pension gehen wird; er zwirbelt die Spitzen seines inzwischen schneeweißen Schnurrbarts, als könne er es kaum erwarten.

Auch die jüngere Generation ist anwesend – die Teenager sehen sich verstohlen an und flirten miteinander, wobei sie jedes Mal erröten, wenn sich ihre Blicke länger als ein paar Sekunden begegnen.

Nach der Messe strömt das ganze Dorf in die Dorfkneipe, um einen Espresso oder einen Aperitif zu trinken. Doktor Becchini gesellt sich mit freundlicher Miene zu mir.

»Dario, Sie wirken ausgesprochen heiter! Sie sind heute sogar zur Messe gekommen!«

»*Sì, dottore, grazie.* Gestern Abend hatte ich Freunde zum Essen eingeladen, und heute Abend werde ich meine *contrada* besuchen. Ist in der *polisportiva* in den nächsten Tagen irgendetwas zu tun, wobei ich helfen könnte?«

»Sicher; wie wär's, wenn Sie den Senioren am Neujahrsabend das Essen servieren?«

»Sie können auf mich zählen, *dottore.*«

»Das freut mich! Darf ich Sie auf ein Glas einladen?«

»Für mich bitte nur Wasser, *dottore.*«

Er wedelt abweisend mit der Hand und sagt: »*Dio non ha fatto che l'acqua, ma l'uomo ha fatto il vino* – Gott hat das Wasser gemacht, aber der Mensch hat den Wein erfunden.«

»Was werde ich nur ohne Sie anfangen, *dottore?*«, murmele ich in einem Anflug aufrichtiger Traurigkeit. »Sie haben doch nicht wirklich vor, uns zu verlassen, oder?«

»*Sì,* Dario, doch meine Tür wird stets für Sie geöffnet sein.« Er bestellt uns Wein und fragt, ob ich meinen mit oder ohne Wasser trinken möchte.

»Diesmal mit Wasser, *dottore.*«

»*Il vino ha due difetti se ci aggiungi l'acqua lo rovini, se non aggiungi acqua, ti rovini*«, erwidert er – Wein hat zwei Nachteile: Wenn man Wasser hinzufügt, ruiniert man ihn; fügt man kein Wasser hinzu, ruiniert man sich selbst. Wie ich diesen Mann liebe!

»Ich entscheide mich heute Morgen für die erste Möglichkeit, *dottore.*« Er zuckt die Achseln und reicht mir meinen verwässerten Wein. »Wann also übernimmt Doktor Bevilacqua Ihre Praxis?«

»Nächste Woche, um genau zu sein. Haben Sie Lust, mir heute beim Mittagessen Gesellschaft zu leisten?«

»*Grazie, dottore,* doch ich habe eine Verabredung mit einer

Amerikanerin.« Nach einer kurzen Pause füge ich hinzu: »Sie heißt Mia, und ich glaube, ich habe mich in sie verliebt.«

»Das freut mich zu hören! Versprechen Sie mir, dass Sie mir die Dame vorstellen?«

»*Promesso, dottore.*« Um das Thema zu wechseln und um Material für mein Buch zu sammeln, bitte ich ihn, mir fünf Gründe zu nennen, warum man Wein trinken sollte.

»*Facile a ben riflettere: primo per fare festa, poi per colmare la sete, poi per evitare di avere sete dopo, poi per fare onore al buon vino ed infine per ogni motivo* – Nichts leichter als das, wenn man darüber nachdenkt: erstens, um eine gute Zeit zu verbringen; dann, um seinen Durst zu stillen; um zu verhindern, dass man überhaupt erst durstig wird; um guten Wein zu würdigen; und schließlich aus jedem x-beliebigen guten Grund.«

Ich lache, und als sich Becchini jemand anderem zuwendet, bleibe ich noch einen Augenblick da, um mir diese Gründe ins Gedächtnis einzuprägen. Mein Glas ist leer, und ich drehe mich schon zur Tür, um zu gehen, als ich plötzlich auf dem Absatz kehrtmache und zurück an den Tresen eile, wo ich Becchini ins Wort falle, der ins Gespräch mit einer jungen Mutter vertieft ist. Ich bekomme nur seinen letzten Satz mit, der lautet: »*Il vino uccide i vermi e salva il fanciullo* – Wein wird die Krankheit vernichten und den Kleinen heilen.«

»Entschuldigen Sie, *dottore*«, sage ich mit ernsterem Ausdruck als zuvor, »ich brauche einen sechsten Grund.«

Einen Augenblick sieht er mich fragend an, dann erwidert er: »Lassen Sie mich Kardinal Richelieu zitieren: ›Hätte Gott den Wein verbieten wollen, hätte er ihn niemals so wohlschmeckend gemacht.‹«

Ich nicke zustimmend. »Ich werde Sie wirklich vermissen, *dottore.*«

»Und ich Sie, Dario. Und jetzt kümmern Sie sich um Ihre Mia. Und denken Sie daran: *Il vino fa allegria e l'acqua fa malinconia* – Wein ruft Freude hervor, Wasser nur Melancholie.«

»Das werde ich, Giovanni«, sage ich, und zum ersten Mal nenne ich ihn beim Vornamen, dann umarme ich ihn mit einer Traurigkeit, die mir beinah das Herz abschnürt. Er drückt mich und flüstert mir ins Ohr: »›*L'acqua divide gli uomini; il vino li unisce* – Wasser trennt die Menschen; Wein bringt sie zusammen.‹ Das ist aus Libero Bovios *Don Liberato si spassa*«, verkündet er stolz.

Ich kehre nach Hause zurück, als erwartete ich tatsächlich, Mia dort anzutreffen, und denke unterwegs darüber nach, wie sehr mir Becchini fehlen wird, wenn er sich in Rom zur Ruhe setzt.

Daheim kehre ich in die Realität zurück, und die ist trostlos. Ich fülle den Kochtopf mit Wasser und bereite einfache *penne* mit Tomatensoße zu, dann öffne ich eine Flasche Chianti Classico Fattoria La Mandria und bringe einen *brindisi* aus auf *la felicità, che come un vino pregiato, deve essere assaporato sorso a sorso* (auf das Glück, das wie ein namhafter Wein Schluck für Schluck genossen werden will).

Jetzt ist es an der Zeit, meine E-Mails durchzusehen. Ich finde Hunderte von Nachrichten in meinem Postfach, aber darunter nicht eine von Mia, und ich fange an, mir Sorgen zu machen. »Wo bist du, *piccola?*«, flüstere ich dem Computer zu.

Trotz ihres ungewöhnlichen Schweigens beschließe ich, ihr das Kapitel *Was für ein Gelage!* zu schicken, doch zuerst lese ich es noch einmal gründlich durch. Später lege ich meinen Raupen-Schal um und fahre nach Siena. Irgendwie fühle ich mich ein wenig von Mia im Stich gelassen.

Ich parke vor dem Ovile-Tor und gehe zu Fuß zum Hauptquartier meiner *contrada*. Die Tische sind gedeckt, und ich höre, wie die Kinder die Hymne der Raupe singen: »*Si sa che non lo volete il nostro bel brucone, per forza o per amore lo dovete rispettar!* – Wir alle wissen, dass ihr unsere schöne Raupe nicht wollt, doch mit Kraft oder mit Liebe werden wir euch dazu bringen, sie zu respektieren!«

Ich betrete die Räumlichkeiten der noblen *contrada* und werde von Danilo und den anderen Mitgliedern begrüßt. Anschließend setze ich mich an einen Tisch zu Ennio, Macario und einem Urgestein, das hier als *Roccia* – der Fels – bekannt ist. Die drei unterhalten sich über den Palio von 1989, bei dem wir, die *contrada* der Raupe (*bruco*), das legendäre Pferd Pytheos am Start hatten und trotzdem verloren; die Wölfin (*lupa*) machte damals das Rennen mit einem reiterlosen Pferd.

Ich bleibe stumm und höre mir an, wie sie jenen Palio erlebten und wie unser Jockey, der sich so siegessicher glaubte, schon triumphierend den Arm hochriss, bevor ihn die Wölfin im allerletzten Augenblick überholte. Dann wendet sich das Gespräch dem Palio von 1951 zu, den der Panther gewonnen hat; das Los hatte uns ein Pferd namens Niduzza beschert, der von uns angeheuerte Jockey hieß mit Spitznamen *Rompighiaccio* (Eisbrecher). Roccia und Ennio haben Schwierigkeiten, sich an den Namen des Pferdes zu erinnern, das die Muschel (*nicchio*) gezogen hatte; während des gesamten ersten Gangs und noch während des zweiten grübeln sie darüber nach und nennen bestimmt ein paar Hundert Pferdenamen, bis sie sich endlich auf »Fuchs« (*volpe*) einigen. Als das Hauptgericht serviert wird, wendet sich Macario einem neuen Thema zu: dem Rennen von 1913. Ich beschließe, den Heimweg anzutreten. Ich bin heute Abend nicht in der richtigen Stimmung; das alles ist mir ein bisschen zu viel.

Als ich dem Ausgang zustrebe, tritt mir Duccio in den Weg, um mich zu einem Glas Rotwein an der Bar einzuladen. Ich erfinde eine Ausrede, doch ich bin höflich genug, wenigstens mit ihm anzustoßen. »*Chi beve vino rosso beve felicità* – Wer

Rotwein trinkt, der trinkt das Glück«, sagt er und hebt das Glas in Richtung des Raupenbildes. Anschließend gehe ich zu meinem Auto.

Auf dem Weg nach Hause beschleicht mich schon wieder ein merkwürdiges Gefühl. Über mir funkeln die Sterne, und ich versuche, Mias Augen darin zu erkennen. Ich wünschte, sie wäre hier neben mir. »Wo bist du, Mia?«, frage ich mich.

Enttäuscht gehe ich zu Bett, und am nächsten Morgen springe ich regelrecht auf, um meine E-Mails durchzusehen. Ich halte den Atem an, als sich mein Posteingang öffnet … und da ist sie! Die E-Mail, die mein Herz erleichtern wird. Seltsamerweise ist sie leer; es gibt keinen Text! Dann bemerke ich den Anhang. Ich klicke die Büroklammer an, und plötzlich öffnet sich ein Brief – ein richtiger Brief! Das ist das erste Mal, dass ich eine so lange Nachricht von ihr bekommen habe.

Von: Mia Lane
An: Dario Castagno
Betreff: Sommer 1982

Lieber Dario,
verzeih – ich darf doch »du« sagen? –, dass ich in den letzten Tagen nichts von mir habe hören lassen; ich musste über vieles nachdenken, und ich bin zu dem Schluss gekommen, dass es Zeit wird, dass du Folgendes erfährst.

Ich bitte dich nur, Geduld zu haben und aufmerksam zu lesen.

1982 schickten mich meine Eltern nach Rom an ein namhaftes Institut für Auslandsschüler, da sie wollten, dass ich Italienischunterricht nahm und das Leben in einem fremden Land kennenlernte. Sie hatten vor, gegen Schuljahresende zu mir zu fliegen, um die Ferien mit mir zu verbringen, bevor wir gemeinsam nach Kalifornien zurückkehren würden.

Nun, in jenem Sommer fand ein ganz besonderes Ereignis statt: Italien stand im Finale der Fußballweltmeisterschaft, und die ganze Nation stand Kopf. Wann immer *Gli Azzurri* (die »Azurblauen«, die italienische Fußballnationalmannschaft) spielten, kam das Land zum Stillstand; es herrschte kaum noch Verkehr auf den Straßen, die Ladenbesitzer ließen die Rollläden herunter, in den Büros ging niemand mehr ans Telefon, und die öffentlichen Plätze verwandelten sich in surreale De-Chirico-Gemälde. Alle schauten RAI UNO, am Ende eines jeden Spiels ertönte ein kollektiver Freudenschrei, und die Menschen strömten zurück auf die *piazze*, schwenkten die italienische Flagge und fielen sich gegenseitig in die Arme, planschten in den uralten Springbrunnen und fuhren wild hupend bis Sonnenaufgang mit ihren Autos die Straßen auf und ab. Als die *Azzurri* in Spanien den Titel schließlich gewannen, geriet das ganze Land in einen Taumel der Glückseligkeit; es war genau wie du sagst, Dario, ein anderes Italien. Selbst die Terroristen, egal, ob vom linken oder rechten Flügel, müssen Fußballfans gewesen sein (nun verstehst du, warum ich so neugierig auf deine Schilderung der kommunistischen Ära mit den vielen politischen Attentaten gewesen bin!), denn in jenem Monat wurde nicht ein einziger Anschlag verübt.

Rom faszinierte mich, die freundlichen Menschen dort, die exquisite Küche, das übliche italienische Chaos, in dem niemand zu arbeiten schien und wo sich die Dinge irgendwie von selbst erledigten. Rom war eine große Stadt, die sich einen bezaubernden provinziellen Charme erhalten hatte, den es dort heute vermutlich nicht mehr gibt. Es war meine allererste

Reise nach Europa, und wie so häufig bei Teenagern, rief sie sehr intensive Gefühle in mir hervor. Schließlich trafen meine Eltern ein, mieteten einen großen Mercedes, und nachdem sie ein paar Tage in der Ewigen Stadt verbracht hatten, brachen wir auf in Richtung Toskana; unser Ziel war ein kleines Dorf irgendwo inmitten der Chianti-Region. Ich erinnere mich, dass ich Rom nur schweren Herzens verließ, denn ich hatte dort ein eigenes Leben gehabt, und mir war klar, dass ich meine letzten Tage in Italien weit ab von all dem liebenswerten Chaos und den Vergnügungen verbringen würde, die ein Mädchen meines Alters so anzogen. Stattdessen saß ich mit meinen Eltern in einem Auto und fuhr hinaus aufs Land. Du kannst dir meine Laune sicher vorstellen.

Wir waren bei einer wohlhabenden Familie eingeladen, die Chianti Classico produzierte und in die USA lieferte. Sie bereitete uns einen herzlichen Empfang. Ihr Gutshaus in beneidenswerter Lage auf dem Gipfel eines Hügels war erst kürzlich restauriert worden und von üppigen Weingärten umgeben, deren Reben voller saftiger Trauben hingen. Ich erinnere mich noch gut an den Optimismus der Besitzer in jenem Jahr; sie prophezeiten eine Fünf-Sterne-Lese, und wenn ich mich nicht irre, war die Ernte von 1982 tatsächlich eine der besten des Jahrhunderts. Der Tourismus hatte diese Breiten bislang noch nicht erreicht, und als Mom und ich loszogen, um Lebensmittel zu kaufen, starrten uns die Dorfbewohner an, als wären wir Außerirdische, die gerade aus einem UFO gestiegen waren. Die Neuigkeiten verbreiteten sich schnell in Castellina in Chianti, und bald schon schien jeder zu wissen, wer wir waren und wo wir wohnten. Man konnte meinen, unsere Anwesenheit sei das Hauptthema für Klatsch und Tratsch im Dorf. Alle waren rührend freundlich und zuvorkommend, vor allem der Besitzer der Drogerie, der darauf bestand, dass wir seine hausgemachten Käse und Salamis probierten, bis sich meine Mutter verpflichtet fühlte, das ganze Sortiment zu kaufen, mehr aus Höflichkeit denn aus Begeisterung. Die Einheimischen hielten uns gern an und stellten uns Fragen über Amerika, ein Land, das der allgemeinen Vorstellung nach offenbar noch immer so etwas wie ein Mythos war.

Abends ging ich oft an der Dorfkneipe vorbei; davor parkten stets Dutzende von Vespas, und die Jungs saßen auf der Mauer, rauchten, tranken Wein und pfiffen, um meine Aufmerksamkeit zu erregen.

Eines Morgens, nach einem Frühstück mit Feigenmarmelade und toskanischem Brot, bat ich Mom, einen Spaziergang machen zu dürfen; ich fühlte mich ein wenig rastlos, und meine Eltern hatten beschlossen, den Tag in Gesellschaft einer Flasche Chianti am Pool zu verbringen. Ich verließ den gepflegten Garten, der an jenem Tag nach Rosmarin und Lavendel duftete, und schlenderte hinunter ins Tal; der Weg war gesäumt von wildem Fenchel, der seinen intensiven Lakritzgeruch in den brütend heißen Sommertag verströmte. Trotz der Hitze war die Luft in der Höhe trocken und angenehm. Amüsiert stellte ich fest, dass mein Blumenkleid eine Vielzahl von kunterbunten Schmetterlingen anzog, die um meinen Kopf taumelten und versuchten, auf mir zu landen.

Am Ende des Weingartens, durch den mein Weg führte, gelangte ich in ein Kastanienwäldchen; sofort wurde die Luft feuchter, und der Boden war bedeckt mit weichem Moos. Ich schlüpfte aus meinen Sandalen und ging barfuß über den grünen Teppich, dabei pflückte ich einen kleinen Strauß Wildblumen für meine Mutter, den ich mit einem Band zusammenfasste, das ich mir aus dem Haar gezogen hatte.

Unbewusst wurde ich talabwärts von Wasserrauschen angezogen, einem Geräusch, das immer deutlicher zu vernehmen war, je weiter sich der Weg nach unten schlängelte. Als ich den Fluss erreichte, stellte ich fest, dass ich nicht allein war.

Ich bemerkte eine hellblaue Vespa (*azzurro,* wie die Trikots der frisch gebackenen Fußballweltmeister) mit einem weißen Sitz, die gegen eine Eiche gelehnt war, leise Musik klang durch das dichte Brombeergestrüpp zu mir herüber und vermischte sich mit dem Rauschen des fließenden Wassers. Ich duckte mich hinter einen Strauch und erspähte einen Jungen mit langem Haar in abgeschnittenen Jeans; er hatte den Blick gesenkt, denn er war in ein Buch vertieft, das in seinem Schoß lag, während er im Schneidersitz auf einem Fels inmitten des Flusses saß. Am Ufer lagen ein Handtuch und ein Lederrucksack; die Musik – von dem damals äußerst populären Lucio Battisti, wie ich jetzt erkannte – drang aus einem tragbaren Kassettenrekorder.

Verstohlen betrachtete ich den Ausdruck auf dem Gesicht des Jungen; er wirkte wie verzaubert. Er rauchte; gelegentlich öffneten sich seine Lippen, um eine dicke Rauchwolke auszustoßen, die sich Sekunden später auflöste. Man sah, dass er aus diesen Hügeln kam; er war völlig eins mit der ländlichen Umgebung, seine Bewegungen waren so unbefangen und natürlich, als wären sie ein Teil der Landschaft wie das Gras, das sich im Wind wiegte. Plötzlich stand er auf und schleuderte das Buch ans Ufer, dann sprang er kopfüber ins Wasser, so selbstsicher, dass er genau wissen musste, wo es tief genug war. Ich verkroch mich noch tiefer ins Gebüsch, damit er mich nicht entdeckte, und beobachtete ihn weiter: ein geschmeidiger junger Mann, der gegen den Strom schwamm und mit jedem Zug das Wasser aufwirbelte.

Dann verschwand er aus meinem Blickfeld, und ich wähnte mich wieder allein. Vorsichtig krabbelte ich aus dem Gebüsch, setzte mich ans Kiesufer und betrachtete das klare Wasser, das an mir vorbeifloss. Dieser Ort war so voller Leben; eine Vielzahl von Johanniskäfern und anderen Insekten schwirrte durch die Luft, und ich war überrascht und erfreut, als ein grauer Krebs auf einen Stein kletterte und kurz darauf wieder verschwand, als wäre ihm meine Anwesenheit lästig. Ich blieb sitzen und betrachtete das Licht, das auf der Wasseroberfläche tanzte; dann erkannte ich ein paar Worte von einem neuen Lied, das der Kassettenrekorder jetzt spielte: … *acqua azzurra, acqua chiara* … (blaues Wasser, klares Wasser). Es passte unglaublich gut zu der ganzen Situation. Als es zu Ende war, kehrte ich hinter meinen Busch zurück und versteckte mich für den Fall, dass der Junge zurückkäme.

Eine Zeit lang verharrte ich dort, bis ich plötzlich spürte, wie mich etwas im Nacken kitzelte. Ich wirbelte herum und sah den Jungen von dem Felsen direkt hinter mir; er lächelte mich an, einen langen Grashalm in der Hand.

Er war beängstigend dünn, doch er hatte wohlgeformte Muskeln, und trotz seines blonden Haars war seine Haut tief gebräunt. Er sagte: »*Ciao*« und kniff die Augen zusammen, die die gleiche Farbe hatten wie der tiefblaue Himmel; dann ließ er den Grashalm fallen und drückte sich das Wasser aus dem langen Haar, bis der Kies unter ihm von Tropfen gesprenkelt war.

Ich schwieg verlegen, als er da so vor mir stand. Er drehte sich um, holte seinen Lederrucksack und entnahm ihm eine Flasche Wein, die er mir mit einer freundlichen Geste anbot. Ich nahm sie ihm zaghaft aus der Hand, doch nach wie vor brachte ich kein Wort über die Lippen.

»*Bevi!*« (Trink!), forderte er mich auf, und obwohl ich noch nie zuvor Wein getrunken hatte, nahm ich einen Schluck, doch er blieb mir in der Kehle stecken, und ich spuckte ihn hustend aufs Flussufer. Der Junge lachte. Am liebsten wäre ich davongelaufen und hätte mich versteckt, so gedemütigt fühlte ich mich. Ich spürte, wie sich meine Augen röteten, und mein Gesicht war – wie dein Freund Giulio sagen würde – vermutlich »so rot wie ein wunder Hintern«.

Der Junge hörte auf zu lachen und reichte mir eine Sonnenblume, die er hinter dem Busch versteckt hatte; vermutlich hatte er sie gerade auf einem nahe gelegenen Feld gepflückt. Mit zitternder Hand nahm ich sie entgegen.

Er breitete das Handtuch am Ufer aus, setzte sich und lud mich ein, mich neben ihn zu setzen. »Mein Name ist Dario«, stellte er sich vor, »und wie heißt du?«

Ja. Das warst du, Dario.

Ich sagte, mein Name sei Mimì (so hatte man mich in Rom genannt), und als ich dir mitteilte, dass ich in L.A. lebe, fingst du an, mit einem sehr ausgeprägten (und charmanten, wenn du erlaubst) britischen Akzent Englisch zu sprechen. Dann erzählte ich dir, dass ich meine Ferien auf dem Gut ganz oben auf dem Hügel verbringe. »Ich weiß«, sagtest du mit einem spitzbübischen Lächeln.

Du hieltest dein Gesicht verträumt in die Sonne, Wassertropfen perlten über deinen Körper. Dann drehtest du dich zu mir um und blicktest mich an, vermutlich nur eine Nanosekunde, aber mir kam es vor wie eine kleine Ewigkeit; und plötzlich beugtest du dich vor und drücktest deine Lippen auf meine. Ich war völlig überrumpelt. Ich hatte noch nie zuvor einen Jungen geküsst, und es fühlte sich absolut umwerfend an. Dein Bizeps wurde hart, als du mich an dich zogst, dein nasser Oberkörper trocknete an meinem Blumenkleid. Mein Herz schlug wie verrückt.

Dann ließest du mich wieder los und fingst an, über die Chianti-Region zu sprechen, über den bezaubernden Ort, den du Tag für Tag aufsuchtest, um dich an seiner wunderbaren Einsamkeit zu erfreuen. Du wechseltest die Kassette und legtest eine von Pink Floyd ein – ich glaube, es war *More* –, dann küsstest du mich wieder. Ich war bezaubert von jedem Wort, das du sagtest; alles vermischte sich mit dem dahinströmenden Wasser und dem süßen Duft in der Luft.

Dann wurde der Zauber durch die ins Tal hinabhallende Stimme meiner Mutter gebrochen, die mich zum Mittagessen rief. Da ich nicht wollte, dass sie nach mir suchte, musste ich dich verlassen; hätte sie mich in deiner Gesellschaft angetroffen – nun, sie wäre sicher nicht sehr erfreut gewesen.

Du wirktest nicht sonderlich traurig, legtest dich einfach nur zurück, die Hände unter dem Kopf verschränkt, und sagtest, du würdest mich »*stasera*« (heute Abend) abholen.

Ich versuchte, dir zu erklären, dass meine Eltern mir nie erlauben würden, mit einem einheimischen Jungen loszuziehen, wenngleich es mein letzter Abend in Italien war und wir schon am nächsten Morgen den Flieger zurück in die USA nehmen würden.

Du bliebst völlig gelassen und betrachtetest eine einzelne weiße Wolke, die über unsere Köpfe hinwegzog, dann sagtest du: »Mimì, ich wünsche mir, dass du heute Abend dasselbe Kleid trägst.« Und damit standest du auf, zogst ein langes weißes Hemd an, das aussah wie eine Tunika, suchtest deine Sachen zusammen, dann sprangst du auf deine Vespa, ließest den Motor an und fuhrst auf der steilen Schuttstraße davon. Reglos blieb ich stehen und sah deinen Umriss in der Ferne verschwinden. Als das Dröhnen des Motors verhallt war, fühlte ich mich plötzlich einsam in der Stille, die nur von dem unaufhörlichen Rauschen des dahinfließenden Wassers durchbrochen wurde, dem Summen der Insekten und ab und an vom Rufen eines Kuckucks. Ich konnte noch den Duft nach frischem Flusswasser und Moschus riechen, den du an mir hinterlassen hattest, nahm deinen intensiven männlichen Geschmack (vermischt mit Wein und Tabak) auf meinen Lippen wahr.

Die Sonnenblume in der Hand, tausend Gedanken im Kopf, kehrte ich nach Hause zurück. *Acqua azzurra, acqua chiara* spielte wie ein endloses Lied in meiner Erinnerung. Natürlich erzählte ich meiner Mutter weder etwas von unserer Begegnung noch von deiner Einladung, aber den ganzen Nachmittag über war ich zurückhaltend und nachdenklich und richtete meine Aufmerksamkeit auf die Schwalben, die vom Himmel herabschossen, um ihren Durst am Pool zu stillen, und die fleißigen Bienen, die um ihren Stock in einer alten Linde schwärmten.

Unsere Gastgeber servierten uns das Abendessen, und obwohl sie uns zu Ehren eine vorzügliche mehrgängige Mahlzeit zubereitet hatten, aß ich nicht viel; ich konnte einfach nicht. Es war unser letzter Abend im Chianti; mein letzter Abend in Italien.

Ich schob die banale Ausrede »Kopfschmerzen« vor und zog mich früh auf mein Zimmer zurück, wo ich mich aufs Bett legte. Die Fenster standen weit offen, die Geräusche des Abends erinnerten mich an dich; du gingst mir einfach nicht mehr aus dem Kopf. Ich dachte an deine Fröhlichkeit, an das Lächeln, das dein Gesicht zum Strahlen brachte, wenn du davon sprachst, wie sehr du diese Hügel liebtest – die mir jetzt seltsamerweise vertrauter erschienen. Wie sehr ich mich danach sehnte, dich wiederzusehen! Hätte ich in diesem Augenblick nur einen Wunsch freigehabt – es wäre dieser gewesen.

Eine sanfte Brise strich durch die Zweige des Maulbeerbaums vor dem Fenster. Plötzlich verspürte ich einen Luftzug, und ein Schatten erschien auf dem Fentersims. Ich war außer mir vor Schreck und hätte um ein Haar geschrien – doch dann wurde mir klar, dass du das sein musstest. Mein Herz fing an zu pochen. Im nächsten Augenblick erfüllte ein durchdringender Duft nach Rosen das Zimmer, und dann sprangst du über das Fensterbrett, in demselben Hemd und einer abgewetzten Jeans, die über beiden Knien Risse hatte. Du reichtest mir die Rosen und fuhrst dir schnell durch das lange Haar; deine einzigen Worte waren: »*Mimì vieni!*« Ich musste nicht lange überlegen.

Ich trug nur mein Unterhöschen – nicht mal einen BH –, doch ich verspürte keine Scham; es war, als würde ich dich schon seit Ewigkeiten kennen. Du gingst hinüber zu dem Sofa, auf dem ich das Blumenkleid vom Morgen ausgebreitet hatte, nahmst es und warfst es mir zu. Ich schlüpfte hinein, und du griffst nach meiner Hand und halfst mir, durchs Fenster in den Maulbeerbaum zu klettern.

Die Grillen waren unsere heimlichen Komplizen, ihr durchdringendes Zirpen übertönte das Knacken der Zweige und das Rascheln der Blätter, als wir hinunterkletterten. Ich machte mir keine Sorgen über das, was ich da tat; ich war einfach glücklich – noch nie zuvor hatte ich derart wundervolle, intensive Gefühle verspürt.

Als wir unten ankamen, flüstertest du, deine Vespa stehe am anderen Ende des Wäldchens. Du nahmst wieder meine Hand und führtest mich dorthin. Ich fühlte mich so frei, befreit von meinen strengen Eltern und meinem ebenso streng reglementierten Leben, auch wenn ich wusste, dass es nur für ein paar Stunden sein würde. Bevor wir zum Roller gelangten, durchquerten wir einen Zypressenwald. Du erzähltest mir, Forscher hätten dort uralte Etruskergräber freigelegt, und fragtest, ob ich sie sehen wolle. Um ehrlich zu sein, hatte ich keinen blassen Schimmer, was Etruskergräber waren, aber du warst so begeistert, dass ich bereitwillig Ja sagte. Auf dem Weg dorthin erklärtest du mir geduldig den Hintergrund jenes edlen, untergegangenen Volkes, das diese Landstriche Hunderte Jahre vor Christus beherrscht hatte. Deine Augen funkelten, so gefesselt warst du von diesen »Vorfahren«, wie du sie nanntest, und als wir im Schein des Mondes das Hauptgrab betraten, das deiner Meinung nach vermutlich einer adeligen Familie gehört hatte, spürte ich förmlich, wie die Geschichte aus diesen alten Lavamauern sickerte.

Du zeigtest mir außerdem, wo die Etrusker die Urnen mit der Asche der Verstorbenen aufbewahrt hatten, und erzähltest mir jede Menge Anekdoten darüber; dann bücktest du dich und hobst ein paar winzige Scherben vom Boden auf, die du mir in die Hand legtest.

Du erklärtest mir, das sei *bucchero* (eine Art schwarzer Ton) – ein Material, das die Etrusker zur Herstellung ihrer Vasen und anderer Ziergegenstände verwendet hatten.

Es lag auf der Hand, dass du Reiseleiter werden würdest, Dario; du hattest die Fähigkeit, all diese längst vergangenen Dinge lebendig werden zu lassen, ihre Bedeutsamkeit und Schönheit herauszustreichen. Als ich Jahre später deine Bücher las, lachte ich darüber, wie sehr der Mann, der sie geschrieben hatte, an den Jungen erinnerte, den ich gekannt hatte (und ich lachte noch mehr über deine Erlebnisse mit den verrückten, anspruchsvollen Touristen und ihren bizarren Forderungen und Beobachtungen). Ich war enttäuscht, als ich erfuhr, dass du deine Tätigkeit an den Nagel gehängt hattest, denn du warst der geborene Touristenführer, das kannst du mir glauben.

Du hattest eine kleine Taschenlampe bei dir, deren Schein du über die alten Steine gleiten ließest, doch das war gar nicht nötig, so hell schien der Mond, zudem verströmten ganze Heerscharen von Glühwürmchen ihr sanftes, magisches Licht. Du streicheltest mein Haar und liebkostest mein Gesicht, dann küsstest du mich, gleich dort, in der uralten Grabanlage. Du tastetest nach meiner Zunge, und ich spürte deine Geschmacksknospen, die ich am liebsten Stück für Stück abgeknabbert hätte. Meine Brustwarzen wurden hart; ich hatte keine Ahnung, was mit mir passierte – was kam da nur über mich? Dann nahmst du meine Hand, und wir verließen die Gräber und schlenderten weiter. Als ich plötzlich ein beängstigendes Grunzen in den Büschen vernahm, erklärtest du mir gelassen, das seien Wildschweine, ich brauche mich nicht zu fürchten, die Tiere seien normalerweise harmlos.

Schließlich erreichten wir eine Lichtung, und ich folgte dir zu deiner Vespa. Du schwangst dich auf den

Sitz, und ich kletterte hinter dich, umklammerte deine Hüfte, und wir fuhren los. Der Wind wehte mir den Duft deines Haars ins Gesicht, das hinter dir im Fahrtwind flatterte. Ich legte den Kopf in den Nacken und sah einen Himmel, der an einen Teppich voller Sterne erinnerte; mir wurde schwindlig, als ich sie so vorbeischießen sah.

Minuten später bogst du in eine von eleganten Zypressen gesäumte Allee ein, die zu einer Burg führte. Ich hatte nicht gewusst, dass es noch Burgen gab; ich dachte, sie existierten nur im Märchen. Doch jetzt erlebte ich gerade eins, Dario, also kam mir das fast normal vor. Du parktest in der Nähe einer kleinen Tür, und ich konnte Musik hören, die aus einem offen stehenden Fenster erklang. Alles war so still und herrlich wie ein seltener, schöner Traum.

Du legtest deinen Arm um meine Schultern und führtest mich in eine große weiße Halle, in der sehr alte Gemälde hingen. Das einzige Licht kam von Kerzen, die überall im Raum verteilt waren. In seiner Mitte saß eine Gruppe Jugendlicher auf Kissen, die auf dem Boden verstreut lagen. Alle lauschten einem jungen Mann mit pechschwarzem Haar und grünen Augen, der an einem Flügel saß und spielte.

Sobald sie uns bemerkten, standen sie auf und kamen zu uns, um uns zu begrüßen. Zu meiner Überraschung erkannte ich ein paar von ihnen wieder; es waren die Jungs, die ständig vor der Dorfkneipe hockten und mir so oft hinterhergepfiffen hatten. Ich war verblüfft, dass sie mich jetzt so unbefangen auf die Wange küssten, als hätte ich schon immer zu ihrer Gruppe gehört.

Dario, die Stunde, die wir in dieser Halle verbrachten, dem Spiel deines Freundes Matteo lauschten und Wein tranken – den ich übrigens gerade schätzen lernte –, war einfach überwältigend. Dann flüstertest du mir ins Ohr, du wolltest mir die ganze Burg zeigen, und wir entfernten uns von den anderen.

In einer Hand hieltest du einen Messingkandelaber, die andere hattest du um meine Taille gelegt. Wir stiegen mehrere Treppen hinauf, begleitet von der immer leiser werdenden Musik, öffneten Tür um Tür, gingen von Saal zu Saal; die Räumlichkeiten schienen kein Ende zu nehmen. Schließlich kehrten wir ins Erdgeschoss zurück, und du zeigtest mir den Garten, in dem das Mondlicht wie goldener Honig auf den üppigen Bäumen und Sträuchern lag. Ich fühlte mich wie eine Prinzessin, und du warst mein Prinz.

Im Garten gab es zahlreiche Statuen; wir setzten uns auf eine Bank, die unter einem kleinen Marmor-*putto* stand, und küssten uns, dann ritztest du *Mimì & Dario* in den moosbewachsenen Sockel.

In ebenjenem Moment wusste ich, was es heißt, glücklich zu sein, und mir war klar, dass ich für den Rest meines Lebens jede neue Freude, jedes Vergnügen mit diesem Augenblick vergleichen würde, den ich mit dir im Burggarten verbrachte.

Als Matteo seine Darbietung beendet hatte, teiltest du mir mit, dass wir nun alle nach Belvedere fahren würden, zu einem verlassenen Haus, das deine Freunde und du häufig aufsuchtet; es war euer geheimer Rückzugsort. Wir kehrten in die Burghalle zurück, und du stelltest mich Matteo vor, der sich gerade ein Glas Rotwein gönnte. Er war so schön; und jetzt, da ich ihm direkt gegenüberstand, schienen seine grünen Augen noch grüner zu sein, sein Haar glänzte im Kerzenlicht. Seine Haltung war elegant, und er wirkte so herzlich; ganz anders als die üblichen Teenager. Er passte in eine Burg.

Ihr löschtet sämtliche Kerzen, und die ganze Gruppe strömte hinaus, stieg auf ihre Roller und brauste, eine Staubwolke aufwirbelnd, davon.

Ich klammerte mich an dich, als du in eine Nebenstraße einbogst, dann in noch eine und noch eine; die Kurven wurden immer enger und die Straße holpriger, bis wir buchstäblich querfeldein fuhren – und dann erreichten wir endlich das verlassene Haus, das inmitten eines alten Eichenwaldes lag.

Drinnen machten die Jungen, die alle sehr langes Haar hatten, Feuer im Kamin, und ich plauderte mit den Mädchen, die mir viele Fragen über Kalifornien stellten. Ich versuchte, ihnen alles zu erklären, was sie wissen wollten, doch leider sprach ich nicht sehr gut Italienisch. Sie luden mich ein, mich zu ihnen ans Feuer zu setzen, das jetzt hell aufloderte. Ich betrachtete die sorglosen Gesichter dieser jungen *Chiantigiani,* die leuchteten, sowohl vom Schein des Feuers als auch vor Freude, und stellte mir vor, ihr alle wäret Nachkommen der Etrusker.

Wie durch Zauberei tauchten Weinflaschen auf, genauso Würstchen, die du über den glühenden Kohlen grilltest. Dann fingt ihr alle an zu singen, und ich erkannte *Acqua azzurra, acqua chiara* – es gelang mir sogar, mit einzustimmen.

Wir blieben viele Stunden in dem Haus, und ich machte mir nicht die geringsten Sorgen wegen meiner Eltern. Ich wollte mich einfach nicht damit belasten, alles war so wahnsinnig schön; an sie zu denken hätte alles zerstört.

Doch irgendwann standest du auf und verkündetest, es sei Zeit, mich nach Hause zu bringen. Mir wurde schwer ums Herz, weil ich annahm, du hättest genug von mir. Widerstrebend verabschiedete ich mich von deinen warmherzigen, großzügigen Freunden, und Minuten später saßen wir wieder auf deiner Vespa. Die wundervolle Nacht war zu Ende.

Doch du hörtest nicht auf, mich zu überraschen, denn anstatt auf direktem Weg zurückzukehren, nahmst du eine andere Strecke. Wir legten Kilometer um Kilometer zurück, und plötzlich hieltest du den Roller an und lehntest ihn gegen einen Baum. In der Luft hing der faulige Geruch von verdorbenen Eiern; ich hatte keine Ahnung, was das sein konnte, aber ich sagte nichts. Ich vertraute dir so sehr, dass ich dir in dem Moment vermutlich überallhin gefolgt wäre. Dann erklärtest du mir, dass sich in der Nähe eine heiße Schwefelquelle befinde und dass ich mich schnell an den unangenehmen Geruch gewöhnen würde. Niemand sonst war dort, und du zogst deine Sachen aus und fordertest mich auf, das Gleiche zu tun.

Ein kleiner Wasserfall ergoss sich aus einem Felsen in ein blubberndes Becken, das in einen eiskalten Bach überging. Als wir uns in das Becken setzten, fühlte sich das Wasser kochend heiß an. Du nahmst ein bisschen Schlamm und riebst mir damit die Schultern ein, dann fingst du an, mich behutsam zu massieren, während ich in den Himmel hinaufblickte und wieder einmal all die funkelnden Sterne bewunderte. Die einzigen Geräusche waren das Blubbern des Wassers und die zärtlichen Worte, die du mir ins Ohr flüstertest. Es war eine regelrecht surreale Stimmung.

Wir redeten bis tief in die Nacht, versprachen, einander zu schreiben und uns eines Tages wiederzusehen, doch unbewusst ahnten wir vermutlich, wie unwahrscheinlich das war. Unsere Welten lagen zu weit auseinander. Am nächsten Tag würde ich nach Hause fliegen, in meine hektische, chaotische Stadt, und an meine Highschool zurückkehren, und du würdest hierbleiben und dein wunderschönes, einfaches Leben fortsetzen. Wir küssten uns, komplett nackt, bis wir von dem heißen Wasser förmlich gekocht waren; unsere Haut war schrumpelig, und wir sahen aus wie Achtzigjährige. Trotzdem wäre ich am liebsten bis in alle Ewigkeit mit dir in diesem Becken geblieben.

Ohne uns abzutrocknen, zogen wir unsere Sachen an. Du rietest mir, dass ich eine Dusche nehmen und mir die Haut mit einem Schwamm abreiben sollte, bevor ich zu Bett ging, dann fuhren wir los.

Du ließest die Vespa in einiger Entfernung vom Gutshaus stehen und brachtest mich die ganze Strecke zurück, bis zu dem Maulbeerbaum vor meinem Fenster. Wenn ich jetzt, beim Schreiben, darüber nachdenke, könnte ich mir gut ein anderes Ende für diese Geschichte vorstellen: meine Eltern und unsere Gastgeber in Angst und Schrecken über mein Verschwinden; Iuzzolino, der auf ihren Anruf hin auf der Bildfläche erschien, doch in Wirklichkeit war alles ruhig. Niemand hatte meine Abwesenheit bemerkt.

Du halfst mir, den Baum hinaufzuklettern, und als ich durchs Fenster gestiegen war, drehte ich mich um und sah dir nach, wie du davonschlendertest. Kurz bevor du aus meinem Blickfeld verschwandest, drehtest du dich um und warfst mir einen Luftkuss zu, unterstrichen von herzhaftem Winken; dann wurdest du von der Dunkelheit verschluckt. Ich habe mich nie bei dir für diese zauberhafte Nacht bedankt, Dario, doch das tue ich jetzt: *Grazie!*

Mein Leben in Kalifornien verlief auf dem vorgezeichneten Weg. Ich beendete die Highschool, dann studierte ich an einem namhaften College an der Ostküste und wurde Rechtsanwältin. Ich heiratete früh und bekam einen wunderbaren Sohn, der mittlerweile fast achtzehn ist; er ist älter, als wir es damals waren, als wir uns kennenlernten, ist das nicht merkwürdig?

Nach ein paar Jahren ließ ich mich scheiden. Vor drei Jahren erfuhr ich, dass ich unter einer tödlichen Krankheit leide. Du kannst dir den Schock vorstellen; eine Zeit lang war ich so gut wie außerstande, irgendetwas zu tun. Dann, vielleicht notgedrungen, lernte ich zu akzeptieren, dass ich meinen Körper mit einem grauenhaften Monster teilen muss, das mich erbarmungslos auffrisst.

Ich kündigte meine Arbeit und begann, mich selbst wiederzuentdecken; ich las, besuchte Museen und Kunstgalerien und reiste sogar ein wenig, soweit mein Zustand das zuließ. Ich weiß, dass das paradox klingen mag, doch auf gewisse Weise fühlte ich mich privilegiert; die schlichte Tatsache ist die: Eigentlich sollte ich längst nicht mehr hier sein. Nach der Diagnose gab man mir – optimistisch formuliert – noch einige Monate zu leben, daraus sind mittlerweile schon über zwei Jahre geworden. Tag für Tag aufzuwachen und festzustellen, dass ich noch immer am Leben bin, ist ein erstaunliches Geschenk. Eines Tages stieß ich in einem Buchladen in L.A. zufällig auf dein Buch *Toskana Forever. Ein Reiseleiter erzählt* und war völlig überrascht.

Dann kaufte ich dein zweites Buch, *Ein Tag in der Toskana. Vom Abenteuer, ein Italiener zu sein*. Ich hätte den Autor erkannt, selbst wenn nicht dein Name darin gestanden hätte.

Ich wusste, dass du noch immer derselbe unschuldige Rebell warst, den ich damals, in jenem Sommer, am Flussufer kennengelernt hatte, und während ich deine Geschichten verschlang, stellte ich mir vor, du würdest sie mir laut vorlesen.

Als ich von Matteos Schicksal erfuhr, musste ich weinen; er hat uns offenbar nur wenige Wochen, nachdem ich ihn kennengelernt hatte, verlassen. Genauso weinte ich erst vor ein paar Tagen, als du mir dein neues Kapitel über das Belvedere schicktest, in dem du schilderst, wie du dich dort an deine Jugend erinnerst. Ich fühle mich privilegiert, Teil jener Welt gewesen zu sein, wenn auch nur kurz. Zu dem Zeitpunkt erwog ich ernsthaft, dir zu offenbaren, wer ich bin, doch ich beschloss, noch zu warten, weil ich wollte, dass du zunächst dein Buch beendest.

Verzeih mir, Dario, aber ich verspüre ein so starkes Bedürfnis, die Gefühle im Geiste noch einmal zu erleben, die ich damals an jenen Orten empfand, die du mir zeigtest und die seither einen festen Platz in meinem Herzen einnehmen. Leider hat sich mein Zustand in letzter Zeit verschlechtert, deshalb beschloss ich, dir eine E-Mail zu schicken und so zu tun, als arbeitete ich für einen Verleger; ich wusste nicht, ob du mir sonst antworten würdest. Und als du darauf reagiertest, musste ich meinen Schwindel weiterführen. Doch mir war klar, dass ich dir früher oder später die Wahrheit würde sagen müssen, und jetzt ist dieser Zeitpunkt gekommen. Ich bin glücklich, Dario, selbst wenn ich von meinem Fenster aus nicht die Aussicht habe, die du genießt, sondern nur auf einen weiteren schmucklosen Flügel dieses Krankenhauses blicke und statt der nach lehmiger Erde duftenden Luft des Chianti den strengen Geruch der Desinfektionsmittel einatme.

Lieber Dario, die Zeit ist gekommen, dass ich das imaginäre Fenster schließe, das du mir zu deiner wunderbaren Welt geöffnet hast. Ich hoffe, du hast nicht das Gefühl, ich habe dich betrogen mit all meinen Lügen; ich wollte schlicht und einfach noch ein weiteres

Buch von dir lesen, bevor ich sterbe, und jetzt ist mein Wunsch in Erfüllung gegangen. Verzeih mir, ich bitte dich aus tiefstem Herzen darum.

Ich fühle mich sehr schwach und dennoch recht heiter, was ich zu einem Großteil dir und der Freundschaft zu verdanken habe, die du mir in diesen letzten Monaten entgegengebracht hast. Ich bitte dich nur um einen weiteren Gefallen: Beende das Buch genau hier.

Du kannst mir ruhig antworten, doch lass uns nicht zu sentimental oder niedergeschlagen werden; ich möchte, dass diese Geschichte damit endet, dass wir uns wiederfinden.

Ach ja, was den Titel anbelangt: Ich schlage *Sommer in der Toskana. Eine italienische Liebe* vor.

Was meinst du?

Mimì

Ich lese ihren Brief zu Ende, ungläubig und zutiefst erschüttert. Der erste Gedanke, der mir durch den Kopf geht, ist: Warum bin ich nicht darauf gekommen, dass sie dahintersteckt? Doch bei genauerem Nachdenken wird mir klar, dass sie mir nie wirklich einen Verdachtsmoment geliefert hat; sie wirkte absolut überzeugend in ihrer Rolle als »Literaturagentin« im Auftrag eines amerikanischen Verlegers, zumal sie sogar vorgab, meine Agentin kontaktieren zu wollen.

Unwillkürlich kehren meine Gedanken zu jener Nacht zurück, die ich mit ihr verbracht habe, und ich stelle fest, dass meine Computertastatur voller Tränen ist. *Piangevo come una vite tagliata* – ich heule wie ein Schlosshund. In all den Jahren habe ich Mimì und unsere kurze, glückselige Begegnung nie vergessen. Noch Monate danach verfluchte ich mich, weil ich sie nicht nach ihrer Adresse gefragt hatte und somit keine Möglichkeit sah, mit meiner süßen kleinen Mimì in Kontakt zu treten. Nie würde ich den Tag vergessen, an dem ich sie dabei ertappte, wie sie mich aus ihrem Versteck im Gebüsch heraus beobachtete. Ich erkannte sie als das junge Mädchen, das so oft wie eine frische, nach Jasmin duftende Brise ins Dorf wehte, um mit ihrer Mutter Lebensmittel einzukaufen. Sie war so zierlich, so schlank. Wenn sie an der Dorfkneipe vorbeiging, gerieten meine Freunde völlig aus dem Häuschen, und wir überlegten uns, wie wir wohl ihre Aufmerksamkeit erregen und sie nach Belvedere einladen könnten. Als ich also bemerkte, wie sie sich hinter diesem Busch verkroch, tat ich nur so, als würde ich lesen; tatsächlich legte ich mir einen Plan zurecht, wie ich sie von hinten überraschen könnte. Ich sprang in den Fluss und schwamm davon; als ich außer Sicht war, stieg ich aus dem Wasser und flitzte zu einem Sonnenblumenfeld, pflückte eine Blume für sie und machte kehrt.

Ich war immer schon extrem schüchtern, und mein Herz pochte wie ein Vorschlaghammer. Doch als ich in ihre verträumten Augen blickte, stellte ich fest, dass sie sogar noch scheuer war als ich; außerdem befand ich mich in meiner vertrauten Umgebung. Von da an lief alles ganz selbstverständlich. Ich glaube, ich verliebte mich in sie, als sie den Wein auf die Ufersteine spuckte und errötete. Sie kam mir so wehrlos vor und wirkte so vertrauensvoll. Ganz besonders gefiel es mir, wenn sie mit ihrem ausgeprägten amerikanischen Akzent Italienisch sprach. Als wir uns schließlich trennen mussten, wurde mir das Herz bleischwer. Ich drückte mich noch eine ganze Zeit lang auf dem Grundstück des Gutes herum, die Augen auf ihr Fenster geheftet; und als das Licht ausging, wusste ich, dass ich sie nie wiedersehen würde.

Jetzt, fast ein Vierteljahrhundert später, taucht sie plötzlich wieder in meinem Leben auf und vertraut mir ihr grauenvolles Schicksal an. Ich wünsche mir verzweifelt, ich könnte etwas tun, doch das Einzige, was mir jetzt bleibt, ist, ihr zu antworten. Meine Hände zittern, doch irgendwie gelingt es mir, zu tippen.

Meine süße Mimì,
natürlich bist du es! Wieso habe ich das nicht vorher schon bemerkt? Du warst sehr geschickt darin, dein Alter Ego beizubehalten, doch etwas von deinem wahren Ich schimmerte zwischen den Zeilen durch, und es nagte seit einer ganzen Weile an mir.

Ich habe noch Jahre nach unserer Begegnung an dich gedacht; dann wurdest du unweigerlich zu einer Erinnerung – einer geschätzten Erinnerung, gewiss, aber dennoch zu einem Teil der Vergangenheit. Und nun schreibe ich diese Worte, was mir schwerfällt, denn ich zittere, Tränen tropfen auf meine Tastatur. Mein einziger Wunsch ist, dass ich bei dir sein, dich im Arm halten und dich küssen könnte, so wie ich es an jenem zauberhaften Tag getan habe, als uns das Schicksal am Flussufer zusammenführte. Meine süße kleine Mimì, das Mädchen in dem Blumenkleid, dessen haselnussbraune Augen den ganzen Planeten zum Strahlen hätten bringen können. Jetzt wird mir klar, warum da draußen niemand auf mich wartet – der Platz in meinem Herzen gehört dir. Du bist die Frau, mit der ich die Sonnenaufgänge und Sonnenuntergänge in den Hügeln des Chianti hätte teilen sollen, du bist die eine, die mein einsames Leben hätte erhellen sollen, Mimì. Du bittest mich, dir zu verzeihen … was? Du bist mir während der vergangenen Monate so nahe gewesen, hast mir in meiner Einsamkeit Gesellschaft geleistet, hast mir Freundschaft und Zuneigung wiedergebracht. Du hast mir außerdem den Anstoß gegeben, ein komplettes Buch zu schreiben – und wenn es veröffentlicht wird, werde ich zu einer Lesereise in die USA kommen. Du wirst mich begleiten, nicht wahr, Mimì? Und dann wirst du mit zu mir in die Toskana kommen, und ich führe dich wieder an jene zauberhaften Orte, die dich vor all den Jahren so fasziniert haben und die noch immer deine Seele erfreuen.

Selbstverständlich werde ich deinen Wunsch respektieren und das Buch hier und jetzt beenden (ohnehin gehen mir allmählich die Wein-Zitate aus!). Um das zu feiern, werde ich einen ganz besonderen Brunello Riserva öffnen, den ich mir für einen ganz besonderen Anlass aufgehoben habe. Für *diesen* Anlass, auch wenn ich das bis jetzt noch nicht wusste.

Doch zunächst einmal werde ich das Feuer anzünden, denn der Winter ist da, und ich rechne damit, dass die Hügel morgen reifbedeckt sind. Erlaube mir, das Glas auf uns und auf unser Buch zu erheben: *Sommer in der Toskana. Eine italienische Liebe.*

Vielen Dank, meine süße Mimì!

In Liebe

Dario

Anmerkung des Autors

Der bekannte amerikanische Autor Don DeLillo, dessen italienische Eltern in die USA emigrierten, noch bevor er auf die Welt kam, schrieb einst: »Schriftsteller trinken zu viel, weil sie so oft mit ihren gewichtigen Gedanken allein sind, und das fordert seinen Tribut: Schreiben ist wie eine Krankheit.«

Die Ereignisse, die meine persönliche Entwicklung geprägt haben, kombiniert mit einer verblüffenden Reihe von glücklichen Zufällen und Umständen, haben zu meinem ungewöhnlichen Lebenslauf geführt und es mir ermöglicht, in meiner eigenen wundervollen Welt zu leben – allein.

Ich würde meine gegenwärtige Situation nicht als Resultat einer bewussten Wahl betrachten, sondern als unausweichliches Ende eines langen, kurvenreichen Weges – eines Weges, den zu gehen ich zu keiner Zeit mit Vorsatz geplant hatte und der dennoch vielleicht in groben Zügen in den Tiefen meines Unterbewusstseins umrissen war.

Ironischerweise hat man mich, den Einzelgänger, oft als »geselligen Menschen« beschrieben, der das Zusammensein mit anderen suche und genieße. Als unwiderlegbarer Beweis dafür gilt offensichtlich, dass ich Ende der 1980er Jahre eine Karriere als Reiseleiter begonnen habe; ich habe es zu meinem Beruf gemacht, die Leidenschaft, die ich für mein Land empfinde, mit anderen Menschen zu teilen und ihnen die Möglichkeit zu bieten, die Fülle der historischen, künstlerischen und önologischen Schätze kennenzulernen, die die Chianti-Region bietet.

Bitte sehen Sie es mir nach, wenn ich stolz auf meinen Erfolg verweise. Die Zahlen sprechen für sich: Ich hatte das Glück, während der letzten fünfzehn Jahre mehrere Tausend Touristen zu begleiten, und die meisten von ihnen kamen über Freunde, Verwandte und Bekannte zu mir, die zuvor mit mir unterwegs gewesen waren – die Mundpropaganda ist und bleibt die effizienteste und überzeugendste Werbung, ein dichtes, nahezu grenzenloses Netz der Korrespondenz und Kontakte, das sich ausbreitet wie ein Ölfleck; ein unerschöpflicher Quell von unschätzbarem Wert.

Es war mir in der Tat sowohl eine Freude als auch eine Ehre, Tag für Tag das kulturelle Erbe meiner Hügel mit den begeisterten und neugierigen Besuchern dieser wunderschönen Gegend zu teilen. Zweifelsohne die größte Vergütung, aus rein menschlicher Sicht, aber war es, eine so erstaunliche Vielfalt großartiger Menschen aus der ganzen Welt kennenlernen zu dürfen; ihre Einzigartigkeit und ihre Fähigkeit, mich zu überraschen, sorgten dafür, dass ich in meinem Beruf nicht abstumpfte, und gaben mir die Kraft, mich anderthalb Jahrzehnte beinahe ohne Unterbrechung in diesem Bereich zu engagieren.

Leider wurde dieser Zauber durch die Veröffentlichung meines ersten Buches gebrochen. Es stellte sich heraus, dass viele Touristen meine Dienste weniger in Anspruch nahmen, um die Geheimnisse des Chianti zu erkunden, sondern vielmehr, um den Geheimnissen des Dario Castagno auf den Grund zu gehen. Unwillig, die Rolle eines Prominenten zu spielen, schon gar nicht auf Kosten der Region, die ich so liebe, ließ meine Freude daran, als Reiseleiter zu arbeiten, immer mehr nach. Meine Erläuterungen zur Gegend, die ich großteils improvisierte, wurden zur Routine, zu einer Aneinanderreihung von Phrasen, die aus meinem Mund strömten, doch nicht länger aus meinem Herzen.

Ich war weder zufällig Reiseleiter geworden, noch hatte ich

es geplant, vielmehr ergab sich meine Berufswahl aus einem tiefen inneren Verlangen. Von jeher war ich davon überzeugt, zuhören sei das beste Mittel, sich ein Bild von der Welt zu machen; und als ich jetzt auf mich selbst hörte, stellte ich fest, dass ich nicht mehr viel zu sagen hatte. So schmerzhaft das auch war, so wusste ich doch, dass die Ära von Dario, dem Reiseleiter, unwiederbringlich beendet war.

Die offizielle Ausrede dafür, meinen Beruf an den Nagel zu hängen, folgte bald. Als Konsequenz des bemerkenswerten Touristenbooms, den das Chianti-Gebiet inzwischen erlebt, beschlossen die Kommunalbehörden (und zwar mit gutem Recht), die Ausübung der Fremdenführertätigkeit zu reglementieren. In den vergangenen Jahren erließ man neue Gesetze zum Schutz der Touristen, die die Qualität der Führungen gewährleisten sollten, sodass heutzutage jeder, der Reiseleiter werden möchte, verpflichtet ist, spezielle Kurse zu absolvieren und Prüfungen abzulegen, um die erforderliche Lizenz zu erhalten.

Mein angeborener Stolz und meine Aufsässigkeit hielten mich davon ab; ich weigerte mich, eine Erlaubnis für die Ausübung eines Berufes zu beantragen, den ich in der Chianti-Region sozusagen eingeführt hatte. Wenn ich dann auch noch bedachte, dass mein Interesse daran ohnehin nachgelassen hatte, während meine literarische Karriere mehr und mehr in Schwung geriet, kam ich zu dem Schluss, dass es besser sei, den Weg für eine neue Generation von Reiseleitern frei zu machen. Das schloss ja nicht aus, dass ich weiterhin Touren anbot und an jüngere, frischere Reiseführer delegierte.

Das alles passierte in der Zeit zwischen dem Winter 2004 und dem Frühjahr 2005, kurz nachdem ich von meiner ersten Lesereise durch die USA zurückgekehrt war, wo ich mein Buch *Toskana forever. Ein Reiseleiter erzählt* vorgestellt hatte. Ich belohnte mich mit einer Verschnaufpause – um nicht zu sagen mit einer Auszeit, in der ich mein Leben neu ordnen wollte. Meinem plötzlichen Ruhm zum Trotz beschloss ich, mich für den Rest der Touristensaison ganz mir selbst zu widmen. Ich kaufte mir ein gebrauchtes Rennrad und verbrachte ganze Tage damit, mich auf zwei Rädern in meine Heimat zu stürzen: Völlig allein, legte ich weit über tausend Kilometer zurück, genau wie ich es als Teenager mit dem Motorroller getan hatte. Noch einmal entdeckte ich die Euphorie jener sorglosen Jahre meiner Jugend, als ich auf der Suche nach starken, unbekannten Sinneseindrücken ohne bestimmtes Ziel durch die Gegend gekurvt war.

Seltsamerweise lockten mich diese neu entdeckten Gefühle wieder unter die Menschen, und ich entwarf ein neues Konzept, das ich als eine logische Weiterentwicklung meines ursprünglichen Berufs betrachte.

Inzwischen konzentriere ich mich auf kleine Zusammenkünfte, die ich in dem prächtigen, hochherrschaftlichen Anwesen aus dem Mittelalter, dem mit viel Liebe zum Detail renovierten Relais Borgo Scopeto, abhalte. Dort heiße ich alte Freunde und ehemalige Klienten willkommen, aber auch neue Gesichter sind darunter, die meisten von ihnen begeisterte Leser meiner Bücher, die kommen, um meine Bekanntschaft zu machen. Viele von ihnen suchen mich direkt auf; andere planen einen Zwischenstopp bei mir ein, während sie mit einem anderen Führer die Chianti-Region erkunden. So oder so – bleibt mir das Vergnügen, meine Liebe zu dieser Gegend zu verbreiten, indem ich über die hiesige Geschichte referiere, Anekdoten und Kuriositäten erzähle, eine Arbeit, die sich oftmals auf ein Mittagessen und eine Flasche (sehr oft auch mehrere) Chianti Classico ausdehnt.

Der vorliegende dritte Band vervollständigt die Trilogie meiner Erinnerungen an mein Leben in der Toskana; ich habe 2006 mit dem Schreiben des Buches begonnen und es 2007 fertiggestellt. Anders als die ersten beiden Bände entstand *Sommer in der Toskana. Eine italienische Liebe* eher durch

Zufall als geplant – angeregt von einer Person, deren bemerkenswerte Geschichte nun darin enthalten ist. Geschichten über den Wein sollte ich schreiben – Geschichten über meine lebenslange und mitunter ausgesprochen bewegte Beziehung zu dem unvergleichlichen bacchantischen Nektar dieser Gegend –, und während ich diesem Wunsch nachkam, wurde mein Bedürfnis immer stärker, mein Sujet zu würdigen. Der Wein wurde zum Subtext meines täglichen, eigenbrötlerischen Lebens, aus ihm bezog ich weit mehr als die Befriedigung, die gute Arbeit mit sich bringt.

Ich würde mir wünschen, dass die Leser, die bereits die beiden vorhergehenden Bände kennen, den veränderten Gemütszustand bemerken und verstehen, in dem ich *Sommer in der Toskana. Eine italienische Liebe* geschrieben habe. *Toskana forever. Ein Reiseleiter erzählt* ist eine unbeschwerte Rückschau aus einem von Glück geprägten Blickwinkel meines Lebens; *Ein Tag in der Toskana. Vom Abenteuer, ein Italiener zu sein* entspringt der Wehmut darüber, von einer innig geliebten Freundin verlassen worden zu sein. Das vorliegende Buch führt zu einer Art Wiedergeburt, sowohl meiner Seele als auch meiner Beziehung zum Chianti. Der rote Faden, der alle drei Bücher durchzieht, ist ganz offensichtlich die Liebe, die ich für diese Region empfinde – wegen ihrer pittoresken Schönheit sowohl in vergangenen als auch in heutigen Zeiten, wegen ihrer Bewohner und ganz besonders wegen ihres berühmtesten Produkts – des Weins!

Salute

Dario Castagno

Dank

Wie könnte ich mit jemand anderem beginnen als mit Mimì Lane; leider weilt sie nicht mehr unter uns, doch es ist allein ihr zu verdanken, dass jetzt ein drittes Buch von mir in den Regalen steht. Ich weiß, dass sie irgendwo voller Stolz und Freude darüber lächelt, ihr letztes Ziel erreicht zu haben.

Außerdem möchte ich – bitte haben Sie Nachsicht mit mir – einmal mehr die Hügel der Chianti-Region würdigen, in denen ich lebe und die mich tagtäglich aufs Neue inspirieren.

Mein Dank gilt auch Robert Rodi und seinem Partner Jeffrey Smith. Robert hat bei der Entstehung dieses Buches eine grundlegende Rolle gespielt, und ich möchte meine Leser dazu einladen, auch seine Bücher zu entdecken, die die Früchte eines wahrhaft talentierten literarischen *genio* sind.

Ein ganz spezielles Dankeschön an James Swift, der zum Korrekturlesen zur Verfügung stand; er hat wirklich gute Arbeit geleistet.

Besonderen Dank schulde ich auch meiner Agentin Laura und ihrer Tochter Esther Rose, die beide stets so geduldig und großzügig mir gegenüber sind.

Danke an Barbara, Riccardo, Arianna, Tommy und seiner Freundin Cristina von *Moviement*, mit denen ich eine Vielzahl von CDs produziert habe, die sich ähnlichen Themen widmen wie meine Bücher.

Ein herzliches Dankeschön auch an meine *sorellina* (kleine Schwester) Agnese und ihren Freund Giacomo, selbst wenn sie mich nicht mehr besuchen kommen; an meinen *socio* (Teilhaber) Stefano und seine Frau Elisa sowie an meine »Spezialagenten« Alan und Mindy, außerdem an Laura Strom und an Deb und Bob. *Grazie mille,* Andrea/Luca (und seinem gerade auf die Welt gekommenen Sohn Aldo) und Leo, die ich hiermit zu einem weiteren »letzten« Truss einlade. *Grazie* meinem Reiseleiterteam: Annalisa, Alessandro, Alessandra, Elena, Franco und Leonardo.

Ein Dankeschön an alle Bewohner meines Dorfes und an die Barbesitzer, denen ich zu Reichtum verholfen habe. Danke an Carolina dafür, dass sie mir am Tag der Fertigstellung meines Buches beim Feiern Gesellschaft leistete.

Grazie meinen Eltern, die sich zu viele Sorgen um mich machen: *mamma* Biancastella und Poch Giovanni (die beide entsetzt sein werden, wenn sie gewisse Kapitel lesen, da bin ich mir sicher); meinem Bruder Cristiano, dem Winzer, der mir immer wieder »Inspiration« liefert (sprich: Kisten mit Wein), und seiner Frau Danda, ihren Kindern Anastasia, Sebastiano und Nicky.

Mein ganz herzlicher Dank gilt all den Mitgliedern meiner *contrada,* besonders Ennio, der bedauerlicherweise nicht länger unter uns weilt und der einen Traum hatte, den ich an seiner Stelle verwirklichen möchte. Ich danke auch Francesco, dem Archivar, *rettore* Fabio und *capitano* Giovanni Falciani für unsere jüngsten Siege.

Ein Dankeschön Paolo Nascimbeni und den siebentausend Menschen auf meiner Mailingliste, die regelmäßig meine neuesten Ergüsse über sich ergehen lassen. Vielen Dank, Borgo Scopeto, Alessandro, Patrizia, Giuseppe, Michaela, Eliana, danke, Chef.

Danke, Gina, Oriano, Clara und natürlich auch Paola und Massimo. *Grazie,* Eliseo, Fabio, Bianca, Paolo, *grazie* auch Rosannas Familie. Des Weiteren bin ich Orazio, Giulio (der in letzter Zeit noch mehr geschrumpft ist), Doktor Becchini, Michele, Manola, dem verstorbenen Umberto, Pietro, Alessio, Clara und selbst Emanuele zu ganz besonderem Dank verpflichtet, weil sie so wundervolle Persönlichkeiten sind, auch wenn sie sich dessen gar nicht bewusst sind. *Grazie* Mauro und Emilia und ihrem prächtigen Hund Loris. *Grazie infinite* all jenen, die mich während meiner Lesereisen durch die USA als Gast bei sich aufnehmen und die sich eine solche Mühe machen, die Veranstaltungen für mich zu organisieren. Vielen Dank Laura C. und allen, denen ich Dank schulde und die ich versehentlich vergessen habe. Danke, Stephanie (»Go, LSU!«).

Und zum Schluss ein großes Dankeschön an den Chianti Classico, der mir ein unerschöpflicher Quell des Trostes, der Inspiration, der Erhabenheit und Freude ist.

Grazie nuovamente dolce Mimì.

Inhalt